늘 건강하세요!

중증외상센터

GOLDEN HOUR

골든 아워

한산이가
지음

중증외상센터

GOLDEN
HOUR

골든 아워 X

몬스터

차례

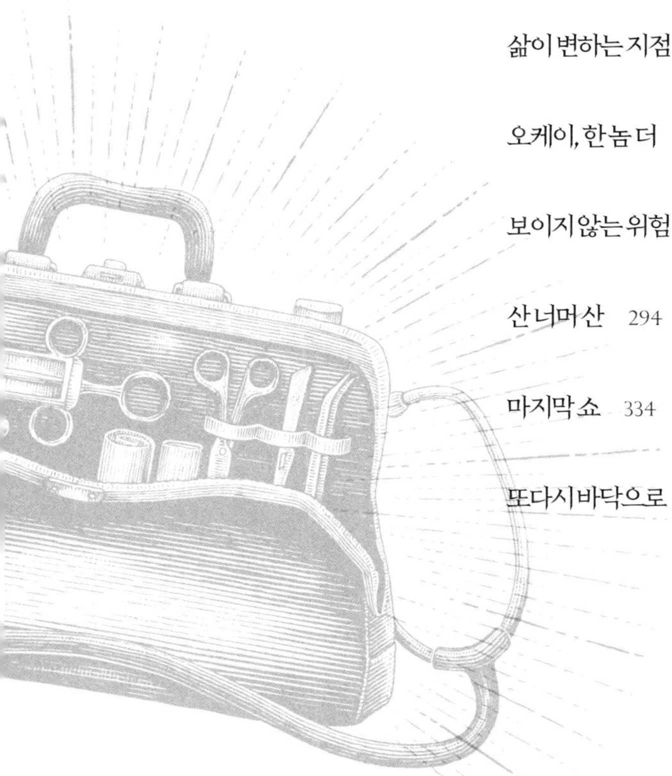

기적은 작은 것에서부터

"헉."

데니스는 훈련받은 요원답게 발걸음 소리가 들려오자마자 눈을 떴다. 그러곤 침대 옆에 두고 있던 서랍에서 총을 꺼내려고 했다. 누군가 그 서랍을 발로 꾹 밀지만 않았다면.

"으아아!"

서랍 문틈에 손가락이 낀 데니스의 입에선 나직한 신음이 흘러나왔다. 통증도 통증이지만, 그보다 데니스를 더 괴롭게 하는 것은 역시나 두려움이었다.

'뭐지? 뭐냐고.'

아직 방에 불을 켜지 못했기에 상대방이 누구인지 확인할 길이 없었다.

'탈레반인가? 아니면 ISI?'

아마도 최악의 상대는 탈레반, 그중에서도 아프가니스탄 탈레반일 터였다. 계속되는 아프가니스탄 내의 미군 작전으로 인해 떠밀리듯 파키스탄 북부로 내려온 그들은 미국인을 상대로 복수하는 것에 전혀 거리낌이 없었다. 그들에 비하면 파키스탄 탈레반 정도는 부드럽지 않나 싶을 지경이었다.

"누, 누구요?!"

데니스는 애써 두려움을 억누른 채 차분한 얼굴로 물었다. 머릿속으로는 적에게 넘어가서는 안 될 정보들을 떠올리면서였다.

'이런 젠장.'

그런 것들을 알려주느니 차라리 죽는 게 나았다.

한편 데니스를 마주하고 있는 강혁으로서는 어이가 없는 상황이었다. 어차피 아침쯤 사람들 올 거라고 얘기도 해놓은 참 아니던가. 별 경계심도 없이 계단 밟고 올라왔는데, 올라와서 보니까 서랍에서 총을 꺼내려 하고 있었다.

"누, 누구냐고."

"병신아, 뭔 소리야."

"응?"

"나 백강혁이야."

"아……. 백강혁……."

강혁은 역시나 아까보다는 명료해진 데니스의 눈을 보면서 말을 이었다.

"단기 팀 공항에 도착했어. 새벽 비행기로 떨어졌는데 안 쉬고 바로 온대. 원래 점심쯤 받기로 했는데 아마 아침에 올 거 같아."

"아, 단기 팀. 지금 몇……, 몇 신데요?"

"이제 5시 다 되어가. 아까 4시 반쯤 출발한다고 연락 왔으니까……. 3시간이면 오지 않을까? 하나도 안 막히잖아."

"안전한가? 그……. 하이웨이 북쪽은 아직 위험하지 않아요?"

"ISI 측에서 호위하는데 감히 누가 건드려."

"아……. 그쪽도 움직이셨구만."

데니스는 잠시 어이가 없다는 얼굴로 강혁을 올려다보았다. 방금 전에 강혁이 불을 켜준 덕에 옆얼굴을 똑똑히 들여다볼 수 있었다.

'잘생기긴 오달지게 잘생겼다…….'

만약 내가 이 얼굴에 이 능력이 있으면 절대 의사는 안 할 텐데, 하는 생각도 들었다. 지금도 그렇지 않은가. 겨우 단기 봉사팀 하나 오는데 ISI에 CIA까지 동원할 수 있는 양반이었다. 만약 정보 요원이었다면 할 수 있는 일의 사이즈가 달라졌을 터였다.

"뭘 봐, 인마. 일어나봐. 숙소 어떻게 꾸몄어? 물탱크는 잘 채워놨지?"

"아……. 네. 일단 보여드릴게요."

"음. 그래. 옥상부터 가보자."

"네."

데니스는 부리나케 옷을 주워 입고는 계단으로 향했다. 강혁이 처음 건물을 임대해주었을 때는 솔직히 여기서 살 수 있을까 싶은 생각이 들었지만, 이젠 아니었다. 정말이지 단 하루도 쉬지 않고 보수 공사를 해온 결과, 이곳은 어엿한 집이 되어 있었다. 예전엔 잘 열리지도 않던 옥상 문도 잘만 열렸다.

"어우, 추워."

어느덧 9월에 접어든 지 오래인 한구의 새벽 날씨는 상당히 쌀쌀한 편이었다. 강혁이야 제대로 옷을 입고 있는 데다가, 몸에 열이 많은 편이라 아무렇지 않은 얼굴이었으나 거의 헐벗다시피 한 데니스는 그럴 수가 없었다.

"날씨가……. 아유."

"위로 올라왔잖아. 그래도 저기 산보다는 낫지, 뭘."

데니스의 엄살 아닌 엄살에 강혁은 북쪽에 위치한, 깎아 내지르는 듯한 산맥을 가리켰다. 이곳의 산은 아무런 전조도 없이 갑자기 그 자리에서 솟아난 듯한 모양을 한 경우도 많았다. 그저 바라보는 것만으로도 알 수 없는 대상에 대한 경외감이 들게 할 지경이었다. 한유림은 이곳 사람들이 유독 종교적인 이유가 어쩌면 저 산들에 있을지도 모른다는 말까지 했더랬다.

데니스는 강혁의 말에 고개를 가로저으며 탱크 쪽으로 향했다. 강혁은 데니스의 뒤를 바짝 따라갔다. 데니스는 탱크 안쪽을 가리켰다. 플래시를 비추자 끝까지 차오른 깨끗한 물이 보였다. 거의 공동 우물 형식으로 물을 충당하고 있는 한구에서 이만한 물을 준비했다는 건, 죽도록 고생했다는 것과 같은 의미였다.

"새끼, 잘했네."

강혁이 부려먹을 땐 부려먹지만, 기분 좋으면 칭찬도 할 줄 아는 인간 아니던가. 재원 하나 부릴 땐 정말이지 칭찬에 인색했었는데, 간혹 칭찬도 해줘야 더 잘 부려먹을 수 있다는 걸 깨닫고 나서는 조금 변한 것이다.

"아, 네……."

역시나 데니스는 예상을 벗어나지 않는 놈이라 제법 감동한 얼굴로 고개를 끄덕였다.

"그럼 숙소 좀 볼까? 이번에 단기 팀 인원이 꽤 많다고."

"그쪽은 준비 다 된 거예요?"

"우리 건물? 우리야 다 됐지. 한 교수님이 당직 쭉 서준 덕에 나머지가 좀 놀았잖아."

"아……. 하긴. 거기 뭐 전담 직원도 있죠?"

"전담? 아, 아……. 그……."

"이름도 모르시네."

"넌 알아?"

"저는 당연히 모르죠."

둘이 떠올린 것은 츠요시의 비서였다. 말 그대로 자기 이름도 모르는 놈들에게 이런저런 부림을 당하고 있는 실정이었다. 본인이야 츠요시가 인성 개차반 시절이었을 때 당하던 것보다 지금이 훨씬 낫다고 얘기하는 모양인데, 주변 사람들은 다들 스톡홀름 신드롬이나 여우의 신포도 같은 방어 기제로만 여기고 있었다.

"오……. 침대 싹 해놨구나?"

"네? 아, 네. 어차피 사업 확장하면서……. 곧 한국인 직원들도 올 예정이라 겸사겸사 마련했어요."

"잘했네. 음……. 이번에는 진짜 크게 하는 거야. 저번에야 뭐 외상 수술만 주구장창 하다 갔지만, 요번엔 달라. 지역사회 봉사 느낌이 훨씬 크니까……. 너도 될 수 있으면 나와서 얼굴 비추라고. 환자 안내도 좀 하고."

"네, 그래야죠. 그게 사업에 보탬이 될 테니까."

"보안도 더 신경 쓰고. 알았어?"

"네, 네."

"그래, 그럼 밥 먹으러 가자. 알지? 수도에 있던 사장님. 이번에도 오셨어."

"오, 네."

점검을 상당히 꼼꼼하게 했기에 숙소동 3층에 올라갔을 땐 이미 7시가 훌쩍 넘은 시각이었다. 워낙에 일찍 일과를 시작하는 한구 병원 사람들답게 죄 식당에 모여 있었다. 한 가지 차이가 있다면 이슬라마바드에서 온 김영수 사장이었다. 덕분에 식탁 위에는 그야말로 진수성찬이라고 할 만한 음식들이 주르륵 놓여 있었다.

"이거……, 이거 육회야?"

심지어 본래 식탐이 아주 심하지 않은 강혁조차 눈이 돌아가게 만드는 음식들도 있었다.

"백 교수, 그거뿐만이 아냐. 이거 봐. 게장이야. 게장."

2주간의 풀 당직으로 지칠 대로 지친 한유림도 지금은 생기가 좀 돌았다.

"어떻게 이런 걸 다 가지고 온 거야?"

"아……. 이번에 교수님이 선불로 다 주셨잖아요. 너무 많이 주셨길래……."

주는 사람이 아니라 받는 사람 입에서 이런 말이 나온다는 건 정말 많이 주었다는 뜻이었다. 하지만 그 누구도 그 사실을 의외라고 여기진 않았다. 강혁은 부릴 때는 정말 혹독하지만, 부리고 나서는 또 후하게 대우해주는 인간이지 않은가. 생각보다 잔정 많고 마음 약한 사람이라는 거 정도는 이제 한구에 있는 사람이라면 다 알고 있었다.

"아예 한국 가서 제대로 해왔죠."

"통과가 되나?"

"그건 대사관에서 해주겠다고 먼저 연락이 오더라고요."

"아……. 일 잘하네, 대사님. 그래, 봉사가 다 국격 높이는 일인데……. 이런 거 신경 써줘야지. 아무튼, 먹자고. 잘 먹어야 때깔이 좋지. 지역 기자들뿐 아니라……. 제인이 외신 기자들 몇 명도 불렀다고 하니까 사진 많이 찍힐 거야. 힘내자고."

"네."

"그럼 빨리 먹읍시다."

사람들은 대사와 김영수 사장이 합작해서 이루어낸 진수성찬을 빠르게 해치우고는, 급히 내려가 외래 설비 및 버스가 설 수 있도록 마련해둔 공간을 두루 살폈다. 워낙 커다란 행사로 여겨져서 그런지 시장도 와 있었다.

"음. 그래서 버스 2대가 온다고?"

"네. 시장님. 하나는 안과, 하나는 치과입니다."

"인도에…… 있던?"

"인도 소유는 전혀 아닙니다. 그냥 국경없는의사회 소속 차량이에요."

"뭐, 그거야 나도 알고 있는데. 주민들이 알게 하면 안 되는 건 알고 있죠?"

"그럼요. 저야 분쟁 있을 때도 여기 있었는데요."

제인은 1년 전 카슈미르에서 떨어진 파키스탄 전투기를 떠올렀다. 인도에서 격추했던 것인데, 그땐 진짜 전쟁이라도 나는 줄 알았었다. 그나마 한구는 인도에서 꽤 떨어져 있는데도 그랬다.

"그래. 뭐 닥터 제인이라면 걱정 안 하지."

"시장님은 치과 검진이나 안과 검진 생각 없으세요?"

"아……. 나 받아야지. 당뇨 있다며?"

"네. 뭐 약은 드리고 있지만, 그래도 검진받는 게 좋아요. 특히 안과는 눈 문제니까요."

"알았네. 아, 그리고……."

시장은 대화를 하다 말고 고개를 돌렸다. 시선이 닿은 곳은 환자 대기실 용도로 쳐둔 천막이었다. 단기 팀이 왔을 때는 병원 안 대기실까지 진료실로 쓰기 위해서 쳐둔 것이었는데, 지금은 노인들 여럿이 와서 앉아 있었다.

"저분들은 그럼 언제 진료가 가능합니까?"

"원래 예정되었던 시간은 오후 2신데……."

제인은 손목시계를 내려다보았다. 9시. 무려 5시간이나 일찍 와 있는 셈이었다.

'하여간 요새 한국 사람들이라고 하면 다들 난리도 아니구나.'

수도에 있는 젊은이들은 BTS에 열광하고 있다고 들었는데, 그건 납득이 갔다. 본국에 있는 친구들도 BTS 얘기를 심심치 않게 하곤 했으니까. 오죽하면 제인의 재생 목록에도 BTS 노래가 들어가 있겠는가. 하지만 이곳의 유행은 조금 달랐다.

'이맘을 살려주고, 채석장 사고를 비롯한 여러 사고에서 활약하고……. 또 데니스도 대외적으론 한국인인데 정말 양심적으

로…… 아니지, 퍼준다는 느낌이 들게끔 일하고 있으니까.'

지금 저기 모여 있는 노인들 중에 BTS를 아는 사람은 아마 단 한 명도 없을 터였다. 그저 강혁과 한유림, 데니스 그리고 저번에 와주었던 단기 팀의 위력이라고 볼 수 있었다.

"이슬라마바드에서 4시 좀 넘어서 출발했다고 들었……. 아, 저기 오는 거 같은데요?"

제인은 잠시 노인들을 둘러보다가 말을 이었다. 그러다 다시 입을 다물었는데, 멀리서 다가오는 차량 일행을 보았기 때문이었다. 9월이 되며 한층 더 건조해진 한구인지라 흙먼지 바람이 어마어마하게 일었다.

"아, 버스라 그런지 역시 어마어마하구만."

"네."

그렇게 흙먼지 바람과 함께 다가온 차량은 병원 안쪽으로 차례대로 들어섰다.

"어, 이쪽! 이쪽으로! 이거 안과야, 치과야?"

"안과요!"

"오케이! 이리로!"

'저런 거 보면 또 세심하단 말야?'

한유림은 옆에서 고성과 함께 손짓하고 있는 강혁을 보며 고개를 갸웃거렸다. 수술을 제외한 대부분의 일을 무대뽀로 처리하는 것이 바로 백강혁 아니던가. 사람 끌어들이는 일도 마찬가지였다. 하지만 단기 팀에 대해서는 예외를 두고 있었다.

'이따 왜 그러는지 좀 물어봐야겠다.'

"치과?"

"네!"

"이쪽으로. 옳지. 좀 바짝 붙여요. 입구만 막지 않게. 여기가 좀 협소해요. 환자는 많은데 아직 작아서."

"아……. 이거 박겠는데?"

"박으면 내가 펴줄게. 더 와요."

한유림도 부지런히 움직였다. 일단 버스들부터 제자리에 세워야 했다.

"교수님, 오랜만입니다!"

그다음은 단기 팀 환영이 있었다. 제일 먼저 다가온 것은 역시나 최지예였다.

"아이고, 학생 때랑 변한 게 없네?"

"무슨 소리세요. 그러는 교수님은 더 젊어진 거 같은데요?"

"에이, 내가 예순이 넘었는데."

"아니에요. 진짜 그런데. 몸이 원래 이렇게 다부지셨었나?"

서울시 여성 의사회 부회장이자 이번 단기 팀의 팀장을 맡은 최지예는 한유림의 팔뚝을 보며 놀랐다.

"아……. 그건 저기 백 교수 때문에."

한유림은 턱으로 강혁을 가리켰다. 강혁은 지금 막 버스에서 내린 마틴과 대화 중이었다.

"먼 길 고생했습니다."

"아뇨, 마침 저희도 좀 시간이 나서요. 차 놀려서 뭐 합니까. 봉사할 수 있으면 봉사해야지. 게다가……."

"게다가요?"

"여기 요새 엄청 잘하고 있잖아요. 노하우라도 배워보려고 왔습니다."

"아하."

강혁은 다른 말보다도 배워보려고 왔다는 말에 집중했다.

'공짜로 배울 수는 없지.'

어차피 부려먹으려고 하긴 했지만, 좀 더 마음 놓고 부려먹어도 되겠단 생각이 들었다.

"병원이…… 작긴 한데, 숙소동도 최근 따로 잡았다고요?"

"아, 네."

강혁이 어떤 생각을 하고 있는지는 꿈에도 모르는 마틴은 그저 주변을 둘러보기에 여념이 없었다. 눈이 반짝반짝 빛나는 것이 마치 새로운 장난감이라도 받은 어린아이 같았다. 이건 비단 강혁만의 착각이나 억측은 아니었다. 실제로 마틴은 잔뜩 흥분해 있었다. 현장에서 10년 넘게 있었다고는 하지만 아이티를 제외하면 전부 인도에서 보냈기 때문이었다.

'안전하고……. 무엇보다 밝아. 아주 좋은 곳이군.'

불과 1, 2년 전까지만 해도 한구 하면 일종의 기피 지역이었던 거 같은데. 어떻게 이렇게 바뀔 수 있었을까. 마틴은 다른 이들을 안내하고 있는 닥터 제인을 잠시 바라보았다. 아주 훌륭한 사람이기는 했다. 아마 국경없는의사회의 내로라하는 긴급구호팀장들을 순서대로 줄 세워놓는다면 반드시 앞쪽에 위치할 정도로 좋은 팀장이었다. 하지만 이만한 변화를 일으킨 건 제인이 아니라 강혁이었다.

'이 사람을 좀 따라다녀야겠어. 어차피 외과기도 하고.'

한유림은 빠르게 정리되고 있는 진료 버스 2대를 보며 아까 강혁에게 들었던 말을 떠올렸다. 어마어마한 설비가 왔지만, 그 설비가 돌아갈 수 있는 기간은 불과 열흘 남짓한 상황이었다. 이것도 한국에서 온 단기 팀으로서는 엄청난 희생을 한 셈이었다. 어디 대학병원에 있는 사람들도 아니고, 개인 병원에서 온 사람들 아닌가. 올해 휴가란 휴가는 싹 다 긁어모아서 왔단 얘기였다. 심지어 최지예 원장은 아예 병원 문 닫고 직원들까지 끌고 왔으니 병원 문 닫은 날짜만큼의 손해에 직원들 거마비까지 해서 수천만 원가량을 밑지고 온 셈이었다. 이곳에 있는 사람들로서는 도저히 더 있으라는 말을 꺼낼 수 없는 상황이었다.

'그러니까…… 와 있는 동안에는 풀로 돌리자, 이거지?'

한구 병원 외래도 제법 환자가 늘긴 했지만 위급한 경우는 거의 없었다. 물론 수술 후 처치가 필요한 사람들이나, 정말 멀리서 오는 사람들도 있기는 해서 외래 하나는 열어야만 했지만, 나머지는 모두 셧다운을 한 채 안과와 치과 단기 팀 보조에 돌입했다.

"자, 어르신들 중에 눈 불편한 사람은 우측! 이 불편한 사람은 좌측!"

"둘 다 불편하다는 분들이 너무 많은데요?"

강혁은 자신의 외침에 똑 부러지는 목소리로 답한 카심을 바라보았다. 생각해보니까 당연한 일이긴 했다. 치과도 안과도 없는 곳에 둘 중 하나는 건강하겠거니 생각하는 건 너무 안일한 일 아니겠는가.

"그럼 어쩌지?"

당연한 일이긴 한데, 그렇다고 해서 해답이 떠오르지는 않았다. 이럴 땐 역시나 베테랑들에게 묻는 게 최고였다. 다행히 이 자리에는 현장 진료의 최고봉이라 할 수 있는 국경없는의사회 긴급구호팀장이 둘이나 있었다.

"뭐……. 역시 순환 진료죠."

"네, 아무래도 치과 쪽이 베드가 2개 있고, 주로 검진을 하게 되긴 할 거예요. 임플란트할 수 있는 설비가 되어 있기는 하지만……. 아무래도 제한적이라, 그쪽을 먼저 갔다가 끝나면 안과를 보게 하는 게 좋겠어요."

"오케이, 그럼 순환 진료. 카심, 어르신들 그냥 한 줄로 세우자."

"어……. 네. 알겠습니다. 자자, 이쪽으로 오시죠!"

카심을 비롯한 병원 간호사들은 상당히 성심성의껏 노인들을 안내하기 시작했다.

"이거…… 좋아하겠지?"

의료진 쪽에 서서 돌아가는 꼴을 지켜보던 시장이 입을 열었다.

"아……. 물론이죠. 치과에서 스케일링만 해도 확실히 달라질 거예요. 틀니랑 임플란트 장비도 들고 오셨다고 하거든요. 도움이 될 겁니다."

팀장인 최지예가 서울시 여의사회 부회장이라고 한다면, 부팀장인 부정선은 서울시 치과 의사회 회장이었다. 원래는 교정 전문의인지라 오늘은 큰 활약을 못 하겠지만, 데리고 온 후배 의사들은 임플란트 및 틀니의 달인들이었다.

"음, 그렇겠구만. 어르신들이 이가 없는 분들이 참 많아서."

"그렇죠."

제인은 딱히 어르신들 아니라 젊은 층에도 이가 없는 사람이 많다는 것을 떠올리며 씁쓸한 표정을 지어 보였다. 어릴 때부터 구강 위생을 철저하게 가르치고 관리하는 대한민국과는 달리, 이곳에는 아직 양치가 습관화되지 않은 사람들이 태반이었다.

"식사를 제대로 못 하더라고……. 그것만 개선돼도 엄청난 도움이지."

"그럼요. 아주 좋아하실 겁니다."

이가 없다는 건 비단 식사에만 영향을 미치는 게 아니었다. 밥을 먹어도 제대로 씹지 못하면 소화불량으로 이어지기 일쑤였다. 심지어 혀의 위치가 바뀌기도 했고, 저작 활동의 불균형이 목이나 허리의 불균형을 초래하기도 했다. 생각보다 이가 몸 전반에 미치는 영향이 어마어마했다. 제인도 잘 몰랐던 사실이었는데, 이 버스를 끌고 온 마틴이 알려준 참이었다.

'저도 외과라……. 무조건 수술 버스만 끌고 다녔거든요. 근데 정기적으로 봉사 다니는 지역에서는 오히려 치과 버스가 제일 반응이 좋아요. 오래 다니면 다닐수록 반응이 더 좋더라고. 사람들이 느끼는 거지, 이가 건강해진다는 게 뭔지.'

"그렇구먼. 좋아. 시에서 좋아하겠어."

시장은 제인이 고개 끄덕이는 것을 보면서 쾌활한 미소를 지어 보였다.

“자, 그럼 우리는 슬슬 안과 버스로 갈까.”

“아, 네.”

“응.”

강혁은 카심을 도와 환자들을 어레인지한 뒤 한유림, 리처드와 함께 안과 버스로 향했다.

올라가보니 벌써 환자 둘이 와 있었다. 치과 쪽에서 검진만 하고 보냈는지, 둘 다 이미 안과 검진을 받고 있었다. 환자들이야 처음 보는 문명의 이기에 어리둥절한 얼굴을 하고 있었지만, 그 둘의 눈을 보고 있는 안과 의사들은 그럴 수가 없었다.

“아이고.”

둘 다 한국 사람 특유의 침음을 연발하고 있었다. 강혁이나 리처드, 한유림이야 눈을 본 건 아니었지만 왜 그러는지는 알 것 같았다.

‘백내장이 엄청 심하겠지.’

이곳의 노인 중 상당수는 도대체 뭐가 보이긴 하는 걸까 싶을 정도로 하얀 눈을 하고 있었다. 직사광선에 노상 노출이 되는 데다가, 딱히 보호해야 한다는 인식조차 없이 수십 년을 살아왔으니 당연한 일이었다. 더더욱 마음 아픈 것은 그렇게 눈이 안 보이게 되는 것을 노화의 자연스러운 과정으로 인식한다는 점이다. 아예 질환이라고 생각조차 못 하고 있었다.

“수술해야겠는데.”

먼저 검안경에서 눈을 뗀 것은 최지예였다. 본래 소아 사시 전문의인 그녀는 백내장에 있어서도 달인이라 불릴 만한 실력을 지니고 있었다.

“이쪽도 그런데……. 이거 케이스 엄청 많은 거 아닐까요?”

바로 옆에 있는 의사는 최지예의 후배이자 병원 소속 의사이기도 한 최창환이었다.

“음……. 그러게. 우리 백내장 렌즈 몇 개 가져왔지?”

“300세트요. 사실 그것도……. 너무 많죠. 하루에 수술만 각각 15건씩 해야 한다는 건데……. 진료도 해야 되니까요. 그냥 절반 정도는 다시 가져갈 생각으로 가져온 거죠.”

“밖에 몇 명 정도 왔다고 했죠? 백 교수님?”

최지예는 대화를 하다 말고 강혁을 돌아보았다.

“일단 100명인데……. 매일 이렇게 올 것 같아요.”

“허…….”

“심각한 환자들부터 하는 게 어떨까 싶기는 한데, 어때요?”

“그게 의미가 있을지 모르겠어요. 이분도…… 이거 그냥 딱딱하게 굳어서 지금 당장 해야 되는 수준이에요. 안 하면 기회도 없어요.”

“아하.”

“그래서 말인데……. 아니다, 말도 안 되는 게 이건.”

“말해봐요.”

“백내장 수술…… 해보신 분 없죠? 에이, 내가 미쳤나. 외과 선생님들 앞에서. 하하.”

최지예는 상당히 어색해 보이는 표정으로 웃었다. 생각하면 생각할수록 말도 안 되는 얘기 아니던가. 세상에 외과 의사한테 백내장 수술이라니. 아무리 안과에서 백내장이 기본 수술 중 하나라지만, 그건 안과 의사들 사이에서나 통하는 얘기였다.

그런데 반응들이 어째 좀 이상했다. 뭐라고 해야 할까. 자신이 있어 보인다고 해야 할까?

“왜 그러세요? 제가 실언한 거 같은데.”

“아냐, 아니에요. 해보긴 했거든요.”

“네? 해봤다고요?”

“아……. 물론 사람한테 한 건 아니고. 돼지.”

“아……. 잉?”

사람한테 한 건 아니라는 말은 그러려니 했지만, 뒤에 이어지는 말이 좀 이상했다.

“돼지? 돼지한테는 왜……, 대체 왜 하신 거예요?”

애초에 외과 의사들이 백내장 수술을 해보는 게 이상한 일 아닌가? 게다가 그 대상이 된 게 돼지라니?

“아……. 언젠가 써먹을 일이 있지 않나 했죠.”

“아……. 그렇구나. 음.”

최지예는 역시 백강혁 교수는 범상한 사람이 아니란 생각을 했다.

‘가만있자……. 해봤다, 이거지?’

돼지 눈알은 사람보다 훨씬 크지 않은가. 때문에 실제로 안과에서도 수술 연습할 때 돼지 눈알을 이용하는 경우가 종종 있었다. 최지예 또한 1년 차 때 태화 의료원 근처 돼지 도매 시장에 가서 눈알만 사 온 기억이 있었다.

'손이 워낙에 좋다고 듣긴 했는데……. 그래도 막 시킬 수는 없어.'

하지만 시킬 수만 있다고 한다면 어마어마한 도움이 되긴 할 터였다. 정 어려우면 전신마취로 진행해도 되지 않겠는가. 어차피 설비가 있는 병원이니까. 그렇게 하루 서너 건이라도 해주면, 가져온 300개의 렌즈를 소비할 수 있을 거 같았다.

'이거……, 이것도 진짜 어렵게 후원받긴 한 거잖아.'

원래 최지예가 생각했던 수량은 대략 50개 정도였다. 그것도 엄청난 수였다. 아마 최지예 병원이 잘되는 병원이 아니었다면 절대 후원해 주지 않았을 양이었다. 그러던 것이 300개로 늘어난 것은 익명의 후원자 덕분이었다. 한구 병원으로 가는 단기 팀을 콕 집어서 렌즈 200개를 현찰로 계산해서 보내준 사람이 있었다. 거기에 자극받은 회사가 50개 분량을 더 추가해 주는 바람에 300개가 되었다. 대신 다 못 쓰면 회수하겠다는 조건을 달았기에 필사적으로 다 소모하는 게 좋겠다는 것이 단기 팀의 의견이었다.

"그때 녹화했던 영상이 혹시 있나요? 어느 정도 수준이신지 모르니까요."

"아……. 있죠. 보여드릴까요?"

"일단……. 일단은 진료하고, 점심에 볼게요."

"아, 그게 좋겠네. 그러죠. 그럼 이 두 분은?"

"수술해야 할 것 같습니다. 오후 외래를 몇 시까지 잡아두신 거죠?"

"원래는 6시인데 일찍 오셔서……. 3시면 마감할 수 있을 겁니다."

"그럼 3시 이후에 수술할 수 있도록 준비만 해주세요. 국소마취긴 하지만 그래도 검사는 필요할 테니까요. 이 버스가 간단한 검사도 된다고 하더라고요."

"네, 그렇게 전달하죠."

강혁은 고개를 끄덕이고는 환자 둘을 밖에 있던 카심에게 인계했고, 곧 요다를 중심으로 수술 전 검사가 시작되었다. 애초에 그렇게 할 수 있도록 단기 팀 설계를 해놓은 덕이었다.

"기다리셔야 되는데, 괜찮으시겠어요?"

한 가지 문제가 있다면, 환자들의 대기 시간이었다. 새벽부터 와서 줄 선 덕에 일찍 진료 볼 수 있었던 사람들에게 수술받으려면 또 3시까지 기다리라니. 하지만 노인들의 인내심은 대단한 것이었다.

"오늘 안에는 되나?"

"아……. 그럼요. 3시에요, 3시."

"그럼 됐지. 밥은 먹을 수 있나?"

"수술받아야 해서 좀 어려워요. 괜찮아요?"

"참아야지, 뭐."

"네, 감사합니다."

거의 오늘 안에만 되면 다 참아줄 수 있다는 분위기였다. 보통 노인이 되면 참을성이 늘어나는 법이라고는 하지만, 이 정도로 뛰어날 줄은 카심도 몰랐던 사실이었다. 왜 그런가 했더니, 그건 시장과 제인 덕이었다.

“아무리 그래도 백내장? 이거 수술이 진짜 신기하던데.”

“영상 보여주신 거죠?”

“응? 그럼. 애초에 저거 때문에 온 사람들이 태반인데. 닥터 제인이 보내준 영상 보니까 나도 받을까 하는 생각이 들던데.”

“검사해봐야겠지만……. 아마 시장님은 그 정도는 아닐 겁니다.”

“그럼 다행이고.”

시 차원에서 단기 팀에 진료받을 인원을 모집할 때, 백내장 및 틀니, 임플란트의 효과 및 효능에 대해 미리 영상을 보여준 참이었다. 무턱대고 영상만 보여줬다면 서양 문물에 대한 두려움과 적개심을 표출했을 수도 있었을 테지만, 제인은 영리한 사람이었다. 얼마 전 강혁이 살려준 이맘을 적극 활용했다. 이맘도 생명의 은인에 대해서만큼은 종교를 뛰어넘은 보은으로 생각하고 있었다. 심지어 알아서 이런 문구까지 외쳐주었다.

‘한구 병원에는 알라께서 보낸 천사가 거주한다!’

아마도 난폭한 천사라는 강혁의 별명을 이용한 말이었을 거라고 짐작하고 있었다.

“어……. 네, 그럼 기다리고 계셔요.”

“그럼, 그럼. 얼마든지 기다리지.”

덕분에 카심은 아주 수월하게 환자들을 대기시킬 수 있었다.

“자, 이제 점심 먹고 합시다!”

일행은 오전 진료를 나름 수월하게 마치고 숙소동에 모일 수 있었다.

"와."

"이게 다 뭐야."

그렇지 않아도 새벽 비행기를 타고 수도에 도착하고는 숨 돌릴 틈도 없이 버스에 올라 이곳까지 온 사람들 아니던가. 그럼에도 순간적으로나마 힘이 난다고 느껴질 만큼 어마어마한 진수성찬이 차려져 있었다. 오전 진료 보는 동안 수고한 사람이 의료진뿐만은 아니었던 것.

"이거 먹고 힘내십쇼. 최선을 다했습니다."

김영수 사장은 사람 좋은 미소와 함께 식탁을 가리켰다. 그저 한식만 한 게 아니라 나름 파키스탄 음식이나, 가까운 인도 음식도 놓여 있었다.

"와, 이거 제대로네. 야……. 그래, 인도 커리에는 소고기가 들어가야 제맛이지."

마틴 또한 아주 만족스럽다는 얼굴로 난을 찢어다가 커리를 찍어 먹었다.

"와……. 커리가 이렇게 맛있는 거구나."

오전 내내 치과 진료 보느라 지친 해리 또한 감탄을 연발했다.

"이것도 드셔봐. 갈비라는 건데. 먹다 하나 죽어도 몰라."

강혁은 그런 해리를 향해 LA갈비를 건넸다.

"오……. 이게, 오? 소고기를 이렇게도 먹는군요?"

"잘 먹네? 그럼 이것도 먹어봐요."

"이건……. 이건 게인가요?"

"어. 외국인들한테는 좀 도전 과제처럼 느껴질 수도 있는데……."

"저도 먹어보겠습니다."

"응? 와……."

해리는 미식가의 지옥이라는 영국에서 나고 자란 사람답게 뭐든지 잘 먹었다. 게장뿐 아니라 젓갈도 잘 먹었다. 음식을 차린 입장에서, 또 그 음식을 차리게 도와준 사람 입장에서는 그것보다 보기 좋은 것도 없는 법 아니겠는가.

"잘 먹네."

"저, 교수님?"

식사를 마치고 기분 좋게 웃고 있으려니, 최지예가 말을 걸어왔다.

"응? 아, 아아."

그제야 강혁은 최지예와 약속한 게 있었다는 걸 떠올릴 수 있었다. 다행한 것은 강혁이 의술에 관련한 자료 수집하는 데에는 일가견이 있다는 점이다. 모든 녹화 파일을 싹 정리해서 가지고 있었는데, 백내장 수술 영상도 바로 검색해서 추려낼 수 있었다.

"외장 하드가 몇 개예요?"

"아……. 이거요? 뭐, 10개는 되나? 나머지는 딴 데 있어요."

"아……."

최지예도 제법 많은 자료를 보아온 바 있었지만, 이 정도 되는 양은 처음 보는 참이었다. 감탄하고 있으려니까 어느새 뒤따라와 있던 한유림이 입을 비죽거렸다. 최지예는 자신이 너무 백 교수에게만 신경을 써서 그러나 했는데, 그건 아니었다. 오히려 섭섭함의 대상은 강혁이었다.

"백 교수, 왜 지예한테는 존대해? 나한테는 반말 존대 섞잖아?"

"응? 아니, 지금 바빠 죽겠는데 와서 그런 말이나 해요? 입에 게장이나 닦아."

"이봐, 이봐. 지금도 그래."

"최 원장님은 사비 털어서 단기 팀으로 오셨잖아. 반말 찍찍하면 좋겠어?"

강혁은 여전히 입가에 간장을 묻힌 채 투덜거리고 있는 한유림을 엉덩이로 툭 하고 밀고는 파일을 재생시켰다.

'리처드 돼지 백내장 1'이라는 제목의 영상이었다.

"음. 개판이네. 안 되겠는데요?"

"바로 마지막 영상으로 가죠. 처음에는 뭐 눈알을 작살 내놨네."

다음은 '리처드 돼지 백내장 7'이었다. 이건 한결 나았지만, 그래도 바로 투입되는 건 무리였다.

"음……. 보조는 하실 수 있을 거 같아요. 보조하다보면 배울 수도 있을 거 같지만……. 시간이 안 될 거 같아요."

"한유림을 볼까요? 근데 이게 도긴개긴인데."

"음……. 네, 그렇긴 하네요."

최지예는 미안한 얼굴로 한유림을 돌아보았다.

"아, 이건……. 이건 교수님이 하신 거네요?"

"눈알 남길래, 그냥 연습하는 김에 했죠."

"이걸 볼까요?"

"음, 네. 뭐, 그러죠."

강혁에 대해서도 그리 큰 기대를 갖진 못했다. 아무리 천재라 해도 분야가 다르면 한계가 있는 법이었으니까. 하지만 잠시 후 영상을 시청한 최지예는 말문이 턱 막히는 것 같았다.

'후배보다 낫잖아?'

"어떤 것 같아요?"

강혁은 자신의 수술 동영상을 중단하고는 최지예를 바라보았다. 사실 그 순간 바로 알 수 있었다.

'뭐, 내가 그렇지. 괜히 천재냐.'

강혁에게 다른 사람의 감정 변화를 알아내는 건 식은 죽 먹기보다 더 쉬운 일이었다.

"백 교수님은 거의 지금 당장 투입해도 되겠어요."

"오, 역시."

"다만 하나 문제가 있다면……. 이게 언제 찍은 영상인가인데요."

"아……. 이거 손 좀 낫고 한 거니까……. 한 두어 달 됐죠."

강혁은 냉장고에 넣어두었던 돼지 눈으로 연습하던 것을 떠올렸다. 다들 돼지 눈알만 빼서 보관하는 강혁을 보고 미쳤다고 했지만, 지금에 와서는 누구도 그런 말을 할 수 없게 된 셈이었다. 강혁은 내 말이 맞지? 하는 얼굴로 주변을 돌아보았다.

최지예는 그동안 잠시 머리를 굴렸다.

'보통 내가……. 하루에 각 잡고 하면 4개에서 6개 정도 했었지?'

하려고 하면 더 할 수도 있겠지만, 소아 사시 전문의이기에 메인은 백내장이 아니었다. 낯선 환경에서 안 하던 짓 하다보면 사고로 이어지기 마련이었다. 어지간하면 그런 짓은 안 하는 게 옳았다.

'창환이야 나보다 백내장 더 보긴 할 텐데……. 그래봐야 하루 10개 이상은 무리야. 외래 보면서는 더더욱 안 되지.'

그렇다면 둘이 풀로 돌아갔을 때, 열흘 동안 수술 가능한 눈 숫자가 150개 정도 된다는 뜻이었다. 가져온 렌즈의 절반가량밖에 안 된다는 뜻이었는데, 거기에 강혁이 하루 서너 개라도 도와준다면 200개는 간신히 채울 수 있을 것 같았다. 보통 백내장 수술은 양측 눈을 동시에 진행하기보다는 한쪽씩 하는 게 원칙이니 200명에게 광명을 되찾아줄 수 있다는 말이었다. 150명과 200명은 상당한 차이 아니겠는가. 강혁에게 메스를 쥐여줘야겠다는 생각이 점점 더 강하게 들었다.

'일단 실력을 보고 결정하자.'

"백 교수님은 수술방 메인으로 들어오실 수도 있겠어요. 이게 보니까, 저랑 최 선생 둘 중 하나는 외래를 보고 나머지 하나가 수술을 해야 될 거 같거든요? 쉬는 시간이 있으면 안 되겠어요."

"아……. 그럼 방 하나가 비니까, 제가 그걸 채우라 이거죠?"

"네. 원래 백내장 수술이란 게 렌즈 설정이 제일 어려운 건데……. 복잡하게 할 여력이 안 될 거 같아서 그냥 다 단렌즈로만 가지고 왔어요. 제일 보편적으로 쓰이는 거고, 워낙에 상태가 안 좋은 사람들이라 수술하면 반응은 정말 좋을 거예요."

"음. 그게 저랑 무슨 상관이죠?"

"아아. 그 렌즈 설정은 고민하실 필요가 없다 이 말입니다. 대신 검사상 각막에 난시가 있을 수는 있는데, 그런 경우는 다 저희가 알아서 할게요. 일단 수술 영상 보니까 안에 있던 수정체 긁어내고 새 렌즈 넣는 건 완벽한 거 같아요. 그것만 하면 되는 환자들 위주로 보내겠습니다."

"음."

각막에 난시라? 제아무리 강혁이라 해도 다 알아들을 수는 없는 노릇이었다. 안과나 이비인후과와 같은 소위 마이너 서저리 과들은 학생 때도 대강 배우고 넘어가지 않던가. 그런데 막상 본격적으로 파다보면 내용은 상당히 방대했다. 문외한들은 그게 뭔지 절대로 알 수 없었다.

"아무튼, 저는 하던 수술을 하면 된다 이 말이죠?"

"네. 근데……. 일단 하시는 거 한 번만 보고요. 제가 보조로 들어가서 볼게요."

"네."

"그리고 리처드? 이분하고 한 교수님도 단독 집도는 안 되겠지만 보조는 충분히 가능하겠어요. 최 선생 보조 좀 들어가주세요. 오늘은 그냥 외래 둘이 쭉 보고 3시부터 수술 동시에 열게요."

"그렇게 할게요. 들었지? 한 교수님은 일단 당직이니까, 리처드 네가 들어가."

강혁의 말에 리처드가 고개를 끄덕였다. 어차피 무슨 말을 해도 끄덕일 준비가 되어 있던 놈이라, 수술 보조 따위는 얼마든지 할 용의가 있었다.

"자, 그럼 후딱 내려갑시다. 아무튼 간에 일하시는 동안 음식은 좀 전에 식사하신 퀄리티로 계속 나올 거니까, 힘내시고."

"아……. 네, 교수님. 정말 감사합니다. 사실 저번 단기 팀 얘기 듣고 고생은 하겠다 싶었는데, 그때보다 여건이 훨씬 좋아진 거 같네요."

"아, 저번에? 누구한테 그런 얘기를 들었죠?"

"그……. 양재원 선배님한테 들었어요."

"항문? 걔랑 과도 다른데. 뭐 동아리라도 같이 했나?"

내색은 안 하고 있지만 강혁도 가끔 그가 제일 애정하는 제자인 재원을 떠올리곤 했다. 주로 어떻게 괴롭혔는지, 그리고 다음에 만나면 또 어떻게 괴롭힐지에 대한 회상과 상상이었지만. 아무튼, 다른 사람 입에서 양재원이라는 이름 석 자가 나오자 덜컥 반가운 마음이 들었다. 그 들뜬 마음이 최지예에게도 전달되었는지, 최지예 또한 미소를 머금은 채 입을 열었다.

"아뇨, 동아리는 같이 안 했고요. 같은 고등학교 출신이에요."

"아……. 학연이구만."

"그렇다기보다는 같은 동네죠. 지연이라고 해야 하나?"

"응? 아, 그러고 보니까 그렇네. 그럼 엄청 부잣집이겠네, 최

선생님도?"

"에이, 양 선배에 비하면 아무것도 아니에요. 아무튼, 동네 선후배끼리 가끔 봤었거든요. 요샌 양 선배님이 너무 바빠져서 좀 뜸했었는데……."

최지예는 그렇게 한참 웃으며 떠들어대다가 말끝을 흐렸다. 무언가 부끄러운 일이라도 떠오른 모양이었는데, 애써 숨기려 하고 있었다. 물론 아까도 말했듯 강혁 앞에선 표정 숨기는 것이 별 의미 없는 일이었다.

"왜, 자꾸 연락하나? 이 정신 나간 놈이? 최 원장님 좋아하는 거야?"

"아, 아뇨. 아뇨. 그런 건 아니고 그냥……."

"괜찮아요. 부끄럽긴 해도, 내 제자잖아. 잘 알지 내가. 금사빠 자식."

"아니, 진짜 아니에요. 그냥 소개팅을 그렇게 시켜달라고 하더라고요. 센터장이 바쁠 텐데 어떻게 매주 하루는 시간을 내가지고……."

"매주 하루씩이나 시간을 낸다고?"

대한민국은 이미 주 5일 근무제가 들어선 지 오래였으나 적어도 중증외상센터에서는 주 7일 근무가 보통이었다. 그나마 박성민 대통령이 집권하고, 한유림이 보건복지부 장관으로 재직하면서 이런저런 법을 아주 많이 마련하고 또 돈을 많이 풀면서 처우가 많이 좋아지긴 했지만 여전히 소속된 인원들의 헌신과 봉사로 돌아가고 있다고 봐야 했다. 강혁이 고군분투할 때처럼 한 사람의 영웅에 기대서 돌아가는 시스템에서는 벗어났다는 것에 의의를 두어야 한다는 게 중론이었다. 그런데 하루씩이나 논다고? 강혁의 눈이 동그래진 것은 당연한 일이었다.

"요새 좀 외로운가봐요. 그렇잖아요. 박경원 선배도 여자친구 생겼고. 그 누구더라……? 아, 이강행? 그분도 여친 생겼다고 어찌나 하소연을 하던지."

"오? 그래요? 이강행이 여친이 있어?"

"네. 왜 그렇게 말씀하세요?"

"만나보면 알 텐데요. 걔 진짜 좀 이상한 면이 있는데……."

"아무튼, 그런가봐요. 가까이서 찾으랬더니, 가까이 있는 분은 이미 뭐 해보다가 안 됐나봐요."

"음……."

강혁은 옆에 있던 한유림과 함께 장미를 떠올렸다.

'그래, 재원이가 장미를 좋아했지.'

강혁이야 맨날 그거 가지고 놀렸지만, 나름 순정남인 한유림은 이어주려고 노력도 했더랬다. 그래봐야 장미의 철벽에 아무 효과를 보진 못했지만. 그런데 지금도 아무도 만나고 있지 못한단 말을 들으니 가슴 한편이 쓰렸다. 어쩐지 미유키를 두고 짝사랑하는 본인과 겹쳐 보이기까지 했다.

"백 교수, 애쓴다는데……. 그냥 응원하자."

해서 진심 어린 말을 꺼냈더니, 강혁은 그저 웃었다. 그냥 웃음도 아니고 명백한 비웃음이었다.

"안 될 일을 응원한다고 되나."

"아니……. 안 될 거라고 단정 짓지 말라고. 아직 양 선생은 젊어."

"나이의 문제가 아니라……. 걔는 안 돼. 연애 고자라."

"아이고……."

"아무튼, 밥 다 먹고 영상 다 봤으면 내려갑시다. 설거지는 김 사장님한테 맡기고, 열심히 일하러 가야지."

한유림이야 좀 더 안타까워하고 싶었지만, 상황이 여의치 않았다. 게다가 안타까워한다고 뭐 달라지겠는가. 한유림조차 머릿속으로는 다음 만날 때까지도 재원은 혼자일 거라 확신하고 있었다. 자세히 뜯어보면 인물도 멀쩡하고 성격도 괜찮은데, 어쩐지 모태 솔로의 기운이 흘러넘치는 녀석이었다.

'대체 뭐가 문제야.'

나도 했는데, 왜 그놈은 안 될까. 한유림은 어깨를 으쓱 하고는 이미 내려가버린 강혁의 뒤를 따랐다. 벌써 외래는 시작된 후였다. 그나마 당직을 맡고 있어서 망정이지, 그렇지 않았다면 또 한 소리 들을 뻔한 상황이었다.

'아니지? 내가 뭐 죄 졌어? 이 나이 먹고 1분도 못 뭉그적거리나?'

이미 혼날 준비까지 다 끝마쳤던 주제에 뒤늦게 자기 합리화를 시전하고 있으려니, 어디선가 소란이 일었다.

"에이, 뭐야?"

"오늘 여기 신청한 사람 맞아?"

"어어, 저……, 저놈 저거! 너 어디 보냐? 어?"

"눈깔 귀신이 왔네. 재수없게……."

한유림이 비록 강혁처럼 우르두어에 익숙한 사람은 아니었지만 몇몇 욕설은 알아들을 수 있었다. 신기한 게 다른 단어는 그렇게 들어도 외워지지 않더니만 욕설은 딱 한 번 들은 것도 뇌리에 남았다.

'이상하네? 오늘 다 점잖은 환자들이 온 거 같았는데?'

한유림은 고개를 갸웃거리며 소란이 인 곳으로 발걸음을 돌렸다. 힐끔 버스 안을 보니, 이미 알아서 잘 돌아가고 있었기 때문이었다. 게다가 저 소란이 일고 있는 곳에 다친 사람이 있을 수도 있지 않겠는가. 그렇다면 당직의인 한유림이 봐야 할 터였다. 결코 땡땡이 치려는 수작은 아니라고 되뇌면서 걸었다.

"음."

그렇게 걸어간 곳에서 마주한 건 히잡을 쓴 여인 하나와 그 여인의 뒤에 숨은 채 이곳을 바라보고 있는 어린아이였다.

'왜 눈깔이니 하는 말이 들리나 했더니…….'

아이는 사시가 있었다. 정면을 봐도 어디를 보고 있는지 모를 정도로 심각한 상황이었다.

"저기, 선생님."

당황한 얼굴의 한유림에게 어머니가 다가왔다.

"어, 아니. 나는."

대화를 나눌 정도로 우르두어가 유창한 건 아닌지라 더더욱 당황하고 말았는데, 그게 아이에게 상처가 됐는지 뒤로 더 숨어버렸다.

"그, 그런 게 아니라."

마음이 아파진 한유림은 다급히 말이 통할 만한 사람을 찾았다. 다행히 그리 어려운 일은 아니었다. 카심이 이리저리 미친 듯이 뛰어다니고 있었기 때문이었다.

"무슨 일이에요?"

"아, 여기……. 여기 이 친구 말야."

"아. 일단 이쪽으로 오세요."

카심은 우선 아이와 엄마를 병원 안쪽으로 데리고 들어갔다. 그런다고 즉각 다른 사람들의 눈을 피할 수는 없었다. 안쪽에서도 진료 중이었기 때문이었다.

"뭐야?"

"응? 걔 눈 왜 저래?"

"아……. 알리잖아?"

"알리?"

"그…… 왜 저주받았다던. 그러니까 눈이 저 모양이지. 이맘께서 그냥 두라고 했으니 망정이지……."

"아하."

오히려 좁디좁은 공간이라 그런지 몇몇은 아이를 알아보기까지 했다. 카심은 이건 저주 따위가 아니라 그냥 아픈 거라고 외치고 싶었지만 우선 참았다.

'우리는 이곳 사람들과 싸우러 온 게 아니라, 화평하러 온 거예요.'

언젠가 제인이 했던 말을 떠올렸기 때문이었다. 저 사람들이 사시라는 걸 알면서 저런 분별없는 말들을 늘어놓고 있겠는가. 다 모르니까, 이게 그저 아픈 것에 불과하다는 걸 모르니까 하는 말들일 터였다. 카심은 아이가 더 상처받지 않도록 위로 올라가기로 결심했다. 한유림과 함께였는데, 한유림도 눈치로 욕을 먹고 있다는 걸 알고 있었기에 몸으로 다른 사람들로부터 알리를 가려주었다. 다행히 이젠 계단이 아니라 엘리베이터로 이동할 수 있게 된 마당 아니던가. 3층에 도착하자마자 카심은 아무 데나 빈 병실로 들어갔다. 백내장 수술받은 환자들을 입원시킬 요량으로 3층 전체를 비워둔 참이어서 아무도 없었다.

"일단……. 여기 앉아 있을래요?"

"아……. 네, 감사합니다."

병실에 오기까지 자초지종을 설명하지 않았지만, 카심과 한유림의 따스한 마음 하나만큼은 고스란히 전달된 모양이었다. 아이는 몰라도 어머니는 고개를 숙인 채 얌전히 침대에 걸터앉았다. 아이도 엄마를 따라 바짝 옆에 붙어 앉았다. 아무래도 여기저기서 욕을 들어서인지 주변에 아무도 없는 지금도 주눅이 들어 보였다. 카심도 마음이 좀 그랬지만, 한유림은 더더욱 안쓰러운 생각이 들었다.

'대한민국이었으면……. 사시 교정 안경이라도 끼고 치료받으면서 좀 좋아졌을 텐데…….'

비록 안과에 대해서는 잘 모르지만 그래도 소아 사시에 대해 어릴 때부터 교정에 들어간다는 것 정도는 알고 있었다. 마침 이번에 팀장으로 온 최지예 원장이 태화에서 무려 2년이나 소아 사시 전문의 과정을 밟은 재원 아니던가. 로컬로 나간 다음에야 거의 만나지 못했지만 그전에는 커피라도 마시던 사이였다. 의사들끼리 얘기하다보면 필연적으로 환자 얘기가 나오기 마련인지라, 사시에 대해서도 이것저것 주워들은 것이 있었다.

"교수님."

"응?"

잠시 최지예와의 대화를 떠올리고 있으려니, 두 모자를 좀 더 편안한 곳에 앉도록 안내해준 카심이 한유림을 불렀다. 보아하니 긴히 할 말이 있는 모양이었다. 해서 한유림은 즉시 회상을 멈추고 귀를 기울였다.

"왜. 말해봐."

"최지예 원장님이 이번에 백내장 수술하러 오신 거긴 해도……. 아까 얘기 들어보니까 원래는 소아 사시 전문의라고 하시던데, 맞나요?"

"음……. 그렇긴 하지."

"그럼 이 아이 수술, 가능하지 않을까요?"

"음……."

한유림은 대답 대신 잠시 아이를 돌아보았다. 아이는 남의 눈길이 부담스러운지 엄마 뒤로 숨어 있었기 때문에 얼굴을 보기란 쉬운 일이 아니었다. 하지만 아까 밖에서 봤던 모습이 생생하게 떠올랐기에, 굳이 다시 봐야만 상태를 알 수 있는 건 아니었다.

'눈이 아예 밖으로 나가 있었지?'

일명 외사시였는데, 한유림으로서는 딱 거기까지 알아보는 게

다였다. 이게 정말 수술이 필요한 상황인지, 아니면 비수술적 치료만으로도 가능할지까지는 알 수 없었다.

"그건 최지예 선생이 봐야 알 것 같은데."

"아……. 사시에 대한 치료 말이죠?"

"응. 나도 외과라 잘은 모르지만 무작정 수술하는 거 같진 않더라고. 비수술적 치료가 가능하면 그렇게 하는 게 낫지, 아무래도."

"근데……. 그런 비수술적 치료라는 건 보통 지속적으로 해야 하지 않을까요?"

"그렇긴 하지……. 음."

이게 바로 현장의 고뇌라고 보면 되었다. 대부분 수술보다는 비수술적 치료를 환자도, 의사도 선호하기 마련이지만, 대개 단기 봉사로 끝나는 경우가 많은 현장에서는 비수술적 치료가 어려웠다. 영속적인 치료가 훨씬 각광받았다.

"그래도 우리가 결정할 수는 없어. 최지예 선생……, 치료 가능한지 봐야겠는데?"

"그럼 지금 데려다줄까요?"

"아까 그 많은 사람들을 헤치고? 어차피 진료 중이고 오늘 사시 수술이나 진료는 염두에 두지도 않았을 텐데……. 백내장 수술 꽉꽉 채워두고 있을 거야. 적어도 외래는 끝나고 가자고."

"아……. 알겠습니다. 그게 낫겠군요."

카심 또한 한유림과 마찬가지로 아까 아이를 향해 쏟아지던 시선을 기억하고 있었다. 몸과 마음을 낱낱이 해부하려는 듯한 시선은, 어떻게 봐도 아이에게 해로울 것 같았다. 해서 우선은 이곳에서 기다리기로 작정했다. 물론 그렇게 결정이 되었다고 해서 둘 다 무작정 3층에 있을 수 있는 건 아니었다.

"그럼 저희는 일단 내려가겠습니다. 이따 다시 올게요. 아무도 오지 않을 거고……. 다른 직원 하나 붙여놓을 테니까 염려 놓으세요."

둘은 직원 하나를 불러다 앉혀 놓고는 아래로 향했다.

"그럼 저는 다시 환자들 분류할게요. 시장님도 계시는 데다가, 여기가 이맘 치료한 곳이라 대부분 말을 잘 듣는데……. 간혹 안 그런 분들이 계셔요."

"어어. 알았어. 나는 그럼 안과 버스로 갈게. 치과 쪽은 잘 되고 있는 거지?"

"아, 네. 부정선 원장님? 그분이 봉사 경험도 많으시더라고요. 현지인들 컨트롤이 굉장히 좋습니다."

"오케이, 아주 좋구만. 장 원장님이 인맥이 좋으시네."

그러곤 각자의 일터로 향했다.

"어르신들! 진료 다 보신 분들 중에 수술 안 하시는 분들은 약 받으러 이쪽으로 오세요! 영양제랑 구충제입니다!"

카심은 원래 있던 현장에 도착하자마자 남아 있던 직원들 및 단기 팀 사람들에게 보고를 받았고, 일단 외래가 끝났다는 것까지 확인했다. 하지만 봉사팀의 일은 단지 외래가 끝이 아니었다. 뭐라도 나눠줘야 더 평판이 올라가는 법 아니겠는가? 해서 영양제와 구충제를 나눠주기로 작정한 바 있었다.

'이번엔 저번처럼 똥 파티 안 해도 되겠지?'

저번 단기 팀이 워낙에 큰 수고를 해준 덕에 대부분의 한구 도시 사람들은 구충제를 한 차례씩은 먹은 바 있었다. 딱 그때 병원에 오지 않았다 하더라도, 닥터 제인이 시장의 협조를 통해 시에 구충제를 배포했기에 오늘 온 환자들은 구충제를 먹은 경험이 적어도 한 번씩은 있었다. 그 말은 곧 새로 감염이 되었다 하더라도 이전처럼 산더미 같은 기생충을 경험할 가능성은 없다이 말이었다.

한유림은 안과 버스로 향했다. 백강혁 기준으로는 상당히 오래 땡땡이를 친 마당이었지만, 할 말이 있었으니 괜찮았다.

"음."

한유림이 버스 안으로 들어서자, 예상했던 것과는 사뭇 다른 분위기를 마주할 수 있었다.

"8시까지 수술한다고 쳤을 때……. 지금부터 부지런히 해봐야 4시간 반이에요. 그래도 여기……, 제가 데리고 온 직원들이 워낙 베테랑들이라 교대는 엄청 빠를 겁니다. 하나 끝나면 바로 다음 수술 준비될 거예요. 다만 언어의 문제가 있으니, 현지 분들의 도움이 필요할 텐데……. 그건 가능한가요?"

"네, 물론이죠. 저라도 도울게요."

최지예가 정면에 서서 브리핑을 하고 있었고, 제인과 시장이 그런 최지예의 말을 경청하고 있었다. 제아무리 버스가 크더라도 안에 설비가 많이 들어차 있어서 정작 사람 있을 공간은 적었기 때문에 복작대는 느낌이었는데, 그럼에도 아무도 불만을 토로하는 이는 없었다. 그저 최지예가 하는 말에 귀를 기울일 따름이었다.

"그럼……. 음, 그래도 첫날이니까 수술 개수는 보수적으로 잡아볼게요. 백 교수님 실력 테스트도 봐야 하니까……. 저 4개, 창환이 5개, 백 교수님 1개. 이렇게 해보고, 더 할 수 있으면 내일부터는 대폭 늘리도록 하겠습니다."

"어……. 열흘인데 오늘 10개면 좀 부족하지 않을까요? 일단 계획은 더 짤 수 있지 않을까요?"

이번에 입을 연 것은 시장이었다. 그로서는 이왕 시의 어른들을 모아두었으니, 이참에 확 민심을 잡고 싶은 마음이 컸다. 그러자면 수술을 어떻게든 많이 하는 게 좋을 거 같은데 담당 의사가 소극적으로 나오자 조금은 답답한 모양이었다. 물론 최지예에게도 할 말이 있었다.

"아……. 시장님이시죠?"

"아, 네."

"백내장 수술은 바로 할 수 있는 게 아니고, 수술 전에 산동이라는 걸 해야 하는데요. 이게 눈동자를 확대하는 건데, 하고 나면 반나절 정도는 어지러워요. 근데 이걸 해놓고서는 수술을 오늘 못한다고 하면 불만이 커질 겁니다."

"아……. 또 그렇게 있구만."

"네, 양해 부탁드리겠습니다. 많이 하는 것도 중요한데 일단 사고 안 나게 하는 게 더 중요하니까요."

"알겠습니다. 네, 그렇게 알고 있겠습니다."

시장은 고개를 크게 끄덕임으로써 동의의 뜻을 표했다. 브리핑은 그걸로 끝이었다. 방금 말했던 대로 서둘러야 4시간에서 4시간 반 정도를 확보할 수 있지 않겠는가. 전원 한국인으로 이루어진 단기 팀 인원들은 정규 한구 병원 팀보다도 더 조급한 모습을 보이고 있었다. 세상에서 제일 성질 급한 사람들 아니겠는가. 이왕 휴가 반납하고 여기까지 온 마당에 1분 1초도 허비하고 싶지 않았다. 그렇게 직원들 전부 각자의 위치로 빠르게 이동했다.

"허."

군 경험이 없는 시장이 보기에도 아주 잘 훈련된 군대 같았다. 시장의 상상 속에만 존재하는 군대가 눈앞에 나타난다면 딱 저럴 거 같다고 생각했다.

"좋아. 1번 방은 내가 백 교수님이랑 들어갈 테니까, 2번 방은 창환이가 닥터 리처드랑 같이 들어가. 백 교수님은 오늘 케이스 중에 제일 쉬울 거 같은 케이스 있으면 드릴게요."

지휘관은 최지예였다. 조그마한 체구인지라 연약하지 않나 싶었다면 오산이다. 맑고 카랑카랑한 목소리는 버스 안에 있던 모두의 귓전을 때리고도 남았다. 심지어 강혁에게도 그랬다.

"아, 네. 그러죠."

덕분에 강혁은 실로 오랜만에 고개를 칼같이 끄덕이고는 1번 방으로 향했다. 아무래도 버스 안에 마련된 수술실이다보니 협소하기 그지없었다. 딱 환자 누이고 나면 둘이 선 자리에서 단 1cm도 못 움직일 거 같았다. 특히 덩치가 큰 강혁은 약간은 불편한 자세로 붙박이장처럼 있어야 할 판이었다.

"괜찮으세요?"

"음, 뭐. 고개 좀 숙이고 있죠."

"아, 환자 오네요. 현미경에 눈 대시고 보세요. 보여주신 영상 보니까, 수술 숙지하고 계신 거 같긴 한데……. 그래도 다시 한 번 상기하는 의미에서 설명하면서 해드릴게요."

"음, 네. 그러죠."

하지만 불평할 새는 전혀 없었다. 밖에 자리한 직원들은 이동하는 것만큼이나 빠르게 수술 전 처치를 마쳤고, 바로바로 환자가 들어왔다.

'난 그냥 다시 나가야겠다.'

어디에도 한유림이 있을 자리는 없었다. 눈치 봐서 소아 사시에 관해 얘기나 좀 하려고 했는데, 그건 너무 희망찬 생각이었다.

'하긴 재가 예전부터 장군 기질이 있었지…….'

그렇지 않고서야 어디 안과 병원을 그렇게 크게 운영할 수 있었겠는가. 해서 한유림은 하릴없이 버스를 빠져나왔다. 당직인데 할 일 없는 건 자기뿐인 것 같다는 생각을 하면서였다.

"교수님!"

한유림은 딱 나오자마자 방금 했던 생각을 서둘러 취소했다. 당직인 주제에 한가롭다는 생각을 하다니. 내가 미쳤구나 싶었다. 하지만 엎질러진 물이란 말도 있지 않은가. 물보다도 실체가 없는 생각을 주워 담기란 불가능했다.

"어, 어?"

한유림은 이게 혹 다른 일일 수도 있을 거란 생각을 하면서 장을 바라보았다. 원래 응급실을 지키는 몸이지만, 단기 팀이 와 있는 기간엔 병원 안쪽 외래 접수를 맡고 있던 그는 휴대폰을 들고 있었다. 통화 중인지 여전히 시끄러운 소리가 들려오고 있었다.

"아, 어디 가셨나 한참 찾았네."

장은 한유림의 얼굴을 마주하자마자 우선 통화부터 끊었다. 그냥 저렇게 끊어도 되나 싶을 정도로 다급해 보이는 어투였지만, 한유림이 끼어들 일은 아니지 않겠는가. 우선 상대가 어느 나라 말을 하고 있는지조차 불분명한 상황이었다.

'얼굴 보아 하니까 별일은 아닌 거 같은데.'

무엇보다 한유림은 통화보다는 장에게 집중하고 있었다. 함께 지내온 시간이 몇 년 된 건 아니지만, 상당히 밀도 높은 시간이었다. 그러다보니 얼굴만 봐도 무슨 일이 있는지 대강 알 것 같았다. 덕분에 기분이 좋아진 한유림은 아까보단 발랄한 목소리로 물었다.

"무슨……, 무슨 일인데?"

"다른 건 아니고요. 채석장 사고 말입니다."

"어? 또…… 또 뭐 터졌나?"

"아, 아뇨. 그날 이후로 시장님이 한구 근처 모든 채석장 안전 살피라고 했잖아요. 뭐 그래봐야 안전을 챙겨가면서 일할 만큼 돈 버는 사업장은 없긴 하겠지만……. 눈치 보느라 일은 안 하고 있죠. 저기, 데니스가 운영하기 시작한 채석장 말고는요."

장은 엄지손가락으로 데니스를 가리켰다. 이제 대강 진료가 끝난 마당인지라, 데니스는 구석에 앉아 냉수를 벌컥벌컥 마시고 있었다. 처음 봤을 땐 교포 특유의 유쾌함이 묻어 있는 인상이었는데…….

'누가 널 그렇게 만들었니.'

지금은 그저 일상에 지친 아저씨의 모습이 된 지 오래였다. 물론 일이 안 되고만 있지는 않았다. 방금 장이 말한 것처럼 무려 채석장 사업까지 따내지 않았던가. 지천에 깔린 게 돌산이라 허가만 받으면 대박 나는 사업이니만큼 외국인은커녕 외지인에게도 기회가 주어지지 않는 일이라는 걸 감안하면 특혜도 이런 특혜가 없었다. 아마도 사고 당시 중장비를 동원해서 도와주었던 게 시장이나 지역 주민들에게 무척 인상 깊었던 모양이었다.

'그거 아마 백 교수가 사바사바 해서 된 거로 알고 있는데.'

참 이상한 인간이었다. 수술 말고는 그냥 대충, 아주 거칠게 살아가는 거 같은데, 곁에 있다보면 반드시 한 번은 커다란 은혜를 입게 되지 않던가. 그 인간 아니었으면 한유림이 어디 보건복지부 장관을 해볼 수 있었겠는가. 한국대학교 병원 기조실장 자리도 달랑달랑했을 것이 뻔했다. 마찬가지로 데니스 또한 애초에 이곳으로 파견된 목적을 조기 달성했을 뿐 아니라, 초과 달성하는 중이었다.

"장사 잘 된다던데. 외국으로 수출도 한다고?"

"네? 아, 네. 그렇게 듣긴 했는데 저는 자세히는 몰라요."

"아, 그렇지. 내가 자세히 들었지."

파키스탄은 근처 국가들과 딱히 우호적인 관계를 형성하지 못한 나라였다. 원래 가까운 나라들일수록 역사가 뒤엉켜 사이가 나빠진다고 하는데, 파키스탄은 유독 더 그렇다고 보면 되었다. 물론 모두 다 사이가 나쁜 건 아니었다. 아프가니스탄과는 꽤 우호적이긴 하지만, 딱히 도움이 되는 나라는 아니지 않은가.

'파키스탄 기업이면 인도나 중국에 수출하는 게 어렵다고 하던데…….'

이런 상황에 메이드 인 코리아 딱지를 딱 붙이자마자 일단 인도부터 뚫렸다. 뉴델리를 중심으로 한 북인도 개발이 한창이다 보니 만성적인 석재 부족에 시달리던 인도였던지라 데니스는 미처 돌멩이 하나 캐기도 전에 계약을 성사시키는 쾌거를 이루었다. 아마 그 때문에 데니스가 저렇게 찌든 모습을 하고서도 강혁을 돕고 있을 터였다.

지금 데니스의 사업이 중요한 사안은 아니었기에 한유림은 억지로 화제를 전환하기로 했다.

"아, 근데 나 왜 찾았어?"

"아 맞아. 그게 트럭이 한 대 오고 있어요. 그날 수술받았던 환자들 중에 지금도 입원 치료받고 있는 사람들도 있긴 한데, 거의 다 퇴원했지 않습니까?"

골반뼈가 으스러졌다든지 하는 사람들은 여전히 병원에 있었다. 하지만 팔다리 하나씩 잘린 정도의 부상을 입었던 사람은 모두 퇴원한 상황이었다. '벌써?'란 생각이 들었다면 지극히 정상일 터였다. 강혁과 한유림은 상당한 반발을 무릅쓰고 그들을 내보낸 바 있었다. 냉혹하게 들릴 수도 있겠지만, 거의 다 나은 사람들에게 할당할 만한 병실이 없던 까닭이었다.

“설마 와서 깽판치려고?”

“네? 아뇨, 아뇨. 공짜로 치료해준 사람들한테 뭘 깽판을 쳐요. 다만 한국에서 단기 팀이 왔다고 하니까……. 보조기 같은 거라도 받을 수 없나 해서 오고 있는 모양이에요. 수술 후 처치도 받고 싶다고 하고.”

“겸사겸사 온다 이 말인가?”

“네.”

“음.”

보조기라. 이에 대해 생각을 안 해본 건 아니었다. 아니, 애초에 그들에게 보조기의 존재를 알려준 게 바로 강혁이었다.

‘분명히 나중에 따로 잡아보겠다고 했던 거 같은데.’

대한민국에서 보조기는 물론 비싸긴 하지만 그렇다고 아예 만들 수 없는 물건은 아니지 않은가. 이곳에서는 얘기가 많이 달랐다. 애초에 그 존재조차 모르는 사람이 많았고, 존재를 안다고 해서 생산이 가능한 것도 아니었다. 고가의 제품을 살 수 있는 사람이 적은 곳에 손해를 감수하고 공급망을 만드는 호인은 없는 법이었다. 아예 외국에 드나들 만큼의 재력이 있는 사람들만이 보조기 구입 및 사용이 가능했다.

‘애초에 그런 사람들이 절단 사고를 겪는 일은 적은데 말이지.’

아주 먼 얘기처럼 들리겠지만, 불과 얼마 전까지만 해도 한국에서도 이랬더랬다. 상대적으로 중증외상에 취약한 계층은 센터 접근이 어려운 곳에서 일하고 살았다.

“얘기는 된 거지? 보조기는 당장 어렵다고.”

"네. 그럼요. 일단 카심이 와서 설명을 해줄 거라고 합니다. 교수님은…… 수술 후 처치만 해주시면 될 것 같아요."

"오케이. 모두 몇 명인데?"

"8명이요."

"음. 8명? 트럭에 싣고 오는 수준이잖아?"

"네, 뭐. 외곽에 사는 사람들이 많다보니까 그냥 한 번에 그렇게 오나봐요."

"거참……."

이제 이곳에 익숙해진다 싶으면 어김없이 놀랄 일이 생겼다. 세상에 큰 수술을 받았던 환자들을 트럭으로 나를 줄이야. 더 놀라운 점은 그렇게 해도 어떻게든 일이 진행되긴 한다는 점이었다.

"알았어. 마틴이랑 같이 보지."

"마틴이요? 그게 누구……."

"인도에서 온 팀장 있잖아."

"아……. 외과 의사라고 했죠, 참. 근데……."

"근데 뭐."

"아뇨, 아닙니다. 그렇게 하시죠."

장은 손님 격으로 온 건데 부려먹을 작정이냐는 말을 하려다 입을 다물었다. 그래도 강혁에 비하면 제법 온화한 축에 들던 한유림인데 죽일 듯한 얼굴로 자신을 바라봤기 때문이었다.

'오줌 쌀 뻔했네.'

독박 당직 2주 동안 쌓인 독기를 무시한 대가를 혹독하게 치를 뻰했던 장은 고개를 절레절레 흔들며 자리를 떴다. 그사이 한유림은 마틴에게로 다가갔다.

'백강혁이 하듯이 하면 돼. 백강혁이 하듯이!'

끊임없이 속으로 어떤 대화들을 떠올리면서였다. 대부분 실제로 있었던 대화였으며, 심지어 대부분은 자신이 직접 나눈 대화였다.

'말 못 알아듣는 모양인데, 이제부터 중증외상센터 식구라고 당신. 아니, 과장님인가?'

'오? 잘하는데? 역시 과장 짬바가 어디 가는 게 아니라니까.'

'이제 기조실장 해요. 그럴 때 됐잖아.'

'기조실자앙? 수술방에서 그런 게 어딨어. 3호! 빨리 안 당겨?'

회상을 하다보니 어쩐지 눈물이 날 것 같았다.

"아, 닥터 한. 어쩐 일이세요?"

다행히 눈시울이 붉게 물들기 전에 마틴을 만날 수 있었다.

'에이 씨.'

눈물겨운 회상을 통해 딱히 배울 수 있는 건 없었다. 한유림이 겪었던 회유와 협박은 대부분 상대가 강혁이라 가능한 일이었다. 해서 한유림은 백강혁 대신 그 자리를 물려받은 양재원의 방식을 이용하기로 했다.

"아이고, 닥터 마틴. 이게 참……. 허허."

인정에 호소하기였다. 그렇지 않아도 한유림은 나이가 퍽 많은 편 아니던가. 동양인인 데다가, 운동도 꽤 한지라 나이에 비하면 훨씬 어려 보이긴 했지만, 마틴은 제인 및 여러 소식통에 의해 한유림의 신상에 대해 어느 정도 알고 있는 상황이었다. 그런 사람이 사람 좋아보이면서 동시에 얼굴에 주름이 잔뜩 가는 미소를 짓고 있으니 어쩐지 황송한 마음이 들었다.

"네네, 닥터 한. 듣고 있습니다. 제가 도울 일이라도 있을까요?"

해서 좀 더 귀를 기울이는 태도를 취했다. 방금 전이라고 해서 딱히 무례한 태도는 아니었기에 지금은 누가 보더라도 쩔쩔매는 듯이 보였다.

'옳거니.'

한유림은 귀신같이 마틴의 변화를 감지하고는 입을 놀렸다.

"아시는지 모르겠지만……. 제가 2주 동안 사정이 있어서 계속 당직 중이에요. 아마 단기 팀이 있는 동안도 그럴 거 같은데."

"네?"

"아이고……. 뭐 제가 원해서 하는 일이긴 합니다. 다들 백내장 보조하고 뭐 닥터 백은 심지어 아예 집도를 하게 될 거 같기도 해요."

"네?"

마틴은 두 번 놀랐다. 하나는 한유림 같은 육십 먹은 노인을 본격적으로 부려먹고 있다는 점에서였고, 또 다른 하나는 강혁이 백내장 집도를 들어가게 된다는 점에서였다. 무엇 하나 쉽사리 믿기지 않는 일인지라 갈팡질팡하고 있으려니, 한유림이 틈을 놓치지 않고 치고 들어왔다. 강혁과 함께 있으면서 느는 게 비단 수술뿐만은 아니라는 걸 몸소 보여주고 있었다.

"근데 이 나이에 이거 당직 계속 서려니까……. 쉽지 않더라고요. 허허, 오십만 됐어도 이 까짓것 아무것도 아닌데. 벌써 육십 넘은 지도 여러 해라. 허허."

한유림은 여러 무기 중 나이를 이용했다.

"아, 네, 네. 그렇죠. 이해합니다."

유교 문화권이 아닌 곳에서는 나이가 그리 중요치 않다 뭐 이런 얘기도 있지만, 당장 이슬람 문화권에서도 나이는 깡패였다. 또 의사들끼리도 그랬다. 아무래도 거의 모든 질환에서 나이가 예후에 미치는 영향이 어마어마하다보니, 눈앞에서 노인이 힘들다고 하는 걸 싹 무시할 수 있는 의사는 없다고 보면 되었다.

'역시. 이게 K-장유유서다.'

한유림은 바로 걸려드는 마틴을 보며 남몰래 웃었다.

"별건 아니고……. 지금 환자 8명이 온다고 하는데, 같이 봐주실 수 있겠어요? 얼마 전 채석장 다이너마이트 사고로 다쳤던 부상자들인데……. 수술이 험하다보니 수술 후 처치도 만만치는 않을 거라……."

"아, 네. 들었습니다. 당연히 도와야죠."

"감사합니다. 오면서 잠은 충분히 주무셨죠?"

"네?"

"아뇨, 아뇨. 하하. 아무튼, 갑시다."

한유림이 마틴을 낚아챌 때쯤, 강혁 또한 손목 스냅을 넣고 있었다. 백내장이 하도 오래된 바람에 단단해져버린 환자의 수정체를 제거하고 있었다.

"와……. 진짜 잘하시네. 다 맡겨도 되겠어요."

첫 번째 수술만 해도 긴가민가했는데, 두 번째 수술은 더 잘하는 것을 보고는 확신이 들었다. 첫날은 수술 하나만 하기로 했지만, 속도마저 빨라 벌써 세 번째 수술 중이었다. 최지예는 별일만 없으면 적어도 150개에서 200개의 백내장 수술이 가능하겠단 생각이 들었다. 밖에 소아 사시 환자가 와 있다는 걸 모르고 있으니 가능한 생각이었다.

강혁은 전신마취를 한 환자의 우측 눈동자 외측에 절개를 넣었다. 두 번째 수술까지는 그래도 이런저런 조언을 해주던 최지예는 묵묵히 보조만 하고 입을 다물고 있었다.

'잘한다……. 뭐 어려운 케이스를 접하게 된다면 어떨지 모르겠지만…….'

같은 수술이라고 해서 모든 케이스에서 난이도가 같을 수는 없는 법 아니겠는가. 극단적으로는 간단해 보이는 편도 수술조차 점액다당류증 환자 케이스에서는 극도로 어려운 수술이 되곤 했다. 백내장 또한 그러했는데, 딱히 MPS 환자처럼 선천성 질환을 예로 들 필요도 없었다.

'여기 환자들은 다 노령이라……. 산동도 잘될 거잖아?'

조발성 백내장, 즉 젊은 나이에 백내장이 온 환자들에 대한 수술은 극히 까다로울 수 있었다.

일단 산동이 제대로 되지 않는 경우가 많아 수술 시야가 작았다. 수술 시야의 중요성이야 아무리 강조해도 모자랄 수밖에 없는 일이지 않은가. 또한 원래 눈이 좋았던 사람인 경우도 있어서,

수술하는 입장에서는 아무래도 부담이 더 될 수밖에 없었다. 최지예도 몇 번인가 경험이 있었는데, 지금도 그때 생각을 하면 고개가 절로 저어졌다. 최지예가 회상에 빠져 있는 동안, 강혁은 구석에 남은 수정체 조각들을 긁어내기 시작했다. 긁어낸다는 표현을 써도 되나 싶을 정도로 섬세한 손놀림이었다. 솔직히 이런 술기 하나하나만 따지자면, 최지예도 따르지 못할 거 같았다. 아니, 최지예를 가르친 교수도 손을 이렇게까지 움직이진 못했다.

'미쳤네.'

어떻게 막을 터뜨리지 않으면서 동시에 이토록 빠르게, 또 확실하게 수정체 조각들을 제거할 수 있을까. 만약 강혁이 안과에 왔다면 한 시대를 풍미하는 안과 의사가 되었을 수도 있었겠다 싶었다. 뭐, 외과에 가서도 충분히 어마어마한 변혁을 이끌고 있긴 했지만.

"좋아……. 이제 넣으면 될까요?"

"네? 아, 네. 넣으시면 됩니다. 아까 보니까 잘하시던데……."

"이게 단렌즈라서 쉬운 거죠?"

"뭐 그렇긴 하죠. 난시도 없는 케이스라 방향이 중요하진 않아서요."

난시가 있거나 다초점 렌즈인 경우에는 렌즈 삽입이 확실히 까다롭기 마련이었다. 방향이 틀어지거나 위치가 틀어지는 순간 환자의 수술 만족도가 극적으로 떨어지기 때문이었다. 하지만 단렌즈는 애초에 잘 보이는 거리가 하나뿐인 아주 간단한 형태의 렌즈라 수술도 상대적으로 간단했다. 그렇다고 방금 강혁이 한 것처럼 아무나 쉽게 쉽게 할 수 있는 수술은 아니었는데, 뭐 어쩌겠는가. 한 방에 쑥 하고 들어가서 거짓말처럼 자리를 잡았는데. 때문에 최지예가 할 수 있는 일은 그저 놀라는 일뿐이었다.

"다음 수술도 혼자 해보실래요?"

"음, 그럴까요? 근데 시간이 좀 느려지는 거 아닌가? 단기 팀은 시간이 생명인데."

"아."

최지예는 강혁의 말에 뒤에 걸린 시계를 돌아보았다. 아닌 게 아니라 시간이 대체 얼마나 흐른 건지 헷갈리던 참이었다. 아무리 집도의가 강혁이고 최지예는 수술 보조라 할지라도, 안과 의사로서는 초보 중의 초보 아니었던가. 그렇다보니 집중해서 볼 수밖에 없었다.

"아, 아뇨. 딱히 그렇지는 않을 거 같습니다."

혹 시간이 늦어지고 있으면 어쩌나 했는데, 자기가 하는 거랑 큰 차이가 없는 상황이었다. 물론 어려운 케이스는 후배인 최창환 선생에게 몰아주고 강혁에게는 쉬운 케이스만 주긴 했지만, 그걸 감안한다 하더라도 이 정도면 속도에서 차이가 날 거 같진 않았다.

"그냥 쭉 하시죠."

"음, 알았어요."

"아, 근데 교수님은 괜찮으세요? 안과 수술이 생각보다 심력을 많이 소모하는데."

"음."

강혁은 최지예의 말에 방금 자신이 수술한 환자의 눈을 내려다보았다. 눈이라고 절개한 곳이 저절로 붙는 건 아닌지라 봉합이 두 땀 되어 있었다.

'심력이라.'

생각했던 것보다 힘든 것은 사실이었다. 수술 부위가 작아진다고 해서 체력 소모도 작아지는 건 아니지 않은가. 하지만 강혁은 외상 외과였다. 그것도 아무것도 없는 현장에 덜렁 놓인. 그런 그에게 이만한 수술은 솔직히 말하면 아무것도 아니었다. 비단 강혁만이 아니라 한유림이나 리처드를 데려다 놓는다고 해도 마찬가지일 터였다. 매일 자신의 한계까지 몰아붙이는 경험을 하고 있기 때문이었다.

'그런 말을 굳이 할 필요는 없겠지?'

최지예는 강혁을 한국대학교 교수로 대우해주는 듯하지만, 강혁에게 최지예는 단기 봉사를 온 팀장이었다. 재원처럼 편하거나 만만한 느낌이 들진 않았다. 농담을 하기가 어색하기도 했고, 최대한 예의를 차리는 중이었다.

'그래야 단기 팀이 계속 오지.'

붙잡아둘 수 있는 수단이나 틈이 보인다면야 얼마든지 행동에 나설 텐데, 아쉽게도 안과의 최지예나 치과 부정선이나 대한민국에 너무 탄탄한 기반을 가지고 있는 사람들이었다. 이런 사람들은 차라리 한국에서 자리 잡고 있으면서 필요할 때 도움을 주는 게 훨씬 효율적일 터였다. 어차피 모든 사람이 한구에 와서 봉사만 하면서 살 수는 없는 노릇 아니겠는가. 애초에 봉사단체도 그런 걸 원하진 않았다. 지속 가능해지려면 후원도 있어야만 했다.

"괜찮습니다. 생각보다 어렵긴 한데……. 체력은 좋아요."

강혁은 평소와는 달리 겸손하고 예의 바른 모습을 보였다. 이걸 한유림이나 리처드가 봤다면 당장에 총이라도 들고 뛰어왔을 텐데. 아쉽게도 수술실엔 둘뿐이었다. 누가 들어오고 싶어도 좁아서 그럴 수도 없었다. 해서 별 탈 없이 수술을 마친 환자가 나갔고, 다음 환자가 들어왔다.

"전신마취라기보다는 수면 마취다보니까……. 이게 좋네요. 턴 오버가 진짜 빨라."

"네. 실제로 외국에서는 눈 수술할 때 국소마취만큼 수면 마취도 많이 쓴다고 하더라고요. 근데 아시죠? 우리나라는."

"우리나라 분들이 참을성이 좋지."

눈앞에서 칼이 왔다 갔다 하는데 눈 뜨고 있으라는 말을 지키는 게 바로 대한민국 사람들이었다. 물론 산동을 하기에 뭐든 흐릿하게 보이는 상황이긴 할 테지만, 외국인들에게 그렇게 설명했다간 아무도 수술받는 사람이 없을 게 뻔했다.

마지막 수술까지 이렇다 할 사고 없이 모두 마칠 수 있었다. 생각보다 시간이 그렇게 많이 걸리지는 않아서, 버스에서 나온 시각은 대강 6시였다.

"한유림은 노나?"

강혁은 그렇게 나오자마자 한유림부터 찾았다. 당직이랍시고 코빼기도 안 비추는데 설마 노나 싶어서였다.

"아, 아뇨. 아까 마틴과 함께 수술받은 분들 처치하고 있습니다. 할 말 있으시면 전달할까요?"

"그래? 아냐, 그럼 됐어."

안 논다는데 뭐 하러 얼굴을 본단 말인가. 이쁜 얼굴도 아닌데. 해서 무시하고 밥이나 먹으려는데, 카심이 멀리서부터 달려왔다.

"백 교수님! 닥터 최!"

보아하니 보조하다가 부리나케 오는 모양이었다. 수술모를 쓰고 있었는지 머리가 사정없이 눌려 있었다. 처음 볼 때만 해도 머리숱이 풍성하기 그지없었는데, 듬성듬성해져 있어 동정심을 일으켰다. 가슴 털이나 수염은 그렇게 레이저를 해도 제모가 안 된다는데 왜 머리카락은 툭 하면 영구 제모가 되는 걸까? 강혁은 인생에 있어 근본적인 질문을 내던지면서 그를 마주했다.

"왜, 뭐 노인네 사고 쳤어?"

"네? 아뇨, 아뇨. 잘하고 있어요. 그런 게 아니라. 닥터 최에게 할 말이 있어서요."

"아, 말씀하세요."

최지예는 꽤 피곤한 상황이었다. 일단 여기까지 오는 것만 해도 만만한 일정은 아니지 않은가. 멀기는 더럽게 먼데 또 교통편은 어찌나 적은지.

'뭐……. 여기 있는 사람들에게 그런 말 할 처지는 아니지.'

다행한 것은 최지예가 단기 봉사자 중에서 상당히 태도가 좋은 축에 속한다는 점이었다. 해서 전혀 티를 내지 않고, 오히려 눈을 빛내면서 카심을 바라보았다. 덕분에 카심도 걱정을 덜어낸 채 입을 열 수 있었다.

"다른 게 아니라……. 아까 진료 보던 중에 한 어머니가 아이를 데리고 왔어요."

"어머니가 아이를? 어떤 아인데요?"

"사시가 있더라고요. 아주 심한."

"아……. 어디 있나요?"

소아 사시하면 또 전문 아닌가. 최지예는 서둘러 봐줄 요량으로 두리번거리기 시작했다. 하지만 노인 환자들만 보이고 아이나 어머니는 보이지 않았다. 당연한 일이었다. 바로 저 환자들의 시선 때문에 병원 안에 숨어 있었으니까. 아무 죄 없는 아이에게 향했던 날 선 비방이 떠오른 카심은 짙은 한숨을 쉰 후 말을 이었다.

"지금 병원 3층에 있습니다."

"3층? 아 병원에요? 왜요?"

"가면서 말씀드리겠습니다. 따라오시죠."

"음, 네. 알겠어요."

최지예는 어깨를 으쓱해 보이고는 카심의 뒤를 따랐다. 그녀와 마찬가지로 딱히 머릿속에 떠오르는 것이 없는, 하지만 카심의 눈에서 무언가 어두운 기색을 읽은 강혁 또한 그랬다. 한 가지 자책을 하면서였다.

'사시라……. 아예 생각도 못 했는데.'

운이 좋았기에 망정이었다. 소아 사시 분과는 안과 의사 중에서도 소수의 의사들만이 지원하는 분야 아니던가. 강혁이 레지던트 할 때도 기껏 공부 잘해 안과 들어온 놈이 소아 사시 한다고 하면 교수님이 대뜸 너네 집에 돈 많냐는 얘기를 꺼낼 정도였다. 필수 의료에 대한 지원에 소극적인 대한민국 의료 사정상 지금도 별반 다르지 않을 터였다.

'그 와중에 소아 사시 전공자가 올 줄이야.'

장규선 또한 이런 상황을 예상하고 부른 건 아닐 테지만, 아무튼 간에 큰 공을 세운 셈이었다. 오면 뭐라도 해줘야겠단 생각을 하고 있으려니, 어느새 엘리베이터가 3층에 멈추어 섰다.

내리자마자 카심은 아까 환자를 모셔놓았던 곳으로 향했는데, 같이 있으라고 했던 직원이 손을 내저었다. 그러곤 화장실을 가리켰다.

"응? 화장실 갔어?"

"아……. 네."

"그럼 기다릴까?"

"아뇨, 그쪽으로 가보시는 게 좋겠습니다."

"무슨 소리야?"

카심의 말에 직원이 아까 환자가 있던 방을 돌아보고는 말을 이었다.

"방금 수술받고 온 환자들하고……. 보호자들이 딱 보자마자 재수 없다고 해서요. 있을 만한 곳이 지금 거기뿐입니다."

"아……."

순간 숙소동에 있으라고 할 것을 잘못했다는 생각이 들었다.

제 딴에는 배려한답시고 이쪽으로 데리고 왔었는데, 생각이 짧았더랬다. 밖에서조차, 멀리서 본 사람들조차 손가락질하는 질환인데 같은 공간에서는 얼마나 배척당하겠는가. 해서 자책 어린 한숨을 쉬고 있으려니, 최지예가 물었다.

"무슨 일이에요? 환자가 없어졌나요?"

"아……. 아뇨, 지금 화장실에 있습니다."

"화장실……? 근데 그게 뭐 문제인가요?"

"사람들이 사시라고, 저주받았다고 해서 화장실에 숨은 거거든요."

"아, 아이고."

최지예는 생각만큼 놀라지 않았다. 최지예가 수많은 안과 분과 중에서 하필 소아 사시를 고른 이유 중 하나가 바로 사시 환자에 대한 편견 때문이었다. 대한민국에서는 그나마 성인 사시에 대해서는 포용이 되는 편이었다. 여전히 서비스직에서는 어려움을 겪을지 몰라도, 적어도 눈앞에서 뭐라 하는 경우는 적었다. 하지만 아이들은 달랐다.

'애들이 눈깔 병신이래요.'

'학교 가기 싫어요.'

'선생님도 어디 보는 거냐고 놀려요.'

악의가 없을 수 있겠지만, 그만큼 배려도 없었다. 고등 교육이 필수화된 곳에서도 그런데 이곳에서는 어떠할까. 최지예는 어쩐지 아이와 엄마의 고통을 일부 나눠 받는 듯한 기분마저 들었다.

"화장실이 어디죠? 제가 바로 갈게요."

최지예는 그야말로 성큼성큼 걸었다. 체구는 작았지만, 지금은 작다는 느낌이 전혀 들지 않았다. 오히려 든든한 느낌이 들었다. 뒤따르고 있는 강혁이 보기에도 그랬다.

'당차구만.'

생각해보면 대단하지 않은가. 나이도 기껏해야 삼십 대 중반일 텐데, 벌써 개원가에 자리를 잡은 정도가 아니라 선도하는 입장에 설 수 있다니. 지독하게 긴 전문의 자격증 취득 과정뿐만 아니라, 그 이후에도 2년간 이어졌을 펠로우 과정을 생각해보면 필드에 나온 지는 이제 겨우 2년 남짓할 터였다.

'실력도 좋고, 수완도 좋겠지.'

비단 안과 의사로서의 실력뿐 아니라 다른 점에 있어서도 커다란 도움이 되어줄 터였다. 비록 함께 있어본 시간은 얼마 되지 않았지만, 강혁 정도 되면 한 사람을 파악하는 데 그리 오랜 시간이 걸리지 않는 법이었다. 여건만 되면 어떻게든 이곳에 계속 있도록 꼬셔봤을 텐데. 아쉽게도 그건 도저히 무리였다.

'에이.'

강혁이 아쉬움에 입맛을 다시고 있는 사이, 최지예는 카심과 함께 화장실 입구에 도착했다. 애초에 한구 병원이 그리 큰 병원도 아닌 데다가 걸음걸이도 큼지막해진 마당인지라 오래 걸릴 이유가 없었다.

"어머님, 아까 봤었죠? 카심입니다. 안내해드렸던 간호사예요."

카심은 굳게 닫힌 문을 두드리며 말했다. 그러자 조금 시간차를 두고 답이 돌아왔다.

"아……. 나가도 될까요? 다른 사람은 없나요?"

작고 조용한 목소리였다. 그럼에도 듣기 좋다는 인상을 주기보다는 안쓰럽다는 느낌을 주었다.

"네, 괜찮습니다. 저희뿐이에요."

"아……. 네, 감사합니다."

보호자는 감사하다는 말을 하고도 한참 있다가 화장실에서 나왔다. 아이는 잠들었다가 깼는지, 잔뜩 눌린 머리에 땀이 송골송골 맺혀 있었다. 그런데도 눈에는 졸음보다 두려움이 가득했다. 또 무슨 말을 들을까 걱정되는 모양이었다.

"정말 예쁘게 생겼구나."

최지예는 이런 상황이 익숙한지, 약간은 과장된 미소를 지으며 허리를 숙였다. 너무 빨리 얼굴을 가져가면 놀랄 수 있다는 것을 알고 있기에 서두른다는 인상을 주진 않았다. '내가 너에게 관심이 있고, 그 관심은 호감이란다'라는 제스처로만 보일 정도였다.

"어……."

한국말이었기에 뜻이 전달되었을 리는 없었다. 하지만 표정과 말투, 행동만으로도 느낌은 충분히 전해진 모양이었다. 아이는 엄마 뒤로 숨는 대신 고개를 갸웃거리는 것으로 최지예의 인사에 화답했다. 어찌 보면 이쪽에서 보여준 것에 비하면 소극적인 답이었지만, 최지예는 그것으로 만족했다.

"그래, 정말 귀엽구나. 반가워."

최지예는 아이의 머리를, 땀에 젖어 깨끗해 보이지는 않는 머리를 쓰다듬어주고는 강혁과 카심을 돌아보았다. 아이를 대할 때와는 달리 얼굴에 근심이 어려 있었다.

"정확한 것은 교대 프리즘 가림 검사를 해봐야 하겠지만……. 그냥 보기에도 굉장히 심하네요."

"외사시라고 하나?"

최지예가 아이를 어떻게 대하는지 옆에서 보았기에, 강혁 또한 최대한 조심해서 아이를 힐끔 살폈다. 다행히 강혁에게만큼은 손이 눈보다 빠르다는 등의 개소리는 통하지 않을 정도로 눈이 빨랐다. 강혁은 아이가 눈치채기 전에 눈이 어디를 향하고 있는지 확인할 수 있었다. 아이의 눈은, 정확히 말하자면 우측 눈이 완전히 외측으로 향해 있었다. 저래서야 물체가 제대로 보이기나 할지 걱정이 될 지경이었다.

"네, 보통은……. 간헐적 사시가 관찰되기 마련인데, 이 아이는 계속 좌측으로 향하고 있어요. 아무래도……. 수술이 필요할 가능성이 크죠."

"수술이라……. 쉬운 수술은 아니지 않나?"

"쉽지 않죠. 다른 치료를 할 수 있으면 그게 제일 좋아요. 몇 가지 검사가 필요할 텐데……. 버스로 갈까요?"

최지예는 아이를 보자마자 시간을 잊은 모양이었다. 이제 막 저녁 시간이 넘어가고 있는 시점인데도 전혀 망설임이 없었다.

"음, 갈까? 카심, 네가 그나마 라포 쌓았으니까 말 좀 해봐. 지금이라도 가겠냐고."

물론 강혁 또한 마찬가지였다. 평소라면야 이렇게까지 서두르진 않았을 터였다. 환자를 빨리 치료하는 것도 중요하긴 하지만, 무엇보다 중요한 것은 의료진의 복지 아니겠는가. 봉사 온 몸이라고 해서 이런 부분을 무시하다보면 빨리 지치게 되어 도리어 환자를 더 보지 못하게 되는 경우도 많았다. 하지만 지금은 상황이 달랐다.

'꼴랑 열흘이야. 이제 하루 갔으니까 9일 남았어.'

이만한 안과 팀이 또 언제 와줄지는 요원한 일 아닌가. 조금 미안한 말이지만, 왔을 때 뽕을 뽑아야만 했다.

"아, 네."

이심전심이라고 카심 또한 강혁과 최지예의 뜻에 동의했다. 보호자에게 방금 나누었던 대화를 전달했고, 보호자는 다급하게 느껴질 만큼이나 빠르게 고개를 끄덕였다. 생각해보면 당연한 일이었다. 아까 아이에게 쏟아졌던 비난의 화살을 기억한다면 그럴 수밖에 없었다.

"가신답니다."

"오케이. 그럼 갑시다."

그들은 빠른 걸음으로 안과 버스로 향했고, 곧 버스 문이 열렸다. 최지예는 버스에 오르자마자 일단 안과 검진 기기를 세팅한 후, 아이와 보호자를 불렀다.

"이쪽으로 앉게 해주세요."

"아……. 네. 근데 뭘 보려는 건지 알려주실 수 있나요?"

"굴절 검사예요. 아이에게 근시나 원시, 난시가 있는지 보려고 해요."

"아……."

카심이나 강혁이나 근시나 원시, 난시가 무엇인지 모르는 바는 아니었다. 하지만 이걸 대체 왜 보려는지는 알지 못했다. 이유를 모르는 상태에서 하는 말만 전달했다가는 오해가 생기기에 십상이었다. 괜히 대형 병원에서 통역사를 간호사 또는 기타 의료진 출신으로 뽑는 게 아니었다.

"굴절이상이 있으면, 구조적인 문제가 아니라 그것 때문에 사시가 생길 수도 있거든요. 뭐……. 보통은 간헐적 사시의 경우 그렇긴 해서…… 이 아이는 아닐 가능성이 있긴 한데. 원칙이 그래요. 굴절이상이 있으면 일단 굴절이상부터 교정해봅니다."

"아……. 그렇군요. 네, 알겠습니다."

카심도 간호사 아닌가. 방금 들은 얘기를 상당히 그럴싸하게 전달할 수 있었다. 아무래도 보호자는 완전히 이해하지 못한 듯했으나, 그렇다고 검사를 거부하진 않았다. 아무것도 의지할 곳 없는 한구에서 한국의 안과 의사는 그녀에게 내려진 유일한 동아줄 같은 것이었다.

"자, 그럼 볼게요."

최지예는 카심의 도움을 받아 아이를 앉히고 이런저런 지시를 내려 굴절 검사를 진행했다. 검사가 끝나고 잠시 아이와 보호자를 밖으로 내보낸 최지예는 고개를 가로저으며 입을 열었다.

"굴절이상이 없어요. 구조적인 문제일 거예요. 수술을 해야 한다는 건데……."

"수술이 어렵나?"

“쉽지는 않죠. 아이가 못해도 여덟 살은 됐을 거예요. 한국이었으면 적어도 네 살 혹은 다섯 살 때 수술했을 텐데. 조금 늦었어요.”

“예후가 안 좋겠구나.”

“네. 뭐 영구적이기보다는 몇 개월간 복시 증상 같은 게 생길 수 있죠. 꾸준히 볼 수 있으면 좋을 거 같은데. 음.”

최지예는 참담한 얼굴로 버스 내부를 둘러보았다.

‘가능할 턱이 없지.’

회의적이었다. 이곳이 한국이었다면 아마 수술을 하지 않는 쪽으로 가닥을 잡았을 터였다. 하지만 그럴 수는 없었다.

‘아까…… 엄마 표정…….’

여기서 자신이 그 손길을 거부한다면 아마 다시는 치료에 대한 희망조차 품지 못할 게 분명해 보였다. 그런 손길에 매몰찰 수 있는 사람이었다면 애초에 이곳에 오지도 않았겠지.

‘백내장 수술은 백 교수님에게 맡기면 돼. 아까 보니까……. 케이스 선별만 해주면 되겠어. 어차피 사시 수술도 그렇게 오래 걸리는 건 아니고…….’

최지예는 결단을 내렸다.

“못 본다고 안 하면 봉사 온 의미가 없겠죠. 내일 당장 수술하도록 하겠습니다. 아이랑 엄마에게 그렇게 전달해주시겠어요?”

“아……. 네!”

“여기 병원 수술방을 좀 보고 싶은데, 그건 가능할까요? 사시 수술은 아무래도 여기서는 좀.”

"그건 제가 안내하죠."

그와 동시에 카심은 보호자와 아이에게로, 강혁과 최지예는 수술실로 향했다.

"오……. 꽤 크네요?"

최지예는 한구 병원 수술방 내부를 둘러보며 고개를 끄덕였다. 이미 공조 시설이 안 되어 있다는 것 정도는 익히 들어 알고 있던 터라 굳이 언급하진 않았다. 사실 그 말을 들었을 때 떠올렸던 몰골보다는 훨씬 사정이 나아서 썩 나쁘진 않다는 생각이 들었다. 이런 오지에 이만한 수술실을 운영하고 있다는 건 일종의 기적 아닌가 싶기도 했다. 일단 안에 있는 기구들이 정말로 다양했다.

"네. 나중에 돈 좀 생기면 둘로 나눌까 생각 중이에요. 처치실을 서브 수술방으로 쓰고는 있는데, 한계가 좀 있어서."

"아……. 그래도 될 만한 크기네요."

"근데 사시 수술에 기구가 뭐 뭐 필요합니까? 여기 현미경이 없어서."

"루페면 돼요. 백내장보다는 오히려…… 수술 필드가 넓어서."

"음. 그거 다행이네요."

대략적으로 수술실에 관해 안내를 하고 있으려니 리처드가 들어왔다.

"여어."

"제 도움이 필요한가요?"

"아……. 내일 제 보조로 들어오시는 건가요?"

"네, 뭐. 아마도 그렇게 될 것 같습니다."

"아무튼, 수술방은 이렇습니다. 가능하시겠어요?"

"네? 아, 네. 가능합니다. 마취도 가능한 거죠? 전신마취."

"물론이죠. 댄이나 츠요시나 맘에 드는 놈으로 고르시면 내어드릴게요. 특히 츠요시는 새벽에도 가능합니다."

"아, 네……."

첫날부터 누구보다 열심히 달린 최지예는 방으로 돌아가자마자 곯아떨어졌다. 그 덕에 누구보다 상쾌하게 아침을 맞았고, 김영수 사장이 정성스레 차려준 아침을 먹자마자 수술실로 향했다.

"닥터 츠요시, 잘 부탁합니다."

안에는 미리 밥 먹고 내려온 츠요시가 대기 중이었다.

"마취됐습니다."

"네, 그럼 시작할게요."

삽관부터 마취까지 일련의 과정이 부드럽기 짝이 없었다.

'실력은 다 좋다고 하더니, 확실히 그렇네.'

리처드 또한 실력이 뛰어나다고 봐야 했다.

"네, 거기……. 그렇게 당겨주세요. 눈은 근육이 약해서 끊어질 수 있으니까 살살. 음, 딱 좋아요. 자, 공막 절개할게요."

리처드는 외과의였으니 미세 수술에는 서툴러야 정상일 텐데, 그렇지가 않았다. 도리어 어지간한 레지던트에 비해 훨씬 섬세한 편이었다.

"오케이. 봉합할게요."

그렇게 무리 없이 소아 사시 수술이 진행되었고, 얼마 후 수술은 끝이 났다. 효과는 안과에 대해 아무것도 모르는 리처드가 보기에도 대단했다. 일단 수술 전까지만 해도 계속 외측으로 돌아가 있던 눈이 이제는 약간 안쪽으로 돌아가 있었다. 일부러 약간 과교정을 하는 것이 안전할 수 있었다.

"좋아, 끝났습니다."

이리저리 확인을 한 후, 눈 보호대를 채워준 최지예는 츠요시를 향해 고개를 끄덕였다.

"네. 그럼 깨울게요."

츠요시가 아이를 깨우는 동안 최지예는 잠시 수술실 밖으로 향했다. 초조하게 기다리고 있을 아이 엄마를 만나기 위해서였다. 예상했던 대로 아이 엄마는 앉지도 서지도 못한 채, 어정쩡한 자세로 하염없이 수술방 쪽만 보고 있었다.

"어머님."

"아……."

최지예를 확인한 어머니와 그 옆을 지키고 있던 카심이 부리나케 달려왔다.

"수술을 잘 끝났습니다. 완전히 교정이 되었는지는 확인이 필요하지만, 적어도 이전보다는 훨씬 눈에 덜 띌 겁니다."

"아……. 감사……, 감사합니다."

"혹 계속 치료가 필요한 경우에는 제가 어떻게든 해결하도록 하겠습니다."

"감사합니다……."

아이 엄마는 계속 울면서 감사 인사를 했다. 카심은 그런 엄마를 옆에 앉혀놓고는 최지예에게 다가갔다. 조금은 난감한 표정을 짓고서였다.

"할 말이 있으신가요?"

"아……. 네. 그게……."

"얼마든지 말씀하세요. 여기 있는 동안에는 뭐든지 할 생각으로 왔으니까."

부탁하려는 입장에 이보다 더 든든해지는 답이 있을까. 카심은 내심 안도의 한숨을 내쉬며 입을 열었다. 손가락으로 병원 안쪽을 가리키면서였다. 분명히 비워뒀다고 했던 처치실 쪽이 북적였다.

"그……, 사시인 친구들이 동네에 더 있었나봐요. 이 친구 수술받는다고, 치료가 가능하다는 말을 들었는지 엄청 몰려왔습니다."

"네? 엄청? 모두 몇이나 되는데요?"

"일단 온 건 다섯인데, 한구 밖에도 많아서……. 다 합치면 몇이 될지 모르겠습니다."

"아……. 저 백내장은 못 하겠네요?"

'오지 말라고 할 수는 없겠지.'

모르긴 하지만 아까 마주친 아이 엄마보다 덜 절박한 사람은 없을 터였다. 멀리 갈 것도 없이, 우리 대한민국도 그렇지 않았던가. 헐벗고 굶주리던 시절 외국에서 온 봉사자들의 도움은 절대적이었고, 놓치면 다시 마주하기 어려운 유일한 기회이기도 했다.

"어디로 가세요?"

처치실로 가는 줄 알았는데, 그대로 병원 밖으로 나가고 있는 최지예를 향해 카심이 물어왔다. 얼굴에는 약간의 근심이 묻어 있었다. 당연한 일이었다.

'너무 힘들게 몰아붙이나?'

내내 현장에 있던 카심조차 빡빡하게만 느껴지는 일정이지 않은가.

"버스요."

"버스?"

돌아가는 버스를 말하는 건가? 조금 더 초조해진 카심은 서둘러 말을 이었다.

"어떤 버스요?"

"네?"

그런 카심을 최지예는 이상하다는 얼굴로 마주했다. 그제야 카심은 자신이 뭔가 오해하고 있었다는 걸 알아차릴 수 있었다. 눈앞에 선 최지예의 표정은 어딘가 도망가려는 사람의 표정이 아니었다. 당면한 과제를 어떻게든 해결하려는 의지가 강력하게 느껴졌다.

"안과 버스죠, 뭔 소리예요."

"아……."

"백 교수님 백내장 하시는 속도랑 수준 보고 괜찮으면 저는 아예 빠져서 사시 수술할 거예요."

카심은 대한민국이라는 나라에 백강혁 같은 사람만 있는 건 아니겠지만, 비슷한 인간들은 역시나 많구나, 생각하며 웃었다.

최지예는 안과 버스 문을 열었다. 최창환은 검진 기기를 이용해 진료 중이었고, 강혁은 보이지 않았다. 아마 최지예가 데려온 간호사와 함께 한창 수술 중일 터였다. 똑똑. 최지예가 수술방 문을 두드렸다. 곧 안에서 답이 들려왔다. 예상대로 강혁이었다.

"수술 중인데."

심드렁한 말투였다.

'사고는 안 친 모양인데.'

"저 최지예예요."

"아아. 들어와요. 안 잠가놨어요."

최지예는 걱정을 한층 덜어낸 채로 안으로 들어설 수 있었다. 보아하니 이제 막 인공 수정체를 새로 집어넣은 직후였다. 살짝 밖으로 삐져 나갔는지 픽으로 렌즈를 툭툭 밀어주고 있었다.

'저건 가르쳐준 적 없는 기술인데.'

모든 기술이 끝에 다다르면 다 통한다고 하더니, 외과에 통달한 인간이라 그런지 기구 쓰는 법은 그냥 보면 아는 모양이었다. 강혁은 들어오는 최지예를 힐끔 바라보고는 하던 것을 마저 하는가 싶더니, 이내 렌즈를 제자리에 위치시켰다. 수술이 거의 끝났다는 뜻. 해서 최지예는 별 부담 없이 입을 열 수 있었다.

"처음 환자죠? 이제 잘하시는데요?"

당연히 지금 이 환자가 아까 자신이 사시 수술하러 갈 때 같이 들어온 환자라고 확신하면서였다.

"응? 아뇨. 세 번째인데."

세 번째라는 말을 들었을 때, '세 번째'라는 말을 머리에서 인식하지 못했다. 그저 이 사람이 대체 무슨 소리를 하나 하는 생각만 들 뿐이었다.

"뭐라고요?"

"세 번째라고요."

강혁은 눈을 동그랗게 뜨고 되묻는 최지예를 보며 담담히 답해주었다. 최지예는 더 이상 강혁을 보고 있지 않았다. 대신 보조로 들어온 간호사를 보고 있었다. 대학 병원에서 나올 때부터 의기투합해서 같이 나온, 이른바 개원 공신이었다. 막말로 최지예가 가족보다 더 믿는 사람이다 이 말이었다.

"맞아요. 이게 세 번째예요."

그런데 간호사 또한 멍한 얼굴로 고개를 끄덕이고 있었다.

"세 번째 맞는데……. 그래서 1명밖에 안 남았어요. 지금 외래 보는 환자들 중에 수술 가능한 환자 있으면 그냥 쭉 하려고 하는데……. 내가 이 사람이 쉬운 케이스인지 아닌지는 모르니까. 그게 문제네."

해서 그저 멍하니 있으려니, 강혁이 계속 말을 이었다. 듣다보니 더 멍하니 있지 못하게 만드는 말이었다. 어찌 되었건 수술을 계속하겠다 이 말 아닌가. 애초에 그걸 부탁하려고 왔었으니, 잘된 셈이었다. 예상보다 빠르긴 한데 이건 절대 문제가 되진 않을 터였다.

"아……. 그럼 제가 최 선생이 할 환자랑 그렇지 않은 환자랑 구분해드릴 테니까 그대로 쭉 이어서 하고 계세요."

“외래는 안 보시고?”

“아……. 지금 사시 환자들이 더 와가지고요. 저는 그 사람들 봐야 될 거 같아요.”

“오. 벌써 소문이 났나.”

“그런가봐요. 말이 아주 빨리 도네요.”

“뭐, 알겠습니다. 어제 보니까 그쪽도 만만치 않게 급한 거 같던데.”

“네, 이해해주셔서 감사합니다.”

“아뇨, 별말씀을. 감사는 이쪽이 해야지.”

“그럼 환자 보내도록 할게요.”

“알겠습니다.”

최지예는 곧장 최창환이 수술이라고 표시해둔 환자들에게 달려갔고, 강혁은 환자를 밖으로 빼자마자 다음 환자를 불렀다. 다들 주어진 시간 안에 수술을 해내려 최선을 다하고 있었다. 물론 이 둘만 애쓰는 게 아니었다.

“올 게 왔구만.”

한유림 또한 그랬다. 그는 까슬한 턱수염을 쓸어내리며 밖을 내다보았다. 버스 두 대가 들어와 있어 공간도 없는 곳을 향해 앰뷸런스가 들어오고 있었다.

삶이 변하는 지점

"환자인가요?"

어제 도착하자마자 8명의 수술 후 처치를 한 터라 지친 기색이 완연한 마틴이 한유림을 돌아보았다.

"네. 아까 연락받았는데……. 교통사고래요. 여기가 요새 도로 수준에 비해 교통량이 늘어가지고……."

"아……. 개발 호재가 있나요?"

"한구 병원 때문이죠, 뭐. 데니스라고 사업가가 하나 왔는데 수완이 좋아요. 벌써 여기저기 수출 뚫어서……. 근데 인프라가 못 따라가서."

"그렇군요. 이게 참 그래요. 뭐가 좋아지면 또 뭐가 터지고……."

마틴은 한유림의 말을 충분히 이해한다는 얼굴로 고개를 끄덕였다.

"그러니까 말이에요. 전화 들어보니까 환자 심각하다더라고요. 들것 준비되는 대로 일단 처치실로 뛰시다."

"아, 네."

한유림과 마틴은 방금 도착한 앰뷸런스를 향해 뛰고 있었다.

"환자는?"

한유림은 뛰어내리다시피 한 장에게 물었다. 물론 같이 앰뷸런스 뒷좌석을 향해 뛰어가면서였다.

"옆에서 받혔어요! 가해 차량이 트럭인데……. 트럭 운전자는 괜찮습니다."

"옆?"

"네."

옆이라. 에어백이 터지는 차량도 옆에서의 충돌에는 상대적으로 약하지 않던가. 여기서 모는 차들은 대부분 에어백은커녕 차체가 온전하지 않은 경우도 많았다. 심지어 사이드 미러가 없는 차도 꽤 있을 정도이지 않던가. 어느 정도 마음의 준비를 해야만 했다. 곧 뒷문이 열리고 환자가 누워 있는 침대가 아래로 딸려 내려왔다. 우선 보이는 것은 피였다. 그야말로 피. 온통 피.

"이런 제기랄."

그 때문에 어디가 어떻게 다쳤는지조차 잘 분간이 안 갈 지경이었다.

"일단, 일단 달려!"

강혁이었다면 좀 다를까? 하는 생각도 잠시 들었지만, 이내 한유림은 침대를 끌고 내달리기 시작했다. 뭐가 어찌 되었건 처치실로 가야만 하지 않겠는가.

"어, 네!"

마틴 또한 당황한 기색이 역력했지만, 그 또한 경험 있는 외과 의사이기에 계속 멍하니 있지는 않았다. 다만 한유림과 한 가지 차이가 있다면 지금까지 쌓인 경험치였다.

'이 정도 외상은……. 살려본 경험이 없는데.'

일단 눈에 보이는 출혈량만 해도 어마어마한 상황이지 않은가. 아예 일반인이라면 가늠도 못 할 정도였겠지만, 마틴은 외과 의사로서 큰 수술에 참여한 경험이 많은 사람이었다.

'이미 2L는 나갔어……. 지금 살아 있는 게 기적이야.'

어쩔 수 없이 부정적인 생각이 떠오르고 있었다. 그렇다보니 발이 조금씩 뒤처졌는데, 그럼에도 완전히 멈추지 못한 것은 온전히 한유림과 장 때문이었다. 둘은 마치 달리면 누가 이 사람을 살려준다고 한 것처럼 그야말로 있는 힘껏 달리고 있었다.

'현장에 온 지 반년도 넘었다고 들었는데……. 아직도 체념하는 법을 모르시나?'

그보다 이미 외과 의사로 살아온 지 수십 년 되지 않았나? 소위 칼밥 먹고산 지 10년 정도 지나면 조금은 지치기 마련일 텐데. 어째 지금의 한유림은 여전히 소년 같은 마음을 갖고 있는 듯했다.

"뭐야, 왜 안에 사람들이 있어!"

그렇게 우당탕탕 도착한 처치실에는 사시 환자들과 보호자들이 있었다. 그나마 다행인 것은 마침 최지예가 안에 함께 있다는 점이었다.

"한 교수님? 무슨……? 아, 아이고."

"무슨 일인지는 모르겠지만, 빨리, 빨리 다 내보내! 이 환자 죽어!"

"알, 알겠습니다! 자, 다들 들었죠? 다 나갑시다!"

둘의 대화를 들은 카심이 부리나케 우르두어로 외치자 안 그래도 피를 보고 놀란 환자와 보호자들이 우르르 빠져나갔다. 한유림은 거기에 섞여 빠져나가고 있는 카심의 뒤통수에 대고 외쳤다.

"너, 넌 들어와! 샘이라도 부르던지!"

"샘 보낼게요!"

"요다, 요다는?"

"외래 중이긴 한데……."

"그럼 댄이라도 불러!"

"네! 바로 부르겠습니다!"

"댄, 댄!"

카심은 일단 외래 쪽 일 돕고 있던 샘을 처치실로 보내고 댄을 찾아 헤맸다.

"응?"

병실에서 수술받은 환자들을 돌보고 있던 댄은 산불 맞은 멧돼지처럼 뛰어 올라온 카심을 보며 고개를 갸웃거렸다. 설마 어디서 뭐가 또 터졌나 싶은 얼굴을 하고서였다.

"교, 교통사고예요. 한 교수님이랑 인도 팀장이 같이 들어갔는데……. 바이털이 너무 흔들리나 봐요."

"아, 알았어. 근데 백 교수님은?"

현 한구 병원이 보유한 최고의 외과 의사는 역시 백강혁 아니겠는가. 댄이 한유림 대신 강혁을 찾는 것은 당연한 일이었다. 한유림도 섭섭해하지 않을 터였다. 둘의 실력 차는 극명하니까.

"지금 백내장 수술 중인 걸로 알고 있어요."

"음?"

댄은 아까 카심이 뛰어 올라오던 때보다도 더 크게 눈을 치켜 떴다. 강혁이 백내장 수술을 한다고?

"전에 돼지 갖다가 연습한 적 있잖아요. 그때 연습한 걸로 뭐 어떻게 하시는 거 같아요."

"허."

그래봐야 어이없기는 매한가지였다. 돼지 갖다가 연습하다가 바로 실전에 투입된다고?

"일단 가지."

"네."

"나 대신은……. 음, 미유키나 제인 둘 중 누구 비나?"

"일단 보다가 정 없으면 간호사라도 부를게요."

"응, 그게 좋겠어. 다들 안정적이기는 한데……. 그래도 아무도 없으면 영 불안해서."

댄 또한 서둘러 달려 내려갔다. 처치실 문을 열자마자 마주한 것은 역시나 피였다.

"아이고."

그나마 아까보다는 사정이 나았다. 샘이 생리식염수를 아예 통으로 들이부은 덕이었다. 환자가 어디를 어떻게 다쳤는지는 볼 수 있었다.

"좌측 위팔뼈 개방형 골절!"

한유림은 급히 수혈과 수액 달기를 지시하고는 환자의 부상

부위에 대해 외쳐대고 있었다.

"뒤통수에도 상처가 있어요. 골절……, 골절은 아닙니다!"

"유두부종이 있나? 그게 중요한데!"

"검안경이 있으면 볼 수 있습니다."

"여기 그런 거 다 있어! 빨리 봐!"

"어, 네!"

엉겁결에 같은 방에 들어온 마틴 또한 한유림의 지시에 따라 움직이고 있었다.

"어, 댄! 빨리 혈압 좀 잡아줘! 지금 60도 안 돼! 이러다가 이거 더 떨어지면 쇼크야!"

"네, 네!"

댄은 그러한 상황에 금세 녹아들었다. 하루가 멀다고 외상 환자들을 보다보니 익숙하다 못해 능숙해진 지 오래였다.

"도파 달고! 심전도 어떻지?"

"120회로 타키(Tachycardia, 타키카디아: 빈맥, 심장박동 수가 빨라진 상태) 있습니다!"

"리듬은……, 리듬은 괜찮아. 그래도 혹시 모르니까 계속 지켜봐줘요!"

"네, 선생님도 봐주십쇼. 제가…… 계속 집중할 수는 없어서."

"어, 그럴게요!"

약물 처방은 물론이고 전반적인 모니터링까지 순식간이었다. 이렇게 적은 인원으로 이만한 부상을 입은 환자를 연명시키고 있다는 건, 어찌 보면 기적이었다.

"어쩐지 피가 너무 많이 나더라니……. 비장이랑 폐가 찢겼어! 좌측!"

한유림은 아까 처치실에 들어오자마자 일단 기관절개술부터 했단 사실에 안도하며 환자의 좌측 몸통을 내려다보았다. 트럭이 아주 제대로 들이받았는지 함몰되었다 해도 좋을 만한 수준이었다.

'백 교수라면 비장을 살려낼 수도 있겠지만……. 여기서 괜히 꼴값 떨다가 환자 죽는다.'

한유림은 빠르게 결단을 내렸다. 메스를 집어 들며 댄을 바라보았다.

"마취됐나?"

"약은 들어가고 있어요. 그래서 혈압이 좀 출렁였는데……. 그래도 괜찮습니다. 피를 무지막지하게 달았더니."

그의 말에 고개를 돌려보니 어느새 두 곳에서 피가 들어가고 있었다. 다른 한 곳에서는 수액과 약이 들어가고 있으니 다치지 않은 팔다리는 모두 활용하고 있는 셈이었다.

"마틴, 바로 째고, 비장 절제술 할 거예요."

"아……. 네. 알겠습니다."

반면 마틴은 조금 얼이 빠져 있었다. 방금 전까지는 분위기에 휩쓸려 움직였지만, 조금 상황이 정리되자 제정신이 돌아왔다.

'이만한 실력자들이 왜 한구에 있지?'

본인도 현지 봉사자지만 이해가 안 가는 대목이었다. 댄이나 샘도 그랬지만 특히 한유림은 지나치게 뛰어난 사람 아니던가.

이 사람은 세계 어디를 가도 부귀영화를 누릴 수 있을 터였다. 비단 전직 장관이라는 타이틀이 없어도 그럴 게 분명했다.

"뭐 해요? 빨리하자니까."

"아, 아닙니다. 네, 보조하겠습니다."

그런데 묵묵히 이 촌구석에 틀어박혀서 봉사하고 있을 줄이야.

'왜 한구 병원이 갑자기 뜨나 했더니……. 그게 백강혁 한 사람 때문만은 아니었구나.'

이만한 사람들이 한자리에 모여 있다는 거, 그게 바로 기적이었다.

찢어진 비장에서는 계속해서 피가 흘러나오고 있었다. 핏덩이 그 자체라 그런지 양이 어마어마했다.

"보비."

한유림은 아마도 부서진 차량에 의해 찢겨나갔을 살갗 주변에 칼집을 넣은 후, 보비로 그 틈새를 벌려나갔다. 원래 있던 상처를 교묘하게 잘 이용했기에 새로 넣는 절개는 상당히 짧았다.

'와……. 미쳤네.'

마틴은 그 모습을 보면서 연신 감탄하고 있었다. 대체 얼마나 많은 중증외상 환자들을 접했을지 상상이 가지 않았다. 이토록 어려운 상처를 이토록 빨리 정복해나가고 있다니.

"아미. 마틴, 이걸로 위로만 당겨요. 어차피 아래는 지금 덜렁거려서."

"아, 네."

마틴이 놀라고 있는 와중에도 한유림은 손을 쉬지 않았다. 피는 여전히 맹렬한 기세로 흘러나오고 있었는데, 이를 따라잡기 위해 수혈 또한 엄청나게 빨리 시행되고 있었다. 문제가 있다면 혈액의 비축양이었다.

"한 교수님, 이제 몇 개 안 남았습니다. 조금만 더 빨리……."

댄이 혈액 팩을 쥐어짜며 외쳤다.

"클램프!"

"아, 네!"

다행히 한유림은 비장을 노출시키자마자 비장으로 들어가는 혈관 다발을 찾아낼 수 있었다. 먼저 잡은 것은 역시나 동맥이었다.

"휴."

한유림의 한숨을 신호로 비장에서 흘러나오던 피의 양이 눈에 띄게 줄어들었다. 한유림에게 될 수 있는 한 최대의 시야를 제공하기 위해 석션과 거즈를 부지런히 움직였던 마틴 또한 비슷한 한숨을 쉬었다.

"후."

바로 얼마 후 한유림은 정맥 또한 잡아냈다. 그러자 이미 비장에 들어가 있던 피가 줄줄 흘러나오던 것 또한 즉각 멈추었다.

"어휴……. 피 다 쓰는 줄 알았네."

"그러니까요."

댄과 그를 도와 피를 쥐어짜던 다른 간호사가 고개를 절레절레 흔들며 이런저런 말을 나누었다. 별 의미 없는 말이었지만 서로에게 위안이 되는 말이었다. 마틴과 샘도 눈을 마주친 채 눈빛을 교환했다. 얼굴 본 지 이제 겨우 만 하루가 되어가는 참이었고, 이름도 헷갈리는 사이였지만 전우애라는 건 좀 특별하지 않던가. 이미 고난을 함께한 사이에서만 느낄 수 있는 애틋함이 있었다.

'환자, 괜찮을까?'

거기에 동참하지 못하고 있는 건 한유림뿐이었다. 남들은 미처 생각하지 못하는 것이 보여서였다.

'신고가 들어온 게 사고 발생 5분 후. 병원으로 들어온 건 그로부터 40분.'

병원에 도착해서도 상당한 시간이 흘렀지만, 도착하고부터는 혈압을 맞추긴 했으니 제외한다 쳐도 45분이 비었다. 머리가 제대로 돌아갈까 하는 걱정이 드는 것은 당연한 일이었다. 그 전에 신장도 걱정이었다. 수술 전 꽂아둔 소변 백이 헐렁해 보였다. 그 말은 곧 아직도 소변이 나오지 않고 있다는 뜻인데, 당연히 좋지 않은 사인이었다.

'백강혁이라면 일단 직행했겠지?'

강혁은 환자의 현 상태에서 미래를 유추하는 재주를 가지고 있었다. 그리고 그런 강혁을 따라다닌 지 몇 년 되다보니 한유림 또한 어설프게나마 따라할 수 있게 된 마당이었다. 당연히 강혁이 이럴 때 어찌 움직이는지 또한 아주 잘 알고 있었다.

"다시, 보비."

"아, 네."

강혁은 적어도 수술실 안에서만큼은 분위기에 휩쓸리지 않았다. 다들 침울해할 때도 침착했고, 다들 들떠 있을 때도 침착했다. 그게 잘 안 될 때는 다른 사람을 갈구기라도 해서 평정을 되찾았다.

'마틴을 놀릴 수는 없겠지?'

다만 한유림은 강혁보단 상식이 있는 사람이었다. 이제 얼굴 본 지 하루 된 사람을 갈굴 수는 없지 않은가. 보비를 건네받은 한유림은 비장을 박리해나가기 시작했다. 아무래도 온전한 상태의 비장 박리보다는 훨씬 어려운 과정이었다.

'빠르다…….'

마틴이 보기에는 빨라도 보통 빠른 게 아니었다. 보비가 한번 지나가면 어김없이 그 부분의 비장이 떨어져 나왔다. 비장도, 복막에도 털끝만큼의 상처도 남기지 않은 채였다.

"좋아……. 일단 타이."

"아, 네."

"마틴은 이거 좀 잡아서 위로 당겨요."

"네, 교수님."

그런 걸 눈앞에서 보고 있다보니 존경심이 솟구치는 기분이 들었다. 하도 사람들이 백강혁 얘기만 하기에 한구 병원은 원맨 병원인 줄로만 알았는데, 이제 보니 그런 게 아니었다. 이곳은 그냥 괴물 소굴이었다. 심지어 지금 보조하고 있는 샘이라는 간호사도 보통내기는 아니었다. 한유림의 수술 페이스는 지나치게 빠르다 해도 좋을 지경인데, 그걸 다 따라가고 있을 뿐 아니라 일부 앞서가고 있기도 했다. 그 말은 곧 수술 순서를 어느 정도 읽어내고 있다는 뜻이기도 했다.

'바이털도……. 한 번을 흔들리질 않아.'

마틴의 시선이 댄을 향했다. 이 커다란 수술을 하면서, 심지어 수혈이 10팩도 넘게 들어가는 수술인데도 바이털은 안정적이었다.

'대단한데…….'

마틴이 남몰래 혀를 차는 동안 한유림은 동맥과 정맥을 더블 타이로 단단히 묶은 후, 가위로 툭 하고 잘라냈다. 그러자 조각나 있던, 하지만 캡슐에 둘러싸여 있던 비장이 떨어져 나왔다. 비장 절제술이 끝났다는 뜻이었다. 그럼에도 여전히 살갗에서는 피가 줄줄 흘러나오고 있었는데, 당연한 일이긴 했다. 피라는 게 꼭 비장에서만 나는 건 아니니까. 다만 양은 현저히 줄어들어 있었다.

"바이폴라."

이런 건 지지는 것만으로도 대개는 지혈이 가능했다. 한유림은 마틴의 도움을 받아 아주 빠르게 지혈을 해나갔다. 타들어가는 소리와 함께 빠르게 복부의 출혈이 멎었다. 그러면 보통 수술도 끝나야 하겠지만, 아직 폐 쪽이 남아 있었다. 그나마 다행인 것은 이게 닫힌 게 아니라 아예 열린 상처란 점이었다. 만약 그렇지 않았다면 제아무리 호흡을 기관 절개 및 기계 호흡으로 유지하고 있었다고 해도, 찢어진 폐에서 흘러나온 공기에 의한 압력으로 인해 폐가 꽉 눌리고 말았을 터였다.

"그나마 다행이네."

"그걸 다행이라고 합니까, 보통?"

마틴은 한유림의 넋두리에 어이가 없다는 반응을 보였다. 애초에 폐가 안 찢겼어야 할 수 있는 말 아닌가? 뭐 이런 생각을 하면서였다. 하지만 한유림은 생각이 달랐다. 어차피 다친 이후인데 다치지 않을 걸 상정하는 게 무슨 의미가 있단 말인가. 중증외상외과 의사로서 할 수 있는 일은 예방이 아니라 결국, 치료였다.

"그럼 다행이지, 뭐라고 해. 아무튼, 쐐기 절제술은 해야겠어. 이거 도저히 그냥 닫는 거로는 안 되겠어. 구멍이 너무 선명해."

"쐐기……. 이것도 그냥 다 직접 해요?"

"흉부외과 콜 할까? 어디 영국에서 와요?"

"아니……."

한유림은 당황한 기색이 역력한 마틴을 보며 후후 웃었다. 그러다 불현듯 이게 어디서 많이 본 장면이라는 걸 깨달았다.

'오, 나 백강혁화 되는 건가?'

좋기도 하면서 한편으로는 무서웠다. 세상에서 제일 이상한 인간 아닌가. 좋은 일 하는 나쁜 놈이라니? 혼자 사는 사람이라면야 별 상관없겠지만 한유림은 딸이 있는 몸이었다. 본이 되어 주어야만 했다.

"음, 미안, 미안합니다."

한유림은 일단 사과부터 한 후 말을 이었다.

"사람 없으면 그냥 외과 의사가 해야죠. 해부학만 통달하면 어느 정도는 가능하니까. 사람은 살려야 할 거 아닙니까? 안 그래요?"

잠시 잊고 있던 존대까지 해가면서였다.

"하여간 빨리합시다. 하하."

한유림은 사람 좋은 미소로 대화를 마무리하고는 폐 쐐기 절제술을 시행했다. 그러곤 흉강 또한 봉합 기구로 닫기 시작했는데, 아무래도 갈비뼈가 좀 부러져 있다보니 고정이 잘 안 되었다.

"어휴, 겨우 끝냈네. 수술 안 한 지 좀 되셨나, 왜 이렇게 굼떠."

"아……. 그……."

한유림은 손님으로 왔다가 얼떨결에 노인네 도와주러 들어와 있던 마틴을 보며 고개를 절레절레 흔들어댔다. 혀까지 츠츠 차면서였다. 마틴으로서는 어이가 없어 돌아가실 지경이었다.

'아니……. 이 양반……. 나 원래 여기 사람도 아닌데.'

"일단 봉합 기구 줘봐."

"네."

한유림은 마틴이 속으로 억울함을 토로하는 동안 샘에게 봉합 기구를 받아 들었다. 그러곤 방금 쐐기 절제술을 마친 흉강 쪽으로 흉관을 박고는 고정하기 위한 봉합에 들어갔다. 강혁이 제일 중요시하는 게 절개와 봉합 아닌가. 그 밑에서 있다보면 싫어도 잘하게 되는 게 이 두 가지였다. 한유림은 이제 1호나 2호만 빼면 강혁과 제일 오래 함께 있던 사람이 된지라 봉합 또한 예술이었다.

'성질은 드러운데, 수술은 잘하네.'

마틴은 그런 한유림의 손놀림을 내려다보면서 인상을 썼다. 환자가 처음 도착했을 때만 해도, 사실 마틴은 그 어떤 희망도 품고 있지 않았다. 이만한 환자가 살아나는 건 본 적이 없었기 때문이다. 심지어 대학 병원급의 시설도 아닌 곳에서 살린다고? 그냥 만용에 불과하다는 생각만 들었다.

"오케이, 끝. 댄, 바이털 어때?"

"괜찮습니다. 중환자실로 빼면 될 거 같은데요?"

하지만 지금 이 환자는 분명히 살아난 마당이었다. 수술 전 처치부터 수술 그리고 마무리까지 완벽하다는 말로밖에는 표현이 어려웠다. 백강혁 외에도 이만한 실력자가 또 있을 줄이야.

'어쩌면 이 사람이 진짜 아닐까?'

마틴은 감탄한 얼굴로 한유림을 바라보았다. 처음 보았을 때는 머리카락이 조금 듬성듬성한 중늙은이로만 생각됐는데 이렇게 보니 어쩐지 관록이 덕지덕지 쌓인 엄청난 실력자 같았다.

'하긴……. 백강혁 나이면 아직 현역에 한창 있어야 하는데 온 거잖아. 사고를 쳤든……. 뭘 했겠지. 그에 비하면 이 사람은 보건복지부 장관도 했었고, 나이도 지긋하고…….'

오히려 강혁보다 훨씬 그럴싸하지 않은가? 그저 성격이 부드럽기만 했다면 얘기가 달라졌을 텐데. 방금 겪은 바에 따르면 원래 좀 험한 편에 속하는 외과 바닥에서도 상위 5% 내에 들 만한 성질머리였다. 마틴은 적어도 10년 이내에 수술실에서 이렇게 많이 혼나본 경험이 없었다. 사실 전문의 따고 난 이후에는, 심지어 펠로우까지 끝난 이후에는 모두 전문가로 대우를 해주기 때문이었다.

사람이 그렇게 나오는 데에는 크게 두 가지를 의심해볼 수 있었다. 하나는 그냥 나쁜 새끼일 것. 그런데 이 사람은 나쁜 새끼라기엔 아무튼 봉사를 온 사람 아닌가. 그렇다면 두 번째 가능성을 생각해봐야 했다.

'압도적인 실력……. 그래, 나랑 진짜 이만한 차이가 나는 사람은 처음 봤어.'

마틴이 사실 실력이 특출난 의사인 것은 아니었다. 하지만 '그래서 봉사 다니는 거지?'라는 말을 들으면 발끈해도 될 실력이기는 했다. 뭐가 되었건 간에 4년간의 레지던트 수련을 받은 의사라면, 그 수련 기관이 제대로 되었다는 전제하에 세계 표준에 들어가기 마련이었다. 동시에 사람의 재능이라는 게 엄청난 차이를 보이긴 어려운 법이라 마틴은 여태 본인의 실력이 처진다는 느낌을 받아보지 못했는데, 오늘 한유림을 보니 세상엔 크게 차이 나는 천재도 있다는 걸 깨달을 수 있었다.

"뭘 보고만 있어? 방금 말 못 들었어? 나가자고!"

한유림은 자신을 멀뚱히 보고 있는 마틴을 향해 소리쳤다. 어쩐지 평소보다 훨씬 날카로워 보였는데, 당연히 이유가 있었다. 마틴이 오늘 큰 깨달음을 느낀 만큼이나 한유림 또한 깨달은 것이 있었다.

'넌 백 교수가 봤으면 진짜 뒤졌다.'

세상에 이렇게 수술 못 하는 의사가 있을 줄이야. 모름지기 의사라고 하면 강혁만큼은 아니더라도 최소한 리처드 정도는 해야 되는 거 아닌가? 뭐 이런 생각을 하고 있었다. 너무 오랜 기간 강혁의 수술 또는 자기들 수술만 보아온 탓이었다.

한유림이 닦달한 보람이 있어 환자는 곧 침대로 옮겨졌고 그 침대 또한 곧장 엘리베이터를 탄 후, 중환자실로 향했다.

"일단……. 제가 호흡기 세팅할게요. 설마 또 수술 오진 않겠죠?"

환자의 머리맡에서 앰부를 짜고 있던 댄은 호흡기를 만지작거리며 한유림을 돌아보았다. 한유림은 자신 있게 고개를 끄덕이는 대신 어깨를 으쓱해 보였다. 한구 병원은 이 근방에서 유일하게 제 기능을 하는 병원 아니던가. 특히 외상에 있어서는 근방이라는 걸 아주 넓게 잡아도 마찬가지였다. 때문에 자신할 수 없었다.

"모르겠는데. 교통사고는 늘 발생하니까."

"하긴……. 그렇죠. 여기도 슬슬 좁군요, 이제."

그나마 스미스, 그러니까 미군 측에서 벤틸레이터를 제공 받고 또 몇 개는 사들여서 중환자실 베드가 무려 4개가 된 참이었다. 심지어 산부인과 측에 2개를 할애하고도 그랬다. 그럼에도 부족했다. 이제 슬슬 외과 중환자가 아니라 내과 중환자도 받기 시작한 까닭이었다.

한유림은 저도 모르게 병원 이쪽저쪽을 훑어보았다. 처음 왔을 때만 해도 엄청나게 휑해 보였는데 이제는 비좁아 보일 뿐이었다.

'슬슬 넓힐 때도 됐지?'

물론 그러자면 인력 충원은 필수였다. 곰곰이 생각해보면 정말이지 막막한 일이었는데, 어쩐지 걱정이 들진 않았다.

'백 교수가 필요하면 어디서건 잡아 오겠지.'

우리에겐 백강혁이 있지 않은가. 잠시 상념에 빠져 있으려니, 중환자실 밖에서 침대 끄는 소리가 들려왔다. 뒤를 돌아보니 최지예가 함께하고 있었다. 아깐 하도 급해서 제대로 인사를 못 했는데, 아마도 사시 수술을 끝낸 모양이었다.

"어, 그럼 댄. 좀 부탁할게요. 난 최 팀장 좀 보려고."

"네, 그러세요. 걱정마세요. 피를 너무 많이 흘리긴 했는데……. 파종성 혈관 내 응고만 안 오면 괜찮을 겁니다."

"수혈 몇 팩 들어갔지?"

"10팩 정도요."

"아……. 한 바퀴 돌았구나. 빨리한다고 했는데……."

"그 정도면 엄청난 거죠. 아무튼, 가능성은 있으니 잘 보겠습니다. 필요하면 닥터 요다랑 연락할 테니까 일단은 걱정 마세요."

"고마워요."

한유림은 수술이 끝난 만큼 원래의 인격으로 돌아가 있었다.

"마틴이라고 했지? 그쪽도 따라와요. 안과 쪽도 봐야지."

하지만 유독 마틴에게만큼은 부드러운 말이 나가질 않았다. 자꾸 실력이 형편없는 놈이란 생각이 들어서였다. 이러면 마틴으로선 화가 날 법도 했는데. 이상하게 그렇지도 않았다.

'역시 대가의 카리스마인가.'

"네!"

“소리 지르지 말고. 환자들 쉬는데.”

“아, 네.”

한유림은 이내 최지예가 들어간 병실로 향했다. 최지예는 카심의 도움을 받아 환자 보호자와 대화 중이었다.

“수술은 잘 끝났어요. 물론 경과를 보긴 해야 합니다만……. 수술 도중 실수는 없었습니다.”

“아이고……. 감사합니다. 정말 좋아질까요?”

보호자의 애타는 말에 최지예는 잠시 입을 다물었다. 사시 수술이라는 게 백 퍼센트 장담할 수 있는 수술은 아니었기 때문이었다. 수술 후에도 지난한 싸움을 해나가야 할 가능성도 있었다.

‘여기서는 무조건 긍정적으로 말씀하시는 게 좋아요. 그래야 사람들이 더 열심히 치료받습니다. 한국에서 온 의사라고 하면 엄청난 기대를 품고 있어서……. 한마디가 정말 커다란 영향을 줘요.’

평소라면 결코 장담하는 말을 하진 않을 터였다. 의사가 절대 하지 않는 말이 무조건, 절대였으니까. 하지만 최지예는 아까 카심에게 또 제인에게 이 비슷한 말을 들은 마당이었다. 적어도 이 지역 사람들에게 외국인 의사들, 그중에서도 특히 대한민국 의사들이 갖는 위엄은 어마어마하다는 얘기였다.

“네, 괜찮아질 겁니다. 치료만 잘 따라오시면 됩니다.”

“정말 감사합니다…….”

최지예는 자신의 말 한마디에 전율하는 보호자의 어깨를 쓸어준 후, 다음 수술을 위해 고개를 돌렸다. 거기 한유림이 서 있었다. 수술복을 입은 채였는데, 피가 좀 났는지 군데군데 얼룩이 져 있었다. 끔찍하다기보다는 숭고한 느낌이 드는 몰골이었다.

"교수님?"

"어, 할 만해? 사시 수술은 예정에 없었던 거 같은데……."

"아, 다행히 백 교수님이 백내장 수술을 하고 있어서요."

"혼자서 잘하나?"

"네. 괴물이에요. 안과 의사도 아닌데 어떻게 그렇게 잘하는지 모르겠어요."

"뭐……."

한유림은 과연 괴물이긴 하지라는 생각과 함께 고개를 끄덕였다.

"그래, 괜찮다니 다행이네. 그, 사시 수술은 계속 수술방에서 하라는 말하려고 들른 거야. 어지간한 수술은 처치실에서도 가능하거든. 난 거기가 익숙해져서 별문제가 없어. 괜히 부담가질까봐."

"아, 안 그래도 그거 여쭤보려고 했는데. 그러고 보니 벌써 수술 끝난 거예요?"

"응? 어, 서둘렀지."

"아……."

최지예는 아까 들어간 환자 상태를 떠올렸다. 안과 의사이니만큼 자세한 내막을 알 수는 없었지만, 인턴 시절 응급실 돌 때의 기억을 더듬어보면 엄청난 부상이었을 터였다. 그걸 사시 수술 2개 끝내는 동안, 그러니까 4시간도 채 안 걸려서 끝냈다고?

'이제 한유림 교수님도 진짜 고수 다 됐구나.'

덕분에 한유림에게 탄복한 사람이 하나 더 나오고야 말았다. 하지만 진짜 괴물은 과연 백강혁이었다.

"이게 마지막이었어?"

그는 할당된 백내장 수술을 벌써 다 끝낸 마당이었다.

'잘하고 있나, 이놈들?'

강혁은 혹시 몰라 최지예의 후배인 최창환에게 혹 자신이 할 수 있는 수술이 또 있는지 확인하려고 내려온 참이었다.

"벌써 다 하셨어요?"

최창환은 그런 강혁을 정말이지 황당하다는 얼굴로 돌아보았다. 세상에 안과 수술은 이전에 돼지 눈깔에 해본 게 다라고 하더니 그새 그 많던 수술을 다 했단 말인가. 도저히 믿기지 않은 데다가, 혹 개판을 쳐놨으면 어쩌나 하는 얼굴로 보조에 들어갔던 간호실장을 돌아봤는데, 실장은 묵묵한 얼굴로 고개를 끄덕였더랬다. 깐깐하기로 따지면 최지예보다 더한 양반이 저러고 있다는 건 강혁의 수술에 그 어떤 문제도 없었단 얘기이기도 했다.

"어, 없어요. 외래 보는 중간중간 다 보냈는데……. 아니, 진짜 다 했어요? 오늘 몇 개 한 거예요?"

그걸 보고 있자니 더 현실감이 옅어지는 느낌이었다. 세상에 예정되어 있던 수술만 4개가 넘고, 자신이 외래에서 보낸 수술도 6개는 되는데 그걸 다 했다고? 이제 3신데?

'미친 사람인가.'

최창환이 수술할 환자는 더 없다고 말하자 강혁은 병원으로 향했다. 도착하자마자 눈에 띈 것은 피투성이가 된 처치실이었다.

'사시 수술하면서 이랬을 거 같지는 않고?'

안과 수술에서는 피를 면봉으로 닦지 않던가. 옛날에는 그거 보고 엄청 비웃었었는데, 막상 수술해보니까 그런 게 아니었다. 정말이지 면봉으로 충분히 닦일 만한 피가 어찌나 방해가 되던지. 아무튼, 그렇게 예민하고 섬세한 사람들이 바닥에 피 칠갑을 할 리는 없었다. 그렇다면 한유림이 범인일 터였다.

"어, 한 교수님."

한유림은 양반은 못 되는 양반이라, 강혁이 머릿속에 떠올리자마자 모습을 드러냈다. 뒤에 마틴도 함께였지만, 강혁은 그에게는 별 관심이 없었다. 그저 한유림에게 심드렁한 인사를 건넬 따름이었다.

'사고는 안 친 모양이네.'

이미 한유림의 안정된 얼굴을 보자마자 판정을 내린 덕이었다. 그에 반해 한유림은 놀란 기색을 숨기지 못했다.

"어, 백 교수. 백 교수……? 백내장 수술 하고 있는 거 아냐?"

아까 분명 최지예에게 강혁이 나머지 백내장 수술을 다 맡았다고 듣지 않았던가. 미리 선별한 환자들뿐만 아니라, 외래에서 그때그때 보내는 환자들까지 다 해야 한다는 말도 덧붙였더랬다. 그 말은 거의 10개 가까이 되는 수술을 해야 한다는 뜻이었고, 오늘 날이 저물 때까지 수술이 이어질 가능성도 크다는 뜻이었다. 그런데 왜 이놈이 여기 있을까?

'설마 다 끝냈다는 말을 하진 않겠지?'

떠올려서는 안 될 생각이 퍼뜩 떠올랐다. 어쩐지 물으면 그렇다는 말이 돌아올까봐 함부로 물을 수조차 없었다. 적어도 한유림은 그랬는데, 마틴은 아니었다.

"아까 닥터 최가 백내장 수술 맡겼다고 하던데……. 설마 다 한 거예요? 10개 가까이 된다고 했는데."

"아, 다했지. 쉬운 케이스인데, 뭐."

"아……. 네?"

"다했다고. 그쪽은 뭐 한 거야. 여기 왜 이렇게 피가 났어, 이거. 설마 혈관 터진 건 아니겠지?"

강혁은 별거 아니라는 투로 답한 후 처치실을 바라보았다.

'비장 아니면 간……. 아마도 비장일까? 폐도 다친 모양이고. 흠.'

심지어 강혁의 눈에는 바닥에 떨어진 미세한 장기 조직마저 다 보였다. 남들에게는 그저 눈이 좀 예민한 정도라고 말하고 다니지만, 사실 그게 아니지 않은가. 어찌 보면 초능력이라고 해야 할 지경이었다. 그렇게 이미 환자의 부상 정도를 예측한 강혁에게 한유림이 입을 열었다. 자부심을 잔뜩 드러내면서였고, 동시에 과장을 잔뜩 섞어가면서였다.

"환자 죽어서 왔지, 뭐. 죽어서 온 거 살렸어."

"한 교수님이 예수님이에요? 뭘 죽어서 온 걸 살려?"

강혁으로서는 어이가 없을 지경이었다.

"진짜라니까, 닥터 마틴. 진짜지? 그랬지?"

"아, 네. 저는 꼼짝없이 죽었다고 생각했습니다. 그걸 한 교수님이 살렸죠. 이렇게까지 수술할 수 있는 사람……. 저는 아마 없을 거라고 봅니다."

"어? 그건 아니……."

"겸손이 과하면 오히려 교만이라는 말이 있습니다. 한 교수님 실력이면 진짜 세계 최고라고 해도 과언이 아니죠. 저는 정말 감복했습니다."

"어……. 뭐……."

지원을 요청했던 한유림은 조금 민망한 얼굴이 되었다. 눈앞에 진짜 세계 최고 강혁을 두고 이런 말을 듣다니, 좀 그렇지 않은가. 다행히 강혁은 별말을 덧붙이지는 않았다. 그저 사고를 안 쳤다는 것에 의의를 둔 모양이었다.

"그래, 뭐. 살렸다 이거지. 오케이."

"살린 정도가 아니라, 진짜…… 진짜 대단했다니까요?"

"최지예 원장은 어딨지? 아직 사시 수술 중인가?"

강혁은 그런 마틴을 무시한 채 한유림을 향해 물었다.

"어……. 이 근방 사시 환자들……. 특히 애들이 다 온 모양인데. 그중에 약시가 있거나 원시, 근시 있는 애들은 일단 수술 말고 교정부터 해보기로 했고, 수술 케이스가 처음 그 아이까지 4명인데, 지금 마지막 수술 들어갔지."

"아……. 교정을 하나?"

"응, 나도 뭐 잘은 모르는데. 원시나 근시가 심하면 그거 때문에도 사시가 온다네?"

"하긴 그런 거 본 적 있긴 하네, 그러고 보니까."

강혁은 자신이 수술했던 환자들 중에서도 간헐적 사시 환자들이 발생했던 것을 떠올렸다. 주로 시리아에 있을 때 봤던 환자들이었는데, 한쪽 시력을 잃은 경우에 그쪽 눈이 돌아가는 경우가 있었다. 그때만 해도 사람이 살았으면 됐다는 생각에 대수롭지 않게 여기고 넘어갔었는데 이곳에 와서 사람들의 삶과 진하게 엮이다보니 더는 그럴 수가 없게 된 마당이었다.

"문제는 그 교정 치료라는 게……. 꽤 전문적인 지식을 요하더라고. 당연한 일이지, 설마 쉽겠어?"

"아……. 그럼 어쩌지? 당장 해결될 건 아닌 거 같은데."

"응. 안경도 안 가져왔대. 렌즈도 없고."

"그렇겠죠. 애초에 우리가 요청했던 건 백내장이었으니까. 아, 이런 걸 생각 못 하다니. 나도 멀었어."

"그런 말 하지 말고. 제인도 몰랐던 거잖아. 팀장이랑 다 상의해서 요청해놓고서는 뭘 자책을 하고 있어."

"아무튼, 해결 방안은 있대요?"

강혁은 고개를 절레절레 저어가며 밖을 내다보았다.

"어……. 뭐 여기서 검사는 가능하니까. 그거 돌아가는 대로 안경 맞춰서 보내주겠대. 그거야 우리 문제없잖아. 그치?"

"그렇죠. 이제 총리까지 얘기 안 들어가도 가능하지."

"그러니까. 그렇게 몇 개월 어차피 봐야 하니까……. 두고 보다가, 교정시력이 잘 나오는데도 안 되면 그때는 수술 결정하겠다고 하더라고."

"왠지 한 번 더 오겠다는 말로 들리는데?"

"응, 그렇게 하겠대. 와서 좀 놀랐나봐."

"음."

강혁은 다시 한번 한구를 돌아보았다. 그의 눈에는 처음 왔을 때의 한구와 지금의 한구가 많이 달라 보였다. 그때만 해도 어찌할 수 없을 만큼 복잡하게 얽히고설킨 이해관계와 해묵은 원한 때문에 짓눌려 있던 도시가 이제는 희망을 품기 시작하지 않았는가. 하지만 내내 대한민국에서만 있던 사람의 눈에는 어떻게 보일까. 강혁이 처음 이곳에 왔을 때 받았던 인상과 크게 다를 거 같진 않았다.

"놀랄 만은 하지. 근데 되게 예민하게 보네. 이제 사실 하루 째고……. 여기 안에만 있었는데."

"눈을 보는 사람이잖아. 그래서 그런가……. 사람들 마음을 잘 보나봐."

"음."

그럴싸한 말이었다. 눈은 마음의 창이라는 말도 있지 않은가. 그래서 그런가 눈을 보는 사람이 마음도 잘 본다는 말이 그리 어색하게 들리지만은 않았다. 그때 최지예가 수술실을 빠져나왔다. 마지막 수술을 끝낸 모양이었다. 아무리 소아 사시 전문의로 잔뼈가 굵은 사람이라지만 예정에 없던 수술을 수차례 해댄 다음이라 그런지 상당히 지쳐 보였다. 하지만 강혁을 보자마자 조르르 달려오는 패기를 보였다.

"수술 끝냈어요?"

"네."

"오……."

"좀 쉬셔야 할 거 같은데요?"

"아뇨, 아뇨. 어제 백내장 수술한 사람들……. 이제 열어볼 때 됐어요."

"아……. 벌써?"

"입원 안 해도 다음 날 아침에 바로 거즈는 떼요. 입원한 상태에서는 오히려 좀 늦은 감이 있죠."

"그럼 바로 잘 보이나?"

백내장이라는 말이야 워낙 많이 들어본 몸이었다. 한국에서는 진짜 대중적인 질환이 되었고, 또 친숙한 수술이 되지 않았던가. 그렇다고 해서 비안과 의사들이 백내장에 대해 잘 안다는 건 아니었다.

"일단 보세요. 이게 처음 나왔을 때 왜 기적이라는 말을 들었는지 보여드릴게요."

"그렇게 인상적인 순간이면 시장님이랑 제인도 불러야겠는데요. 엄청 좋아할걸."

"아……. 시장님이면 여기 시장님이죠? 환자들 불러 모아줬다는."

"속이 시커먼 양반이긴 한데……. 그래도 고마운 양반이죠. 본인이 한 일이 대단하다는 걸 알게 되면 더 도울 거 같긴 하네요."

"그럼 부르죠. 깜짝 놀랄 겁니다."

그들은 병원 3층 병실로 이동했고, 제인도 그쪽으로 합류했다.

"흐음."

시장도 병실로 왔다. 강혁이야 상대가 시장이건 뭐건 딱히 신경을 쓰지 않는 사람이지만 팀장인 제인은 도저히 그럴 수 없는 입장이었다.

"여기 앉으세요."

"아, 내가 여기?"

"네, 환자들 시력 검사표인데……. 여기서 보면 얼마나 달라지는지 체감하실 수 있을 겁니다."

"음, 그래, 고맙네."

제인은 제일 좋은 자리에 역시나 병원에서 제일 좋은 의자를 두고는 시장에게 양보했다. 강혁은 제인이 저러는 게 그리 마음에 들진 않았다. 훌륭하기로만 따지면 제인이 시장보다 백배는 나은 인간일 텐데 왜 저리 굽신대야 한단 말인가. 사실 이제 전화 한 통이면 시장쯤은 얼마든지 굴복시킬 수 있는 힘이 있지 않은가. 하지만 강혁은 딱히 나서서 막거나 하지는 않았다.

'저걸 할 수 있어서 팀장이 되는 거지.'

제인의 저런 면 덕분에 한구 병원이 더욱더 부드럽게 돌아가게 되는 것 아니겠는가. 만약 처음부터 강혁과 같은 싸움닭만 있었다면 애초에 망해버렸을 터였다.

최지예가 어제 수술받았던 환자들을 줄줄이 데리고 나왔다. 강혁만 수술한 게 아니라 최창환도 수술하지 않았던가. 그래서 환자 수가 퍽 많았다.

"여기 서?"

그중 맨 앞에 있던 노인이 어리둥절한 얼굴로 바닥을 향해 손가락을 뻗었다. 바닥에는 엑스 표시가 그려져 있었다. 카심은 그런 노인을 향해 환하게 웃으며 고개를 끄덕여주었다.

"네, 어르신. 거기 서서……. 이제 눈 가리고 있는 거 있죠? 그거 풀 거예요."

"이거?"

"어어, 막 만지진 마시고요. 제가 풀 거예요. 제가 풀 거고……. 얘기 들으셨죠? 절대 만지면 안 됩니다."

당연한 얘기지만, 눈은 균이 존재하면 안 되는 곳이었다. 그러기 위해 눈물이 쉬지 않고 흘러나와 씻겨주지 않던가. 평소에도 우리 몸이 알아서 열심히 관리할 정도로 중요한 곳인데, 칼이 들어가서 상처가 생긴 지금은 더 말할 것도 없는 상황이었다. 여기서 만약 세수라도 잘못해서 오염된 물이 들어갔다간 실명의 위험이 있었다. 가뜩이나 위생 관념이 대한민국에 비해 부족한 이곳에서는 수술 자체보다 수술 후 관리가 더 걱정이었다.

"아유, 몇 번 들었는데. 안 만져. 시장님도 말씀하셨고……."

다행히 여기서는 시장이 뒷배가 되어주고 있는 상황이었다. 노인은 걱정 말라는 얼굴로 고개를 끄덕였다. 의식적으로 오른손을 왼손으로 붙잡는 모습까지 보여주었다. 덕분에 다소 안심한 얼굴이 된 카심은 조심스럽게 노인의 우측 눈에 붙여두었던 플라스틱 덮개를 떼어내주었다.

"어디……."

그와 동시에 최지예가 약간의 인상을 쓴 채 노인의 눈을 들여다보았다. 혹 감염의 징후가 있지는 않은지 확인하기 위함이었다. 다행히 그저 붉기만 할 뿐, 다른 이상은 보이지 않았다.

"좋아요. 그럼……. 그쪽 눈 다시 살짝 가리고 저기 보라고 해 주세요."

수술 부위가 마음에 들었는지 흐뭇한 표정을 지은 최지예는 살짝 뒤로 물러선 채 벽에 붙여 둔 종이 어딘가를 가리켰다. 글씨가 꽤 작아서 노인보다는 훨씬 젊은 시장도 인상을 써야 겨우 보일 지경이었다. 당연히 노인은 최지예가 뭘 가리키고 있는지조차 알지 못했다.

"응?"

왼쪽 눈은 백내장 수술을 하지 않은 상황 아니던가. 거의 실명이나 마찬가지인 수준이니 그럴 수밖에 없었다.

"하나도 안 보이죠?"

"뭐라고 되어 있는 건데?"

"글씨예요. 글씨."

"어……. 몰라."

"그럼도 모르시겠죠?"

"모르지."

노인은 모든 지점에서 고개를 가로저었다. 카심은 그걸 확인시켜준 후, 수술한 눈을 가리고 있던 가림막을 내렸다.

"어."

그러자 노인의 입에서 나지막한 탄성이 터져 나왔다. 방금까지만 해도 안개가 잔뜩 낀 것처럼 뿌옇던 것이 확 선명해지는 느낌이 들었다. 어찌나 차이가 커다란지 잠시 어지럼증이 엄습했을 지경이었다.

“자, 이거 뭐라고 되어 있어요?”

“차.”

“이건?”

“대추.”

“이건요?”

“뭐야, 그거. 하늘 나는 거.”

노인은 무려 시력 1.0으로 표기된 지점까지 읽어내는 기염을 토했다.

“허.”

그 모습을 본 시장은 정말이지 놀란 얼굴이었다. 잠시 입을 다물지 못할 지경이었는데, 방금 노인이 읽은 글씨를 자신은 읽지 못했기 때문이었다. 설마설마했는데 수술 하나 했다고 멀다시피 했던 눈이 보이게 될 줄이야. 이 노인이 특별히 잘된 건가 했는데, 그런 것도 아니었다. 줄줄이 사탕으로 다들 눈이 잘 보이게 된 것을 확인시켜주었다.

“오, 알라시여.”

“기적이…….”

오히려 다들 기도를 올리기 시작해 걱정이었다. 이슬람교의 기도는 일단 무릎을 꿇고 고개를 숙임으로써 시작하지 않던가. 다른 때야 뭐 남의 종교니 왈가왈부할 생각이 없었으나, 지금은 안 될 일이었다. 머리를 숙이면 안압이 올라가고, 안압이 올라가면 수술 부위에 문제가 생길 수 있기 때문이었다.

"어, 이럼 안 되는데. 어쩌죠?"

하지만 최지예는 역시 훌륭한 단기 팀장이었다. 여기 오기 전에 파키스탄에 대해 들었던 것을 완벽히 숙지하고 있었다.

'여자가 남자 몸에 손대는 걸 극도로 싫어하니 주의하시고요. 종교적인 행동을 하고 있을 때 방해하는 건 절대 안 됩니다.'

애초에 주의 사항 자체가 간단하기도 했다. 대부분 종교만 안 건드리면 괜찮았다. 어차피 혼자 이 근방을 나돌 생각이야 제정신 박힌 사람이라면 안 들 테니 딱히 귀담아들을 필요도 없었고.

"왜 안 되지?"

카심은 최지예의 말을 고대로 시장에게 옮겼고, 시장은 이유를 물었다. 신께 기도하는 것을 말리려면 어지간한 이유로는 안 되기 때문이었다. 하지만 이어진 최지예의 말을 듣고보니 이건 안 될 일이었다.

"어어, 어르신들 일어나셔. 일어나! 다시 눈멀어!"

"네? 그게 무슨 말씀이신지."

"지금 고개 숙이면 안 된다고. 알라께서도 이해하실 테니까 일어나. 일어나!"

"어……."

"아, 빨리!"

"네, 네. 알겠습니다."

해서 시장은 곧 적극적으로 노인들에게 나서주었고, 노인들은 시장의 말을 존중해 몸을 일으켰다. 그러고도 고개를 쳐든 채 기도 올리는 사람이 있긴 했지만 그건 뭐 알 바 아니었다. 어차피 고개를 숙이지만 않으면 될 일이었으니까. 그 모습을 지켜보고 있던 시장은 무척 흐뭇했다.

'이건 진짜 기적이라고 할 만한데…….'

이만한 수술도 없을 거란 생각을 하면서였다. 물론 그 생각은 바로 다음 날 깨졌다.

"자, 여기 앉으시죠."

시장은 어제와 같이 제인이 마련해준 의자에 앉았다.

"오늘은 애들인가?"

"네."

"음."

어쩐지 좀 떨떠름한 기분이었다. 노인들이야 정말 안 보이던 것을 보이게 만드는 것이었지만, 아이들은 눈이 삐뚤어져 있지 않던가. 남들이 말하는 것처럼 정말 신의 저주를 받았다고까지는 생각하지 않아도 뭔가 께름칙하기는 했다.

'그게 고쳐지기는 하는 건가?'

어제 이미 한차례 기적을 본 상황임에도 불구하고 믿음이 잘 서지 않았다. 최지예와 카심과 함께 우르르 몰려온 아이들을 보고 난 이후에도 그랬다. 하나같이 거즈를 붙이고 있었는데, 오히려 한쪽 눈을 가리고 있으니까 귀여운 아이들이었다.

'쟤들도 고쳐진다고 하면…….'

만약 지금 느낌 그대로 살아갈 수 있다면 어떻게 될까? 노인들의 시력이 돌아온 것도 물론 기적이겠지만 아이들은 앞으로의 인생 자체가 변하게 될 터였다. 평생 배척받다가 광야에서 죽거나 가족의 짐이 되는 삶에서 삶의 주체가 될 것이었다.

'그건 정말 기적이겠는데…….'

시장은 자신도 모르게 등받이에서 등을 뗀 채, 두 손으로 뺨을 감쌌다. 그만 긴장하는 모습을 보인 건 아니었다. 강혁도 그랬다.

'어찌 되려나?'

원래 상처받은 아이들에게만큼은 감정이입하는 사람 아니던가. 원해서 그러는 게 아니라 그냥 저절로 그렇게 되었다. 게다가 어제 카심에게 아이들이 여기서 겪고 있는 고초에 대해 자세히 들은 참이라 더더욱 그랬다. 부디, 신이 있다면 이들을 보살펴주길 바라는 마음이었다.

"자, 거즈 떼줄래요? 아이들도 손대면 절대 안 돼요. 뭐……. 백내장보다는 오히려 낫기는 하지만 그래도 안 됩니다."

"네, 닥터 최."

그사이 카심은 최지예의 말에 따라 맨 첫 번째 줄에 선 아이의 거즈를 풀었다. 아이는 잔뜩 긴장한 모습이었다. 마른침을 꿀꺽꿀꺽 삼키는 게 안쓰러울 지경이었다.

'나도 이제 다른 친구들과 놀 수 있을까?'

보호자는 아예 그런 아이를 바라보지도 못하고 있었다. 고개를 돌린 채 그저 흐느끼고 있었다. 강혁은 어쩐지 보호자의 마음 또한 알 것 같아 조금 더 마음이 무거워졌다.

'다 내 잘못……. 내가 그때…… 그걸 먹으면 안 됐어…….'

죄책감. 선천성 장애를 갖고 태어난 아이를 가진 부모들은 크든 작든 이런 마음을 안고 있었다. 내가 그걸 먹지 않았더라면,

내가 그때 거길 가지 않았더라면. 사실 의학적으로 전혀 의미 없는 일인데도 불구하고 부모의 마음을 짓누르기 마련이었다.

'그럴 필요 없는데 말이지.'

강혁은 안타까운 마음을 잔뜩 지닌 채 아이를 지켜보고 있었다.

"어디……, 어디 보자."

최지예는 그런 아이를 향해 천천히 다가갔다. 교대 가림 검사를 하기 위함이었는데, 사실 하기 전부터 얼굴에 미소가 피어오른 상황이었다. 그저 보기만 해도 아이의 상태는 이전과는 비교도 할 수 없을 만큼 좋아져 있었다. 아예 사시가 사라진 것은 아니었지만 이젠 자세히 봐야 알 수 있었다.

"어……. 어!"

최지예 말고 변화를 제일 먼저 눈치챈 것은 아이였다.

"내 눈이……, 눈이!"

"네, 괜찮네요."

최지예는 흐뭇한 마음만 담뿍 담아 아이를 보며 웃어주었다.

"나 그럼 이제…… 이제 저주에서 벗어난 거예요? 제 잘못을 용서해주신 거예요?"

"아니……. 그……."

하지만 이어지는 말에는 뭐라 말을 해야 할지 알 수 없었다. 저주라니, 잘못이라니, 용서라니. 대체 이 아이는 그 어린 나이에 얼마나 많은 상처를 받은 걸까? 그리고 여기엔 이와 같은 상처를 받은 아이들이 얼마나 더 있을까.

'나 이제 휴가는 다 갔네…….'

몰랐다면 모를까. 알아버린 상황에서 한구 병원에 더 안 오는 건 어려웠다.

기적은 안과에서만 일어난 것이 아니었다. 치과 진료를 통해 평생 앓던 이를 뽑은 사람들은 물론, 애초에 이가 없어 밥을 제대로 먹지 못해 만성 소화불량 및 영양 부족에 시달리던 이들 또한 틀니 덕분에 삶의 질이 개선되었다.

"내가 솔직히 말이야. 외과가 진짜 최고라고 생각했거든."

그 모습을 장장 열흘간 지켜본 한유림이 맥주를 한 모금 들이켠 뒤 입을 열었다. 꽤 많이 마신 후인지라 얼굴이 불콰해진 지 오래였다.

"근데 이번에 보니까 안과, 치과도 장난 아니네……. 와, 나는 이 사람들 삶이 이렇게 변하게 될 줄은 꿈에도 몰랐어. 진짜."

"과찬이세요, 교수님. 저는 교수님 보면서 얼마나 놀랐는데요. 꼼짝없이 죽을 거 같은 사람들 살려내고……."

심지어 최지예는 한유림의 지도 학생이었던 것에 더해, 여기 와서 여러 차례 수술하는 것을 목도한 마당이었다. 감탄하지 않으면 그게 더 이상한 일이었다. 평생 고생하며 일했는데, 인생 2막을 더 고생스러운 일에 바치는 것 자체도 어려운 일 아니겠는가.

"우리야 늘 하던 일이 이건데. 아유, 근데 진짜……. 놀랐다, 놀랐어."

봉사 기간 동안 백내장 수술이 계속된 덕에 시력을 잃었던 노인 100여 명이 앞을 보게 되지 않았던가. 바로 어제까지만 해도 수발들지 않으면 아무것도 못 하던 사람이 이제 밖을 나다니고,

친구를 만날 수 있게 된 게 기적이 아니면 뭐가 기적일까.

그때 강혁의 품에 있던 휴대폰이 울렸다. 곧장 휴대폰을 꺼내 보니, 장이었다. 아까 닭요리 먹다 말고 어디론가 가기에 뭔가 있구나 했더니 역시는 역시였다.

“응, 장. 무슨 일이지?”

이미 한참 전부터 마음의 준비를 하고 있던 터라, 강혁은 침착하기만 했다.

“신고가 들어왔다고 합니다. 장소는 한구 도로 북서 10km 방면인데……. 컴컴한 상황에서 달리다가 혼자 어딜 박은 모양이에요.”

“신고자가 운전자 본인인가?”

“네. 운전자는 많이 다친 거 같지 않은데……. 조수석에 있던 사람이랑, 뒷자리에 있던 사람들이 좀 다친 모양입니다.”

“들?”

“웅성웅성하는 거로 봐서는 인원이 꽤 있는데……. 일단 가봐야 알겠습니다. 어떻게 하실 건가요? 제가 가서 데려올까요?”

장은 강혁이 그렇게 하지 않을 거라는 걸 알면서도 우선 물어보기는 했다.

“아니, 같이 가야지. 츠요시랑 샘한테 수술방 준비하고 있으라고 하면 돼. 나랑 마틴이 갈게.”

“네.”

“들었지? 갑시다.”

“어딜……. 어딜요?”

"현장 가야지."

"이렇게 깜깜한데요?"

"우리 앰뷸런스 설비 좋아. 죽여줘. 어지간한 건 다 돼."

"어……."

"아, 버티지 말고 오라고."

강혁은 아무래도 깜깜한 밤에 잘 정비되지 않는 도로 달리는 것이 찜찜한 마틴을 강제로 끌고 응급실 밖을 나섰다. 병원을 나서자마자 마틴은 반항해볼 틈도 없이 어느새 앰뷸런스 뒷좌석이었다. 마틴은 한유림과 열흘 동안 함께 당직을 섰음에도 불구하고 여기에 직접 올라탄 것은 처음이었다.

"와……. 엄청 넓네."

"좋지? 어지간한 수술은 다 된다니까."

"아니……. 밖에서 볼 때는 허름하던데……. 그거 위장이에요?"

"뭐, 따지고 보면 그런데. 사실 여기 길이 험해서 그냥 낡은 거지."

앰뷸런스는 우람한 소리를 한번 내는가 싶더니, 아주 힘차게 병원을 빠져나갔다.

"오……."

"거봐, 차 좋다니까."

운전석에서 장이 말했다.

"아, 교수님."

"응?"

"지금 신고 들어오는데……. 스피커폰으로 돌릴게요."

"어. 그렇게 해줘. 상황이 어떻게 돌아간다는 거야?"

강혁은 쭉 뻗은 한구 도로를 돌아보며 입을 열었다. 전화가 연결되었다.

"네, 한구 병원입니다. 지금 가고 있어요."

"아……. 아……."

"신고자분, 지금 정확히 어디세요?"

"한구 도로……. 북 하이웨이 여기가……. 아무튼, 한구에서 페샤와르 쪽 도로예요."

신고자는 많이 당황하긴 했지만 적어도 의식에 손상이 있는 거 같진 않았다.

"음, 그쪽으로 달리고는 있어요. 부상자 상태는 어떤가요?"

"조수석에…… 타고 있던 제 동료가 너무 많이 다쳤어요. 피가……."

"거기 불이 있습니까? 빛이 있어요?"

"손전등이요."

"아."

손전등이라. 어디 모르는 길을 걸어가는 것뿐이라면야 충분할 수도 있겠지만, 부상자를 구조하는 데 있어서는 그냥 없다고 봐야 했다.

"그건 저희가 알아서 할게요. 그분 말고는 어떻죠?"

"뒤에 있던…… 친구 중에 하나가 튕겨 나갔는데……. 팔이 부러진 거 같아요."

"의식은?"

"대답은 잘합니다."

"그건 다행인데……. 그럼 나머지는 일단 괜찮다 이거죠?"

"네? 어두워서 잘 보이진 않는데……. 일단 다 대답을 해요. 그……. 조수석에 앉았던…… 제…… 제 동료는 빼고요."

신고자는 울먹거리고는 있었지만 그래도 상당히 침착하게 말을 이어나갔다. 그동안에도 차량은 계속해서 달렸고, 통화 또한 계속되었다.

"자, 그럼 일단 조수석에 있던 분에게 가봅시다. 지금 차 안에 있어요?"

"아……. 네. 문이 안 열려요."

"음."

문이 안 열린다라. 이건 좀 큰일이었다. 의료진이 아니라 소방대원들이 나서야 할 일일 수 있었다. 문제는 이곳엔 대원이 없다는 점이었다. 파키스탄에서는 주요 도시 말고는 사실상 소방 시스템이 없다고 봐야 했다.

"괜찮아, 내가 어떻게든 해볼게."

"아, 네."

다행인 점은 이곳에 강혁이 있다는 것이었다. 장은 강혁이 불가능해 보이는 일들을 너무 쉽게 해내는 것을 이미 여러 번 본 바 있었다. 그렇다보니 저 어떻게든 해보겠다는 말이 현실적으로 들렸다.

"그럼 지금 의사소통 시도는 어떻게 하고 있죠?"

"유리가 깨져서……. 그쪽으로요."

"아……. 근데 대답은 없고요?"

"네."

"흠."

장은 잠시 안 좋은 생각이 스쳐 지나가는 것을 느꼈다. 이런 경우 이미 사망했을 가능성이 있지 않겠는가.

"일단 살아 있다고 생각하고 가자고."

장은 곧 번뇌에서 벗어나 앰뷸런스 액셀을 힘껏 밟을 수 있었다.

"아, 저기…… 저기네요."

그렇게 5분을 더 달렸을까? 환하게 켜둔 헤드라이트 끝에 무언가 검은 물체가 걸려들었다.

'넘어지진 않았고……. 뭘 갖다 박은 거야?'

흔히 한국에서 혼자 사고를 냈다고 하면 가드레일을 떠올리기에 십상이지만, 여긴 가드레일이 없는 곳도 많았다.

'아……. 바윗덩이구나.'

아마도 근처 채석장에서 나가던 트럭이 돌을 흘리고 간 모양이었다. 이 트럭은 그걸 갖다 박은 거고. 낮이었으면 아마 큰 문제가 되지 않았을 텐데, 밤이라 문제였다. 놀랍게도, 이곳의 트럭 대부분은 라이트가 나가 있었으니까.

"자, 근처로 가서 세우자고. 혹시 모르니까 표시등 꺼내놓고."

"네, 교수님."

대강 어떻게 된 일인지 파악한 강혁은 장에게 차를 세우라고 지시하고는 곧장 트럭을 향해 달려갔다.

"당신은 따라와."

"어……."

마틴을 붙잡고서였다.

강혁은 어느새 메고 나왔던 가방을 바닥에 거칠게 내려둔 후, 망치의 장도리 부분을 굳게 닫힌 차 문 틈새에 걸었다.

"웃차."

제법 능숙해 보이긴 했지만, 그런다고 될까 싶은 게 사실이었다. 마틴이 보기에도 그랬고 신고자가 보기에도 그랬다. 차 문은 그냥 멀쩡한 상태가 아니라 우그러져 있었기 때문이었다. 아니나 다를까 강혁이 암만 당겨도 차 문이 덜컥 열리진 않았다.

강혁은 다시 망치 쪽으로 방향을 바꾸어 차 문의 걸쇠를 세게 내리쳤다. 쾅. 동시에 폭발음 비슷한 것이 들려왔다. 사람이 망치로 무언가를 두드리는데 이런 소리가 날 수 있다니.

"옳지."

심지어 그 엄청난 짓을 저지르고 있는 인간은 이게 당연하다는 얼굴을 하고 있었다.

"역시."

뒤를 돌아보니 장 또한 비슷한 얼굴이었다. 장은 환자가 무조건 나올 거라고 확신하는지, 그저 들것을 들고 와 대기 중이었다. 그 믿음에 보답이라도 하려는 듯 강혁은 아까보다도 더 열과 성을 다해 망치를 휘둘러댔다. 쿵. 그리고 곧 문짝이 떨어져 나왔다. 세상에 망치로 차를 부숴? 오함마처럼 커다란 것도 아닌데? 이게 사람인가 싶었다. 심지어 망치를 내려놓은 후에도 무언가 부서지는 소리가 들렸다. 강혁이 손으로 무언가를 벌리고 있는 모양이었다.

'개기지 말자…….'

마틴은 그게 휘어진 철이었다는 것을 확인하고는 고개를 푹 숙였다.

"야, 일로 와."

그때 강혁이 마틴을 불렀다. 마틴은 저도 모르게 고개를 황급히 끄덕일 수밖에 없었다.

"네, 네."

"장, 너도. 들것 들고."

"네."

"일단 내가 환자 빼낼 테니까, 잘 받아. 머리 안 흔들리게 주의하고. 2차 손상, 알지?"

"네!"

마틴과 장은 강혁이 그저 두 팔의 힘만으로 자리에서 빼낸 환자를 온전히 들것에 받아낼 수 있었다.

'머리……. 아마도 경막하 출혈. 그리고 가슴은…… 함몰골절.'

그 순간 강혁은 환자에 대한 진단을 내릴 수 있었다.

"수술해야겠어. 앰뷸런스로 뛰자."

강혁은 바로 들것을 들고 뛰진 않았다. 가슴 부위 함몰만 해도 딱 예상되는 증상이 있었기 때문이다. 다만 트럭의 주된 충돌 부위가 오른쪽이니만큼 우측 가슴이 뭉개져 있었는데, 뭉개진 갈비뼈 중 하나가 폐를 찢은 모양이었다. 그 때문에 긴장성 기흉이 발생했는지, 환자는 숨쉬기 매우 어려워하고 있었다. 강혁은 그것을 확인하자마자 주사기를 우측 가슴에 틀어박았다. 늘 그렇듯 그의 술기는 완벽하고도 신속했기 때문에 효과는 즉시 볼 수 있었다. 폐를 압박하고 있던 공기가 빠져나오는 소리가 주변으로 울려 퍼졌다.

"왜…… 왜 숨을 못 쉬지? 긴장성 기흉은 해결된 거 아닌가?"

마틴이 어리둥절한 표정이 된 것 또한 무리는 아니었다. 분명 제대로 된 곳에 찔렀고, 긴장성 기흉이 해소되는 것 또한 본 바 있었다. 허나 환자는 여전히 숨 쉬는 것을 어려워했다.

'뭐지?'

허나 강혁은 마틴과는 달리 원인을 알 수 있었다. 환자의 숨소리는 아까와 비슷하면서도 분명히 달랐다. 강혁의 귀는 확실히 구분할 수 있었다.

'위치가 위로 옮겨 갔어.'

아까의 숨찬 증세와는 양상이 달랐다. 이건 기도가 좁아졌을 때 나는 소리였다.

"음."

판단이 서자마자, 강혁은 환자의 입을 슬쩍 벌려보았다. 출동할 때부터 쓰고 있던 헤드라이트 빛을 이용해 안을 들여다보았다.

'이물이 낀 건 아니다……. 그럼…….'

보통 상기도 폐쇄의 가장 흔한 원인은 질식이었다. 실제 가장 흔한 빈도로 질식을 일으키는 녀석은 피였다. 그런데 지금 이 환자의 목 뒤로 넘어가는 피는 없었다. 환자의 목을 조심스럽게 만져보니 파열음이 일었다. 그 말은 곧 목을 둘러싸고 있는 구조물이 부러졌다는 뜻이었다.

"방패연골이 부러졌어……. 후두 구조물이 날아갔어."

"어……. 그러면…… 그게 어디까지인지가 중요하지 않습니까?"

"칼."

강혁은 마틴의 말에 대답해주는 대신 장을 돌아보았다. 장은 묵묵히 메스를 건네주었다. 강혁은 지극히 예민한 눈과 섬세한 손으로 환자의 목 중 성한 부위를 찾아 그 바로 아래를 가로로 쨌다. 그러곤 후크라는, 삼지창처럼 생긴 도구를 이용해 절개 부위를 걸어서 당겼다. 그래봐야 아주 작은 틈이 생길 뿐이었지만, 강혁은 위쪽 기도 상황을 어느 정도는 파악할 수 있었다.

'성대는 움직이는데……. 그 아래가 부러져서 누르고 있어. 이건 그나마 다행이구만.'

성대를 움직이는 부위가 아예 망가졌다면, 그건 아예 다른 얘기가 된다. 후두 재건술은 거의 불가능한 수술이라 여겨지고 있었으니까. 그에 비해 우그러진 방패연골을 펴주는 수술은 난도가 극히 낮다고 할 수 있었다.

"삽관할 거야."

"아, 네."

강혁은 플라스틱 튜브를 방금 낸 절개를 통해 집어넣었다.

"어디……."

튜브가 들어가자마자 환자의 호흡은 확연히 개선되었다.

"휴."

우선 환자의 손가락 끝과 입술 색이 돌아오고 있었다.

"됐어. 일단 시간은 벌었어."

강혁은 고개를 끄덕이고는 장을 돌아보았다. 장은 벌써 환자 다리 쪽으로 향하는 중이었다. 둘이 호흡을 맞춘 지도 몇 개월이 되었다. 게다가 장은 특별히 눈치가 빠른 편에 속하는 사람이었다.

"가자."

"네!"

"저, 저는?"

"앰부 짜."

"아, 네."

마틴 또한 현장에서 구른 경험이 적지는 않았기에 금세 자리를 잡았다. 그 덕에 환자는 아주 빠르게 앰뷸런스로 향할 수 있었다. 강혁은 우선 뒷문을 열고 앰뷸런스에 설치된 침대부터 아래로 끌어 내렸다. 그러곤 환자를 침대로 실었다.

"어?"

"어디 가세요?"

그러자마자 당연히 앰뷸런스에 오를 줄 알았던 강혁은 침대 끌어 올리는 버튼을 누르고는 다시 현장을 향해 달렸다. 손을 휘이휘이 내저으면서였다.

"팔 부러진 환자 보고 올게! 일단 환자 머리부터 밀고! 머리,

목, 가슴 싹 다 소독하고 있어!"

"어……. 네."

얼떨결에 대답은 했지만 마틴으로서는 놀랄 수밖에 없었다.

"아니, 근데 머리를 민다는 건……. 머리를 열겠다 이건가? 여기서?"

"아마도요?"

"CT도 없는데? 어디를 어떻게 다친 줄 알고?"

"음."

마틴의 말에 장은 답을 하지 못했다. 장 또한 강혁이 어떻게 아는지는 모르기 때문이었다. 하지만 한 가지 분명한 사실이 있다면, 강혁이 그렇다면 그렇다고 믿어야 한다는 점이었다. 여태 단 한 번도 의학적으로는 틀린 적이 없었으니까.

"일단 닦아봐요. 어차피 머리 다친 건 확실하잖아요."

그사이 강혁은 눈물을 찔끔찔끔 흘리고 있는 환자에게 도달했다.

"으……."

"가만 있어봐요. 조금 아플 테니까."

"어어."

"아, 가만히 있으라고."

"어어어!"

그러곤 부러진 팔을 쑥 하고 당기는가 싶더니 단박에 맞춰버렸다.

"으아."

환자야 당연히 통증이 있을 수밖에 없었고, 따라서 이리저리 발버둥을 쳐댔다. 강혁이 꽉 붙잡고 있지만 않았다면 아마 굴러다녔을 테지만 강혁은 마치 철골 구조물이라도 되는 양 꿈쩍도 하지 않았다.

"이제 안 아프잖아. 뭘 엄살이야. 완벽하게 맞았으니까 따로 수술받을 필요도 없어."

앰뷸런스에서 가지고 온 플라스틱 캐스트를 팔에 묶어주며 말했다.

"으어어."

"알았다고?"

"어……."

"오케이."

그렇게 치료가 끝나고 나서는 다시 앰뷸런스로 뛰어 돌아갔다.

"다 됐나?"

"어……. 네. 소독은요."

"오케이. 그럼 머리부터, 일단."

"뭐야, 어떻게 벌써 왔어요?"

강혁은 그런 마틴을 아주 어이없다는 눈으로 바라보았다.

"지금 그게 중요한가? 이 환자……. 경막하출혈이라고."

마틴의 손바닥에는 땀이 줄줄 흐르고 있었다. 아까 마틴을 바라보던 강혁의 눈을 떠올려보면 그럴 만도 했다. 호랑이가 눈앞에 있다고 하더라도 그런 느낌이 들지는 않을 거 같았다.

"뭘 멍하니 있어? 빨리 안 올라와?"

"아……. 네네."

마틴은 저도 모르게 고개를 끄덕이며 위로 올라갔다.

'아……. 마취가 됐네.'

올라가면서 뭔 소리가 나서 고개를 돌렸더니 어느새 벤틸레이터 기기가 돌아가고 있었다.

"출혈이 의심되는 부위는 여기야."

눈이 동그래진 마틴을 향해 강혁은 환자의 옆통수 중 어딘가를 톡톡 두드리며 말을 이었다.

"네?"

이건 놀랍다기보다는 말이 안 되는 종류의 행위라고 할 수 있었다. CT를 찍은 것도 아닌데 어떻게 출혈 부위를 알 수 있단 말인가. 안에 일어난 출혈의 위치를 밖에서 알아낼 수 있다고? 아무 검사도 없이? 강혁은 칼을 슥 하고 집어 들었다.

"거기, 그렇게 당겨."

"어……. 네."

강혁은 방금 자신이 두드렸던 부위 근처를 좌우로 당기게끔 지시하고는 칼로 가운데를 호쾌하게 그었다. 충격을 오롯이 머리 안쪽 구조물이 받아낸 만큼, 두피의 부기는 그리 심하지 않았다. 그 덕에 강혁은 두피에 절개를 내는 동시에 절개된 두피와 두개골의 분리를 거의 바로 할 수 있었다. 신경외과 의사라면야 능숙한 게 당연해야 할 작업이었지만, 마틴이 알기로 강혁은 외상 외과 의사 아니던가. 어이가 없을 지경이었다.

'뭐야……. 왜 잘하지?'

지금까지 만났던 의사 중 최고라고 믿어 의심치 않고 있던 한유림보다도 더 잘하는 느낌이었다. 강혁은 망치와 정을 집어 들었다. 마틴의 놀란 표정을 무시하고 모습을 드러낸 두개골에 구멍을 내기 시작했는데, 드릴을 이용한 게 아닌데도 빠른 속도로 구멍이 생겼다.

'허…….'

속도보다 놀라운 것은 구멍의 모양이었다. 마치 원을 대고 뚫기라도 하는 것처럼 완벽한 원형의 구멍이 생겨났다. 그러면서도 그 바로 밑에 있는 뇌에는 티끌만 한 손상조차 가지 않았다. 이걸 뭐라고 해야 할까.

'한유림 교수님…….'

한유림이 천재라고 하면 이 사람은 뭐라고 해야 한단 말인가.

"야, 멍하니 있지 말고. 픽이라도 집어 들지? 구멍만 뚫어?"

"아, 아. 네."

마틴은 하릴없이 강혁이 말해준 기구, 즉 픽을 집어 든 채 두개골 틈새에 끼워 넣었다.

강혁은 픽을 이용해 뼈를 제거하고 있었다. 옆에서 보고 있던 장은 물론이거니와 마틴조차 이걸 세상에 어떻게 하나 싶을 정도의 고난도 술기였다.

'마법이야?'

어떻게 픽 두 개로 안쪽으로는 단 하나의 충격도 주지 않은 채 뼈를 제거할 수 있었을까. 구멍도 어찌나 예술적으로 냈는지 뼛조각 하나 남아 있지 않았다. 하지만 그런 건 지금 마틴의 눈앞에 펼쳐진 모습에 비하면 아무것도 아니었다.

"피…… 피가……."

정말로 출혈이 있었다. 피떡이 진 채로, 뇌를 하방으로 누르고 있었다.

"석션."

"아, 네."

강혁은 그게 당연하다는 얼굴로 장에게 석션을 받아 들고는 후루룩 피를 제거해나갔다.

'역시 여기에 있고……. 출혈 부위는……. 저긴가.'

더 정확하게 말하자면 강혁의 눈이 특별할 뿐이었다. 그의 눈은 남들에게는 보이지 않는 것들을 모두 잡아낼 수 있는 능력을 지니고 있었으니까.

"오케이. 다 됐고. 바이폴라."

"네."

강혁은 그 눈을 유감없이 이용해 피떡을 모조리 제거한 후, 바이폴라로 터져나간 정맥을 지져버렸다. 그러곤 잠시 수술 부위를 내려다보았다. 혹시 더 피 나는 곳이 없는지를 확인하기 위함이었다.

"오케이. 피 안 나고……. 바이털 괜찮고."

마틴이 놀라고 있는 사이, 강혁은 피가 더 이상 안 난다는 것은 물론이고 바이털 또한 괜찮다는 것까지 확인했다. 말하자면 머리 쪽에 해야 할 일은 이미 다 했다는 건데, 그렇다고 남들이 하는 걸 놓치진 않았다.

"배액관."

의학에 백 퍼센트라는 건 없지 않은가. 그건 집도의가 강혁일 때도 마찬가지로 적용해야 하는 말이었다.

"네."

강혁은 방금 피떡을 빼낸 자리에 배액관을 놓고는 수술 부위를 덮었다. 강혁이 미처 잡지 못한 출혈이 있다 해도 배액관을 통해서 빠져나올 터였다.

"자, 그럼 바로 아래로 가자."

그렇게 머리 쪽을 끝낸 강혁은 쉬지 않고 가슴 쪽으로 향했다. 마틴 또한 넋을 놓고 고개를 끄덕이면서 힐끔 시계를 바라보았다. 아까 환자가 들어왔을 때가 분명 11시 경이었는데, 이제 겨우 11시 50분을 지나고 있었다. 수술 준비하는 시간이 있었으니, 머리를 정리하는 데 고작해야 20분에서 30분 정도밖에 걸리지 않았다는 뜻이었다. 그것도 제대로 된 설비가 갖추어진 곳이 아니라 차 안에서.

'미친…….'

"음……."

강혁은 마틴이 자기 맞은편에 선 것을 확인하고는 이내 환자의 가슴 쪽으로 시선을 돌렸다. 좌측은 괜찮았지만, 우측은 엉망이었다.

'만세라도 하고 있었나, 왜 4, 5, 6이 나란히 나갔어?'

강혁의 눈에는 갈비뼈의 어디가 어떻게 나갔는지 보였다.

'그중 5번의 조각이 폐를 찔렀고……. 아까 꽂아둔 거로 어지간히 해결은 되고 있지만……. 그것만으로는 모자라. 약간 저쪽으로 밀리고 있어. 시간이 더 지나면……. 심장도 눌린다.'

긴장성 기흉의 무서운 점은 멀쩡한 것 같다가 어느 임계점을 넘는 순간 돌이키기 어려운 상황에 이르게 된다는 것이었다.

"좋아, 칼."

계획이 선 강혁은 손바닥을 내밀었다. 그러곤 장이 메스를 건네주는 동안 마틴을 바라보았다.

마틴이 준비된 것을 확인한 강혁은 전달받은 메스를 환자의 살갗에 가져갔다. 이미 갈비뼈가 부러져 있었기에 세로로 절개하는 데 있어서만큼은 더욱 수월한 편이었다. 게다가 마틴의 보조 또한 아까보다는 좀 더 섬세해진 마당이었다.

"좋아. 여기 이렇게 벌리고."

"아, 네."

"머리 안 움직이게 조심하고. 뇌압 올라가면 골 때려. 뭐, 그럴 거 같지는 않은데……."

"아, 네. 그렇게 하겠습니다."

"좋아. 그렇게. 음. 이건……."

강혁은 마틴이 절개 면을 위로 당기자마자 모습을 드러낸 흉강 안쪽 모습을 보며 탄식을 터뜨렸다. 밖에서도 어느 정도는 예상하고 들어오긴 했지만, 이렇게까지 망가졌다니. 강혁은 손가락을 흉강 내로 집어넣었다. 틈새가 확 벌어졌다고는 해도 아주 넓지는 않아서 여유가 있거나 하지는 않았다. 강혁의 손이 작은 것도 아니라 더더욱 그러했다. 하지만 강혁은 본인이 원하는 곳으로 손가락을 집어넣을 수 있었다.

갈비뼈 조각에 의해 직접적인 손상을 입은 곳은 그리 크지 않았다. 하지만 그 안쪽으로도 폐포의 손상이 죽 이어져 있었다. 구멍 난 부위로 공기가 잔뜩 빠져나갔을 테니 당연한 일이었다.

'그래……. 엽 절제술로 간다. 우…… 상엽 절제술이다.'

중엽을 찔러버렸으면 더 골 때릴 뻔했는데, 다행히 상엽의 앞부분이 뚫린 상황이었다.

"클램프."

"네."

마틴은 최선을 다해 절개 틈새를 당겨주었고, 강혁은 자신의 왼손을 따라 클램프를 슥 하고 밀어 넣었다. 이미 닿아 있는 길을 가는 건 그리 어렵지 않았다.

강혁은 너무도 간단하게 손상된 폐로부터 흘러나오던 공기를 틀어막고는 손을 내밀었다.

"하나 더."

강혁의 손가락은 이제 조금 아래로 향했다. 중엽으로 가는 동맥에서 우상엽의 뒤편으로 향하는 동맥을 짚어내기 위함이었다. 해부학에 정통해야만 가능한 일이었고, 또 지극히 예민한 손가락을 가지고 있어야 가능한 일이었다.

"옳지."

강혁은 곧 원하던 동맥을 짚어냈고, 곧 클램프로 묶었다. 그러자 출혈이 완전히 멎어버렸다. 제대로 짚었고, 제대로 잡았다는 뜻이었다. 그것만으로 끝은 아니어서, 강혁의 작업은 한동안 계속되었다. 강혁이 고개를 든 것은 동맥에 이어 정맥까지 모조리 잡고 난 다음이었다.

"가위."

"네."

그다음부터는 딱히 거칠 것이 없었다.

'혈압이…… 올라간다. 딱히 출혈이 심했던 건 아냐. 그렇다면…….'

"좋아, 우상엽 나간다."

강혁은 우상엽을 떼어냈다. 아무래도 우측 폐 전체 부피의 거의 절반 가까이 차지하고 있는 것이 우상엽이다 보니 제법 커다란 덩이가 나왔다.

"묶을 거."

"아, 네."

강혁은 그렇게 받은 실크 타이를 이용해 벌떡거리고 있는 동맥부터 묶어나갔다.

"오케이, 끝. 충전재 박아 넣고 흉관 박고 닫자."

강혁은 다 끝낸다는 말을 꺼내기가 무섭게 수술을 끝마쳐버렸다. 그뿐만이 아니라 마취 심도도 조금 줄였는데, 어느 정도인가 하면 자발적인 호흡 노력이 어지간히 돌아왔을 정도였다.

'바이털은 아주 좋군…….'

"장, 운전석으로 가도 되겠어. 이제."

"아……. 네. 그래도 될까요? 보조는 필요 없으세요?"

강혁은 장과 함께 환자의 드레싱을 마저 정리했다. 모든 부분을 열심히 하긴 했지만, 특히 더 중점적으로 한 것은 역시나 배액관 정리였다. 큰 수술일수록 배액이 잘되는 경우, 나중에 사달이 날 확률이 높았다. 장 또한 그것을 잘 알기에 배액관을 다시 한번 확인하면서 강혁을 돌아보았다. 강혁은 그런 장을 마주한 채 고개를 끄덕였다.

"응, 이 정도면 뭐……. 내일 드레싱 다시 확인할 때까지는 다시 안 봐도 될 정도야."

"아, 네. 알겠습니다. 교수님."

다른 사람도 아니고 강혁이 이렇게 말하지 않는가. 장으로서는 강혁의 의학적인 소견만큼은 백 퍼센트 믿어 의심치 않았기에 더 말하지 않고 앞으로 향했다. 강혁은 잠시 그런 장을 바라보고 있다가 이내 마틴을 돌아보았다.

"넌 환자 보고 있어. 그 정도는 할 수 있지? 별문제 없는 환자니까."

"어……. 네. 근데 교수님은…… 교수님은 어디로 가시려고요?"

"팔 부러진 사람 데려와야지."

"아."

강혁은 바로 뒷문을 열고는 도로로 뛰어내렸다. 깜깜한 도로는 적막하기 짝이 없었다. 지금 시간에 차가 나다니는 것은 아무래도 좀 무리였다.

"좀 어때요?"

강혁은 조용한 가운데 새어 나오는 앓는 소리를 찾아 곧장 환자에게로 향했다. 환자는 처음 다쳤을 때보다는 훨씬 나아 보였지만, 여전히 고통스러워 보이긴 했다. 우선 식은땀을 어찌나 흘렸는지 주변 도로가 젖어 있을 지경이었다.

강혁은 환자의 엉덩이에 주사를 꽂았다. 주사는 일반적인 진통제가 아니라 페티딘이라고 하는 일종의 마약성 진통제였다.

"어……."

"안 아프죠?"

"어……."

효과가 끝내줬다. 심지어 수술 후 찾아오는 어마어마한 통증도 아주 잘 막아주었다.

"자, 그럼 갈까. 어……. 못 걷나? 힘 풀려요?"

"조, 졸려요. 기분이 이상한데."

"거참."

강혁은 정말이지 다리가 풀린 듯 흐늘거리고 있는 환자를 잠시 내려다보았다. 가서 들것을 들고 올까 하는 고민도 잠시 들었지만, 그러기는 귀찮았다. 게다가 이미 시동도 건 마당 아니던가. 강혁은 그냥 양팔로 환자를 들어올리기로 했다.

강혁은 그런 보호자라고 해야 할지 동반 피해자라고 해야 할지 헷갈리는 인원들을 바라보았다.

"가는 대로 차 보내줄 테니까, 사고 수습합시다. 나머지 뭐 크게 다친 사람은 없죠?"

"네? 아, 네. 그럼요. 괜찮습니다."

"오케이. 그럼 가서 보내줄게요."

앰뷸런스로 온 강혁은 방금 안아 들고 온 환자를 의자에 내려놓았다. 그새 환자는 반쯤 눈을 감은 채 꾸벅꾸벅 졸고 있었다. 워낙에 약이 귀한 지역이다보니 약발이 잘 듣는 모양이었다.

"사고 정리할 차량 사람들 보내라고 좀 전에 연락해두었습니다. 우리는 갈까요?"

강혁까지 자리를 잡자, 앞에 있던 장이 물어왔다.

"응, 가지."

강혁은 고개를 끄덕이며 대꾸를 해주었고, 차는 곧 요란한 소리를 내며 앞으로 나아갔다.

'벌써 다 치료해서 간다 이거지? 이송이 아니라……. 치료를 해서 간다고, 이 현장에서.'

시계를 보니 현장에 도착한 지 불과 2시간 정도밖에 지나지 않았다. 곱씹으면 곱씹을수록 어이가 없는 상황이다, 이 말이었다.

백강혁이야말로 현장에서 요구하는 모든 것을 갖춘 사람 아니던가. 아니, 이런 걸 인간이라고 해도 될지 모를 지경이었다.

'한유림한테 빽 갔었다고 했지?'

강혁이 눈치를 안 살펴서 그렇지, 막상 살피면 또 귀신이지 않은가. 게다가 한유림이 밤만 되면 방에서 마틴 그놈이 자길 존경한다고 자랑을 해대는 통에 눈치가 아예 없는 사람이라고 해도 모르면 바보라 할 수 있었다.

'오늘은 날 봤으니 빽 가는 정도가 아니겠지.'

마틴은 마흔이 넘은 사람이었다. 그런 사람이 진심으로 남에게 탄복한다는 건, 그걸 가능하게 한 '남'도 대단한 것이지만 사실 더 대단한 건 마틴이라 할 수 있었다. 사람이 나이를 먹다보면 개뿔 없어도 아집이 생기고 자존심이 강해지기 마련 아니겠는가. 마틴은 개뿔도 없기는커녕 한 지역의 팀장을 맡고 있는데도 남을 존경하게 되었으니, 그건 그만큼 마틴이 순수하고 또 질투가 없다는 뜻일 터였다. 요약하자면 강혁의 마음에 들었다는 뜻이었고, 다시 말하면 마틴의 앞날에 먹구름이 꼈다는 뜻이기도 했다.

"좀 어떠셨나? 이제 슬슬 마지막인데. 한구는 좀 어땠어?"

강혁은 그런 미래와는 달리 밝은 미소를 지으며 입을 열었다. 화장실 거울 앞에서 꽤나 연습을 했기 때문에 보는 사람으로 하여금 절로 기분이 좋아지게 만들기에 충분한 모양새를 하고 있었다. 애초에 보기 드문 미남이기도 하지 않은가. 위력은 어마어마한 편이었다.

"아……. 네, 하하. 아주 좋았습니다."

"그게 다야?"

"음……. 아뇨. 그건 아닙니다."

강혁의 실망한 듯한 태도에 흠칫 놀란 마틴은 황급히 고개를 가로저었다. 그러곤 잠시 생각에 잠겼다. 시선을 창밖에 두고서였다. 어차피 이것저것 덕지덕지 붙은 차라 잘 보이지도 않을뿐만 아니라 깜깜하기까지 했지만, 별 상관은 없었다. 밖을 보려는게 아니라, 지난 며칠을 회상하기 위함이었으니까.

'백내장만 해도 거의 200건……. 소아 사시도 20건이 넘었고……. 안경 처방은 더 많았지? 치과 쪽도 틀니만 100건이 넘게 나갔어.'

누가 한국 사람들 아니랄까봐서 그러나, 봉사도 어찌나 서둘러서 빨리빨리 하는지 보조하는 입장에서도 정신이 없을 지경이었다. 그 와중에 한유림에게 끌려다니면서 당직도 서야 했기 때문에 뉴델리에 있을 때보다도 더 힘든 나날이었다. 오늘도 그렇지 않은가. 마지막 날까지 이렇게 살뜰하게 부려먹을 줄이야. 그럼에도 눈살이 찌푸려지지 않는 건 아마도 평소보다 몇 배는 더한 보람이 느껴져서일 터였다.

“생각했던 것보다 한구가 역동적이라 놀랐습니다. 지역민들의 병원에 대한 신뢰가 높은 것도 놀랄 일이었고요. 무엇보다 단기팀도 그렇고 팀원들도 그렇고……. 다들 너무 헌신적이었어요. 덕분에…… 제가 본 그 어떤 단기 봉사보다 더 대단한 성과를 이뤘다고 생각합니다.”

“그래, 음. 그럼 정기적으로 가면 어떨까? 우린 버스가 없잖아.”

“네. 뭐. 네?! 저, 정기적이라뇨?”

차는 어느새 유턴해서 한구로 돌아가는 중이었다. 고속도로에서 유턴이 웬 말인가 싶기도 하겠지만, 여기선 가능했다. 어지간한 길에는 중앙 분리대조차 없었으니까.

“말 그대로……. 분기별로 와라, 이거지. 내가 다 들었어. 한유림 교수님한테 이 말 저 말 다 했더구만. 버스 1년에 절반은 논다며. 인도가 아무래도 여기보다는 사정이 나으니까 말이야.”

“어…….”

“뭘 그렇게 놀라? 어차피 놀리는 거 우리가 같이 쓰자 이거지.

그리고 아까 보니까 말이야. 내가 말을 좀 험하게 하는 편이라 그렇지……. 우리 닥터 마틴도 실력이 나쁘지 않더라고.”

“네?”

“아니, 진짜야. 한유림 교수님도 그러던데. 준비된 상황에서의 실력은 썩 좋다고. 아깐 좀 당황스러웠잖아. 현장에서 그런 수술을 할 줄 누가 알았겠어.”

“아니…….”

“고개 자꾸 젓지 말고. 나 상처 잘 받아. 그럼 무슨 짓 할지 모르는데, 그래도 괜찮아?”

“아뇨……. 안 괜찮을 거 같습니다.”

“그래, 그럼 고개를 끄덕이면서 들으라고.”

“네.”

강혁은 그 후로도 너 정도면 나쁘지 않다느니 주기적으로 봤으면 좋겠다느니 하는 말들을 이어나갔다.

“아, 벌써 병원이네.”

이미 장이 사전에 연락을 해둔 덕에 몇몇 간호사들과 요다가 앞에 나와 있었다.

“안 취했어?”

그중 요다는 한 잔 정도 술을 마셨는지, 조금 얼굴이 불긋했다. 그걸 가리기 위해 마스크를 세 겹이나 끼고 있었지만, 강혁의 눈을 속일 수는 없었다.

“아, 네. 취할 리가요. 분위기에 휩쓸려서 한 잔……. 아니, 몇 모금 마신 정도예요.”

"알았어. 그래도 이제부터는 마시지 마."

"물 마시면서 수액도 맞을게요. 간밤에 환자는 맡겨주세요."

"뭐, 그렇게까지 말하면 안심이고."

"팔 부러진 환자는 어쩌죠?"

"일단 두고 보려고. 잘 안 되면 수술해야 될 수도 있는데……. 아까 진짜 기가 막히게 들어가긴 했어. 그래도 엄청 아프긴 하겠지……. 호흡 부전 일어날 수 있는 약 들어가니까, 대충 근처에 두고 보지, 뭐."

"아, 그럴게요. 알람을 달겠습니다."

"오케이. 혼자 다 할 생각은 하지 말고. 이제 나름 병동 간호사들 많으니까."

"네, 네. 그렇게 할게요."

"그래, 그럼……. 믿고 맡길게."

"네."

강혁은 그렇게 환자를 인수인계한 후 마틴과 함께 다시 뒤풀이 자리로 돌아갔다. 이미 2시가 넘은 시간임에도 불구하고 분위기는 뜨겁기만 했다. 특히 나이가 많다는 핑계로 늘 12시 전이면 잠자리에 드는 한유림이 깨어 있다는 것이 고무적이었다.

'왔어? 얘기는 했고?'

'했지. 여기는?'

'분위기 몰아놨지.'

'오케이.'

물론 다 계획대로였다.

"어어, 마틴 왔어?"

한유림은 강혁과의 눈 맞춤이 끝나기가 무섭게 껄껄 웃으며 몸을 일으켰다. 다들 어찌나 달렸는지 분위기는 후끈했다.

"마틴 최고! 우리 자주 봅시다!"

"형님, 우리 진짜 매년 옵시다!"

이 단기 봉사에서 무언가를 느끼기를 바라며 데려왔던 해리는 그 누구보다 감명을 받은 모양이었다. 그 감명이 마틴이 바랐던 것과 조금 다른 방향이라는 게 문제일 뿐이었다.

"어? 아니, 해리……. 넌 왜 그래……."

"얼마나 좋습니까? 버스도 십분 활용하고……. 사람들도 엄청 치료하고. 열흘 썼는데 이만큼 치료했던 적이 있나요? 예? 있어요?"

"아니……."

"없잖아요! 나 말입니다. 런던에서도 꽤 잘나갈 수 있었어요. 근데 형님이 어? 우리나라가! 과거에 싸지른 똥 치워야 된다고 해서 인도에 남았잖아요. 그럼 뭐 해. 이렇게 화끈하게 봉사한 적이 없는데?!"

"아니……. 이게 무슨……. 당신 나 일부러 오늘 당직시키고 데리고 간 거야?"

마틴의 입이 열린 것은 그로부터 대략 5분 정도가 흐른 다음이었다.

"뭐 어쩔 거야. 이 분위기. 여기서 안 온다고 하면 다들 팀장님 욕하게 생겼는데."

"와……. 와……."

"좋은 게 좋은 거 아니겠나."

그렇게 마틴에게만 혼란스러웠던 술자리를 마치고 다음 날 아침, 강혁은 사람 좋은 미소를 지으며 마틴에게 커피를 건네주었다.

"왜, 안 마셔?"

"아니……. 일단 줘봐요."

'그래, 일단 마시고……. 마시고 생각하자…….'

마틴은 강혁이 건넨 커피를 홀짝였다. 딱 한 모금 입에 머금자마자 기분이 한결 나아졌다. 하지만 그 덕에 기분이 좋아지는 건 아주 잠시뿐이었다. 동시에 떠오른 새벽녘의 기억 때문이었다.

'해리 그 새끼는……. 아니지, 다른 놈들을 어떻게 넘어간 거야?'

아주 사방팔방에서 주기적으로 오자고 떠들어대는데, 정신이 다 혼미해질 지경이었다.

"그래, 뭐……. 이왕 이렇게 된 거 친하게 지내보자고."

두통이 엄습하는 느낌이 들어 머리를 싸매고 있으려니, 강혁이 어깨를 두드려주었다. 마틴으로서는 어처구니가 없는 정도가 아니라 화가 날 지경이었다.

"전화 받아봐."

휴대폰이었는데, 이미 신호가 가고 있었다. 번호 저장이 안 되어 있어 상대가 누군지 즉각 알아차리긴 어려웠지만, 예측은 가능했다. 국가 번호가 +33이었다.

"이거 설마 본부예요?"

"응."

"무슨 말을……. 무슨 말을 하게 하려고!"

"이미 말은 내가 다 했는데? 그냥 그렇다고만 하면 돼. 팀원들도 합의한 사항이니까."

마틴은 뭐라 항변하고 싶었지만 그럴 수조차 없었다. 이미 누군가 전화를 받았기 때문이었다. 심지어 목소리가 익숙한 사람이었다.

"아, 백강혁 교수님. 제임스입니다."

아니, 익숙해야만 하는 사람이었다.

"이 미친놈이 회장님한테 전화를 걸었어?"

"어허, 회장님 앞에서 상소리를 하네."

"이……."

"예의 없게 이럴 거야? 빨리 전화 받지?"

"하……."

제임스 오르빈스키라니. 현 국경없는의사회 국제회장이지 않은가. 험지를 전전하며 수많은 생명을 살려낸 인물이자, 회장이 된 이후에는 세계 각 정부로부터 협력을 이끌어내는 데에도 귀재라는 평을 받고 있었다.

'하……'

다시금 한숨이 터져 나왔다. 이놈이 하다 하다 이제 회장한테 전화를 할 줄이야.

"네, 저 마틴입니다."

"뉴델리에서 파키스탄 북부까지 가주고……. 이것 참 고생이 많으십니다."

"아닙니다, 회장님. 제가 뭐……."

"아뇨, 아뇨. 얘기 들었는데, 가서 정말 큰일을 해주셨다고요? 벌써 기사도 떴습니다. 하하."

"네? 기사가요? 아니……. 언론이…… 여기 지역 신문 정도만 와 있었던 거 같은데."

"네, 이미 한국 본부에서는 대서특필해서 나갔습니다. 이슬라마바드 공영 뉴스에도 실렸고요."

"네에……?"

"게다가 대한민국 정부 측에서 공식적으로 국경없는의사회를 후원하기로 했습니다. 이게 다 마틴 덕이에요. 하하."

강혁은 회상하고, 마틴은 황망해하는 동안 제임스 국제회장은 입을 쉬지 않았다.

"이거야 원……. 정말 주기적으로 하면 아주 좋겠습니다. 해리? 그 신입 선생님 말 들어보니 버스 1대당 환자를 수백 명씩 봤다고 하던데……. 세상에 어느 현장에 가면 그렇게 볼 수 있겠어요."

이제 보니 해리도 통화를 마친 모양이었다. 어제까지만 해도 그냥 술자리 정도 만들었나보다 했는데, 그냥 덫이 아니라 절대 빠져나갈 수 없는 덫을 놓은 마당이었다.

"그, 그렇긴 하죠."

이왕 이렇게 된 거라면 그냥 부드럽게 받는 게 좋았다. 따지고 보면 어차피 봉사에 인생 걸었는데 더 빡세게 하면 좋지 않겠는가.

"그래요. 한구 병원에서 마틴을 딱 집어서 계속 와달라고 했어요. 생각 같아서는 아예 팀 위치를 옮기고 싶기도 했는데……."

"아뇨, 아뇨. 뉴델리에서도 제가 진행 중인 프로젝트가 있습니다."

물론 강혁의 노예가 되고픈 생각은 없었다. 이건 봉사가 아니라 복무 같은 느낌이니까.

"그래요. 저도 그렇게 생각합니다. 그러니까……. 3개월에 한 번 정도씩 팀 이끌고 한구로 가서 같이 일해주시죠."

"음……. 알겠습니다. 네, 그렇게 하겠습니다."

그러자면 단기 노예 정도는 받아야만 했다. 처음부터 이런 걸 노리고 있다는 걸 알았다면야 조금 다르게 반응할 수 있었겠지만, 이미 다 짜인 판 위에서 놀아난 셈 아니던가. 어쩔 수가 없었다.

"네. 감사합니다, 회장님."

그렇게 전화를 끊은 마틴은 잠시 강혁을 노려보다가 이내 커피를 들이켰다. 그날 마틴은 강혁이 준 커피로 정신줄을 붙잡고 버티다가, 느지막이 일어난 단기 팀을 이끌고 뉴델리로 돌아갔다.

오케이, 한 놈 더

“어유, 폭풍 같은 열흘이었네.”

한유림은 기지개를 켜며 텅 비어버린 마당 가운데쯤에서 중얼거렸다. 원래 든 자리는 몰라도 난 자리는 안다는 말도 있지 않던가. 북적북적 지내다보니, 어딘지 좀 허전한 마음도 들었다.

“그러게요. 그래도……. 진짜 짧은 시간 동안 많은 환자들을 봤어요.”

제인은 여전히 진하게 남아 있는 버스 바퀴 자국을 내려다보며 답했다. 단 2대의 버스와 몇 명의 안과 의사 그리고 치과 의사가 왔을 뿐이었다. 그들이 곧 기적이었고 희망이었다. 지금도 쇄도하고 있는 백내장, 소아 사시, 그리고 틀니 및 각종 충치 치료에 대한 문의를 보면 알 수 있었다. 이제 다른 단기 팀이 올 때까지 기다려야 할 터였다. 그때까지는 그들의 요청에 응답할 수 있는 사람은 아무도 없었다.

“바람도 찬데 슬슬 들어가지.”

단기 봉사 팀의 흔한 착각 중 하나가 본인들이 오면 현장의 일이 조금이라도 덜어질 거라는 생각이었다. 안타깝게도 그런 경우는 없다고 보는 게 맞았다. 일단 뒷정리할 것이 한가득이었다. 마당에 펼쳐놓았던 천막은 물론이거니와 숙소를 위해 마련해둔 침구들까지.

"아, 근데 이제 곧 11월이잖아요."

"응? 아……. 벌써 그렇게 됐나."

"그렇지. 여름 다 가고 가을도 가고 있는데."

"그렇네. 허……. 진짜 그렇네."

강혁과 한유림은 마침 데니스에게 임대해준 건물에서 숙소동으로 가는 길목에 있었다. 워낙 할 일이 많아서 해도 져버린 시간대였기에, 선선하다기보다는 차가운 바람이 불어왔다. 덕분에 한유림은 그야말로 겨울이 오고 있다는 것을 온몸으로 느낄 수 있었다.

"내가 전에 했던 말 기억하죠? 11월쯤에 휴가 쏘겠다고 한 거."

"아? 아, 그거 진심이야?"

"내가 언제 구라 치는 거 봤나. 사람들이 오해하겠네. 내가 벌써 다 예약을 했다 이거야. 두짓타니라고……. 이번에 새로 지어진 호텔이 있어요. 5성급인데 거기로 싹 예약을 했어요. 방도 제일 좋은 방으로. 내가 저번에 돈 좀 벌었거든."

"오……."

"비행기도 일등석."

"오."

좋아할 만한 일 아니던가. 일등석에 스위트룸이라니. 게다가 괌이라니. 하도 바쁘게 사느라 휴가다운 휴가 못 즐긴 지도 오래됐는데, 순 남의 돈으로 이만한 호사라니.

"아, 근데 좀 아쉽게 됐어."

"뭐가."

"원래는 미유키, 제인도 같이 데려가려고 했는데……."

"미, 미유키?"

"응."

"그, 근데?"

"딱 그때 국경없는의사회 일본 본부에서 여기 견학을 온다네."

"아……."

하지만 미유키가 못 가게 되었다는 말에 한유림은 잠시 넋이 나간 얼굴이 되어버렸다.

"리처드는 두고 가니까, 걔 놀릴 생각하면 좀 신나지 않아요?"

"아, 그래? 이번엔 리처드 당직이야?"

"그렇지. 칭찬 살살 해주니까 옳다구나 하고 받더라."

"그건 좋네."

"그리고 지영이도 부를 거예요. 뭐……. 이제 곧 시험이긴 한데. 그래도 일주일은 괜찮겠지."

"오, 지영이……. 우리 지영이."

게다가 한유림은 퍽 유명한 딸 바보 아니던가. 한지영이 온다는 얘기를 듣자마자 곧장 헤벌쭉 웃기 시작했다. 그다음 이어지는 말들 또한 다 반가운 얘기들이었기에 한번 핀 웃음꽃은 사그라들 줄 몰랐다.

"오랜만에 재원이랑 장미랑 경원이도 좀 보고."

"오……. 걔들도 와? 근데 강행이는? 대진이랑 동주는?"

"강행이는 수도 병원에 있잖아요. 거기서 군 위탁 펠로우 가르치느라 정신없대."

"아……. 그럼 4, 5호는? 걔들은 아직 센터 안 가지 않았나?"

"그게, 동주가 이번에 부산대학교 내려가고, 대진이는 전남대 간다더라고. 둘 다 센터장."

"야……. 새끼들 출세하네. 이거 뭐 백강혁 사단이 우리나라 외상 외과 다 먹게 생겼네."

물론 반가운 얼굴들을 이번에 못 본다는 건 좀 아쉽긴 했지만, 나쁜 일로 인한 것이 아니지 않은가. 다들 잘돼서 못 온다는데 그걸 가지고 섭섭해하는 건 어른의 도리가 아니었다. 강혁은 허허 웃는 한유림을 보면서 잠시 회심의 미소를 짓다가 이내 말을 이었다.

"그러니까 이거라도 좀 열심히 합시다. 우리 휴가 간 동안 여기 있는 사람들은 또 고생할 텐데."

"어, 어. 그래 들자, 들어. 어디로 간다고?"

"우리 숙소동 하나예요."

"어어, 그래."

몇 주가 지나고, 드디어 여행을 떠나는 날이었다.

"괜찮을까 모르겠네."

한유림은 이미 휴가지에서 입을 반팔 꽃무늬 남방과 반바지를 입고 걱정스러운 표정을 지어 보였다. 며칠 전부터 어찌나 기대를 하고 있던지, 여긴 겨울이니까 그런 옷 입으면 얼어 죽는다는 말도 못 꺼낼 지경이었다.

"괜찮아요."

제인이야 한유림이 기대를 했건 그렇지 않았건 간에 함부로 말을 꺼낼 사람은 아니지 않은가.

"그래도 환자가 요새 진짜 너무 많은데. 저기 좀 봐."

한유림은 뻔히 제인의 입에서 괜찮다는 말이 나올 것이라는 걸 알면서도 표정을 풀지는 못했다. 그도 그럴 것이 요새 환자가 정말 많아지고 있지 않던가.

"어차피 예약된 환자만 받을 텐데요, 뭐. 닥터 리처드가 장이랑 같이 온전히 응급실 진료를 봐줄 거고……. 장규선 원장님도 왔으니 괜찮을 겁니다."

"마침 와주셔서 정말 다행이기는 하지. 아유, 감사합니다."

한유림은 흐뭇한 미소를 짓고 있는 장규선에게 고개를 돌려 감사를 표했다. 원래 같았으면 한 달쯤 더 뒤에 왔어야 하는 그였는데, 강혁과 한유림이 휴가로 2주가량 빠지게 되었다는 것을 듣자마자 스케줄을 앞당겨준 참이었다.

"아닙니다. 여기 오시고 나서……. 한 번도 제대로 쉬시지도 못했다고 들었는데요. 이번 기회에 재충전하고 오시죠."

장규선 생각에는 그 정도는 당연한 것이었다. 강혁도 강혁이지만, 특히 한유림은 뭐든지 받을 자격이 있어 보였다. 그 어마어마한 경력에 실력까지 갖춘, 나이까지 많은 양반이 이렇게 고생을 사서 하고 다닐 줄이야.

"네, 그럼……. 정말 감사히 다녀오겠습니다."

진한 미소에 담긴 진심을 읽어낸 한유림은 역시나 마음을 담아 고개를 숙여 보였다.

강혁과 한유림이 탄 차량은 곧 시끌벅적한 한구 병원을 빠져나왔다. 차량을 몰고 있는 건 드니스였는데, 짐도 나를 겸 겸사겸사 온 참이었다.

"사람이 진짜 많아졌네요?"

"아, 환자 엄청 늘었지."

"환자만 는 게 아니라……."

"음. 사람도 늘었지. 한 교수님, 얼마나 늘었다고요?"

강혁의 말에 창밖에 시선을 놓고 있던 한유림이 즉각 답을 해주었다.

"어……. 시장님 말에 따르면 한 두 배는 되었다던데. 반년 전에 비하면."

"두 배? 한구 사람들이 갑자기 애를 열심히 낳았을 리는 없고……."

"아무래도 여기가 안전하잖아요. 이 북쪽으로 가면 사실상 탈레반 자치구라 해도 좋은데……. 거긴 법도 없지. 코란 들먹이지만, 사실 탈레반의 말이나 감정이 법이지. 기분 나쁘면 쏴 죽이고, 학교도 없애고, 여자들은 아무것도 못 하게 하고……. 이래저래 이쪽으로 유입되는 사람들이 많나봐. 한동안 폭탄 테러니 뭐니 이런 게 없기도 하고……."

"근데 그럼 다 어떻게 먹고살아요?"

"데니스라고 알죠? 사업가 친구."

"아."

"요새 커피 사업이 엄청 잘되는데……. 거기에 채석장 사업까지 따가지고 사람이 계속 부족한가봐. 벌써 고용 인원이 몇백이라던데. 뭐, 그 친구뿐 아니라 우리도 사람 슬슬 더 뽑고 있고."

말하자면 한구 병원뿐 아니라 한구 자체가 지속적으로 발전하고 있었다. 드니스로서는 놀라울 따름이었다. 수많은 현장을 전전했지만, 그 현장이 더 나빠지지 않게 한 경우는 많아도 이렇게 급작스럽게 좋아지는 경우는 드물었다.

'진짜…… 대단하구나.'

그 후로도 대화는 끊어지지 않았다. 다들 같은 단체, 즉 국경없는의사회 소속이라 그러했다. 국경없는의사회가 나가 있는 현장들은 무척 다양했고, 그렇다보니 사건 사고도 많았다.

"카불은 또 터졌어?"

"네. 산부인과인데……."

"아니, 산모 있는 곳을 왜 터뜨려. 미친놈들 아닌가?"

"뭐……. 탈레반 말고 다른 것에 의지하지 말라, 이거죠. 또 국경없는의사회나 다른 NGO를 통해서 서방 세계가 영향력을 행사하게 되는 것을 극도로 경계하기도 하고……."

"나원참……. 그나마 한구에 있는 새끼는 말이 통하는 놈이라 망정이지."

"운이 좋았다고 할 수 있죠."

"돌아오면 그만 괴롭히고 좀 잘해줘야겠다."

저 멀리 흙빛 도시 이슬라마바드가 보였다. 원체 건조한 데다가, 도색이 안 되어 있는 건물이 많다보니 대부분의 도시 풍경이 죄 비슷비슷했다. 그럼에도 이슬라마바드는 한두 번 오는 게 아니었기에 차 안에 있는 모두가 수도에 도착했음을 한눈에 알아보았다.

"음. 여기는 별로 변하는 게 없네."

강혁은 마시던 맥주를 뒷좌석 받침대에 내려놓으며 입을 열었다.

"아무래도…… 투자가 활발하게 이루어지는 도시는 아니니까요. 그래도 이번에 한국, 일본 등과의 경협이 꽤 성과를 보고 있는 모양이에요. 그 어디라더라……. 칠성? 거기 공장 하나 올 수도 있다, 뭐 이런 얘기가 돌던데."

칠성이라. 한국인이라면 모르면 안 되는 이름이었다. 기업의 공과를 떠나, 대한민국을 대표하는 기업이었으니까. 가장 커다란 기업이기에 그 기업의 행보는 어느 정도의 상징성마저 지니고 있었다.

"다 왔습니다."

그사이 차량은 공항 앞에 멈추어 섰다. 한 나라를 대표하는 공항이라고 하기엔 그 규모가 작았지만, 생각보다 시설 자체는 좋았다. 2018년에 문을 연, 그야말로 새 공항이었기 때문이었다.

"그래, 그럼……. 다녀올게."

"네. 재미나게 놀다 오세요. 사진 좀 보내주시고."

"오케이."

강혁은 그렇게 드니스를 보내고는 한유림과 함께 공항으로 들어섰다.

"아무튼, 갑시다. 노선이 많이 없더라고. 놓치면 골 때려."

"직항도 아니지?"

"당연히 아니지. 중동에서 미국으로 바로 뜨는 비행기가 몇 개나 된다고."

"어휴."

한유림은 고개를 절레절레 저으면서 무거운 짐을 들고 뒤뚱뒤뚱 뛰었다. 이러니저러니 해도 괌 여행은 설레지 않겠는가. 비행기 놓쳐서 못 타는 일은 절대로 없어야만 했다.

겨우 늦지 않게 도착한 뒤 강혁이 한유림을 돌아보았다.

"거 되게 느리네. 못 탈 뻔했잖아."

"느리긴? 죽어라고 뛰었는데."

정신없이 앞만 보고 달렸던 한유림은, 정신을 차려보니 이미 게이트였다. 강혁은 같은 거리를 뛰어왔다는 게 믿기지 않을 만큼 평온한 얼굴이었다.

"아무튼……. 갑시다. 우리 일등석이라 먼저 들어가래."

"오……."

"일일이 다 놀라지 말고. 누가 보면 처음 타보는 줄 알겠어."

"처음 타보는데?"

"잉."

"진짜야. 고위공직자들 솔선수범하라고 해서 어지간하면 이코노미, 아니면 비즈니스 탔어."

"그거 곧이곧대로 지킨 거 한 장관밖에 없지 않았을까?"

"그럴 수도 있지. 아무튼, 좋네. 이거……. 근데 왜 두바이를 갔다가 괌으로 가는 거야?"

한유림은 비행기 안에 들어서자마자 이리저리 두리번거리다 이내 강혁을 돌아보았다. 보통은 일등석이라고 해도 리무진 버스 좌석 정도인데, 이건 좀 심하게 좋은 느낌이었다.

"여기서 뜨는 비행기 중에 제일 좋은 거 잡은 거예요. 두바이 갔다가 2시간 대기하고 바로 괌으로 갈 거야. 거기서 타는 비행기는 이거보다 더 좋아. 진짜 방이야."

"오……."

"내가 큰돈 썼다, 진짜. 그러니까 가서 신나게 놀라고."

"알았어, 알았어."

한유림이 그간의 노고를 잊고 침대 같은 좌석에 몸을 뉘는 순간, 재원과 경원 그리고 장미와 지영 또한 비행기에 오르고 있었다. 인천 공항에서는 괌으로 가는 직행이 차고 넘쳤기에 아무래도 강혁이나 한유림보다는 한껏 여유가 넘쳤다.

"와, 일등석!"

"와 진짜 좋네."

강혁은 쩨쩨한 사람도 아니고, 한 입으로 두말하는 사람도 아니었기에 이쪽으로도 일등석을 보내준 마당이었다. 심지어 제일 좋은 비행기 편으로 구해주었기 때문에 양재원이나 박경원은 잔뜩 흥분해 있었다. 한지영 또한 존경하는 선배 의사들과 함께하는 여행인 동시에 아버지를 보러 가는 길이라 들떠 있었다.

'흠.'

냉정한 것은 장미뿐이었다. 아니, 냉정하다기보다는 불안했다.

'백 교수님이……. 그냥 이렇게 호의를 베풀어줄 리가 없는데…….'

이 여행의 주최자가 다름 아닌 백강혁이란 생각 때문이었다.

"우리 비행기 괌 국제공항, 안토니오 B. 원 팻 국제공항에 곧 착륙합니다. 기체가 흔들릴 수 있으니 좌석에 앉아 안전벨트를 차고 계시기 바랍니다."

안내문 읽는 소리에 한유림은 가늘게 뜨고 있던 눈을 완전히 떴다. 옆으로 고개를 돌리니, 먹다 남은 캐비어가 나뒹굴고 있었다. 이것만 먹었냐고 한다면 절대로 아니올시다였다.

'사육당했군…….'

자리가 어찌나 좋은지 작은 원룸 같다는 생각이 들 지경이었다. 좌석이 아니라 따로 침대가 있을 줄이야. 물론 비행 시간이 좀 애매해서 잠을 청하지는 않았지만, 누워서 뒹굴거리며, 무려 와이파이가 되는 스마트폰으로 인터넷을 하며 올 수 있었다.

'어우 배불러…….'

밥은 또 어찌나 잘 나오던지. 기내식이 코스로 나올 수도 있다는 것을 이번 기회에 배운 참이었다. 특히 중간에 나온 양고기 볶음밥인지 하는 메뉴는 평생 잊지 못할 것 같았다.

'가만……. 가만있자.'

그러고 보니 이상했다. 왜 저놈이 돈을 다 대가면서……. 여행을 가자고 했을까? 핑계는 좋았다. 그동안 고생했으니 가서 좀 즐기라는 말을 어찌 거부할 수 있을까. 실제로 한유림은 정말 고생을 많이 하고 있지 않은가. 그래서 그런가, 강혁의 말이 어찌나 달콤했는지 몰랐다. 절대로 거부할 수 없는 유혹이라는 말은 아마 그럴 때 써야 될 거 같았다.

'악마는 아름다운 말로 다가온다는데…….'

그런데 막상 괌에 내릴 때가 되니 출처를 알 수 없는 불안감이 샘솟기 시작했다. 아마 강혁이 한유림의 이런 변화를 보았다면, 본능이라고 말해주었을 테지만, 아쉽게도 한유림은 아직도 순진한 사람이었다.

'비행기가 좀 흔들려서 그런가……. 놀러 왔는데 뭔 걱정이냐. 대체. 여기서 수술할 것도 아닐 텐데.'

근거도 확실하게 있지 않은가. 괌은 일단 미국이었고, 심지어 괌 북부에는 상당히 많은 미군이 주둔하고 있기도 했다. 안전에 있어서만큼은 강박에 가까운 나라이니만큼 우수한 병원 또한 당연히 많이 있었다. 한유림이 억지로 불안감을 털어내는 동안 비행기는 천천히 활주로에 내려앉았다.

"자, 갑시다."

강혁과 한유림은 일등석이었기에 남들보다 훨씬 먼저 내려서 입국 심사를 받는 특권을 누릴 수 있었다.

"어. 야……. 근데 정말 너무 좋네. 이제 이코노미 어떻게 타나……."

"지금까지 잘만 타고 다녔으면서 뭘."

"지금까지는 이렇게 좋은 좌석이 있는지 몰랐으니까 그렇지."

나이도 먹을 만큼 먹은 양반이 이 무슨 철없는 소린가 싶을 수도 있겠지만 원래 한번 어떤 선을 넘어가버린 소비 행태는 되돌리기가 어려운 법이었다. 경제학적으로 톱니바퀴 효과라는 말도 있지 않던가. 거꾸로는 돌지 않는 톱니바퀴처럼 소비 또한 한번 늘면 다시 줄이기란 엄청 어렵다는 뜻이었다.

'그렇겠지. 당연히 그렇지.'

정확히 강혁이 노린 바이기도 했다. 아주 경제 쪽으로 밝은 사람이라고 보긴 어려워도, 의사 중에서는 머리가 깬 사람이지 않은가. 특히 나쁜 쪽으로 굴릴 때만큼은 세상에 다시없을 천재 수준이었다.

"내가 이따금씩 태워드릴게."

강혁은 비열함을 감춘 채 착한 미소를 지으며 고개를 끄덕였다.

"오……. 정말?

"그렇다니까. 그렇게 해줄게. 옆에만 있으라니까. 나 돈 많아."

"오……."

한유림은 아까 착륙 즈음에 들었던 불안감은 다 잊은 채 그저 웃기만 했다.

"아, 교수님!"

"아빠!"

그렇게 짐을 찾고 밖으로 나가니 반가운 얼굴들이 있었다. 모두 파키스탄에서도 본 얼굴들이긴 했지만, 그렇다고 반가움이 희석되는 일은 없었다. 원래 좋은 사람들은 맨날 봐도 아쉽지 않던가. 특히 강혁과 홀로 남아 분투하고 있는 한유림에게는 그립기 짝이 없는 사람들이었다.

"어, 지영아! 양 선생. 박 선생……. 오, 우리 수간호사님."

한유림은 짐을 내팽개쳐둔 채 앞으로 달려나가 지영부터 얼싸안고는 나머지와도 인사를 나누었다.

아주 괌에 놀러 온다고 티를 팡팡 내고 싶었던 모양이었다. 죄다 꽃무늬 남방을 입고 있었다. 아마 모르는 사람이 보면 그냥 관광객으로만 보일 게 뻔했다. 지영을 제외한 5명이 대한민국 중증외상 의료 체계를 바꾼 장본인들이라는 건 상상조차 못 할 것이다.

'이제 뭐……. 슬슬 다른 데도 신경 쓸 때 되지 않았나?'

강혁은 그 다섯을 보며 최근 한국에 잇따르고 있는 보도를 떠올렸다. 이미 강혁이 키운 제자들뿐 아니라 재원이 키운 제자들의 수준 또한 가파르게 올라가고 있었다. 원래 대한민국 사람들이 손재주도 좋고 또 꼼꼼하고 똑똑하지 않던가. 판만 깔아주면 세상 누구보다 잘하는 사람들이라 이건데, 역시나 중증외상센터에서도 같았다. 인프라가 깔리고 교수 자리를 보장해주는 동시에 다른 인력들까지 충원해주자, 여기저기서 센터들이 활성화되고 있었다.

'대체가 가능해졌잖아?'

그 말은 곧 이 인원들이 잠시 뒤로 빠져도 문제없다는 뜻이었다. 얼마 전 강혁이 그랬던 것처럼.

"자, 자, 반가운 건 알겠는데……. 일단 호텔로 가자. 짐 풀고 얘기하자고."

물론 강혁은 그런 말을 덥석 던지지 않았다. 대신 웃으면서 일행을 밖으로 끌었다.

"아, 네. 교수님!"

"그럴까요? 와 호텔도 엄청 좋은 곳 같던데!"

"그러니까 말야. 백 교수가 원래 화통한 면이 있잖아."

한유림, 양재원, 박경원은 그런 강혁을 털끝만큼도 의심하지 못했다. 재원, 경원이야 한동안 떨어져 지냈으니 그렇다 치더라도 한유림마저 그런 것은 한심한 일이었다. 백강혁의 됨됨이를 아직도 잘 모른다는 얘기였다.

'화통이라…….'

오직 장미만이 불안해하고 있었다. 장미 또한 괌으로 가는 일등석과 호텔 스위트에 혹해서 오기는 했지만, 숨은 동기가 있을 거라는 의심이 사라진 건 아니었다.

"와 있을 텐데."

강혁은 그런 일행을 끌고 공항 밖으로 향했다. 딱 나가자마자 후텁지근한 공기가 그들을 반겼는데, 서울의 찬 바람을 맞기 시작했던 이들에게는 그저 좋을 뿐이었다.

"저깄네."

강혁이 손짓을 하자 곧 대기 중이던 커다란 버스 1대가 일행을 향해 왔다. 다른 사람을 위한 것이 아니라 오직 일행만을 위해 호텔에서 보내준 버스였다. 전원 스위트 아니면 빌라 객실에서 묵는 사람들이다보니 이 정도 서비스는 당연한 일이었다.

"와, 좌석 좋은 거 봐라."

"계속 일등석 같네."

물론 돈 내는 사람에게만 당연한 일일 뿐 나머지에게는 놀라운 일이었다. 강혁은 물론이고 기사나 안내를 맡은 직원이 민망할 정도로 다들 좋아했다. 돈이야 어지간히 벌겠지만 그걸 즐길 시간은 없던 애들 아니던가. 얼마 전까지만 해도 병원 바로 앞에 있는 강남역도 못 나가던 사람들이 괌까지 왔으니 이 정도는 호들갑도 아니었다. 게다가 일반적인 해외여행도 아니고, 아주 호화스러운 여행이었다. 다들 눈이 돌아가 있었고, 객실에 이르러서는 거의 미쳐버렸다.

"미쳤다. 호텔 안에 빌라가 있네."

지영과 장미는 둘이 빌라 하나를 배정받았다.

"이거……. 신발 벗나? 어떻게 해야 돼?"

재원과 경원은 이그제큐티브 스위트 룸을 배정받았고, 강혁과 한유림 또한 빌라에 묵게 되었다. 하룻밤에 무려 200만 원을 호가하는 객실이었는데, 그래서 그런지 서비스 또한 극진했다. 짐을 풀고 방 구경을 마친 일행은 강혁이 예약해둔 서비스를 하나하나 이용하기 시작했다. 나이와 그동안의 격무를 고려한 일정이었다. 오전에 해양 레저를 했으면 오후에는 거의 무조건 스파였다. 그 사이사이 먹는 음식도 세심하게 배려한 편이었다. 워낙 기름지고 짠 음식이 대부분을 차지하는 괌에서 강혁은 용케 파인 레스토랑을 찾아 삼시 세끼를 아주 잘 먹였다. 떠나기 전전날 밤도 그랬다.

"아……. 내일모레면 떠나야 하네."

며칠 되지도 않았는데, 어찌나 잘 놀고먹었는지 한유림은 인상마저 후덕하게 변해 있었다.

"아쉬워요?"

강혁은 세상에서 제일 아쉽다는 얼굴을 하고 있는 한유림을 향해 입을 열었다. 이미 경계심은 풀어질 대로 풀어진 마당인지라 한유림은 별생각 없이 고개를 끄덕였다.

"어, 이런 데서 살고 싶다 정말."

"너희들도 그러냐? 휴양지가 그렇게 좋아?"

강혁은 십분 이해한다는 얼굴로 다른 이들을 바라보았다. 경원이나 재원 역시나 급하게 고개를 끄덕여댔다.

"그러니까요. 날씨도 좋고, 바다 예쁘고, 음식도 맛있고……. 휴양지에서 살고 싶어요."

"평생?"

"당연하죠. 이런 인생이 어딨겠어요."

"으음, 그렇다 이거지."

강혁은 이제야 비로소 만족했다는 얼굴로 허허 웃었다. 그러곤 입을 열었다. 전에 없이 진중한 얼굴을 하고서였다.

"다들 소원 들어줘야겠네."

"소원?"

한유림은 아직 정신을 못 차린 상황이었다. 괌이라는 곳이 워낙에 풍광이 좋은 곳이지 않던가. 강혁 덕에 그중에서도 가장 좋은 숙소에 묵었고, 레저란 레저는 다 즐긴 마당이었다. 심지어 제일 맛있다는 식당과 최고로 화려한 식당에서만 식사를 해왔다.

다른 이들이 그동안 누렸던 호사들을 되새기는 사이, 장미만은 강혁의 말에 주목하고 있었다.

'소원을 들어준다고?'

방금 말한 소원들이라면 휴양지에서 평생 살고 싶다는 말 아닌가. 다른 사람이 이런 말을 했다면 그저 웃어넘겼겠지만, 상대는 백강혁이었다. 상상 가능한 모든 일을 저지를 수 있는 사람이었다. 예전에는 의학 방면에서만 그럴 수 있다고 생각했는데, 이제 보니 그게 아니었다.

'이 사람은 이제 재력도 있잖아.'

간혹 전화 통화를 통해 강혁의 돈을 대신 관리하고 있다는 재원의 말을 들어보면 적게 잡아도 수십 억이었다. 어찌나 어마어마한 액수인지 처음에는 이 양반이 설마 후원금으로 들어온 돈을 빼돌렸나 싶었을 지경이었다. 백강혁 사단으로 분류되는 장미가 그런 생각을 했을 정도였으니, 실로 천문학적인 돈이라 할 수 있었다.

'뭐, 백 교수님이 부정한 방법으로 축재한 건 아니니 다행인데…….'

강혁은 남의 돈을 함부로 건드리는 사람이 아니었다. 그저 투자의 귀재일 뿐이었다.

"뭐 그대로 들어요. 어차피 부담스러운 자리도 아니고, 내일도 또 놀 텐데."

강혁은 한유림과 장미의 시선을 한몸에 받아가며 입을 열었다.

"방금 소원이라고 했잖아. 다들 이런 곳에서 평생 살고 싶다고, 맞지? 내가 그 소원 들어줄 수 있는데. 어때."

듣는 사람으로 하여금 아주 솔깃하게 할 만한 말이었다. 동시에 조금은 불안해지기도 했다. 특히 강혁을 잘 아는 사람일수록 그러했다. 적어도 이 자리에 있는 사람들은, 그러니까 한지영을 제외한 모두는 강혁을 잘 알았기에 슬슬 불안에 떨기 시작했다.

"소원을 들어준다니……."

"그게 대체 무슨 소리예요?"

"괌에서 살게 해주겠다는 소리는 아니죠?"

음식과 술 그리고 남국의 정취에 취해 있던 이들이 앞다투어 떠들어댔다. 그 난리법석을 보며 강혁은 미소를 지을 뿐이었다. 어차피 이러한 반응은 다 예상 범위에 있었기 때문이었다. 게다가 아직 진짜 얘기는 꺼내기도 전이었다.

"괌은 아니지. 여기서 어떻게 계속 살아. 얼마나 비싼데."

"그럼……. 그럼 어디……? 어딘데?"

"또 다른 휴양지가 있어. 누와라엘리야라고."

"누와라…… 엘리야?"

가장 나이가 많은 노예로서 책임지고 대화를 이끌어나가던 한유림의 고개가 비틀어졌다. 누와라엘리야라. 분명 낯설어야 하는 지명인데, 어디선가 본 기억이 있었다.

"한 교수님은 알 텐데? 한동안 내 침대 옆 테이블에 관련 자료 두고 있었잖아."

"아……. 아, 내가 그래서 알고 있구나."

"아무튼, 거기가 스리랑카에 있는 도신데 말이야. 스리랑카 알지? 다른 말로 하면 실론. 실론 티 만드는 곳."

"잘은 몰라. 그냥 이름만 봤어. 근데 그 얘기를 갑자기 왜 하는 거야."

"일단 들어봐요."

강혁은 한가로이 놀리던 두 손을 탁자 위로 올려 깍지를 꼈다. 아주 간단한 동작이었지만, 모두들 강혁에게서 눈을 떼지 못했다. 강혁은 그렇게 모두의 이목을 집중시키는 동시에, 조용히 시킨 후 말을 이어나갔다.

"내가 얘기했던 거……. 기억할 거야, 다들. 진짜 필요한 곳에 병원을 짓고 싶다고. 한구 병원도 아직 완전히 마무리된 건 아니긴 한데, 그래도 뭐 많이 좋아지고 있잖아? 이대로라면 곧 나나한 교수님 없어도 자리를 잡게 될 거야. 탈레반이 제일 문제라고 하는데 어차피 걔들 대부분 아프가니스탄 쪽으로 활동 범위를 옮기고 있고."

"음."

강혁은 긍정의 의미로 고개를 끄덕이고 있는 한유림을 바라보다가 이내 다른 이들에게로 시선을 옮겼다.

"그래서……. 다음 후보지들을 골라보고 있었거든. 시리아도 괜찮을 거 같았고, 소말리아도 괜찮을 거 같고."

"허."

시리아와 소말리아라. 당연하게도 자리에 앉은 모든 이들의 얼굴이 어두워졌다. 솔직하게 말하면 두 지역 모두 아는 게 그리

많지는 않았다. 하지만 뉴스만 봐도 대강 얼마나 위험할지는 알 수 있었다. 심지어 소말리아는 세상에서 제일 해적이 많은 동네인 동시에, 제일 위험한 동네라고 들었다.

"근데 두 지역 모두 워낙에 유명해서 그런가……. 여러 NGO 단체에서 돕고 있더라고."

대단한 것은 그 위험한 곳에 이미 가서 봉사하는 사람들이 많다는 점이었다. 굳이 강혁이 또 가야 되나 싶을 지경이었다. 강혁은 정말로 소외된 지역으로 가기를 원했다.

"그래서 다른 곳은 어디 없나 찾았지. 될 수 있으면 나도 모르는 곳으로. 그러다가 정말 우연히…… 기사 하나를 봤는데, 그게 누와라엘리야라는 곳이었어."

"으음……."

재원이 저도 모르게 신음을 흘렸다. 그야말로 처음 들어보는 지명이었기 때문이다. 부끄러운 일이지만 스리랑카라는 이름도 쓰나미 때문에 알았지, 그전에는 그런 나라가 있는지도 몰랐다.

"거기가 소외 받을 수밖에 없는 게, 완전 휴양지더라고, 휴양지."

"휴양지……? 근데 뭔 봉사를 가? 잘사는 곳 아냐, 그럼?"

"나도 그렇게만 알았지. 휴양지라고 하면 다 이런 곳인 줄 알았거든."

강혁은 잠시 고개를 돌려 뒤를 바라보았다. 붉은 해가 저물어 가는 바다가 훤히 내려다보였다. 그야말로 어딜 봐도 그림 같은 곳이었다. 어디서건 와서 돈을 흥청망청 쓰고 싶어진다고 해야 할까?

"근데 거기는 역사가 좀 달라."

"역사?"

"그래. 이게 또 영국이 끼어들었어."

"또 영국이라고?"

역사에 반응한 것은 역시나 한유림이었다. 파키스탄의 유구한 비극은 아주 오래전부터 시작된 역사 탓이었다. 그곳에서 봉사를 하다보니 좋으나 싫으나 역사에 관심을 갖게 된 마당이었다. 특히 마냥 해가 지지 않는 나라니, 대영제국이니 뭐니 하는 화려한 수식어로만 알고 있던 제국주의 영국 역사에 대해 비판적인 시각을 갖게 되었더랬다.

'파키스탄·인도 분쟁도 결국, 영국 똥인데……. 여기도 또 영국이야?'

헌데 하필 스리랑카의 누와라엘리야라는 곳도 영국이 관여했다니. 우연이라기엔 공교롭게 느껴졌다. 어쩌면 운명인가 하는 생각마저 들었다. 강혁은 한유림의 얼굴이 복잡해지고, 나머지 제자들의 얼굴에도 흥미가 깃들었다는 것을 느끼며 말을 이었다.

"그래요. 영국이 홍차라면 환장하는 거 알죠? 홍차."

"어……. 알지. 어제 먹은 애프터눈 티가 그거 아냐? 엄청 달던데 그걸 뭔 맛으로 먹는지 모르겠네."

"그 홍차 때문에 벌어진 일인데……. 이게 차 산지가 원래는 중국 운남이잖아요. 운남."

"음. 그렇지."

한유림은 예전부터 차정뱅이라 불리던 사람이었다. 오죽하면 한나라 때 물건인 줄 알고 가짜 찻잔을 사서 차를 마셨겠는가. 봉사 오고 나서부터는 차조차 사치가 되어 마시지 못하게 된 지 오래였지만, 한때는 운남 차나무를 분양받아서 녹차니 보이차니 즐겨 먹던 시절도 있었더랬다.

“근데 이게 운남에서 영국 본토로 운반하려니까 너무 먼 거야. 그래서 가까운 식민지 중에 차 잘 자랄 만한 곳이 없나 찾은 거지.”

“허…….”

지극히 제국주의 국가다운 사고방식이었다. 세상에 그렇게 차가 좋으면 자기들 나라에 갖다 심든가 하지, 그걸 굳이 식민지 중에서 찾아? 요즘 시대 같았으면 상상하기 힘든 일이지만, 당시만 해도 힘이 법인 시대였다. 영국은 세상에서 가장 힘이 센 나라였기에 그 누구도 이를 지적할 수 없었다.

“그러다보니까 스리랑카의 누와라엘리야라는 곳이 눈에 들어왔나봐. 고원지대에 해가 잘 드는데 동시에 비도 자주 오는 지역이었지.”

“아……. 원래 뭐 다른 걸 심는 지역이었나?”

“아니, 정글이었대.”

“정글……?”

“그걸 개간해야 하는데……. 인도 타밀족 100만 명을 끌고 와서 했나봐.”

“개간을 해?”

"엄청 험악했겠지. 1세대는 정글 개간, 2세대는 도로 닦고, 3세대는 운남에서 차나무 갖고 와서 심고."

"허……."

"그러다보니까 한 20만 남았대."

"이런 미친. 80만이 죽었어?"

"심지어 그 사람들 얼마 전까지만 해도 의료 보장 코드도 없었어. 영국이 스리랑카 독립시키면서 타밀족은 아예 모른 척했거든."

"이런 시발 놈들이."

욕을 한 건 한유림이었지만 분노는 모두의 몫이었다. 특히 현장 봉사를 다니지 않아 영국에 대해서 어렴풋이 좋은 이미지만 갖고 있던 이들이 더했다.

"아니, 어떻게 그럴 수가 있어요? 이제라도 안 고쳐줘요?"

재원은 도저히 이해가 안 된다는 얼굴로 물었다. 강혁도 해당 기사를 접하고, 또 관련 책을 보면서 저 비슷한 말을 여러 차례 했었다.

"고쳐주겠냐, 굳이?"

"아니……. 그래도 이게……."

"문제는 그뿐만이 아냐."

"더 있어요?"

강혁은 마치 자기 일처럼 화를 내고 있는 재원을 보며 속으로 쾌재를 불렀다.

'이대로면 굳이 힘 안 써도 가겠는데?'

생각해보면 이 자식이 꽤 강단 있는 녀석 아니던가. 유독 강혁 앞에서는 힘을 못 쓰는 편이긴 했지만, 원래 항문외과 펠로우였다가 한유림에게 대들고 외상 외과로 왔던 모습은 거친 기억이 많은 강혁에게조차 인상적이었더랬다.

"영국이 스리랑카를 독립시켜준 건 맞아. 정치적으로는 그렇지. 근데 영국이 인도처럼 여러 민족으로 이루어진 나라 식민 통치할 때 어떻게 했냐? 이건 세계사 배웠으면 알잖아."

"일부러 소수 민족들한테 힘을 줬죠. 다수의 미움이 소수에게……. 아?"

"스리랑카에서라고 다르게 했겠니. 원래 스리랑카는 싱할라인들이 주된 민족이고 타밀은 소수였는데, 바로 이 타밀하고 유럽 혼혈에 권력을 줬어."

"응? 아까 타밀족 잡아 와서 일 시켰다면서요."

"그건 인도 타밀. 다르대. 스리랑카 타밀족은 거의 2,000년 전에 스리랑카에 왔어."

"아."

같은 민족이었다고 해도 2,000년 동안 하나는 대륙에, 하나는 섬에 있었다고 하면 그냥 남이라고 봐야 할 터였다. 뿌리야 같은 타밀일지 몰라도, 원래 스리랑카에 있던 타밀한테 인도 타밀은 아무도 아니었을 테니.

"아무튼, 그러다가 무작정 독립시키고 가니까 싱할라가 가만 있겠냐? 바로 정권 잡았지. 타밀은 타밀 타이거라는 반군 형성해서 밀림으로 숨고. 내전 벌어졌지."

"내전……."

"아아, 너무 겁먹지 말고. 벌써 10년도 전에 끝났어. 정부가 완전히 이겼대. 문제는 싱할라인들한테는 타밀은 다 같은 타밀로 보인다는 거야."

"허……. 그럼?"

"누와라엘리야에 있던 타밀도 명백히 차별을 당하고 있다 이거지."

"와……. 똥 진짜 거하게 싸고 가셨네?"

독립은 됐지만 그 후유증으로 내전이 벌어졌고, 사실 지금도 총 들고 싸우지만 않을 뿐, 싱할라의 타밀에 대한 탄압은 계속되고 있었다. 대한민국의 지역감정과는 비교도 안 되는 증오가 내재하여 있다는 얘기였다. 문제는 그뿐만이 아니었다.

"응, 근데. 그게 다가 아냐."

"다가 아니에요?"

이번에 분노한 것은 박경원이었다. 천재 의사답게 늘 침착함을 잃지 않는 그였지만, 계속되는 이야기에 화가 끓어오른 모양이었다. 적어도 강혁은 경원이 이렇게까지 격앙된 모습은 처음 보는 거 같았다.

'오케이, 한 놈 더.'

물론 강혁은 그 모습을 보며 놀라기보다는 순수하게 기뻐했다. 비록 댄이나 츠요시의 실력이 아주 나쁘지는 않지만, 박경원에 비할 바는 아니었다. 이놈하고 수술하다보면 자꾸 바이털을 까먹게 되는 치명적인 단점이 생길 지경이었다.

"응, 다가 아니지. 얼마나 악랄한데."

"어떤데요?"

"들어봐, 일단."

강혁은 전혀 들뜬 기색을 드러내지 않은 채 말을 이었다. 놀랍도록 진중한 얼굴이었기에 그 누구도 감히 귀를 기울이지 않을 수 없었다. 심지어 강혁이 얘기를 시작한 이후로는 누구도 숟가락 집을 생각조차 하지 않는 상황이었다.

"스리랑카가 정치적으로 독립을 한 건 맞아. 근데 자본주의 사회에서 사실 주권에 가장 중요한 게 뭘 거 같냐? 결국은 경제겠지?"

"아……. 그렇죠."

돈이 없는 자본주의 국가만큼 이율배반적인 나라가 또 있을까? 자칫 배금주의로 비칠 수도 있는 말이긴 하지만, 적어도 현대 사회에서 돈으로 안 되는 일은 극히 드물다고 보면 되었다. 그게 나라 전체에 영향을 줄 만큼 큰일이라면 더더욱 그러했다. 그 말은 곧 금권을 쥔 사람이 그 나라를 지배한다는 뜻이기도 했다.

"지금 스리랑카……. 그러니까 실론이라고 하면 뭐가 제일 먼저 생각나?"

강혁은 그런 생각과 함께 질문을 던졌다. 한 가지 답을 예상하면서였는데, 모두가 정확히 그 예상을 따르고 있었다.

"실론 티……?"

"그래, 티. 홍차지. 근데 그 홍차 산지는 누가 가지고 있을까?"

"설마……. 영국?"

"그래, 영국이 가지고 있어. 정확히는 영국 기업들이 가지고 있지. 립톤이 대표적이고."

"허……."

"그러니까 결국 스리랑카는 아직도 영국의 식민지라고 봐야 해. 경제를 쥐고 흔들고 있으니까."

"그렇구나……."

이제 장미마저 분노에 치를 떨고 있었다. 아무래도 대한민국 사람이라서 더더욱 이럴 것이었다. 대한민국 또한 식민 통치를 겪은 나라이고, 또 내전을 겪은 나라이지 않은가. 동시에 더럽게 가난한 나라이기도 했더랬다.

'뭐, 이제는 원조를 받던 나라에서 원조를 하는 나라가 되기는 했지.'

유니세프 공식 자료에 따르면 대한민국은 전 세계에서 유일하게 유니세프의 원조를 받던 나라에서 원조를 하는 나라가 된 국가였다. 심지어 아픈 기억 때문에 그런지 전 세계에서 개인 후원금이 제일 많은 나라이기도 했다. 강혁은 개인적으로 그러한 사실에 대해 자부심을 느끼고 있었는데, 지금도 그 비슷한 자부심을 느낄 수 있었다. 생판 본 적도 없는 다른 나라의 불행에 진심으로 아파할 수 있는 사람들이 얼마나 될까? 강혁은 이것이 바로 대한민국의 저력이라는 생각이 들었다.

"그러면서 거기 노동자들한테는 제대로 된 임금을 안 줘. 하루 종일 찻잎 따면 1달러래, 임금이."

"허. 그걸로 생활이 돼요?"

"안 되지."

"근데 거기 휴양지라면서요. 관광 오는 사람들한테 장사하면 돈이 안 되나?"

"장사는 죄다 유럽계 호텔들이 하고 있어. 독일, 영국, 호주 등등. 내가 검색해봐도 유럽인들 호텔만 뜨더라. 심지어 어떤 호텔은 자기네 나라 사람만 받아. 인기는 많은 모양이더라고. 고원지대에 있는 차밭이니 얼마나 예쁘겠어. 날씨도 좋을 거고. 이름도 누와라엘리야잖아."

"이런 망할 놈들이."

누와라엘리야란 직역하면 빛의 도시였다. 그야말로 사시사철 밝은 해가 드는 도시라 이건데, 심지어 그 해가 들이치는 곳은 잘 정비된 차밭이었다. 작은 규모의 차밭도 아니고 전 세계적인 산지이지 않은가. 대체 얼마나 아름다울지 상상도 잘 되지 않았다.

"그럼 순전히 남의 희생으로 도시를 만들고 거기서 나는 차나 관광업은 죄다 영국이나 다른 유럽에서 가져가고 있다는 거예요?"

"그렇지. 그 과정에서 노동자들은 여전히 소외되고 있고. 찾아보니까 외국인 전용 병원만 있지, 현지인을 위한 병원은 없더라고."

"와……. 진짜 너무 하네."

"그래서 거기 좀 가보자고."

"응?"

강혁의 말에 잔뜩 화가 나 있던 모두의 얼굴에 의문이 떠올랐다. 이렇게 갑자기 오늘 처음 들어본 도시에 아무렇지 않게 가자고 말하는 게 정상인 건가? 뭐 그런 생각들을 하면서였는데, 정작 황당한 말을 꺼낸 강혁은 진중하면서도 또 당당하기 짝이 없는 얼굴을 하고 있었다.

"아니, 뭐 이번에 가자는 건 아니고. 내가 미쳤어? 다들 하는 일이 있고 그 일이 중요한 사람들인데."

"그, 그렇죠?"

"그래서 반년 주려고."

"네?"

그러고는 사람을 들었다 놨다 하는 말을 이어나갔다. 지금은 아니라고 했다가, 바로 반년 뒤라고 했다가. 정신을 못 차리게 만드는 강혁의 전형적인 수법이었는데, 언제나 잘 먹히는 편이었다.

"반년이야, 반년. 어차피 재원이도 슬슬 안식년 가야 할 때지? 경원이도 그렇고. 장미 너도 언제까지 그렇게 혼자 들들 볶아서 이끌어갈래? 얘기 들어보니까 이미 시니어들 다 자리 잡았던데."

"그……."

"뭐, 아니라고? 내가 다 들은 게 있어. 너 모르지? 거기 애들 중에 얼마나 많은 애들이 나랑 따로 연락하는지."

"어……."

이건 정말로 몰랐던 사실이었다. 설마하니 강혁이 떠나면서 센터에 프락치를 남기고 갔을 줄이야.

'아냐……. 이걸 생각하지 못한 게 바보 병신이지.'

하지만 곰곰이 생각해보니 강혁이 그냥 떠났을 리가 없었다. 한국대학교병원 중증외상센터는 말하자면 강혁 인생의 한 부분을 온전히 갈아서 만든 곳이지 않은가. 그런 곳을 그냥 훌렁훌렁 떠나? 아무리 수제자라는 사람에게 센터장을 맡겼다지만, 말도 안 되는 일이었다.

'저 양반이……. 남을 어디 쉽게 믿는 사람이야? 절대 그럴 리가 없지. 처음부터 모니터링했을 거야…….'

"들어보니까……. 이제 뭐 내가 잠깐 가르쳤던 애들도 실력 좋아졌던데? 당연한 일이긴 해. 기초는 나한테 배웠고 네 밑에서 실전을 그만큼 겪으면 실력이 늘지, 안 늘고 배기나."

"그……."

"이미 위에서도 너네 안식년 얘기 나오고 있잖아. 솔직히 이 정도 커리어에 한 번도 안식년 안 주는 곳이 어딨어. 욕먹지, 이대로 두면."

"그……. 안식년이라는 게……."

안식이 뭔가. 말 그대로 편안하게 쉰다는 뜻 아닌가. 물론 대한민국 대학 병원 사람들이야 안식년에 외국 가서 연수를 받고 오는 게 보통이긴 했지만, 봉사를 나가는 사람은 거의 없다고 보면 되었다. 그건 안식이 아니라 고생이니까.

"뭐 인마. 병원을 쉬면 그게 다 안식이지."

"그……."

"아무튼, 반년 뒤에 가는 걸로 알고 있어. 좀 미뤄질 수도 있는데, 하여간 내년이야."

"아니……. 이미 정하신 거예요?"

"정했지, 그럼."

"그……."

재원은 필사적으로 머리를 굴렸다. 여기서 밀리면 무조건 가게 될 것 아닌가. 그 또한 머리가 좋은 사람이었고, 센터장을 하면서 머리가 많이 굵어지기도 해서 바로 묘수를 떠올릴 수 있었다.

"아, 그래. 연수……. 연수 안 가면 뒤처져요. 안식년, 첫 번째 안식년은 그게 국룰이잖아요, 제자가 뒤처지면 좋겠어요?"

맞는 말이었다. 해외 연수를 다녀오지 않는다는 건 그만큼 최신 지식을 업데이트하지 못한다는 뜻이었다. 당연히 할 만한 소리였는데, 문제는 듣는 이가 백강혁이라는 점이었다.

"뒤처질 거 같냐?"

"아……?"

"내가 있는데 뒤처져? 그게 그렇게 걱정되면 인마, 염려 붙들어 매. 내가 정말…… 최선을 다해서 가르쳐줄 테니까. 됐지?"

최고의 묘수라고 생각했던 말은 알고 보니 둘도 없는 악수였다.

'백 교수님한테 더 배운다…….'

적어도 외상학회에서 백강혁 이름 석 자의 무게는 결코 가볍지 않았다. 아직도 한국대학교 병원으로 와서 강혁에게 배우고 싶다는 문의가 전 세계에서 이어지고 있을 정도였다. 비단 제삼세계 또는 개발도상국에서만 문의가 오는 게 아니었다. 이른바 선진국으로 분류되는 곳에서도 줄기차게 왔다. 심지어 미군 군의관들에게도 연락이 올 지경이니 말 다 한 셈이었다.

'내가 왜 연수 얘기를 꺼내가지고…….'

생각해보면 강혁과 함께라면 어딜 가든 세계 최고의 외과 의사에게 배우게 되는 것이었다. 그 말은 곧 연수 떠날 생각이 있다면 강혁과 함께 시간을 보내는 게 가장 좋은 선택지다 이 말이었다. 이런 걸 재원 혼자 떠올렸다면 참 좋았을 텐데, 아쉽게도 강혁은 재원의 머리 꼭대기에 앉아 있는 사람이었다.

"일단 재원이는 됐고. 됐지? 연수야 뭐 나한테 배운다고 하면 설마 승인 안 나겠냐?"

"그……."

"그고 나발이고 이제 조용히 해, 넌."

"네……."

재원은 입을 꾹 다물 수밖에 없게 되었다. 다음 타깃은 역시나 경원이었다. 경원은 아주 복잡한 얼굴을 하고 있었다.

'무슨 핑계를 대야 할까.'

솔직하게 말하면 가기 싫은 마음이 더 큰 재원과는 달리 반반 정도 된다고 볼 수 있었다. 이상하게 강혁은 경원에게만큼은 거칠게 대한 적이 거의 없지 않던가. 그렇다보니 강혁에 대한 감정도 재원보다는 덜 미묘한 편이었다.

'연애……. 하고 싶은데…….'

하지만 아직 젊은 사람인데 서울을 떠나고 싶겠는가. 차마 가겠다는 말이 나오진 않았다.

"야."

그렇다보니 자연스레 강혁이 계속 말을 잇게 되었다.

"네?"

"너 뭐 연애 핑계 같은 거 대려고 그러냐?"

"어……?"

귀신인가 싶을 정도로 정확하게 경원의 속내를 읽어낸 강혁이었다.

"내가 알기로 너 차였는데, 아냐?"

"어……. 그건 어떻게……."

"내가 너네 실력만 보고 뽑았다고 생각하는 건 아니지? 외상외과 하려면 어찌 됐건 헌신해야 되거든, 이 분야에."

"무슨 소리인지……."

경원은 강혁의 심상찮은 말에 더 강혁을 응시하지 못하고 주변을 바라보았다. 한유림, 재원 그리고 장미가 눈에 들어왔다. 그뿐 아니라 다른 이들도 보였다. 지금 이 자리에 없는 강행과 사대진 그리고 이동주 등의 동료들이었다.

"공통점이 없는 거 같냐? 재능이나 실력, 마음가짐 이런 거 말고."

"어……."

그 세 가지를 제외한 공통점이라. 부정하고 싶지만, 한눈에 띄는 공통점이 하나 있기는 했다. 여기 있는 강혁을 포함해 모두 싱글이라는 것. 어떻게 된 게 단 한 명도 연애를 진득하게 한다거나, 결혼에 골인한 사람이 없을 수 있을까.

"다 혼자잖아. 난 그런 게 보이거든. 외모나 이런 게 아니라……. 뭐라고 해야 되나. 아무튼, 대강은 보여. 아, 얘는 언제까지는 혼자겠다, 뭐 이런 것들."

"하."

"아무튼, 너도 뭐 만나는 사람 없잖아. 반년 뒤에도 없을 거고. 그럼 뭐 모르는 사람들만 있는데 갈 거 있냐? 스승이랑 동료들이랑 같이 있으면 좋지."

"어……."

경원은 얼결에 고개를 끄덕이고야 말았다. 다음 타깃은 자연히 장미였는데, 장미는 이미 반쯤 포기한 얼굴을 하고 있었다. 다른 이들과는 달리 이 여행에 무언가 다른 꿍꿍이가 있을 거라 확신하고 있었기 때문이다. 오히려 그래서 더 일찍 마음의 준비를 하고 있었는데, 아까 누와라엘리야의 비참하기 짝이 없는 역사를 들었을 때부터는 아예 간다면 거길 가야겠다고 마음먹은 참이었다.

'나도 혼자잖아. 이럴 땐 오히려 좋네?'

게다가 방금 강혁이 펼친 광역기에 멘탈이 잔뜩 손상되어 있기도 했다.

"저도 갈게요."

"야, 역시 조폭. 시원시원해. 의리 있어."

"조폭이라고는 하지 마요."

"아냐, 아냐. 내가 현장에 있어보니까 역시 조폭이 있어야 해. 한구도 너 있었으면 훨씬 수월했을걸."

"음……. 그렇게 말하니까 또 좋은 별명 같기도 하고?"

'좋아, 다 됐어. 드림팀은 마련됐어. 일단은 누와라엘리야로 가는 걸로 하고…….'

지금 눈에 들어온 곳은 그곳이긴 했다. 하지만 딱 거기에만 있을 생각은 없었다. 아마 강혁 혼자였다면 거기보다는 더 위험한 곳에 가지 않았겠는가. 아니, 옛날의 강혁이었다면 같이 가는 애들이 누구건 간에 그렇게 결정했을 게 뻔했다. 하지만 지금의 강혁은 소중한 제자 그리고 동료들을 위험에 빠뜨릴 수 없는 사람이 되어 있었다.

'거기서 주로 있고……. 요청이 있으면 뜨는 걸로 하지, 뭐.'

물론 그렇다고 아예 포기한 건 아니었다. 애초에 스리랑카로 봉사 가기로 마음먹은 것 중 하나가 다른 의료 취약지로 옮기기도 좋아서이지 않겠는가. 파키스탄보다야 중동에서 멀지만, 오히려 아프리카와는 가까웠다. 그저 가까운 것뿐 아니라 항공편을 구하기도 훨씬 쉬웠다. 어찌 됐건 스리랑카는 여러 이유로 영국을 비롯한 서방 국가와 친한 국가이기에 그러했다.

"좋아. 그럼 다 가는 거네?"

강혁은 허허 웃으며 맥주잔을 위로 치켜들었다. 지난 며칠간 그렇게 먹고 마셨음에도 지치지 않는 모양이었다. 그건 다른 이들 또한 마찬가지이긴 했다.

"네, 뭐. 까짓거 좋은 일 한번 하죠!"

"저도 좋습니다."

"저도 한 번은 봉사 나가보고 싶었어요."

다들 맥주잔을 치켜올리곤 소리가 나도록 부딪쳤다. 그걸 신호로 해서 여섯은 고주망태가 되도록 술을 마셔버렸다. 그러곤 다음 날 점심때가 다 되어서야 몸을 일으켰는데, 그제야 강혁이 왜 마지막 날은 일정을 비워뒀는지 알 수 있었다.

'무서운 인간 같으니…….'

*

"아, 추워."

한유림은 도저히 못 믿겠다는 얼굴로 이불을 끌어당겼다.

"엣취!"

불과 사흘 전까지만 해도 입고 있던 옷을 죄 벗어도 따뜻하기만 했던 남국에 있다가 한구에 틀어박히게 되었으니 그럴 만도 했다.

"거 나잇값 좀 하지……. 의사씩이나 되는 양반이 코 푼 휴지를 이렇게 아무 데나 놔?"

강혁은 아파하는 한유림 앞에서 아무렇지 않게 구박을 늘어놓았다.

"그럼 휴지통을 가져다주든가!"

"손이 없어, 발이 없어. 휴지통을 왜 못 가져와."

"아프니까 그렇지!"

"흐음."

만약 강혁이 아니라 다른 사람이 상대였다면 꽤 의미 있는 엄살이 되었을 터였다. 뭐가 되었건 간에 한유림은 노인이지 않은가. 실제로 아파 보이기도 했다. 특히 풀 죽은 듯한 표정이 압권이었다.

"아프긴 뭘 아파. 진짜 가벼운 코감기구만."

"와……. 아픈 사람한테 '너 안 아프다'고 하는 것보다 더한 상처도 없는 거 알지?"

"근데 어떡해. 나는 다 보이는데. 열도 없고……. 목에 발적도 없고……. 비강만 살짝 부었잖아. 콧물 색도 맑은 거 보니까……, 지금 있는 증상 태반은 혈관 운동성 비염에 의한 것으로 보이는데?"

"허……."

"저기……. 백 교수님. 아무리 그래도 아픈 사람인데 너무 몰아세우지는 마세요."

닥터 제인이 나서서 백강혁을 말렸다.

"이 사람 그렇게 안 아프다니까."

"안 아프다뇨……. 코가 저렇게 벌건데."

"그거야 지가 쥐어짜니까 저런 거지. 오히려 저거 계속하느라 코만 붓지, 뭐."

"아니……. 한 교수님 이제 예순도 넘었잖아요. 쉬게 좀 둬요."

"아냐, 아냐."

오히려 고개를 절레절레 저어대고 있었다. 그뿐만 아니라, 아까 한유림에게 약을 처방해주었던 장규선 원장에게 다가갔다.

"장 원장님, 아까 우리 한 교수님한테 처방한 약 뭔지 기억하세요?"

"네? 아……. 기억하죠."

"뭐 뭐 처방했어요? 아니, 어땠어요? 일단."

"음……."

그 말에 한유림이 어느 틈에 몸을 일으켰는지 모르게 장규선에게 다가가더니 옷깃을 잡았다. 물론 강혁이 있는 이상 오래 잡아당기지는 못했다. 강혁은 정말이지 아주 간단한 손동작만으로 한유림을 제지하고는 재차 장규선을 바라보았다.

"눈치 보지 마시고, 그냥 환자에 대해 팩트만 전해줘요. 팩트."

"아, 알겠습니다."

장규선 원장은 한유림의 애타는 눈을 애써 외면한 채 말을 이었다.

"일단……. 코 색깔이 그렇게 나쁘진 않더라고요. 내시경으로 본 건 아니긴 하지만 비경 통해 봤을 때도 뭐 안쪽으로 농이 있거나 하진 않았고, 후비루도 양이 좀 늘었을 뿐 색은 뭐……. 괜찮았어요."

"가벼운 비염이다, 이거죠?"

"네……. 사실 알러지 반응일 가능성이 제일 큽니다. 원래 알코올을 과다 섭취하면 점막이 붓기 마련이고 또 갑자기 찬 공기에 노출이 되었으니 그럴 수 있죠……. 아, 물론 제가 이비인후과 의사도 아니고 또 내시경으로 본 건 아니니 확실한 건 아닙니다."

"그럼 무슨 약 처방하셨어요?"

"통증도 없고……. 발열도 없어서 일단 진통 소염제는 안 드렸어요. 원하시면 드리려고 했는데 가끔 속이 쓰릴 때가 있다고 하셔서, 뭐."

"그럼 약을 안 주셨나?"

"아, 아뇨, 아뇨. 그냥 항히스타민제랑 슈도에페드린 드렸습니다."

"그러니까 그냥 비염 약이네요?"

"네. 사실 그거 드시면 바로 좋아지실 줄 알았는데……. 아직도 이런 게 좀 의문이기는 합니다. 제 진단이 틀린 건가…… 싶기도 하고요."

"아뇨, 제가 봐도 그렇게 보여요."

"그럼 왜 이렇게 아파하실까요?"

장규선은 안타까운 눈으로, 백강혁은 비웃는 듯한 눈으로 한유림을 돌아보았다. 한유림은 잠시 움찔했으나 이내 눈을 피하곤 한숨을 쉬었다.

"내, 내가 어떻게 알아. 사람 몸이 뭐 마음대로 되나."

그러곤 모르쇠를 쳤다. 하지만 강혁을 상대론 다 무의미한 짓이었다.

"나는 알 것도 같은데?"

"뭐……. 뭘 알아."

"약 어디다 꼬불쳤어요?"

"꼬……, 꼬불치긴! 누가 그런 짓을 해!"

"근데 왜 여기에 약이 있지?"

이미 처음부터 강혁은 알고 있었다. 한유림이 그리 아픈 것도 아니고, 심지어 처방해준 약을 먹지도 않았다는 걸. 투정 부리기 위해, 또 좀 누워 있기 위해 수작을 부렸다는 것도.

"허……."

"와……. 한 교수님 그렇게 안 봤는데……."

강혁이 어렵지 않게 침대 시트 아래 깔아둔 약을 찾아내자 여기저기서 비난의 목소리가 들려왔다. 그중 선봉에 선 건 역시나 리처드였다. 강혁과 한유림이 없는 동안 내내 당직을 선 몸이니 당연한 일이었고, 또 자격이 있는 몸이기도 했다.

"사람이에요? 어떻게 이래요?"

순식간에 비난의 대상이 된 한유림은 절박한 얼굴이 되어 강혁을 바라보았다.

"아니, 난 그저……. 백 교수 얘기 좀 해봐. 나 이럴 만한 이유가 있잖아, 응? 사람 이상한 사람 만들지 말고."

"지금 좀 이상한 건 사실인데?"

"내가……. 내가 걱정이 돼서 그래. 내가! 내 미래가!"

"일단 약 먹고 수술 대기나 하고 있어요. 난 우리 리처드랑 얘기 좀 할 테니까."

강혁은 그런 한유림에게 윙크를 해주었다. 그 순간 한유림은 뭔가 알 수 있었다.

'설마……. 리처드도 가니?'

"어쩐지……. 그 약을 먹었으면 훌쩍거릴 수가 없는데요."

장규선 원장은 항히스타민제에 슈도에페드린까지 섞인 약을 삼키고 있는 한유림을 보며 고개를 절레절레 저어댔다. 그렇지 않아도 이해가 잘 가지 않던 참이었기 때문이었다. 분명 증상에 맞게 약을 썼는데 왜 저럴까.

"음, 미안해요. 미안. 아니, 근데 놀다 오니까 진짜 좀 힘드네……."

전문의를 따고 난 이후에도 공부를 쉼 없이 해온 장규선 원장의 따가운 눈살에 한유림은 너스레를 떨어야만 했다.

"장 원장님도 여기 다시 온 첫날은 좀 힘들었잖아요. 안 그래요? 원래 쉬다가 오면 더 힘들어……."

"뭐……. 이해는 합니다만……. 그래도 약을 다 안 드시는 건 좀 그렇죠. 저는 또 뭐 급성 발작이라도 온 줄 알고 스테로이드를 처방해야 하나……, 고민하고 있었다고요. 아니면 페니라민 같은 1세대 항히스타민이나."

"아……. 뭐……."

장규선의 말에 한유림은 보다 미안해하는 얼굴이 되었다. 연고나 스프레이 형태가 아닌, 먹는 형태의 스테로이드는 의사로서 처방하기 전에 정말 많은 고민을 해야 하는 약이기 때문이었다. 특히 경험이 쌓인 의사일수록 그 고민의 깊이는 더 깊어지기 마련이었다. 그만큼 효과도 좋지만 동시에 부작용도 많기 때문이다.

"참, 그건 처방해봐야 절대 안 드셨겠구만."

"미안합니다, 하하. 어휴, 약 잘 듣네요. 벌써 코가 하나도 안 나와."

"그렇게 처방을 했으니까요."

"미안하다니까 그러네……."

"미안하면 일단 나갑시다. 안 그래도 절개 배농 케이스 하나 있는데……."

"어지간한 건 원장님이 하실 수 있잖아요? 전에 보니까 다래끼도 그냥 하시던데? 말 나온 김에 그거나 좀 가르쳐줘요."

"아니, 뭐……. 그건 어려운 건 아닌데요. 일단 와보세요. 해부학적으로 좀 까다로운 부분이에요. 쉬웠으면 벌써 제가 했지."

"아……. 알겠습니다. 일단 가죠."

"근데 괜찮으신 거죠? 딴 건 몰라도 항히스타민제는 2세대라 약간 졸릴 수도 있는데."

"저는 그런 부작용은 하나도 없어요. 오히려 나이가 드니까 아플 땐 좀 졸린 약 먹고 자면 좋겠는데, 말똥말똥해."

"뭐……. 이럴 땐 좋네요. 가시죠."

하여간 둘은 이러쿵저러쿵 떠들어대다가 이내 진료실로 향했다. 그사이 강혁은 리처드 앞에 서 있었다. 리처드는 상당히 지쳐 보였다.

"얼씨구. 누가 보면 뭐 심장이라도 만지고 나온 줄 알겠네."

강혁이 한구에 다시 도착한 것은 어젯밤이었다. 보나 마나 이슬라마바드에서 하룻밤 자고 가자고 하는 걸 닦달해서 왔을 터였다. 한유림은 그게 너무 아쉬웠는지 휴양지에서 입었던 반팔만 입고 맥주를 마셔대다가 감기에 걸리고야 말았다. 그에 반해 강혁은 계속 한구에 있었던 사람처럼 아무렇지도 않은 얼굴로 잠자리에 들고는 오늘 오전에 이미 진료를 보고 난 참이었다.

'원래 같으면 데니스한테 가서 커피 내놓으라고 닦달할 시점 아닌가?'

"뭘 그런 표정을 짓고 있어? 스승이 여행 갔다 왔는데 제자 선물 하나 안 사 왔겠냐?"

리처드가 불안해하고 있으려니, 강혁이 다 이해한다는 얼굴로 껄껄 웃었다.

"아……. 선물……!"

리처드는 그만 자신을 보호하기 위해 두르고 있던 의심의 띠를 내려놓고야 말았다.

"어어, 그렇게 막 달려들지 말고. 무거워서 들고 오진 못 했고. 저기 내 방에 있어."

"무겁다고요? 뭘 사 오셨길래……."

"궁금하냐?"

"궁금하죠, 당연히!"

리처드는 강혁의 뒤를 따라나서고야 말았다. 그가 좀 이상하단 생각을 떠올리게 된 것은 강혁이 숙소 쪽이 아니라, 숙소 뒷마당으로 들어서기 시작하면서였다.

"교수님? 여기…… 여기에 있어요?"

"어? 어어, 여기 있어."

"아까는 숙소라고……. 숙소라고 했잖아요?"

"아니, 뭘 그렇게 불안해해. 지금 시간을 봐라, 야. 점심때 아니냐? 설마 뭔 일 날까봐?"

"그……."

생각해보면 진짜 이상한 일이긴 했다. 리처드가 그래도 군인이고 또 CIA 요원인 데다가 지금은 대낮인데 이렇게 두려움이 앞서다니. 대체 백강혁이 자신에게 무슨 짓을 해온 건가 싶은 생각이 들었다.

"그렇긴 하네요."

"먼저 가봐."

"알겠어요."

지기 싫은 마음에 리처드가 먼저 뒷마당으로 들어섰는데, 들어가자마자 뒷걸음질 치고 싶어졌다.

"오, 리처드."

안에 익히 알고 있는 사람이 서 있었기 때문이었다. 아니, 둘이니까 사람들이라고 해야 옳을 터였다.

'이……. 이 인간들이 여기서 뭐 하고 있는 거야?'

하나는 지금 백악관에 있어야 할 아단 컨트 대령이었고, 또 다른 하나는 시리아 작전을 진두지휘하고 있어야 할 CIA 중동지국장 스미스였다.

"오랜만이네."

"이리로 와봐. 백 교수님이 술도 사 오셨는데."

놀라 자빠질 거 같은 리처드에 비해 아단 컨트나 스미스는 여유롭기 그지없었다. 당연한 일이었다. 이 둘은 강혁과 함께 작당하고 있는 사이였으니까.

"어……."

문제가 있다면 리처드에게 둘 다 상관이라는 점이었다. 하나는 CIA고 다른 하나는 대령이지 않은가. 그것도 차기 의무사령부 사령관이란 얘기가 파다하게 도는 사람. 군의관으로 다다를 수 있는 최고의 위치에 오를 거라는 얘기였다.

"아, 팔 떨어지겠네."

"백 교수님이 잘해주시나봐? 말을 되게 안 듣네."

"아, 아뇨……. 갑니다. 가요."

리처드는 자초지종도 묻지 못한 채 일단 무리에 꼈다.

"야, 이거 발렌타인 30년……. 아니네, 40년? 뭐 이렇게 좋은 걸 까셨어."

"일단 마셔봐. 마시면서 얘기하자."

그러곤 술을 마셨다. 워낙에 리처드 말고는 다들 작정을 하고 온 몸들이라 그런가 들이키는 속도며 양이 장난이 아니었다. 불과 30분 만에 이미 빈 양주병이 서너 개 나뒹굴 지경이었다. 양주라는 게 노상 그러하듯 이것들도 도수가 장난이 아니어서 리처드는 만취라는 말도 모자랄 정도로 취해버렸다.

"주는 대로 덥석덥석 먹네."

그에 반해 강혁은 멀쩡한 얼굴이었다. 애초에 리처드보다 술이 센 것도 있었지만, 그보다 더 중요한 이유는 왜인지 모르게 젖어 있는 뒤쪽 화단을 보면 알 수 있을 터였다.

"아무튼, 리처드 소령. 여기 이 두 분이 왜 오셨냐 하면……. 네가 또 승진을 하게 생겨서야."

"승진……?"

꽐라가 된 리처드 앞에 먼저 나선 것은 아단 컨트 대령이었다.

"그래, 리처드 소령. 자네는…… 이제 중령이야. 여기 임명장."

"주, 중령이라니."

리처드는 조금 술이 깨는 듯한 기분이 들었다. 대위에서 소령 단 지 뭐 얼마나 됐다고 또 중령이 된단 말인가. 동기 중에 아직도 대위가 있다는 걸 생각해보면 파격이라 할 수 있었다. 눈을 비비며 보니, 임명장에는 과연 중령이라는 계급이 적혀 있었다.

"지, 진짜네요? 와!"

"끝까지 다 본 거야? 직함도 봐야지."

"직함……."

리처드는 대령 입에서 직함이라는 말이 나오고 나서야 좀 더 자세히 임명장을 읽어볼 생각이 들었다. 술에 취해 쉽지는 않았지만, 최대한 꼼꼼히 들여다보았다. 말미에 이런 글귀가 적혀 있었다.

-누와라엘리야 병원 대대장, 주스리랑카.

'누와라엘리야…… 스리랑카?'

이게 어디라는 걸까? 아무리 기억을 돌이켜봐도 단 한 번도 들어본 적 없는 이름이었다.

"다 본 건가?"

리처드는 잠시 정신을 놓고 있던 참이었다. 처음 보는 이름에 아연한 기분이 들어서였다.

"아, 아닙니다. 음."

"그래, 끝까지 보라고."

하지만 눈앞에서 대령이, 그것도 미국국립군의관의과대학 선배가 들이밀고 있는 문서를 무시할 수는 없는 노릇이었다.

-지정학적 요건상 인도 태평양 사령부 소속이어야 하나, 맡은 바 임무의 특수성을 고려하여 명령 하달은 중부 사령부에서 받으며, 작전 행동 반경은 중부, 아프리카, 인도 태평양 사령부 전역을 지정한다.

열심히 읽었다. 그런데 읽으면 읽을수록 어이가 없었다. 대체 무슨 놈의 부대가 위치와 하등 관계도 없는 지점에 있는 사령부의 명령을 받는단 말인가. 미군이 무슨 콩가루 부대도 아니고……. 아마 문건을 들이밀고 있는 게 아는 얼굴이 아니었다면 구라 치지 말라고 외쳐댔을 터였다.

-단, 요청이 있을 경우 미 본토 또는 유럽 사령부까지 작전 지역을 확장할 수 있다.

게다가 마지막 문장은 더더욱 가관이었다. 이 말은 곧 지구 전 지역을 돌아다닐 거란 얘긴데, 생전 처음 듣는 부대가 대체 무슨 힘이 있어 이게 가능하단 말인가. 진짜 어이가 없어서 코웃음이 터져 나올 지경이었다.

"다 읽은 거 같은데."

아단 컨트는 리처드의 씰룩거리는 입술을 보고 나서는 확신했다. 일개 중령이 명령서를 하달받는 광경치고는 상당히 불손하기 이를 데 없는 모습 아닌가. 그럼에도 화가 나거나 하지는 않았다. 딱 자신도 그랬으니까.

'어이가 없겠지.'

본인도 어이가 없었더랬다. 병원은 스리랑카 산골짜기에 있는데 작전 수행 지역은 이렇다고? 게다가 지금 이 명령 지침서에는 빠져 있지만, 원래 명령서에는 긴급 구조 작전이 없는 경우엔 지역 의료 봉사 및 미군 군의관 교육까지 포함되어 있었다. 그러자면 미군이 보유하고 있는 군의관이나 군 간호 장교 중 상당 부분을 할애해야만 했다. 그걸 원래 미군이 주둔하고 있는 나라도 아닌 스리랑카에 마련한다고? 대체 어떤 미친놈 머릿속에서 나온 작전인가 싶었다.

'음.'

공교롭게도 그 미친놈이 지금 이 자리에 있었다. 바로 백강혁이었다.

'저 사람이 나서준다면……. 확실히 가능하지.'

원래 현대 의학은 그 분야가 워낙에 방대한 데다가, 제대로 된 진료를 하기 위해 필요한 인적, 물적 자원이 어마어마해진 지 오래 아니던가. 슈바이처 시대처럼 훌륭한 의사 하나가 많은 일을 할 수 있는 시대가 아니란 얘기였다. 당장 아단 컨트만 해도 동료 의료진이 없으면 원래 발휘할 수 있는 역량의 반의반도 발휘

해내지 못할 지경이었다. 하지만 백강혁만은 달랐다. 이 세상에서 오직 백강혁만은 혼자서 그야말로 일당백의 위력을 낼 수 있는 의사라는 얘기였다.

'그렇게 되면……. 더 많은 군의관들이 저 사람에게 배울 수 있고 또……, 작전 수행 도중 목숨을 잃게 될 병사들의 수를 줄일 수 있어.'

아마 이 작전을 입안해낸 사람도 그런 생각을 하고 있을 터였다. 바로 그중 하나인 스미스가 고개를 연신 끄덕이고 있던 아단 컨트를 대신해 나섰다.

"리처드 중령, 명령서가 하나 더 있네."

"네……?"

문서 하나를 들고서였다. 이미 방금 읽은 것만으로도 정신이 혼미해질 지경이었던 리처드로서는 감당이 안 되는 내용이 적혀 있었다. 요약하자면 다음과 같았다.

-리처드 중령은 CIA의 자원으로 작전 수행 도중 부상당한 요원들의 치료에 전적으로 책임을 진다. 이에 대한 지원으로 CIA는 에어 앰뷸런스 1기와 조종사 2명 및 간호사 2명을 제공한다.

"에어 앰뷸런스……? 이걸…… 이걸 제공한다고요?"

"그래야 아까 언급한 지역에서의 작전 수행이 가능하지 않겠나?"

"아니……. 그럼 이게 진짜란 말이에요?"

"진짜지, 그럼. 직인이 그냥 찍히나?"

"허……."

그건 그랬다. 누가 감히 미 정부 직인을 위조할까? 그리고 그걸 스미스와 아단 컨트 대령이 들고 온다고? 말도 안 되는 일이었다. 아무리 적혀 있는 말이 개소리라 해도 진짜라 믿어야만 했다.

"내년 6월부터니까……. 시간은 있어. 준비하도록 해."

"네? 뭘……. 뭘 준비해요?"

"음."

동시에 스미스에게로 고개가 돌아갔다. 이 사람이라면 뭔가 뾰족한 수가 있지 않겠나 싶어서였다.

"음."

하지만 스미스 또한 어깨를 으쓱거릴 뿐 뭔 얘기를 해주진 못했다. 리처드는 슬슬 화가 났다. 시발이라는 마법의 주문을 외웠음에도 불구하고 기분이 하나도 나아지지 않을 지경이었다.

"야, 리처드."

그때 입을 연 것이 바로 백강혁이었다. 명령서를 전달하지 않았을 뿐, 이 모든 일의 흑막이라고 할 수 있는 사람이었다. 당연히 백강혁만은 이 일을 어찌해야 할지 알고 있었다.

"어, 네?"

"너는 그냥 나만 따라오면 돼. 준비는 내가 해. 가서 일도…… 내가 해."

"네? 아니, 그럼……. 아, 그 한유림 교수님이 말한 곳이 바로 여기예요?"

"그래. 누와라엘리야. 거기가 여기야."

거기가 여기라 이거지. 그제야 리처드는 본인이 화를 내야 할 대상을 알게 되었다. 여기서 거의 무급으로 봉사하는 것도 서러운데, 생전 처음 듣는 곳에 또 가라고? 심지어 말도 안 되는 임무를 하면서?

"이, 인간이 또 나를 끌고 가?"

"끌고 가긴? 명령은 미국이 내린 건데."

"그……."

"잘 봐. 여기 어디 내 얘기가 있냐? 넌 승진했고, 그 대가로 새로운 임무를 받은 거야."

"어……."

하지만 본격적으로 소리를 지르기도 전에 말문이 턱 막히고야 말았다. 듣고 보니 너무 맞는 말이지 않은가.

"나는 널 도우러 가는 거야, 어? 제자가 너무 어려운 중책을 맡게 된 거 아냐. 어휴, 세상에……. 여기서도 아직 배울 것투성인데……. 가서 누가 누굴 가르쳐. 게다가 여기 봐. 이거. 너 아까 신나게 마실 때 읽어봤는데……. 명령서만 하달된 게 아냐. 주요 지침은 여기 적혀 있어."

"어……."

"봐봐. 시간 빌 때는 지역 의료 봉사해야 돼. 지역 의료 봉사 전문가가 어딨어, 너 아는 사람 중에. 나밖에 더 있니?"

"허……."

"게다가 에어 앰뷸런스……. 너 이거 비행기 많이 타봤냐? 보통 타고 왔다 갔다 하는 동안 수술도 해야 될 수 있고, 일단 중환자 치료는 기본이야. 근데 내과 준대? 아니잖아. 나 없이 되겠냐?"

"어……."

"새꺄, 고맙다고 해야지. 왜 소리를 지르고 지랄이야, 지랄이. 내가 인마 다 제자 돕자고 하는 일이지. 솔직히 너 나 아니면 중령 달겠냐? 턱도 없는 소리지."

예상대로 강혁은 자신만의 논리와 억지 그리고 협박으로 리처드를 완전히 압도하고 있었다.

"그, 그런가요?"

"그래. 고맙다고 해. 내가 너 때문에 인마……. 한유림 교수님에 어? 양재원, 박경원, 백장미 다 데리고 간다고 스리랑카에."

"허……."

아무리 생각해도 자기를 위해서는 아닌 거 같았다. 애초에 미국에서 왜 갑자기 스리랑카에 병원을 만든단 말인가. 무언가 뒷거래가 있지 않고서야 어려운 일이었다. 그리고 그 뒷거래가 무엇인지, 주체가 누구인지는 명확했다.

"뭘 눈알을 굴리고 앉았어. 평생 굴리게 해줘?"

"아, 아뇨."

"리처드 중령, 좋은 일이잖아. 중령이 되는 것도 어려운 일인데……. 이렇게 중책을 맡게 되는 건 더 어려운 일이라고."

"그래, 이건 나중에 만약 정치에 뜻이 있어도 좋은 커리어예요. 알지? CIA가, 어? 도우면 야……. 정치 그거 어렵지도 않지."

원래 간신들의 말처럼 듣기 좋은 말도 없는 법이었다. 게다가 지금 이 간신들이 하는 말이 딱히 거짓말도 아니지 않은가. 곰곰이 생각해보면 이 일이 백강혁의 뜻대로 이루어지고 있다는 것하고 또 더럽게 힘들 거라는 것만 제외하면 다 좋은 일이었다. 일단 승진도 했고, 엄청난 커리어가 되기도 할 테니까. 진짜 정계에 발을 들일 수도 있는 일이었다. 세상에 평범한 중산층 출신의 군의관이 하원의원이 된다? 생각만 해도 좋았다.

"아, 알겠습니다. 맡은 바 임무……, 성실히 하겠습니다."

결국 수락하고야 말았다. 그와 동시에 안도의 한숨이 터져 나왔는데, 리처드가 거절하면 다음 타자로 대기 중이었던 아단 컨트의 한숨이었다. 반면 처음부터 이리 될 줄 알았던 강혁은 리처드를 보며 껄껄 웃었다.

"그 말만 하냐?"

고맙단 말을 종용하면서였다.

"아……."

"빨리 해라. 똑딱똑딱."

"가, 감사합니다."

스미스와 아단 컨트는 리처드 입에서 하겠다는 소리가 나왔음에도, 심지어 감사하다는 말이 나왔음에도 자리를 뜨지 않았다.

"음."

"맛이 좋네."

오히려 이제부터가 진짜 시작이라는 듯 느긋한 표정을 지은 채 의자에 털썩 주저앉았다. 생각해보면 진짜 웃기는 일이었다.

둘 다 세계 최강대국인 미국의 엘리트 아닌가. 그런데 이런 오지의 허름한 뒷마당에 꾸려진 술판에서 낡은 철제 의자에 앉아 한가로이 술이나 마시고 있다니.

'자의로 오지는 않았을 거야…….'

리처드 또한 반강제로 감사 인사를 하고는 그 맞은편에 앉아 있었다. 아까 술 퍼마시기 시작했을 땐, 그리고 청천벽력과도 같은 소식을 들었을 땐 미처 떠올리지 못했던 생각이었다. 하지만 차분히 앉아서 생각할 시간을 갖고 보니 영 이상한 일이었다.

'특히 아단 컨트 대령님은……. 백악관에 있어야 할 사람이잖아? 그런 사람이 여기 그냥 올 리가 없어. 스미스야 뭐 말할 것도 없고…….'

그 말은 곧 강혁이 내세우고 있는 이 작전의 중요성을 제일 높으신 분들부터가 인정했다는 뜻이었다. 동시에 강혁의 끗발이 제일 높은 곳까지 닿게 되었다는 것을 의미했다. 망했다는 생각과 함께 강혁을 향해 고개를 돌리자마자, 강혁이 기다렸다는 듯이 입을 열었다.

"그럼……. 일단 여기 문제부터 얘기해볼까."

제일 윗사람 같은 표정을 지으면서였다.

"우리가 떠나도 한구 병원은 이대로 돌아가야 해. 아니, 더 잘 돌아가야지."

"그건 우리도 바라는 바입니다, 닥터 백. 이미 한구 병원의 전략, 전술적 가치는 무시할 수 없게 되었어요."

이어지는 강혁의 말에 스미스가 십분 공감한다는 얼굴로 고개를 끄덕였다. 그 말 어디에도 사람의 생명을 위한다거나, 한구의 사람들을 위한다는 뜻이 담겨 있지는 않았다. 당연한 일이었다. 스미스는 애초에 그따위 것들에 관심이 없었으니까. 그저 한구 병원이 잘될수록 미국의 영향이 강해질 것이라는 믿음과 지금도 써먹고 있는 탈레반에 대한 감시 체계에만 신경을 쓸 따름이었다.

'뭐……. 상관없지.'

물론 강혁은 그런 스미스의 마음을 염두에 두지 않았다. 모로 가도 서울만 가면 되지 않겠는가.

강혁과 스미스, 두 사람의 계획이 만나는 바람에 리처드는 중령이 되었고, 누와라엘리야에 가야 했으며, 동시에 에어 앰뷸런스를 뻰질나게 타야 되는 몸이 되고야 말았다.

보이지 않는 위험

타타타타. 헬기 하나가 한구 근처에 마련된 헬기장으로 향하고 있었다.

"흠."

마르크 루비오 대위가 옅은 한숨을 내쉬었다.

'백강혁 교수라…….'

그에 대한 소문은 굳이 노력을 기울이지 않아도 들을 수 있을 정도로 엄청나게 유명한 사람이었다. 특히 마르크 대위가 파견 나가 있던 시리아에서는 더더욱 그러했다. 온갖 전설 같은 에피소드들이 구전 동화처럼 이어져 내려오고 있었다.

'말이 되나 싶기는 한데…….'

상식이 있는 사람이라면 그 전설 같은 수술 중 태반은 믿기 어려운 수준이었다. 하지만 그렇게 따지고 보면 지금 마르크 대위가 처한 상황이 더 황당했다. 세상에 이미 시리아에 파견되어 임무 수행 중인 마르크에게 한구 병원의 백강혁한테 뭔가 배우라는 명령이 떨어질 줄이야. 게다가 문서화된 명령 하달서에는 적혀 있지 않았으나, 그걸 전달한 지휘관은 될 수 있는 한 백강혁에게 협조하라는 뉘앙스를 풍겨왔다. 그러면서 동시에 백강혁이라는 사람이 현 미군에 있어 얼마나 많은 도움이 되어주고 있는

지도 알려줬다

'아무리 뛰어나봐야 일개 개인…… 아닌가? 근데 왜 이렇게 호들갑이야.'

아마 중위 때만 하더라도 위에서 내려온 명령에 이런 불만 따위는 갖지 않았을 터였다. 그땐 어련히 알아서 현명한 명령을 내려줄까 하는, 일종의 믿음이라는 것이 있어서였다. 하지만 시리아에 있으면서 실제 현장을 경험하다보니 소위 세계 최강이라는 미군이 얼마나 많은 삽질을 하고 있는지 똑똑히 알 수 있었다. 생각보다 윗사람들 중엔 무능한 사람도 많았다. 어쩌면 이 일 또한 그 무능의 연장선이 아닌가 하는 생각이 들었다.

"휴."

그러다보니 또다시 한숨이 비어져 나왔다.

"자, 착륙합니다. 꽉 잡아요, 마르크 대위."

"아, 네."

다행이라고 해야 할까? 고뇌의 시간은 그리 길지 않았다. 마르크가 몸을 싣고 있던 헬기가 내려앉기 시작했기 때문이었다. 동시에 몸이 부웅 뜨는 듯한 느낌이 들었다. 정신없이 돌아가던 날개 속도가 점차 느려지나 싶을 때쯤, 누군가 헬기 쪽으로 다가왔다. 선글라스가 아주 잘 어울리는 사내였다. 평상복을 입고 있는데도 군인 같은 태도가 인상적이었다.

"마르크 대위?"

상대가 다가와 입을 열었다. 이제 날개가 거의 멈춘 상태라 나직한 목소리여도 알아듣는 데에는 별문제가 없었다.

'아, 윗사람인가…….'

마르크는 반사적으로 헬기에서 내린 후, 부동자세를 취했다.

"네."

"쉬어."

"네."

"한스 소령일세. 그……."

다가온 자는 한스였다. 강혁의 충실한 개가 된 지 오래인 그는 승승장구 중이었다. 본래 한구 근처 북방에 자리하고 있는 탈레반에 대한 정찰 또는 필요 시 위력 정찰을 맡고 있던 그는 이제 백강혁을 통해 손쉽게, 그러나 전보다 훨씬 많은 정보를 얻어내고 있었다. 미 육군에게는 꽤 도움되는 일이었다. CIA를 통하지 않고서도 유용한 정보를 얻어내고 있었으니까. 특히 그 정보가 국경을 넘어 아프가니스탄의 군사 작전에도 영향을 미칠 때가 있어 고무적이었다. 사정이 이렇다보니 한스에 대한 인사 고과 및 대우 또한 아주 좋을 수밖에 없었다. 덕분에 한스는 강혁에게 끊임없는 신뢰와 충성을 보이고 있었다.

"좀 더 편히 있게. 여기는 시리아가 아냐. 대놓고 총 들이민 적은 없어."

"아……."

"완전히 편히 있으라고. 친구들이랑 노는 것처럼."

"명심하겠습니다."

"거참."

한스는 아무리 말을 해도 긴장을 놓지 못하는 마르크 대위를 보며 혀를 내둘렀다. 이미 마르크 루비오 대위에 대한 보고서를 읽은 바 있어서였다.

'이민 1세대라고 했지.'

콜롬비아 출신으로 미국 시민권자가 되기 위해 군에 입대한 케이스였다. 그 와중에 군의관이 되었다는 건 엄청나게 똑똑하다는 뜻이기도 했고, 안에서 미친 듯이 열심히 하고 있다는 뜻이기도 했다. 그런 사람에게 날 때부터 미국 시민권자였던 한스와 같은 여유를 기대하는 건 일종의 폭력이었다.

"아무튼, 바로 가지. 여긴…… 진짜 아무것도 없거든. 헬기도 돌아가야 하고 말이지."

한스는 별다른 얘기를 더 하는 대신 주변을 둘러보았다. 마르크 또한 한스를 따라 슬쩍 고개를 돌렸는데, 방금 들은 바대로 정말이지 아무것도 없었다. 이런 일은 꽤 드물었다. 미군은 텐트 하나를 쳐도 냉난방 시스템을 갖추는 집단 아닌가. 그런데 헬기 이착륙장을 만들어놓고 주변을 이렇게 비워놓다니.

"자, 그럼 타게."

한스는 아까보다는 조금 얼빠진 얼굴이 된 마르크 대위를 바라보며 차량을 가리켰다. 차는 험비였는데, 주의 깊게 봐야 험비라는 걸 알아볼 수 있을 정도로 겉모양을 변형시켜 놓았다. 복장도 그렇고 위장에 어지간히 신경을 쓰고 있구나 싶었다.

"가면서 옷은 이걸로 갈아입고."

"네, 소령님."

"그런 말도 하지 마. 여긴 완전히 민간인 지역이지만……. 반미 정서가 아주 강하다고. 괜히 티 내다가 반발이라도 사면 전체 작전에 방해가 돼."

"주의하겠습니다."

"그래."

마르크는 거기까지 답한 후, 차량 안에서 옷을 훌훌 벗었다. 군의관치고는 상당히 잘 단련된 몸이 인상적이었다. 그러나 한스에게 더 인상적으로 다가온 것은 근육이 아니라 얼굴 생김새였다.

'확실히…… 사복을 입으니까 미군이라는 느낌이 아예 없네.'

아니, 그런 수준이 아니라 미국 사람이라는 느낌조차 주지 않았다. 그냥 평범한 남미 메스티소의 느낌만을 자아낼 뿐이었다.

'초기 파견자들은 모조리 이렇게 구성될 거라고 했지.'

앞서 한스가 말했던 우려를 비단 현장에서만 가지고 있는 건 아니라는 뜻이었다. 이 근방에 팽배한 반미 정서는 사실 위에서 더 뼈저리게 절감하고 있을 터였다. 오죽하면 현 정권과 나름 친분을 맺게 되었음에도 불구하고 그것을 드러내지 못하고 있겠는가. 지금 상황에서 미국 정부가 취할 수 있는 최대한의 제스처는 동맹국이면서 동시에 대외 이미지가 제일 괜찮은 대한민국 정부와의 협력뿐이었다.

"음."

마르크는 그새 옷을 완전히 갈아입었다.

"한구 병원에 대해서는 얼마나 알고 있지?"

마르크 대위를 이착륙장에서 픽업하여 사복으로 갈아입히고 한구 병원으로 이송한다. 여기까지가 미 육군 소령 한스가 상부로부터 받은 지시였다. 이 지시는 이변이 없는 한 제대로 이행이 되지 않겠는가? 그렇다면 지금부터 해야 할 일은 한스의 정신적 지주이자 실질적 상관 노릇을 하고 있는 강혁의 명을 이행할 차례였다.

"브리핑에서 들은 내용 외에는 알지 못합니다."

"규모나 인력 정도에 대해서만 안다는 얘기지?"

"네, 그렇습니다."

"그럼 현장에 있는 지휘관으로서 몇 가지 조언을 해주고자 하는데, 괜찮나?"

"물론입니다."

마르크의 허락을 구한 한스는 강혁이 말해준 대로 한구 병원에 대한 정보를 풀기 시작했다.

"백강혁 교수의 실력은…… 일단 의심하지 마. 내가 알기로, 아니 상부에서 알기로도 세계 최고야. 그냥 최고가 아니라 비교 대상이 없어."

"아, 네, 그렇군요."

"말도 안 되는 작전에 투입되기도 하는데, 그때마다 성공을 한다 이거지. 그러니까 그런 사람에게 배우는 걸 행운으로 여기라 이거야."

"알겠습니다."

보이지도 않는 사람에 대해 어찌나 아부를 떨어대는지. 마르크로 하여금 강혁에 대한 반감이 들게 만들 지경이었다. 하지만 이어지는 말을 듣다보니 또 반감이 많이 희석되기도 했다.

"한구 병원은 아주 여러 가지 임무를 맡고 있어. 병원이니까 사람을 살리는 역할을 하지만……. 바로 옆 동에서는 교육도 이루어지지. 얼마 전까지는 의학에 대한 강의만 있었는데, 지금은 그렇지도 않아. 다른 쪽 교육도 이루어져. 이쪽 문화나 관습을 건드리지 않는 선에서 그렇지."

"아……. 교육까지입니까?"

"주로는 영어나 한국어지. 미국은 미워하지만, 미국에 가서 일하고 싶은 사람은 널렸으니까. 가능하면 한국으로 가고 싶어 하는 사람이 많긴 한데, 원한다고 다 갈 수 있는 건 아니지."

"병원에서 그런 것도 하는군요."

"그건 박창수라고, 한구 병원 도움을 받아서 사업하는 한국인 사장이 해."

한스는 박창수, 즉 데니스에 대한 정보는 일반 파견직에게 함구하라는 명령이 있었던 것을 떠올렸다. 적진 한가운데라고 할 수 있는 곳에 깊숙이 파고들고 있는 사람에 대해 여기저기 알릴 이유는 없지 않겠는가. 물론 지금은 워낙에 자리를 단단하게 잡아 심지어 후임에게 맡겨도 별 관계없을 정도이긴 하지만 그래도 명령이 하달된 이상, 그리고 그 명령이 납득할 만한 명령인 이상 열심히 따르는 게 옳았다.

"아……. 그렇군요. 사업체가 있다고는 들었습니다. 규모가 꽤 되나보네요?"

"그렇지. 벌써 직간접적으로 고용하고 있는 인원이 1,000명 가까이 되니까……. 이만한 도시 규모에서는 어마어마하지. 거리 분위기부터가 달라졌어."

"와……. 1,000명……."

한스는 순수한 의미에서 입을 벌리고 놀라고 있는 마르크를 보며 후후 웃었다. 그러곤 강혁의 당부를 떠올렸다.

'말을 잘 듣긴 할 거야. 그래도 더 잘 듣는 게 좋으니까, 어지간하면 나를 띄우라고. 지나치다 싶을 정도로 띄워.'

잘 이해가 가지 않는 당부였다. 아무리 띄워봐야 실제 강혁보다 더 띄울 수가 있을까? 한스는 이런 생각을 하고 있는 인간이었기에 그랬다.

"그것도 사실 다 백 교수님이 한 거야."

"아, 네……."

그럴수록 마르크는 백강혁이 대체 뭐 하는 놈이길래, 이 양반이 이럴까 싶었다.

도저히 못 들어주겠다 싶은 한스의 강혁 자랑을 참고 견디다 보니 어느새 한구 병원이었다. 병원을 본 마르크 대위는 저도 모르게 한숨을 내쉬었다. 이제야 겨우 한스에게서 벗어날 수 있다는 안도가 담긴 한숨이었다. 한편으로는 한창 작전 도중 시답잖은 곳으로 오게 되었다는 한심함 또한 담겨 있었다.

"자, 오늘은 늦었으니 숙소동에 내려주지."

한스는 그런 마르크를 대수롭지 않다는 얼굴로 돌아보며 숙소동 쪽을 가리켰다. 감히 백강혁 교수를 만나러 온 마당에 저따위 표정을 짓고 있다는 것이 그리 마음에 들진 않았지만 딱히 지적을 하진 않았다. 어차피 어떤 표정을 하고 왔든 백강혁을 한번 만나고 나면 정신 못 차리게 되어 있으니.

'혹시 도망이라도 가면 그게 문제지, 오히려. 그거야 내가 잡으면 될 일이고.'

하지만 강혁은 정말 대단한 사람이었다. 벌써 한구에서 밖으로 향하는 주요 도로엔 한스의 입김이 닿는 부하들이 배치되어 있었다.

"여기군요. 생각했던 것보다는……."

그에 반해 아무것도 모르는 상태인 마르크는 차에서 내려 숙소동을 올려다보았다. 고작해야 3층 높이밖에 안 되는 건물이었기에 고개를 한껏 뒤로 젖힐 필요도 없었다.

'허름한데……. 그래도 깨끗하네.'

마르크는 처음 시리아에 갔을 때를 떠올렸다. 불과 십몇 년 전까지만 해도 여행자들의 성지라 불리던 알레포는 폐허가 되어 있었다. 파키스탄도 이름이 비슷한 느낌이라 그냥 그럴 줄로만 알았는데 생각보다 도시 분위기가 썩 좋았고, 무엇보다 숙소동은 아주 잘 관리가 되어 있었다.

"원래는 이렇지 않았어. 백강혁 교수님이 오고 나서 이렇게 된 거지."

한스는 마르크의 애매한 칭찬이 있자마자 바로 훅 치고 들어왔다. 정말이지 넌덜머리가 날 지경이었지만, 한스가 소령이라는 걸 염두에 두고 있던 덕에 욕은 가까스로 참을 수 있었다.

"아, 한스. 이분이…… 파견된 분인가요?"

그렇게 잠시 인내하고 있으려니 숙소동 안쪽에서 몇몇이 나타났다. 인종이 굉장히 다양해서 순간 죄 미군인가 싶을 지경이었다. 원래도 인종의 용광로라 불리는 미국이지만, 미군은 그보다 더 정도가 심했기 때문이었다. 마르크처럼 시민권을 원하는 이민자들은 몇 년간의 수고와 심지어 목숨에 대한 위험까지도 기꺼이 감수했다.

"네. 마르크입니다. 인사하지. 이쪽은 닥터 제인. 한구 병원의 팀장이셔."

"아, 네. 안녕하십니까, 마르크입니다. 처음 뵙겠습니다."

마르크는 그중 맨 앞에 선 제인에게 인사를 건넸다. 그다음은 리처드, 카심, 미유키, 장규선, 댄 순서였다.

'이상한데?'

어디에도 강혁은 없었다. 해서 고개를 갸웃거리고 있으려니, 눈치 빠른 제인이 나섰다.

"아……. 백강혁 교수님은 오늘 페샤와르에서 수술 관련 요청이 있어서 그쪽으로 갔습니다. 케이스가 꽤 복잡한 모양이에요. 아직도 안 오시는 것을 보면."

"그렇군요. 주말인데도 파견을 갑니까?"

"흔한 일은 아닌데……. 간혹 이럴 때도 있습니다."

"네, 알려주셔서 감사합니다."

마르크는 고개를 끄덕이며 페샤와르라는 지명을 떠올렸다. 파키스탄 북부에 위치한 페샤와르는 아프가니스탄의 수도 카불과 하이웨이로 연결되어 있었다. 엄연히 나라는 다르긴 했지만 아무래도 파키스탄 중부에 비하면 강성 무슬림들이 많은 지역이기도 해서 파키스탄으로 오기 전에 주의하라는 지침까지 받은 바 있었다.

'뭐……. 한국인이라면 우리와 같은 이유로 위험할 일은 없겠지.'

다만 동양인은 무슬림들에게 그리 위협적이지 않은 존재로 인식되고 있었다. 특히 최근 K-POP 열풍을 타고 있는 이곳 중앙아시아 부근에서 한국인의 이미지는 좋은 편이었다.

"자, 안으로 들어가죠. 일단 안내도 좀 받아야 할 테니까."

그런 생각을 하고 있으려니, 제인 바로 옆에 서 있던 사내가 살가운 얼굴로 다가와 마르크를 안으로 잡아끌었다. 최근 강혁의 수제자를 자처하고 있는 리처드였다. 이미 스리랑카행마저 확정된 그는 오직 파견 올 군의관만을 기다리고 있었다.

'이런 즐거움이라도 있어야지…….'

그렇지 않은가. 어떻게 리처드라고 해서 맨날 당하고만 살겠는가. 계급도 실력도 아래인 놈들이 와야 좀 숨을 쉴 것 같았다.

"아, 네."

물론 마르크는 그렇게 생각지 않았다. 계급이야 뭐 어떨지 몰라도, 실력이 처져? 백강혁만 해도 소문이 사실일지 아닐지 모르겠는데 그 밑에 있는 사람보다 처진다는 건 말도 안 된다고 생각하고 있었다. 아닌 게 아니라 마르크가 받은 수련 또한 만만한 것은 아니었기 때문이었다.

"일단 1층에 여기는 교육관이에요. 뭐 주로 산모 교육을 하는데……. 우리도 다쳤을 때 소독을 왜, 어떻게 해야 하는지 등 일반적인 외과적 상식에 대해 교육을 해요."

"아……."

"데니…… 아니, 박창수 사장은 영어랑 한글도 가르치는데 그렇게 외국으로 나간 사람들이 제법 있어요. 그 사람들이 보내주는 돈이 여기 기준으로는 꽤 커서……. 오다 봤는지 모르겠는데 건물 새로 짓는 곳이 많죠?"

"아, 네. 봤습니다."

"그거 다 그쪽에서 보내준 돈으로 집 새로 짓는 거예요. 그러다보니까 점점 더 한국어나 영어 배우려고 사람들이 몰리고요."

리처드가 보기에 데니스는 진짜 대단한 놈이었다. 그렇게 교육을 시켜서 외국으로 보낼 때도 적지만 어찌 되었건 돈을 받지 않는가. 게다가 그들이 외국에서 일한 돈을 보내와 새로 집을 짓게 되면, 그 건축 또한 데니스가 소유한 회사에서 도맡았다. 뭐가 어찌 되었건 이곳 한구에서 도는 돈 대부분이 데니스의 손을 거쳐가고 있다는 뜻이었다.

"으음, 그렇군요."

물론 마르크는 별반 관심이 없었다. 비참한 고향에서 태어나 그 고향을 되살리는 대신, 미국인이 되는 길을 택한 사람 아닌가. 이름도 낯선 산간벽지가 빠르게 개선되고 있다는 소식은 그에게 별 위로가 되지 못했다.

"여기는 2층. 원래는 비어 있다가 이제는 숙소로 쓰이고 있어요. 이 중에 방 하나를 쓰시면 돼요."

"아……. 그럼 여기는 제가 혼자 쓰는 겁니까?"

"지금은요. 한구 병원 팀원들은 다 위에 있어요."

"그렇군요."

아까의 말보다는 오히려 이게 더 인상적이었다. 그리 좋은 시설은 아니지만 혼자 쓸 수 있다니. 이건 정말이지 좋은 일 아닐까? 해서 씨익 웃고 있으려니, 어디선가 벨이 울렸다. 리처드의 휴대폰이었다.

"음, 리처드입니다."

"네, 리처드. 장이에요. 환자가 온다고 해서요."

"환자?"

"네. 건설 현장에서 쌓아놓은 축대가 무너진 모양이에요. 인부 하나가 깔려서 지금 바로 이리로 온다고 합니다. 다행히 트럭이 있다고 해서요."

"아니, 왜 지금 공사를 해? 깜깜한데."

"그야…… 알 수 없죠."

"하긴."

리처드는 즉시 그게 중요한 것이 아니라는 것을 깨닫고는 우선 발걸음부터 옮겼다. 분위기가 심상찮다는 것을 읽어낸 마르크 또한 짐만 내려놓고 리처드를 따랐다.

'아까…… 백강혁은 없다고 했지.'

그 말은 즉 외과 의사라고는 지금 눈앞에 있는 리처드라는 인간밖에 없다는 뜻이었다. 미안한 얘기지만 인상도 그렇고 착해 보이긴 하는데 도저히 일을 잘할 거 같지는 않았다.

'오죽하면 이런 데 처박혔겠냐.'

같은 미군이라고 해서 모든 정보를 공유하는 건 아니었다. 아니, 오히려 위에서 정보 공유를 차단한다고 봐야 했다. 특히 한구 병원과 같이 중요한 곳일수록 더했다. 괜히 어디 잘못된 곳으로 알려지게 되면 타격이 있을 수 있었다. 덕분에 마르크는 리처드에 대해 심대한 오해를 하고 있었다.

"근데 얼마나 다친 거지? 축대라고 하니까……. 나는 영 감이 안 와서."

"저도 사실 건설 현장은 잘 모릅니다만……. 아무튼, 사람 하나를 깔아뭉갤 만큼 높게 쌓아 놨었나봐요. 적지 않게 다쳤을 것으로 생각됩니다."

"그렇군……. 알았어. 그럼 바로 갈게."

"네. 혹시 모르니 수술방도 열어달라고 할까요?"

"그건 내가 연락할게. 마침 저 뒤에 있어서."

"아, 네. 그럼 저는 여기서 준비하고 있겠습니다."

"오케이."

리처드는 마르크가 자신을 어떤 눈으로 바라보고 있는지는 꿈에도 모른 채 전화를 끊고는 주변에서 서성이고 있던 댄과 카심을 돌아보았다. 미유키와 제인은 이미 시야에서 사라진 지 오래였다. 어딘가에서 먼저 부른 모양이었다. 도움이 필요한 임신부라면 얼마든지 있으니 당연했다.

"수술 필요할 수도 있겠는데. 방 좀 열어줘요."

"아……. 네. 어떤 종류?"

"다발성 외상. 아마도 골절이 있을 거 같고……. 심한 경우엔 열어야겠지."

"어디를요?"

"그건 현장에서 제대로 된 보고가 안 와서 모르겠어."

"알겠습니다."

"네."

댄과 카심은 별다른 말을 덧붙이는 대신 수술실로 향했다. 리처드는 마르크를 불렀다.

"일단 같이 가죠? 상태 봐서 같이 수술해야죠."

"아……. 네."

"첫날부터 이런 일이 터져서 좀 그렇긴 한데. 원래 좀 이래요. 여기가 권역 응급센터 역할을 하고 있다보니……. 아마 계시는 동안 꽤 바쁠 겁니다."

"네, 알겠습니다. 근데 정말 환자 상태는 어디에 깔렸다, 이 정도만 파악하신 게 맞습니까?"

"응? 아, 뭐……. 여긴 현장 요원이 없어서요. 아쉬운 일인데, 어쩌겠어요. 오면 그때그때 파악해서 치료해야지."

"흠."

다다다. 다들 걸음이 좀 빨라진다 싶더니만. 어느새 모두 달리고 있었다. 하여간 환자만 온다고 하면 느슨해졌던 분위기는 온데간데없이 사라지고 팽팽하게 당겨지는 데에 엄청나게들 익숙해져 있는 사람들이었다.

'축대가 무너졌다라.'

그중 머리를 가장 바삐 굴리고 있는 사람은 과연 리처드였다. 강혁이 있었다고 해도 당직은 리처드였으니 어떻게 해도 집도의가 되었을 몸 아니던가. 지금은 아예 강혁도 한유림도 이 자리에 없는 상황이다보니 어떻게든 홀로 해결을 봐야만 했다.

'최악의 상황은 머리……. 머리만 피하면 괜찮을 거야.'

벽돌 같은 게 머리로 떨어졌다면 뇌 손상을 일으켰을 가능성이 컸다. 말하자면 뇌출혈 등이 일어난다는 건데 외상으로 인한 뇌출혈은 대응하기가 무척 어려운 질환이었다. 특히 두개골의 골절을 동반하고 있는 경우, 한구 병원 정도의 시설만 갖춘 곳에서는 솔직히 손잡고 기도해 주는 것이 아마도 제일 나은 처치일 터였다.

"온 건가?"

"아마도요. 이 시간에 이 근처는 차량 통행이 없어요, 원래."

예상대로 곧 차량 하나가 삐걱대며 병원 마당 안으로 들어섰다. 아무리 한구가 안전해졌다고 해도 최소한의 검문은 해야 했기에 잠시 시간이 지체되었다.

"자, 가서 봅시다!"

"아, 네."

그사이 리처드는 마르크, 장과 함께 응급실 천막을 나섰다. 안에서 기다리는 것은 성미에 맞지 않을 뿐만 아니라, 강혁의 가르침에도 어긋났다. 뭐가 어찌 되었건 환자가 왔으면 나가서 봐야만 한다는 뜻이었다.

'병원에 올 때까지 지체되는 건 하늘의 뜻이야. 하지만 병원에

온 다음에도 지체가 된다면 그건 우리 잘못이야.'

노상 이런 얘기를 듣고 살고 있으니 이렇게 될 수밖에 없었다. 리처드는 차량 앞문이 미처 열리기도 전에 일단 뒷문을 열어젖혔다.

"읏."

그러자마자 진한 피비린내가 풍겨왔다. 어지간한 출혈로는 이런 냄새가 나긴 어려웠다. 어디 한 군데라도 곤죽이 된 모양이었다. 리처드는 즉시 최악을 상정한 채 조심스럽게 환자의 목을 받쳤다. 리처드 덕에 환자의 목이 고정되었음을 확인한 장은 차 반대편, 즉 환자의 발 쪽으로 달려가 밀었다.

"멍하니 있지 말고, 도와줘!"

"아, 네!"

마르크 또한 숙련된 군의관이었다. 미군의 훈련이라는 게 그렇게 만만한 것은 아니지 않은가. 징집병이 아닌 직업군인으로 이루어진 군대 조직의 군기란 차원을 달리하는 법이었다.

'뭐가 이렇게 빨라.'

게다가 마르크는 훈련만 받은 게 아니라 시리아에 파견된 이후로는 실제 업무를 담당하고 있기도 했다. 원래 의무병과라는 게 평상시 유일하게 실전을 담당하고 있는 병과라는 걸 감안하더라도, 마르크의 경험치는 일반적인 군의관의 그것을 상회했다. 하지만 그런 마르크에게조차 리처드와 장의 움직임은 따라가기 벅찰 정도였다.

"오케이! 반 빠져나왔어! 아니, 더 당기지는 마! 이 환자, 허리

다쳤을 줄 누가 알아!"

"아……."

"그래, 장. 어 거기 딱 잡고……. 마르크 대위라고 했나? 다리 잡아, 다리!"

"아, 네. 네!"

어찌나 정신이 없는지, 리처드가 본격적으로 하대하기 시작했다는 것조차 눈치채지 못했다. 아마 눈치를 챘더라도 마르크가 딱히 기분 나빠하진 못했을 것이다. 어차피 계급은 리처드가 더 위였으니까. 하지만 지금 마르크가 보는 복종 이면에는 단지 계급 차만 있는 건 아니었다. 시골 의사 수준일 거라 예상하고 무시하고 있었는데, 이런 면이 있을 줄이야.

"오케이……. 들것에 내려. 천천히. 천천히……."

마르크가 그저 지시에 따르기에도 벅차 할 정도로 빠르게 움직이는 와중임에도 리처드는 머릿속을 그냥 두지 않았다.

'자발 호흡이 유지되기는 하는데, 약해……. 바깥으로 드러난 출혈은 대부분…… 근육 출혈이야. 그보다는…….'

환자는 체격이 아주 좋은 사람이었다. 우리가 흔히 건설 현장 노동자라고 하면 떠올릴 법한 이미지보다도 더 우락부락했다. 일단 허벅지가 어지간한 사람 허리만 했다. 출혈은 거기서 시작되고 있었다.

'우선은 바이털 잡는 게 급선무야.'

리처드는 다리를 지나 양껏 부풀어 오르고 있는 복부에 잠시 시선을 두었다가 이내 고개를 들었다. 만반의 준비를 마친 장과 눈이 마주쳤다. 마르크와도 그랬다. 조금 긴장한 기색이 느껴지긴 했지만, 그보다는 어딘지 모를 자신감이 엿보이는 얼굴이었다. 건방지다는 생각이 들진 않았다.

'그래, 그만큼 훈련받았다 이거지.'

전문의라면 응당 이래야 하지 않겠나. 리처드는 그런 생각을 하면서 신호를 주었다.

"셋에 듭니다. 하나, 둘, 셋!"

"셋!"

그러자 나머지 둘도 '셋'을 복창하며 들것을 들어 올렸다. 단지 타이밍만 맞춘 것이 아니라 무게 배분도 고려하면서였다. 확실히 베테랑들은 뭘 해도 다르긴 다르다는 걸 보여주는 광경이었다.

"응급실 말고! 처치실로 바로! 이거……, 이거 천막에서는 안 돼!"

"네!"

불가피한 상황이었다면 얼마든지 천막에서라도 처치를 하긴 했을 터였다. 하지만 오늘은 이상할 정도로 조용한 하루지 않았던가. 진짜 가벼운 환자들 말고는 단 한 사람도 찾지 않아서, 신규 입원 환자가 하나도 없을 지경이었다. 장 또한 그러한 사실을 잘 알고 있었기에 지체 없이 병원 쪽으로 발걸음을 돌렸다. 경보를 넘어 거의 달리는 수준이었다.

"이쪽, 이쪽으로!"

안쪽에 있던 간호사 하나가 처치실 문을 열고 손짓했다.

"오케이, 자……. 침대로 옮겨!"

"네!"

리처드는 그렇게 처치실 안으로 뛰어들어간 후 우선 환자를 침대로 옮겼다. 그것과 거의 동시에 처치실 간호사가 장과 앞서거니 뒤서거니 해가며 환자의 옷가지를 잘라냈다. 그렇게 옷이 잘려나가는 동안 리처드는 환자의 목 안에 플라스틱 관을 집어넣었다. 뛰어오는 동안 겨우 유지되고 있던 자발 호흡이 끊어진 탓이었다. 그렇게 삽관을 하고 앰부를 짜고 나니, 속절없이 곤두박질치던 산소 포화도가 급히 올라왔다. 하지만 일정 수준 이상 올라오지는 못했다. 아직 여유를 부리기에는 시기상조란 뜻이었다. 원래 바이털이라는 게, 어느 하나가 무너지면 다른 것에도 다 문제가 생기는 법이었으니까.

"일단……, 일단 수액 달고! 환자 혈액형 검사 나갑시다!"

"네!"

리처드는 말로는 지시하면서 동시에 직접 토니켓으로 그나마 멀쩡해 보이는 환자의 팔을 묶었다. 그러곤 혈액을 뽑아 다른 간호사에게 건네주고는 수액을 연결했다. 정말이지 빠른 속도였지만, 리처드를 포함한 어느 누구도 충분하다는 생각이 들진 않았다.

"혈압이……. 혈압이 수축기 80 이하입니다! 어……. 70!"

혈압이 낮았다. 몸 안의 혈액량이 감소했다는 얘기였다. 그나마 젊은 환자라 심장이 심장박동 수를 높임으로써 극복하고 있기는 하지만, 그러다 심장이 탁 하고 맥이 풀리게 되면 그것으로 끝일 터였다. 제아무리 튼튼한 심장이라고 해도 심장에 들어가는 혈류량까지 감소한 와중에 주어지는 막대한 부담을 이길 수는 없는 법이었다.

"제일 급한 건 수혈이니까, 혈액형부터 확인해요! 나는……."

리처드는 손에 집히는 생리식염수 통을 대강 뜯어다 환자의 상체에 들이부었다. 그러자 먼지와 피에 가려져 있던 피부가 간신히 모습을 드러내기 시작했다. 쓸리고 까진 상처가 대부분을 차지하고 있었다. 물론 그렇다고 해서 전체 피부가 다 벗겨진 것은 아니었다. 온전한 곳도 있었다.

"나는 일단 중심 정맥관 잡을게!"

리처드는 그중 그나마 나은 곳을 골라 소독을 하고는 냅다 바늘을 찔러 넣었다. 가우닝은커녕 고작해야 장갑 하나 낀 것이 다인 상황이었지만 지금은 어쩔 수 없었다. 약을 주든, 수액을 주든 지금 환자의 혈압을 끌어 올리려면 중심 정맥관이 필수였다. 눈 깜짝할 새에 바늘이 살갗을 뚫는가 싶더니 바늘 끝에 피가 맺히는 것을 확인할 수 있었다.

'빠르다…….'

마르크로서는 쉬이 이해할 수 없는 수준의 속도였다. 세상에 무슨 놈의 처치가 이렇게까지 물 흐르듯 이어질 수 있단 말인가. 삽관부터 중심 정맥관 삽입에 적절한 약과 수액 처방까지. 일련의 과정에 걸린 시간은 불과 몇 분도 되지 않았다.

"뭘 멍하니 보고 있어! 지혈 안 해?"

"아, 네!"

잠시 정확한 시간을 셈해보려 했으나 허사였다. 어느새 리처드가 환자의 다리 쪽으로 내려온 탓이었다. 아까 옮길 때부터 확인했던 바대로 환자의 다리는 엉망진창이었다. 그나마 근육이 굵어서 망정이지, 그렇지 않았다면 절단까지도 고려해야 했을 지경이었다. 마르크는 우선 생리식염수를 들이부었다. 장갑 낀 손으로 끊어진 근육 결을 함부로 헤집어가면서였다. 강혁이나 리처드 또는 한유림에 비하면 다소 거친 감이 있었으나, 리처드는 딱히 말릴 생각을 하진 않았다. 저런다고 대세에 지장이 있을 것도 아닌 데다가 지금은 더 큰 문제를 당면하고 있어서였다.

'밖으로 빠져나온 출혈은 다리 때문이야……. 하지만 바이털이 흔들린 건 그거랑은 관계없어.'

미세하지만 아까보다 더 부풀어 오른 배를 보면 어느 정도 짐작이 가능했다. 지금 환자를 죽음으로 이끌고 있는 건 보기에 끔찍해 보이는 다리가 아니라 내출혈이었다.

"일단 다리 지혈하고 있어. 장, 마르크 도와줘."

"네, 네!"

"네!"

해서 리처드는 비교적 사소한 문제는 마르크에게 맡겨놓고 배 쪽으로 다가갔다. 아직 배 쪽의 문제는 생각지도 못하고 있던 마르크에게는 제법 기이한 일이었다. 하지만 워낙에 압도적인 속도로 인해 주눅 들어 있는 데다가, 방금 새로운 업무 지시를 받은 마당이기도 한지라 뭐라 물어볼 겨를조차 없었다. 게다가 리처드가 환자의 배에 물을 뿌리자마자 왜 저러는지 알 수 있기도 했다.

환자의 배에는 피멍이 들어 있었다. 아주 광범위하게. 그게 지금 이 시점에서 시사하는 바는 단 하나였다. 배를 열어야만 했다.

"으음."

리처드는 예상했던 바대로 멍이 잔뜩 들어있는 배를 내려다보며 신음을 흘렸다. 배를 쨀까 말까에 대한 고민을 하는 건 아니었다. 그건 무조건 해야 하는 일이었으니까.

'다리를 먼저 정리하고 째나, 아니면 그대로 째나.'

리처드는 근심 어린 눈으로 다리 쪽을 바라보았다. 마르크도 나름 훌륭한 외과의인지라 생리식염수로 세척 정도는 이미 마친 상황이었다. 방금 확보한 시야를 통해 여기저기 지지고 있기도 했다. 그럼에도 불구하고 환자의 다리와 그 주변은 금세 붉은 피로 물들었다.

'출혈량이 상당해.'

배를 다 고치더라도 다리 출혈 때문에 환자를 잃을 가능성을 반드시 염두에 두어야만 했다.

'백 교수님이라면…….'

강혁에게 배운 외과 의사들이 늘 그렇듯이 리처드 또한 강혁을 떠올렸다. 그라면 어떻게 했을까.

'그래, 내출혈은……. 어느 정도 이상 진행하지는 못해. 그리고 부풀어 오르는 속도가 아주 느려. 그렇다면…….'

그는 강혁 또한 사람이라는 것을 아주 잘 알고 있었다. 결코 말도 안 되는 기적을 행하지는 못한다는 뜻이었다. 그럼에도 수많은 사람들을 살려왔다는 것은 곧 강혁이 지금까지 내렸던 수

많은 선택들이 합리적이었다는 뜻이다.

'그래, 다리부터 하자. 아예 노출이 되어 있으니까 접근도 좋아. 오케이, 그렇게 하자. 백 교수님도 이렇게 했을 거야.'

리처드는 강혁이 비슷한 케이스에서 어떻게 대응했는지를 떠올린 후 고개를 끄덕였다. 그와 동시에 손을 내밀어 전기 소작기를 건네받았다. 그러곤 소작기를 이용해 마르크가 세척해놓은 부위 중 유독 빨리 붉게 변하는 부위들을 지져나갔다.

"음. 여기 거즈로 좀 닦아봐."

물론 그것만으로는 조금 부족했다. 원래 세척은 대략적인 상태 파악에 효과적일 뿐, 세세한 처치를 할 때는 조금 다른 방법이 필요하기 때문이었다. 해서 리처드는 마르크를 불렀고, 마르크는 그에 능숙하게 응했다.

"오케이, 잘했어. 피는…… 그래, 여기네. 다음은……. 그래, 여기. 이 근방에 혈관이 있을 거 같은데. 옳지, 여깄네."

마르크는 자신이 실력이 있는 만큼 리처드의 실력을 고스란히 느낄 수 있었다. 아예 아무것도 모르는 사람이라면, 아무리 리처드가 귀신같이 피 나는 곳을 찾고 또 지지고 있다고 해도 원래 그런 건가보다 했을 테니까. 하지만 마르크는 아니었다.

'대단해……. 특히 방금 혈관 찾은 건……. 설마 이렇게 뭉개진 상태에서도 정상 해부학적인 위치를 유추할 수 있단 말인가?'

시리아에 파견되었다는 것은 그만큼 실력이 완성되었다는 것을 의미했다. 시리아야말로 현재 미군이 가장 왕성하게 활동하고 있는 지역 중 하나였으니까. 물론 아프가니스탄 또한 대테러 작전이 활발하게 이루어지긴 했으나, 그곳은 오히려 너무 위험해서 군의관과 같은 후방 지원 부대가 주둔하지 못하는 곳이었다. 다시 말하면 시리아 정도가 현재 군의관이 파견되는 곳 중에서는 제일 힘든 지역이라는 뜻이었다.

'나라면 이렇게 할 수 있을까?'

이유는 간단했다. 시리아에서는 매일같이 실전을 거듭해야만 했다. 비단 총탄이 빗발치는 곳으로 뛰어들어야 하는 특수 부대들만의 얘기는 아니었다. 전투 후, 비 오듯 쏟아진 총탄에 의해 벌어진 참상을 봉합해야만 하는 군 의료진들 또한 그러했다. 당연하게도 마르크에게는 이 비슷한 수준의 상처를 치료해본 경험이 숱하게 있었다.

'아냐……. 이렇게는 못 해.'

해봤다고 해서 이만큼 할 수 있다는 건 절대 아니었다. 리처드가 보여주고 있는 지혈술은 그야말로 신기에 가까웠다. 심지어 오랜 기간 강혁을 보아온 카심이 보기에도 그러했다.

'백 교수님 정도는 아니지만……. 그래도 잘하는데?'

"오케이. 다리 쪽은 다 잡았고……. 댄, 혈압 어때요?"

"음, 좋아요. 괜찮아요. 빠른데요?"

댄 또한 그렇게 생각했다. 처음 왔을 때도 물론 리처드가 그리 실력이 처지는 의사는 아니었지만, 지금은 그런 수준을 넘어섰다. 강혁이나 한유림을 제외하면 댄이 여태까지 본 모든 외과 의사를 통틀어 리처드가 제일 뛰어났다.

"음, 다시 한번 볼까……."

심지어 마음가짐마저 그랬다. 자만하지 않았다. 비교 대상이 강혁이니 그럴 수밖에 없었다.

'잘하네……. 여기서 배우라는 게 괜히 나온 말은 아닌 거 같은데……'

마르크는 이제야 자기가 여기에 온 이유를 조금이나마 알 것 같았다.

"좋아. 그럼 여기는 일단 대강 덮고."

원래 같았으면 아무리 피가 멎었어도, 가죽을 좀 기워줘야 할 터였다. 세상에 뭔 놈의 수술이 피만 멈추고 끝을 낸단 말인가. 하지만 지금은 거기까지 욕심을 부릴 수 있는 단계는 아니었다.

'백 교수님도 이렇게 했을 거야.'

심지어 강혁조차 그랬을 터였다. 다리를 치료하지 않을 경우 생명에 위협이 되는 상황이었지만, 이미 피가 멎은 이상 그럴 가능성은 극히 드물었다. 이제 다음으로 위험한 배를 봐야 할 때였다.

"카심, 여기는 생리식염수 적셔다가 덮어줘."

"네. 그렇게 하겠습니다. 그럼 배로 가나요?"

"응, 배로."

"네."

리처드는 카심에게 뒷정리를 맡기고는 곧장 배로 향했다. 아무리 다리를 정리하는 게 빨랐다고 해도 물리적인 시간을 좀 소모했기에 아까보다 배가 좀 더 불러 있었다. 명백한 내출혈의 소견이 있다는 뜻이었다.

"흐음."

리처드는 메스를 집어드는 대신 환자의 배에 손을 가져다 댔다. 예전 같았으면 상상도 못 했을 일이었다. 시시각각 부풀어 오르는 배 앞에서 침착한 태도를 유지하기란 생각처럼 쉬운 일이 아니었다. 하지만 이제는 가능했다. 리처드는 오감을 손에 집중했다. 그러자 배 안의 진동이 느껴졌다. 절대로 자연스러운 진동은 아니었다. 무언가 안에서 내뿜어지면서 만드는 진동이었다.

'출혈은……. 일단 대동맥은 아닐 가능성이 커.'

강혁처럼 진동만으로 찢어진 혈관의 종류나 위치를 정확히 잡아내는 재주가 있는 건 아니었지만, 대강 좌우가 균등한지 아닌지 정도는 알아낼 수 있었다.

'좌측으로 치우쳐져 있어…….'

대동맥도 딱 가운데 있는 건 아니었지만 지금 이 환자의 경우처럼 엄청난 차이를 보이진 않을 터였다. 무엇보다 대동맥이 파열되었다면 벌써 죽었을 것이었다. 시간상 그랬다.

"칼."

"네."

해서 리처드는 아까보다는 좀 더 과감해진 얼굴로 메스를 집어들 수 있었다.

"마르크, 정중앙으로 들어갈 거야. 보조 잘해줘."

"네, 네."

그에 반해 마르크는 긴장한 기색이 역력했다. 복부에 내출혈이 동반되는 경우, 수술이 얼마나 어려워질 수 있는지 너무도 잘 알았기에 그랬다. 하지만 리처드는 별 망설임 없이 메스를 그었다. 머릿속이 하얘질 정도로 아무 생각이 없다면 몰라도, 이미 어느 정도는 계산이 된 상황 아니던가. 리처드는 신중하게 살갗을 베어낸 후 전기 칼을 집어들었다. 벽돌 비슷한 것에 맞아 타박상을 입고 부어오른 근육을 잘라내기 위함이었다. 아무래도 이미 염증 반응이 시작된 후여서 그런지 전기 칼을 이용하고 있음에도 불구하고 피가 줄줄 새어 나왔다.

"지혈. 대강 눌러, 일단."

"네."

제법 방해가 될 만한 상황이었지만 리처드는 무리 없이 절개를 해나갔다. 그 결과, 오래 지나지 않아 복막을 마주할 수 있었다. 평소라면야 바로 째겠지만, 지금은 그래선 안 됐다.

"댄, 복막 째면 혈압 확 떨어질 수 있는데……. 괜찮나?"

"네. 중심 정맥관도 잡혀 있어서 대응은 가능해요."

"혈액 팩은 얼마나 있지?"

"일단 8팩이요. 오히려 이게 문제예요. 충분하지는 않아요."

혈액 수급이라는 건 돈만 있다고 해서 해결이 가능한 게 아니었다. 공공연하게 매혈이 일어나는 곳이기도 했으나, 피는 아무렇게나 남에게 주어서는 안 되는 것이었다. 실제 파키스탄에서는 2014년 수혈로 인한 어린이 HIV 감염, 즉 에이즈 감염이 무려 10건이나 발생했다고 보고됐다. 공식적인 기록이 이러하니 비공식적으로는 어떠할까? 혈액 시스템을 신뢰할 수 없다는 뜻이었고, 그만큼 한구 병원에서도 믿을 수 있는 피를 구하는 게 정말 어려운 일이었다.

'다 쓰면 혼날 텐데.'

이번에 소진하면 언제 또 들어올지 알 수 없는 일이었다.

'최대한……. 최대한 아껴본다.'

리처드는 마음을 다잡으며 칼을 고쳐 쥐었다. 리처드는 거침없는 손길로 복막을 갈랐다. 딱 리처드의 전기 칼이 복막을 가르는 순간, 안에 고여 있던 피가 흘러나왔다. 양은 적지 않았다. 리처드뿐만 아니라 마르크 또한 바이털 사인이 걱정될 지경이었다.

"괜찮아요?"

리처드는 고개를 돌리지 않은 채 물었다. 여전히 손은 움직이고 있었다. 천천히.

"중심 정맥관 있어서……. 속도 따라잡는 건 무리가 아니에요. 하지만……."

"하지만?"

"지속되면 위험합니다. 아까 말씀드렸듯이 피가 모자라요."

"음."

'어떻게 매번 피가 모자랄 수 있지.'

다 살려놓은 환자가 피 때문에 위험해졌던 것이 한두 번인가. 리처드는 다른 생각을 떨쳐내고 절개를 이어나갔다. 살갗 가를 때에 비하면 하품이 나올 정도로 느린 속도였다. 그럴 수밖에 없는 것이 갑자기 확 쨌다가 피가 너무 많이 나오게 되면 환자는 죽게 될 것이 뻔했다. 댄이 따라올 수 있게끔 속도 조절을 해줘야 한다는 뜻이었다.

'좋아. 혈압은 유지되고 있어.'

해서 리처드는 댄과 기기를 힐끔거리며 꾸준히 전기 칼을 그어나갔다. 마르크는 그에 따라 흘러나오는 핏물과 핏덩이를 제거하고 있었다.

'이 사람만 잘하는 게 아냐……. 마취과 의사도 대단해. 설비가 그렇게 좋은 것도 아닌데 이걸 따라오고 있어. 게다가…….'

마르크는 카심을 힐끔거렸다. 솔직히 처음엔 반감이 있었던 것도 사실이었다. 파키스탄 사람이라는 게 너무 명백하지 않은가. 설마 파키스탄계 미국인이겠거니 했는데, 그것도 아니라고 했을 때의 충격이란 이루 말할 수 없을 지경이었다. 아마 실력도 없는데 그냥 현지에서 충당한 잉여 인력이겠거니 하고 있었는데. 이제 보니 베테랑 중의 베테랑이었다.

"좋아……. 오케이. 번 거즈, 그래."

"마르크 선생님, 이거."

"아, 네. 감사합니다."

기구 건네주는 속도가 빨라서 대단하다고 생각한 건 아니었다. 수술을 읽어내는 실력이 남달랐다. 이게 맨날 하는 수술이라면 덜 놀랍겠지만, 외상 외과의 수술은 그 특성상 늘 새로운 수술이지 않은가. 그 말은 곧 카심의 경험이 대단하다는 뜻이었다. 어쩌면 마르크보다도 더 많은 사선을 넘었을 수도 있었다.

"좋아. 역시 여기 어딘가였어."

리처드는 방금 카심이 건네준 번 거즈를 환자 복강 좌측에 쑤셔 박고는 씩 웃었다. 새롭게 흘러나오던 출혈량이 눈에 띄게 줄어든 탓이었다. 리처드가 배를 열어보지도 않고서 예측했던 방향에 출혈이 있었다는 것을 의미했다.

'어떻게 이럴 수가 있지?'

마르크에게는 불가해의 영역이었다. 수술 전에 CT를 찍어본 것도 아니지 않은가. 하다못해 초음파를 실시한 것도 아니었다.

'아무것도 없이 이렇게 정확하게…… 짚었다고?'

"이제부터가 중요한데……. 응, 거즈 볼 좀 물어서 줘봐."

"자, 여깄습니다."

"오케이……. 그럼 이제부터 천천히…… 찾아봐야지. 괜찮죠?"

"네? 아, 네. 지금은 괜찮아요. 근데 오래는 못 버팁니다."

"알겠습니다. 최대한 서두를게요."

리처드는 댄의 떨리는 목소리를 뒤로한 채 고개를 끄덕였다. 그러곤 거즈 볼을 문 클램프와 손가락을 이용해 방금 번 거즈 몇 개를 쑤셔 박았던 부위 근처를 샅샅이 살펴나갔다.

"음, 여기는 지지고."

"네."

아무래도 타박상이다 보니 치명상 외에도 몇 군데 자잘한 상처들이 눈에 띄었다. 마르크는 바이폴라, 그러니까 전기 소작기로 상처 난 부위들을 지져나갔다.

"여기도……. 음……. 이 근처 좀 이상한데."

리처드는 고개를 갸웃거렸다. 거즈볼로 문댄 부위를 지지라고 지시한 다음이었다. 시선은 거즈볼이 아니라 그 한참 아래를 향하고 있었다. 당연하게도 번 거즈가 쑤셔 박혀 있는 부위였는데, 이미 붉게 물든 지 오래였다. 이것만 보면 그리 특별한 일은 아니었다. 어차피 모든 부위의 번 거즈가 그랬으니까.

"왜…… 그러세요?"

"여기 손대봐요."

"응? 아."

하지만 이 근방의 번 거즈에서는 박동이 느껴졌다. 동맥에서 울컥대며 피가 빠져나온다는 뜻이었다. 다행히 박동이 강하지는 않았으나, 그렇다고 해서 무작정 작은 혈관일 거라 판단하기는 어려웠다. 번 거즈로 인해 강하게 눌려 있을 것이 분명했다.

"카심."

"네, 클램프 준비했습니다."

"오케이."

해서 리처드는 아주 조심조심 번 거즈를 빼내었다. 그럴 때마다 피가 조금씩 솟구쳐 올랐다. 꽤 커다란 동맥에 문제가 생긴 모양인데, 최악을 상정했기에 망정이지 그렇지 않았으면 제법 놀랄 뻔했다.

"식염수 좀 뿌려."

"네."

"오케이, 여깄다."

마르크는 침착함을 유지하며 생리식염수를 꾸준히 뿌렸다. 그 사이 리처드는 혈관을 찾아내 클램프로 물었다. 그러곤 타이를 해냈다. 벽돌에 깔려서 온 환자에 대한 치료치고는 간단하게 끝났단 생각이 들려는 순간이었다.

"좋아. 다 됐나?"

"어……."

그런데 댄의 얼굴이 좀 이상했다. 세상에 마취과의 저런 반응보다 집도의의 가슴을 철렁하게 할 수 있는 게 있을까?

"왜, 왜 그래요?"

"혈압이…… 혈압이 떨어지는데. 어디 뭐……. 출혈 있는 데 없어요?"

"방금, 방금 출혈 잡았는데?"

"이상한데……. 심장박동 수가 올라가면서 혈압이 떨어져요, 지금."

"어……."

"출혈이…… 어디 하나 더 있는 거 아닐까요?"

그 시각 강혁과 일행을 태운 앰뷸런스는 한구 병원을 향해 달리는 중이었다. 그때 전화벨이 울렸다. 앰뷸런스에 설치된 전화기였다.

"잉."

제일 먼저 반응한 것은 역시나 강혁이었다. 철든 후의 인생 대부분을 외과 의사로 살아온 그는 늘상 응급과 가까이 있었기에 그랬다. 하지만 그렇다고 곧장 전화기를 집어 들진 않았다. 순간 납득이 잘 가지 않았기에 그랬다.

"환자 떴나?"

한유림 또한 손을 뻗는 대신 고개를 갸웃거렸다.

"리처드 있을 텐데?"

"음. 백강혁입니다."

전화를 건 이는 장이었다.

"아, 네. 교수님! 환자가……."

"어, 환자겠지. 이 전화에 뭐 사적으로 통화하겠어. 어떤 환자야. 지금 왔나? 아니면 오고 있나?"

"아. 왔습니다. 온 지는 한참 됐어요. 쌓아놓은 벽돌이 무너지면서 다친 환잔데……. 한참 됐습니다. 거의 2시간? 3시간?"

"한참……?"

"네. 지금 수술 중이에요."

"수술……?"

대화를 하다보니 강혁은 뭐가 일이 이상하게 돌아가고 있다는 것을 짐작할 수 있었다. 그리고 강혁의 묘하게 끝을 말아 올리는 말투를 들은 데니스는 그저 말없이 속도를 높였다. 그렇지 않아도 이미 갈림길에서 한구 로드로 접어든 마당 아닌가. 여기서부터는 조금만 과속한다면 20분이면 병원에 도착할 수 있었다. 도로 사정이 허락한다는 전제하에 그렇단 얘긴데, 다행히 아직 주말이라 통행량은 극도로 적은 편이었다. 도시가 개발되고는 있으나 그렇다고 사람들이 막 놀러 다닐 정도의 경제력을 갖추진 못한 탓이었다.

"네. 수술 중인데……."

"리처드가 집도하고 있는데 뭔 문제지?"

"저도 정확히는 모르겠는데……. 출혈이 있다고 합니다. 아직 출혈 부위를 못 찾았고요. 지금 도움이 좀 필요한가본데……. 어디쯤이세요?"

"잠깐만."

강혁은 대답 대신 고개를 돌려 도로를 바라보았다. 대한민국의 도로들처럼 표지판이 많지는 않았다. 그저 허허벌판, 그리고 저 멀리 북쪽으로 위치한 칼날 같은 산맥들만이 보일 뿐이었다.

"10분. 10분이면 가."

"아……. 네. 그렇게 알리겠습니다. 그럼 끊겠습니다."

처음에는 강혁의 예민한 눈에도 그저 그렇게 보였더랬다. 하지만 점차 익숙해지나 싶더니 이제는 대강 여기가 어딘지 정도는 파악이 가능해졌다.

"10분이요?"

데니스가 당황한 듯 물었다.

"어, 10분."

"이 속도로 달리면 20분은 걸릴 텐데요?"

"알아."

"잉?"

"밟아, 새꺄."

"아."

"빨랑 밟아. 안 그럼 환자 죽어."

'리처드 실력에…… 수술을 하다 말고 다른 사람을 부른다라.'

데니스가 고개를 절레절레 저어가며 앰뷸런스 속도의 한계점을 시험하기 시작했을 무렵, 강혁은 머릿속으로 환자의 상태를 떠올렸다. 리처드를 앞에서야 대놓고 갈구고 있긴 하지만, 강혁이 생각했을 때 현시점에서 리처드의 실력을 넘어설 만한 외과 의사는 많지 않았다.

'지금은 4호, 5호도 간당간당할걸?'

양재원이나 이강행이라면야 간신히 우위를 점할 거라 생각하겠지만, 그 밑으로는 조금 미심쩍었다.

'그 말은……. 상황이 어려움을 만들었다고 봐야겠지?'

리처드가 살리지 못하는 환자는 아쉽지만 현대 의학의 한계점에 가까운 환자라고 봐야 했다. 그리고 그런 환자는 그렇게 흔하게 찾아오는 게 아니었다. 그렇다면 현대 의학보다는 한구 병원의 한계 때문에 방해를 받고 있다고 보는 것이 합리적인 관점일 터였다.

'피가 모자라나? 아니면……. 심장이 멈췄나? 벽돌이라면……. 이런 제기랄. 하필 그런 거에 깔리고 그래, 예상도 안 되게시리.'

차량 추돌이면 어디서 어떤 방향으로 치였느냐에 따라 어딜 다친 것인지 예측이 가능하지 않겠는가. 하지만 벽돌에 깔린 환자는 그게 안 됐다. 솔직히 말하면 머리가 문제인지 아니면 배 또는 가슴이 문제일지조차 가늠이 안 될 지경이었다.

"야, 니들 종교 있냐?"

"네?"

"있으면 다들 기도해라. 리처드가 살릴 수 있게."

"아……."

"아니다, 살릴 수야 없겠지. 신한테도 무리한 부탁이야, 그런 건. 그냥 내가 갈 때까지만 살려두라고 기도해."

데니스는 강혁의 채근에 시달리다 못해 엄청나게 밟았다. 앰뷸런스가 거의 군용 트럭 수준의 터프함을 자랑했기에 망정이지, 그렇지 않았다면 아마 어디 하나 망가졌어도 이상하지 않을 지경이었다.

"다 왔어요!"

데니스는 병원 마당에 차를 세운 후 소리쳤다. 강혁은 이미 내린 참이었다. 차가 멈추기도 전에 문을 여는가 싶더니만 병원 안으로 뛰어 들어가고 있었다.

"다들 튀어와!"

이 말을 남기고서였는데, 뒤에 타고 있던 한유림, 츠요시, 샘 모두 우르르 뒷문을 열고 내린 후 강혁을 따라나섰다.

"야, 리처드! 환자 죽이려고 작정했냐!"

수술실 쪽에서 고함이 들려왔다. 목소리는 강혁의 것이었는데, 어찌나 목청이 좋은지 병원 전체가 다 울릴 지경이었다.

"에이! 손 닦을 테니까! 그냥 눌러! 아니, 그렇게 누르지 말고, 아오. 생각이 없냐?"

보통 사람이란 게 화를 내면 낼수록 좀 잦아들어야 정상인데, 어찌 된 사람인지 강혁은 그 반대였다. 화를 내면 낼수록 화가 올라오는 타입이라고 해야 할까? 어쩌면 호모 사피엔스 다음으로 넘어간, 뭔가 다른 존재가 아닌가 싶을 지경이었다.

"가운."

"네."

강혁은 손을 닦고 환자 앞에 섰다. 얼굴엔 어느새 긴장감이 가득했다. 그럴 수밖에 없었다. 배가 온통 피에 물들어 있었다. 문제는 이뿐만이 아니었다.

"이제…… 피 없습니다."

낭패스러운 얼굴의 댄이 비보를 전달해왔다. 방금 짜낸 피가 마지막인 모양이었다.

"이런 제기랄. 피가 어디서 나는지 도저히 모르겠어?"

강혁은 고개를 절레절레 흔들면서 리처드를 향해 물었다. 어느새 보조의 위치로 가서 서 있던 리처드는 그보다 세차게 고개를 저었다.

"전혀…… 모르겠습니다."

출혈이 의심되었던 혈관을 막고 안심하자마자 피가 어디선가 흘러나오기 시작했더랬다. 잠시 당황스러웠지만, 베테랑답게 번 거즈를 하나씩 제거하면서 배를 살펴보았다. 어지간한 혈관이라면 묶을 수 있다는 자신이 있었다. 하지만 10분 가까이 찾아도 손상된 혈관은 보이지 않았고, 그 결과 배 속은 이 지경이 되고야 말았다.

"자랑이다. 자랑이야. 앤 뭐야?"

강혁은 어휴 하고 한숨을 쉬고는 리처드 옆에 자리하고 있는 마르크를 향해 물었다. 약간 멘탈이 나가 있는 상태였다. 그럴만도 했다. 아무리 곱씹어봐도 리처드의 수술에는 실수가 없지 않았는가. 근데 왜 이 지경이 됐을까? 마르크로서는 도저히 알 수 없었다.

“뭐냐고, 너 인마.”

“네?”

‘그래도 싹수 있는 놈들부터 보낸다고 하더니……. 이상한 놈이 왔네? 얘는 하드 트레이닝이다.’

강혁은 그렇게 마르크에 대한 교육 지침을 변경한 후, 환자의 배 안을 들여다보기 시작했다. 역시나 피바다였다.

“교수님! 이제 수액 들어가긴 하는데……. 이대로 계속 출혈 지속되면 환자 죽습니다!”

댄의 급박한 외침이 귓전을 때렸다. 하지만 이미 강혁은 바깥의 소리 따위는 잘 들리지도 않았다. 그저 눈앞의 처참한 광경에만 집중하고 있었다.

‘붉어……. 이건 절대 작은 혈관에서 나오는 게 아냐. 근데…… 리처드가 놓쳤어. 그 말은 곧 예상하지 못했던 지점이라는 건데, 음.’

고려해야 할 점이 생각보다 아주 많았다. 무엇보다 리처드의 실력이 제일 문제였다. 아까는 피를 보자마자 흥분한 나머지 지랄을 해댔지만, 찬찬히 보면 뭐가 되었건 간에 세밀한 수술을 무리 없이 해온 흔적을 볼 수 있었다. 그럼에도 이 지경이 되었다는 건, 뭔가 이상한 일이 벌어졌다는 것을 의미했다.

‘해부학적 변이를…… 고려해야겠는데.’

만약 일반적인 상황이었다면 충분히 리처드가 대응할 수 있었을 터였다. 그런 생각으로 강혁은 들고 있던 하얀 번 거즈를 이용해 배 속을 헤집어대기 시작했다. 주로 원래는 혈관이 다니지 않는 곳에 손을 가져갔다.

"교수님! 혈압이! 강심제 씁니다!"

"여기, 여기는 제가 석션을!"

중간중간 댄과 리처드의 외침이 어렴풋이 들려왔다. 그 모든 것을 무시한 채 손을 놀려댄 결과, 강혁은 출혈 지점을 찾아낼 수 있었다. 비정상적으로 뛰어난 색 분별 능력 그리고 예민한 손의 감각들이 한데 어우러져 이루어낸 쾌거라 할 수 있었다.

"찾았다, 클램프…… 그리고 거즈."

"어? 어, 네!"

강혁은 그와 동시에 카심의 손에서 클램프를 빼앗듯 받아들더니 혈관을 틀어막았다. 또한 거즈를 이용해 혈관 주변으로 보이는 희미한 덩어리를 꾹 눌러 막았다. 그와 동시에 피바다가 약간의 진정세를 보이기 시작했다. 틀어둔 수도꼭지를 막은 셈이니 당연한 일이었다.

"아니……. 여기에 웬…… 웬……. 이게……. 이거……."

정말이지 영 엉뚱한 곳이었다.

"이거…… 이게 뭔……."

리처드도 마르크도 황당했다. 강혁이 피를 틀어막은 곳이 복막 부근이었기에 그랬다. 정말이지 단 한 번도 이곳에서 피가 날 거라 생각해본 적이 없었다. 당연했다. 여긴 원래 이런 혈관이나 조직이 없는 곳이니까.

"종양이야. 혈관종……. 여기 생기는 경우는 진짜 드문데…….

얘가 터졌어. 그러니까…… 찾기 어려웠겠지.”

“허…….”

혈관종이 왜 여기서 나와. 리처드는 뭐 이런 얼굴을 하고 있었다. 한편으로는 조금 안도가 되기도 했다.

‘그래……. 내가 원래 있는 혈관을 못 찾았을 리는 없어.’

만약 강혁이 아무렇지도 않게 복부 대동맥에서 나오는 혈관 중 하나를 골라냈다면 그 허탈감은 이루 말로 하기 어려웠을 터였다. 그 말은 곧 리처드의 실력이 아직도 너무 멀었다는 얘기일 테니까. 솔직히 리처드가 보기에 이건 사람의 영역이 아니었다.

‘미친……. 이걸 어떻게 찾은 거지?’

마르크가 보기엔 신의 영역이었다. 리처드를 볼 때 느꼈던 것이 ‘아, 이 사람은 참 훌륭하고 무척 숙련된 외과 의사구나’라고 한다면, 강혁은 불가해한 의사였다. 대체 혈관종을 갑자기 어떻게 의심했단 말인가.

“그만 떠들고……. 이거 떼야 해. 이 환자 이거 벽돌 아니라 뭐에 살짝 부딪히기만 했어도 죽었겠어. 보비 줘.”

“아, 네.”

“네.”

강혁의 말에 모두들 혈관종에 집중하기 시작했다. 방금 전까지만 해도 혈압이 팍팍 떨어진다, 이대로면 환자 죽는다 했었는데 지금은 그게 다 거짓말이었던 것처럼 평온해져 있었다.

강혁은 출혈을 막고, 더 찬찬히 수술 부위를 바라볼수록 리처드의 실력이 많이 늘었다는 걸 새삼 느낄 수 있었다.

'얼씨구, 여기가 원래 의심했던 부위였나? 기가 막히게 했네?'

강혁쯤 되면 수술된 것만 봐도 이 녀석이 뭔 생각을 가지고 어디를 어떻게 따고 들어왔는지 대강 보이는 법이었다. 강혁은 리처드가 행했던 수술 과정을 전부 유추할 수 있었다. 절개 전에 대강 출혈 부위를 유추했다는 것부터, 조심스러운 절개를 통해 복막을 뚫고 들어와서는 또 얼마나 빨리 의심했던 부위를 찾아내서 지혈을 했는지까지. 그리고 예상치 못한 출혈이 일어난 다음에도 침착을 잃지 않고 차분히 모든 곳을 샅샅이 뒤졌다는 것까지 알아냈다.

"야."

강혁은 리처드를 불렀다. 아까 처음 들어왔을 때에 비하면 마치 다른 사람이라도 된 듯한 얼굴을 하고서였다.

"네?"

"혈관종 못 찾는 건 있을 수 있는 일이야. 너무 상심하지 마."

"어……. 네. 감사합니다. 허……."

리처드로서는 도무지 상상하지 못했던 위로였다. 이 말을 강혁에게 듣게 될 줄이야.

"야, 우냐? 아니, 이 새끼는 요새 갱년기가 왔나……. 왜 빽 하면 울어 또."

"누, 누가 울어요. 먼지 들어가서 그렇지."

"수술방에 무슨 놈의 먼지가 있어!"

"공조 시설도 없는 놈의 수술방에 먼지가 당연히 있죠."

"바락바락 대드는 것 좀 봐. 아유. 이 새끼 이거."

강혁은 고개를 절레절레 젓고는 뒤에 있던 한유림을 턱으로 불렀다. 우는 놈 대신해서 들어오라는 뜻이었다.

"알았어. 어유, 저 모지란 놈. 멘탈이 왜 이렇게 약하냐."

그렇지 않아도 딱 우는 거 보자마자 몸 풀고 있던 한유림이었다. 그냥 뭐 눈물만 글썽이는 수준이었다면야 그대로 하라고 하겠지만, 지금 리처드는 어깨를 들썩이고 있었다. 평정을 유지한 상태로도 하기 힘든 게 수술 보조인데 저런 상황에서 뭔 놈의 수술을 할 수 있겠는가.

"아무튼, 넌 뭐냐고."

한유림과 리처드가 교대하게 되는 바람에 시간이 좀 뜬 틈을 타 아까 답을 듣지 못했던 질문을 다시 던졌다. 마르크를 똑바로 응시하면서였다.

"아, 마르크 대위입니다! 오늘부로 한구 병원에서 3개월간 수련받기 위해 파견 왔습니다. 잘 부탁드립니다!"

다행히 이제 마르크도 어느 정도 멘탈을 추스른 참이었다.

"그래, 마르크. 첫날부터 고생했네?"

"네? 아닙니다! 파견과 동시에 제 소속은 한구 병원으로 바뀐 것입니다. 시키는 일은 뭐든지 열심히 하겠습니다."

"그래?"

"네!"

그리고 해서는 안 될 말들을 마구 지껄였다. 보통의 상사라면 그저 기특하구만, 하고 넘어갈 말들이었다. 하지만 여기서는 안 되었다. 특히 강혁의 앞에서는 절대 하면 안 됐다.

'안 돼……. 그러지 마…….'

'뭐든지에 뭐가 들어갈지 너는 모르겠지.'

그 말을 들은 모두가 그렇게 생각했다. 한유림, 리처드, 샘, 데니스 등등. 하지만 그 누구도 입을 열지는 못했다. 강혁의 얼굴에 감돌기 시작한 묘한 미소를 읽어낸 까닭이었다.

'좋아한다…….'

'또 수련 빌미로 존나 괴롭히려고…….'

"그래, 기대가 되네. 뭐든지 열심히 한다니, 하하. 실력은 내가 책임지고 키워줄게."

"감사합니다! 정말 열심히 하겠습니다!"

모두가 비겁하게 침묵을 지키는 바람에 마르크는 계속해서 구렁텅이로 들어가고 있었다.

"음, 가우닝 했어."

그걸 말려준 것은 의외로 한유림이었다. 딱 가우닝을 마치자마자 마르크를 엉덩이로 툭 하고 밀었다. 제발 닥치고 살길 찾으라는 뜻이었다.

"자, 그럼 혈관종 절제 시작합니다."

강혁은 보비를 재차 집어 들었다. 그러자 한유림은 포셉을 이용해 혈관종을 잡아당겼다. 혈관종과 복막 사이의 공간을 벌리기 위함이었다.

"마르크? 너는 일단 석션 해."

"네."

강혁은 그렇게 벌어진 공간에 보비를 찔러 넣었다. 일견 조심성 없어 보이는 상황이기도 했다. 아무리 당겼다지만 그래도 혈관종 아닌가. 혈관종이라는 건 말 그대로 혈관으로 이루어진 종양이었다. 잘못 건드렸다간 또다시 피바다를 보게 될 가능성이 아주 컸다. 하지만 수술은 안정적으로 진행되었다.

'뭐지?'

마르크로서는 이해가 잘 가지 않았다. 원래 보비를 이용한 절제술이 됐건, 그보다 상위 레벨의 기구인 하모닉 스카펠(Hamonic scalpel, 초음파 절삭기)을 이용한 절제술이 됐건 간에 피는 나야 정상이었다. 지금 마르크가 긴장한 얼굴로 바이폴라를 들고 있는 것 또한 그런 이유에서였다. 하지만 이 환자는 피가 조금도 나지 않았고, 이미 절반 이상 종양이 떨어져나가고 있었다.

'죽었…… 죽었나?'

말도 안 되는 생각이라는 건 알고 있었다. 그런 생각을 하면서도 고개가 잠시 모니터 쪽으로 돌아가는 것은 어쩔 수 없었다.

'살았네.'

당연히 바이털은 멀쩡했다. 근데 왜 피가 안 날까. 환자가 죽은 게 아니라면, 그렇다면 역시 강혁의 실력이 대단해서라고 봐야만 했다.

'아까 혈관종 찾은 게 우연이 아니구나, 역시.'

그 대단한 리처드의 스승이라고 하더니만, 역시는 역시란 생각이 들었다.

"오케이. 이제…… 나온다."

"음. 다행히 악성은 아니네."

"혈관종이 악성일 가능성이 있나, 뭐."

"여기 생길 가능성도 거의 없는데 생겼잖아. 악성이 아니라는 보장이 어딨어."

강혁은 혈관종이 복막을 파고드는 대신 그저 밖으로 튀어나오는 방식으로만 자랐다는 것을 재차 확인하고는 보비를 툭 하고 움직였다. 그러자 애처롭게 달랑거리던 종양이 뚝 떨어져 나왔다. 한유림이 포셉으로 잡고 있었기에 배 안으로 떨어지거나 하는 일은 발생하지 않았다. 한유림은 그걸 그대로 밖으로 빼내었다.

"오케이. 그럼 이제 닫나?"

"일단 세척 한 번만 더하고. 혹시 모르잖아요."

"하긴, 아니 뭐 이런 케이스가 다 있어. 부상으로 왔는데 정작 피는 혈관종에서 다 난다고?"

"원래 별의별 케이스가 다 오지 여기는. 마르크라고 했지? 너도 기대해. 장난 아냐, 여기."

"네, 네!"

환자는 곧 병실로 옮겨졌다. 마무리 즈음에는 바이털이 안정화되기는 했지만 그래도 중환자실로 가야만 했다. 일단 피를 너무 많이 잃은 탓이었다. 또 그것을 보충하기 위해 시행한 수혈도 문제였다. 400ml짜리 팩이 8팩 다 들어갔다는 건, 원래 몸에 흐르는 피의 절반 이상이 남의 피로 대체되었다는 뜻 아닌가. 이렇듯 너무 많은 수혈을 받은 경우에는 혈관 내 파종성 응고 장애가 발생할 수 있었다.

"잘 봐줘."

“네.”

이제 환자는 요다의 몫이 되었다. 요다는 그 환자를 받고는 옆에 서 있던 이를 돌아보았다. 이슬라마바드 병원에서 파견을 온 내과 의사였는데, 당연하게도 실력이 썩 괜찮은 편이었다.

“잘 봅시다.”

“아, 네.”

표정이 좋지는 않았다. 오자마자 이런저런 환자를 인계받는다고 해서 따라나섰다가 너무 많은 환자를 보게 되어 그랬다. 이슬라마바드 병원도 그리 만만한 병원은 아니었는데, 여긴 정말이지 장난이 아니었다. 인력도 시설도 달리는 곳에 왜 이렇게 험악한 환자들이 많이 올까.

“농땡이 피우지 말고.”

“에이 농땡이는요. 이제 인력도 슬슬 충원되는데 더 열심히 해야죠.”

“아무튼, 오늘 수고하고.”

“네.”

강혁은 그렇게 요다의 어깨를 툭툭 두드리다가, 뭔가 떠오른 얼굴이 되어 새로 온 이들을 바라보았다. 여기서 새로 온 이들이란 마르크와 이슬라마바드의 의사였다.

‘가만있자……. 이 두 사람 혈액형은 내가 모르잖아.’

누군가 듣게 되면 소름이 돋을 만한 일인데, 강혁은 한구 병원 전원의 혈액형을 다 알고 있었다. 혹시 다치기라도 하면 바로 수혈을 해주겠다는 생각도 있기는 했지만, 그보다는 다른 이가 다쳤을 때 응급으로 끌어다 쓰겠다는 마음이 컸다. 이걸 위해서 강혁은 카심과 샘을 비롯한 몇몇 간호사에게 혈액관리학을 따로 공부하라고 지시까지 내린 바 있었다. 덕분에 병원 내 직원들 대상으로는 피를 뽑아낼 수 있게 되었다.

"아, 근데 우리 새로 온 선생은 이름이 뭐지?"

그렇다고 무턱대고 피 뽑으러 가자는 말을 하진 않았다. 이제 강혁도 나이가 들지 않았는가. 나름 노하우가 생겼다 이 말이었다.

"아……. 저는 하산입니다."

"오, 하산. 좋은 이름이네."

하산이란 말 그대로 좋다는 뜻을 품고 있지 않은가. 강혁은 그런 생각을 하며 허허 웃었다. 하산 또한 본인 이름 뜻을 좋아하는 편이었기에 강혁의 반응이 기꺼웠다.

"닥터 하산. 한구에 온 걸 환영해, 환영. 뭐 아주 시설이 좋진 않아도 여기서만 배울 수 있는 술기나 케이스가 아주 많을 거야."

"아……. 네, 명심하겠습니다."

하산은 고개를 숙이며 백강혁에 대해 들었던 말을 떠올렸다.

'정부 측에서도 엄청난 도움을 받고 있다고 했지. 이런 사람이 있는 곳이라면 배울 점이 한두 가지가 아닐 거야.'

지금 보아하니 인상도 괜찮아서 좋은 사람 같기도 했다. 세상에 실력도 좋은데, 잘생긴 데다가 인성까지 좋다니. 하산은 그만 감복한 얼굴이 되었다.

"이것도 인연인데 뭐 친구라고 생각해. 도움이 필요하면 언제

든 요청하라고."

"아이고, 영광입니다. 저도 뭐든 돕겠습니다."

해서는 안 될 말을 서슴지 않고 꺼낼 정도가 되고야 말았다. 그 순간 강혁은 '됐다' 하는 표정을 지었고, 한유림과 요다 또한 '됐다……' 하는 표정을 지었다. 순간 볼일이 사라졌다고 판단한 강혁은 즉시 마르크를 바라보았다.

"마르크라고 했지?"

"아, 네!"

이쪽은 더 쉬웠다. 일단 수술을 한번 보여준 바 있지 않은가.

'내 이름을…… 불러주셨어.'

마르크는 이 대가가 자신의 이름을 한 번만 듣고도 기억해주었다는 사실 하나에 감동하고 있었다.

'둘 다 아주 순진하구만?'

강혁은 그런 마르크와 하산의 얼굴을 번갈아 보며 고개를 끄덕였다. 이쯤 되면 딱히 물리적인 수단을 동원하지 않더라도 순순히 피를 내어줄 것 같았다.

"근데 둘 다 혈액형이 뭐지?"

"네?"

"아……."

둘은 설마하니 피 내놓으라는 말이 나올 것이라는 것은 상상도 못 하고 있었다. 그저 이 사람이 왜 혈액형을 묻나, 뭐 이런 얼굴을 하고 있을 뿐이었다. 강혁은 당황한 둘의 어깨를 동시에 두드리며 말을 이었다.

"여기 오지않아. 진료 시간에야 그럴 일이 없지만, 혹시 밖에 나갔다가 다치는 수가 있어요. 그럼 바로 수혈해야지. 한구 병원이 괜히 가족 같은 병원이란 말이 있는 게 아냐. 우린 정말 안전하게 일하다 가길 바란다고."

"아……. 네. 저는 B형입니다."

"저도……."

"오."

이렇게 공교로울 데가. 강혁은 허허 웃으며 다시 한번 둘의 팔언저리를 두드려주었다.

"Rh-?"

"아, 네."

"저도 그렇습니다."

"좋아. 댄."

거기까지 들은 강혁은 갑자기 미소를 지운 채 댄을 돌아보았다. 한참 전부터 이 이야기의 끝이 어디로 향할지 알고 있던 댄은 이미 토니켓을 쥐고 있었다. 그러곤 강혁과 눈이 마주치는 동시에 굳은 얼굴로 고개를 끄덕였다.

'어쩌겠냐. 한구에 온 이상……. 여기 법에 따라야지.'

"자, 두 분 이리로."

해서 지극히 당연하다는 얼굴로 둘을 침대로 안내했다.

"잉."

"무슨……."

둘은 어리둥절한 표정을 지은 채 서로를 마주 보았다.

"아……. 미리 피 좀 뽑아놓으려고 해. 뭐……. 하산이야 잘 알겠지만, 파키스탄은 만성적인 혈액 부족을 겪는 나라잖아?"

"그건……, 그건 그렇죠."

비단 파키스탄뿐만이 아니라 이 근방에 있는 나라 모두가 그러했다. 오죽하면 나라에서도 매혈, 즉 피를 파는 행위를 눈감아주고 있겠는가. 그렇게라도 하지 않으면 아예 수혈이 진행되지 않을 정도로 극심한 혈액 가뭄을 겪고 있었다. 하산은 내과 의사라 수혈을 많이 처방하는 사람이다보니 강혁의 말에 더 공감할 수 있었다. 강혁은 그런 하산의 표정 변화를 읽어내며 세 치 혀를 계속 놀려댔다.

"만약 둘이 다쳤을 때 피가 없으면 어쩌냐고 이거. 그래서 여기 한구 식구들은 두 달마다 피를 뽑아서 저장해두고 있어."

"아……. 그렇군요. 하긴 오지에는 더 피가 없으니까."

"그런 이유였군요. 감사합니다."

"그래, 감사하지?"

덕분에 강혁은 무려 감사 인사까지 받아가며 피를 뽑아갈 수 있었다. 하산과 마르크가 헌혈로 한구 병원에서의 업무 개시를 하고 있을 무렵, 강혁은 제인을 독대했다. 숙소동 2층에 있는 작은 간이 주방에서였다.

"음."

데니스가 선물로 준 디카페인 커피를 머금고 있는 제인의 얼굴은 그리 밝지 못했다. 당연한 일이었다. 물심양면으로 제인을 돕던 강혁이 이제 곧 빠지겠다고 얘기를 한 참이었으니까. 이미 수개월 전부터 그런 의사는 전해 들은 바 있었고, 또 실제로 그때를 대비한 여러 프로젝트를 진행 중이긴 했지만 정확한 날짜가 나오기 전에는 실감이 나지 않았더랬다.

"5개월……. 조금 넘게 남았네요?"

"응, 닥터 제인. 5개월 하고 2주 정도 남았지."

"더 있어달라고 해도 들어주진 않으시겠죠?"

"글쎄……."

반면 강혁의 얼굴은 평소와 그리 다르지 않았다. 애초부터 한구에 계속 있을 생각도 없었기 때문이었다. 이곳은 그저 강혁의 삶에 있어 잠시 머무르는 곳, 그 이상도 이하도 아니었다.

'변해가는 걸 지켜보는 건 즐거운 일이었지.'

물론 강혁이 이곳에 있었던 짧다면 짧고, 길다면 길다고 할 수 있는 시간 동안 엄청난 변화가 있기는 했더랬다. 그리고 그 변화를 일으킨 것이 다름 아닌 자기 자신이라는 것에는 뿌듯함을 넘어 자부심도 가지고 있었고. 하지만 그래서 더 떠나야 했다.

'더 있다보면 안주하고 싶어질 거야.'

한국대학교 병원에서도 그랬다. 처음 갔을 때와는 비교도 안 되는 설비와 자원 그리고 제자들. 강압적인 교육에도 불구하고 끝까지 따라와 마침내 일류가 된 이들. 그들과의 이별이 강혁에게라고 쉬웠겠는가. 하지만 강혁은 떠났다. 더 있으면 더 어려워질 것을 알았으니까.

'나는 이 땅에…… 우리 아버지 같은 사람이 없어질 때까지 계속 일해야 해.'

그럼에도 불구하고 유독 힘든 날이 있었다. 정말 내가 일궈놓은 것들을 놓고 가야 할까 하는 생각이 드는 날이. 그럴 때면 강혁은 어김없이 아버지를 떠올렸다. 강혁을 위해, 그리고 지역 사회를 위해 맡은 바 일에 최선을 다하던 아버지. 다쳤을 땐 놀라울 만큼이나 어떤 치료도 받지 못하고 떠나야 했던 아버지.

'시스템이 아예 없는 곳으로 간다.'

마음이 정리된 강혁은 아까보다도 한층 더 가라앉은 눈으로 제인의 말에 대꾸했다.

"응, 여기는 이제 안정됐잖아. 계속해서 인력이 수혈될 것이고……. 무엇보다 사람들 인식이 달라졌어. 아프면 한구 병원에 가면 된다고 생각하잖아?"

"그야……, 그건 그렇죠. 확실히 생각이 많이 바뀌었죠."

여러 가지 변화가 있었지만, 제인은 이 인식 변화가 가장 컸다고 생각했다.

"그리고 제인이 있잖아. 당신이라면 여길 계속 지켜나갈 수 있어."

"백 교수님 없이도…… 될까요?"

"내가 뭐라고……. 없어도 당연히 되지."

강혁이 있고 없고가 얼마나 큰 차이를 일으키던가. 오늘만 해도 그랬다.

'백 교수님이 없었으면 그 환자는 죽었어.'

"여긴 내가 없어도 살려야 되는 환자는 살리잖아. 그렇지 않아? 간호사들 수준도 엄청나게 올라왔고……. 내과 쪽이야 뭐 더 할 나위 없는 수준이야. 안 그래?"

"확실히 좋은 분들이 왔죠."

"그런데 내가 갈 그곳엔 아무도 없어. 아니, 아무것도 없어. 진짜 그냥 다치면 죽어. 사소한 문제로도 죽는다고."

제인은 얼마 전에 강혁을 통해 들었던 것을 기억해냈다. 스리랑카의 누와라엘리야.

"이해해줘. 뭐 나 있는 동안에는 계속 최선을 다할 테니까."

"이해하고 말고의 문제가 아니죠. 계속 봉사를 하시겠다는데……. 게다가 더 어려운 지역으로 가겠다는데, 뭐……. 그냥 정 들었는데 헤어지려니 아쉬워서 그래요."

"그럼……. 나는 좀 씻고 자야겠어. 오늘 하루 뭔가 일이 많았던 느낌이라."

"아, 네. 쉬세요."

강혁은 제인을 뒤로하고 간이 부엌을 빠져나와 자신의 방으로 들어갔다. 그 즉시 한유림의 코골이가 강혁을 맞아주었다. 원래도 코를 좀 고는 편인데, 오늘 하루는 유독 피곤했을 테니 그럴만도 했다.

'노인네……. 오래 살아야지.'

강혁은 똑바로 누워 잠들어 있는 한유림을 옆으로 뉘어주었다. 그러자 방금까지만 해도 쉴 새 없이 들려오던 코골이 소리가 한결 줄어들었다. 그나마 한유림이 나이에 비하면 체격이 건장한 터라, 이렇게 옆으로 누워 자는 것만으로도 기도 확보가 제법 되는 덕이었다.

다음 날 아침에도 피곤함이 완전히 가시질 않았다. 그날따라 한유림이 옆으로 누워서도 작정한 듯 코골이를 해대서 그랬다. 가서 돌리면 또 바로 누워서 골고, 다시 가서 돌리면 또 바로 누워서 골고.

'이런 망할.'

기분이 몹시 좋지 못했다. 처음 보는 것이나 다름없는 마르크나 하산 앞에서조차 표정 관리가 안 될 정도였다. 그렇게 화가 쌓여가는데 전화가 왔다. 발신인은 스미스였다. 뭔가 부탁할 게 있는 게 분명해 보였다. 뚝. 무언가 강혁의 머릿속에 있던 것이 끊어졌다.

"아, 뭐야."

"음?"

스미스는 순간 전화를 잘못 걸었나 했다. 불과 며칠 전까지만 해도 바비큐 해먹으면서 술도 마시고, 분위기 좋지 않았는가. 근데 왜 갑자기 이렇게 냉랭하단 말인가.

'설마……. 마르크가 무슨 실수라도 했나?'

그럴 가능성은 적어 보였다. 그냥 막 대충대충 보내는 거 같아도 다 조사해보고 보내는 것이기에 그랬다. 마르크는 우선 이민 1세대 군의관으로서, 어딜 가든 적응 잘하는 놈으로 유명한 사람이었다. 모르긴 해도 리처드보단 나을 터였다.

"왜……, 왜 그러지, 백 교수님?"

"리처드랑 한유림 때문에 이러지."

"아……."

"하여간, 뭔데."

"소말리아…… 해역에서 다툼이 있었네."

"소말리아? 거긴 여기랑은 먼데."

비행기를 타도 족히 8시간은 가야 할 거리였다. 배를 탄다면, 그게 쾌속정이라 해도 만 하루 정도는 꼬박 달려야 했다. 헬기가 닿을 만한 거리는 절대 아니란 얘기였다.

"말 좀 끝까지 들어주지?"

다행히 강혁의 짜증이 아예 가신 것은 아니었으나, 뭐가 어찌 되었건 환자 얘기지 않겠는가. 그것도 이렇게 직접 요청이 올 정도라면 어지간히 급한 환자란 뜻이었다.

"알았어. 말해봐."

"그래. 그러니까……."

스미스의 말에 따르면 소말리아 모가디슈 근방을 지나던 민간 요트 한 척이 해적의 공격을 받았다. 아직까지 어느 나라 요트인지는 밝혀진 바 없었으나, 즉시 고속 기동 모드로 전환하면서 동시에 인근 호위함에 구조 요청을 보냈더랬다.

"최단기 거리에 있던 것이 미구축함이었고, 당연히 요청에 응해서 갔는데……. 이 미친 해적들이 보통은 도망가야 하거든?"

"당연하지. 미치지 않고서야 튀어야지."

소말리아 해적들의 화력은 생각보다 대단한 편이긴 했다. 애초에 소말리아 군벌 조직의 대다수가 해적 활동을 하고 있지 않은가. 그러니까 해적 중엔 말이 해적이지 실제론 해군 수준인 녀석들도 있다는 뜻이었다. 물론 그들이라 해도 미구축함을 상대로 싸움을 거는 건 있을 수 없는 일이었다.

"근데 이미 요트에 오른 상황이었나봐. 그래도 사실 내려야 하는데 그러지 않았지. 알고보니 그럴 만한 이유가 있었어."

"뭐지?"

"요트 주인이 카메룬 광산 사장 아들이야."

"카메룬 광산…… 다이아몬드 광산?"

"그래."

"아니 반대편 해역에 있는 나라에서 왜 여기까지 왔대."

"부잣집 도련님 생각을 내가 어떻게 알아."

"하긴 그거야 그렇지."

정보를 다룬다고 해서 모든 정보를 다 알고 있는 건 아니었다. 특히 결과나 현상이 아닌 의도까지 파악하는 건 지극히 어려운 일이었다. 철부지 도련님의 생각 따위를 어떻게 알아낼 방도가 있겠는가. 아마 별로 관심도 없었을 터였다.

"그래서 어떡해. 구출해야지."

인도적으로 판단하면 뭐 당연히 그래야 하겠지만, 엄밀히 말하면 미군이 위험을 감수하고 남의 나라 민간인을 구출하러 들어갈 이유는 없을 터였다. 사실 카메룬은 미국 입장에서 그리 중요한 나라도 아니지 않은가. 하지만 당연히 구출해야 한다는 말이 이해가 안 가는 것도 아니었다. 특히 강혁에게는 그랬다.

'카메룬의 광산 사장 아들이면…… 당연히 티파니를 통해 외압이 들어갔겠지.'

티파니. 아름다운 명품 주얼리의 상징과도 같은 존재 아닌가.

수천만 원을 호가하는 보석은 불황을 모르는 산업 중 하나였고 미국 산업을 이끄는 또 하나의 축이기도 했다. 하지만 밝은 면만 있는 것은 아니었다.

'드니스가 시에라리온에서 있던 일을 얘기해준 적이 있지.'

그들은 원석을 구해오는 지역들에서 버젓이 자행되고 있는 폭력과 살인 행위에 대해 침묵하고 있었다. 그뿐만 아니라, 다른 이들도 그렇게 하기를 원했다. 해서 티파니를 비롯한 다이아몬드를 다루는 수많은 회사들은 아주 거대한 로비스트들이기도 했다. 그들의 요청을 무시하는 건, 미 정부 입장에서 불가능했을 터였다.

"어떻게 됐지?"

"이게 참……."

"어떻게 됐냐고."

"작전은 실패예요. 돌입했다가 함정에 걸렸는지……. 부대원 중 둘이 죽고 셋이 중상이야. 안에 상황은 여전히 오리무중이고……."

"뭐? 아니, 뭐?"

천하의 미군이 기껏해야 해적일 뿐인 애들한테 당해? 총알엔 눈이 없으니 사상자 한둘쯤 발생하는 거야 있을 수 있다지만. 아예 작전이 실패할 정도라고? 이건 정말이지 이상한 일이었다.

'해적이 아닌가?'

어쩌면 카메룬 광산 권리를 가지고 싸우는 반대 세력의 일원들일 가능성도 있어 보였다. 강혁은 거기까지 생각의 가지를 뻗어나가다가 이내 고개를 털었다.

'그런 게 중요한 건 아니지.'

강혁은 의사이지 않은가. 골 아픈 일은 스미스나 기타 다른 놈들이 할 일이었다.

"그래서, 내가 할 일은?"

"셋 모두 지금은 강습 상륙함에 있네. 거기는 군의관도 있고 수술실도 있거든."

"근데?"

"한 사람이 위독해. 안 될 것 같대……. 하지만 원격으로 환자를 본 군의관 중 하나가 백 교수라면 살릴 수 있을 거라고 했네."

"음, 역시 수술인가? 배는 지금 어디 있는데."

"급하게 북상하고 있어. 어차피 파키스탄 해역까지는 모두 CTF 150 함대가 주둔할 수 있는 곳인 데다가 연합군 함대들도 이쪽 상황을 알아서 협조하고 있고."

"알았어. 거기 인력은 그럼 누가 있지?"

"일단 군의관 6명. 내과 둘, 외과 셋, 마취과 하나. 간호 장교도 6명."

"뭔 배에 의료진이 그렇게 많아?"

"여긴 실제로 작전을 수행하는 배니까. 엄청 다쳐. 아무튼, 할 거지?"

예상했던 바대로 스미스는 강혁이 할 거라 확신하고 있었다.

"해야지. 그럼 나는 마르크 하나만 달고 가야겠네."

"마르크?"

"파견 온 놈 있잖아. 이럴 때 배워야지."

"아……. 아이고, 배려 감사합니다."

"배려는 무슨, 거래가 그런데. 아무튼, 언제까지 준비하면 되지?"

"30분 전후로 한스 소령이 모시러 갈 겁니다."

"그럼 계속 연락이 이 번호로 오나?"

"아, 아니. 배에서 직접 할 거야."

"그게 더 낫네. 환자 상태 업데이트해달라고 해. 가면서 어떻게 할지 계획을 세워야 하니까. 최대한 연명 치료라도 하라고 하고."

"아……. 그래."

"참, 거기 피는 많겠지?"

"아, 그럼. 많지. 당연히 미군이야 언제 어디고 풍족하게 준비하지."

"잘됐네."

"그럼, 나는 준비하러 가지."

"그럼, 부탁합니다."

강혁은 그렇게 전화를 끊은 후, 다시 부엌으로 나왔다. 짧지 않은 통화였지만 다들 기다리고 있었다. 그럴 수밖에 없었다. 보통 강혁이 이런 전화를 받고 나면 누군가를 지목해 떠나지 않던가. 누가 지목될지는 아무도 알 수가 없었다. 그야말로 랜덤이었다.

'제발 나는 아니길.'

'백 교수……. 나는 어제도 다녀왔어.'

다들 비슷한 마음으로, 마른침을 삼켜가며 강혁을 바라보았다.

"마르크, 준비해. 20분 안에 출발해야 해."

"네!"

아직 강혁과 함께 하는 출동이 무엇을 의미하는지 모르는 마르크는 한 치의 망설임도 없이 경례를 붙이곤 부리나케 준비하기 시작했다.

"그리고 카심."

"네?"

반면에 카심은 무척 당황했다. 생각해보면 카심은 단 한 번도 외부로 출동나간 적은 없지 않던가. 해서 내심 안심하고 있었는데 이렇게 급작스럽게 걸릴 줄이야.

"넌 아이스 팩이나 준비해놔. 최대한 차게, 오래갈 수 있게. 그리고 뭐 많이 집어넣을 수 있게."

"뭘…… 뭘 집어넣을 건데요?"

"피."

"피?"

"이번 작전은 대가가 피야."

"네?"

아이스박스만 준비하면 된다는 말에 카심의 얼굴이 금세 밝아졌다.

"어떤 식으로 부상을 입은 건지도 모르고……. 아직 작전도 끝나지 않은 상황이라 이거지? 어쩌면…… 길어질 수도 있겠는데."

'작전이…… 진행 중이라고? 거기 끌려갔다간 어떻게 될지 알

수가 없어…….'

거기서 배제된 것에 대해 안도의 한숨을 쉬고 있으려니, 어느새 강혁이 방에서 나와 있었다. 아까와는 조금 다른 표정을 하고 있었다. 흡사 먹잇감을 찾는 표정이라고 해야 할까?

강혁이 시선을 두고 있던 곳은 리처드와 한유림이 있는 곳이었다.

"거기 둘. 가위바위보 해봐."

이제 강혁은 둘의 바로 뒤에 서 있었다. 아마도 둘은 목덜미 부근에서 강혁이 내쉬는 숨을 느낄 수 있을 터였다.

"가위……."

"바위……."

"보!"

무슨 일이냐는 말도 필요 없었다. 이미 다가온 것만으로 이유는 알 수 있었으니까.

'사람이 부족하다고 판단했나?'

'뭐가 뭔지는 몰라도 지옥 같은 일정일 거야…….'

둘은 서로의 눈을 바라보았다. 리처드나 한유림 모두 강혁과 함께해온 세월이 만만치 않은 데다가, 당한 밀도로 따지면 지금 한국대학교 병원에 있는 재원도 한 수 접어줘야 할 지경이 된 마당이었다. 그러다보니 동료애를 넘어 전우애마저 싹튼 지 오래였다. 딱 눈만 봐도 서로의 생각이 일치하고 있음을 확인할 수 있었다.

"비겼네. 계속 내봐."

치열한 심리전이 한구 병원 부엌에서 펼쳐지고 있었다. 나이를 먹을 만큼 먹은 두 사내의 목숨을 건 한판 승부라고 할까?

"보!"

"아싸!"

"와……. 넌 늙은이 이기고 그렇게 기분이 좋냐?"

"늙은이라뇨? 팔뚝 봐요. 맨날 힘이 넘쳐서 설거지할 때마다 하나씩 해먹는 양반이 무슨, 양심 없어요?"

"와……. 백 교수. 나 이 새끼 한 대만 때려도 돼?"

서양놈들은 유교 교육을 안 받아서 이러는 걸까? 아니면 리처드가 유독 싸가지가 없는 걸까? 한유림은 조금 심하게 어림잡아 계산하면 나이가 자기 반 토막밖에 안 되는 리처드를 보며 눈을 부라렸다.

"5분 남았어. 때리고 짐 싸서 나와요. 시간 모자라."

"하, 시발."

한유림과 마르크가 짐을 챙겨 나오자마자 병원 밖에서 클랙슨 소리가 들려왔다. 나가보니 한스 소령이 와 있었다. 그는 강혁을 보자마자 일단 경례부터 붙였다.

"백 교수님, 준비 다 되셨으면 모시겠습니다."

그러곤 강혁은 본인 옆자리에 태웠다. 태도가 어찌나 극진한지, 마르크는 강혁에게 혹 숨겨진 신분이라도 있는 건가 하는 생각이 들 지경이었다.

'대체 뭘까, 정체가.'

"그럼 잘 다녀오세요. 연락 가능하면 연락 주시고요."

"내과가 둘이니까……. 일단 연명이라도 하겠습니다."

닥터 제인을 비롯해 리처드, 요다, 카심이 잘 다녀오라는 인사를 건넸다. 강혁 또한 일상적인 표정만을 지은 채 손을 흔들었다. 한스는 그것을 신호로 삼아 차를 출발시켰다. 부우웅. 우람하지만 동시에 요란하지 않은 엔진 소리와 함께 차는 곧 한구를 빠져나가 인적이 드문 산골로 접어들었다. 마르크야 어제 이곳을 통해 병원으로 온 경험이 있어 낯선 느낌은 아니었으나, 정작 강혁과 한유림은 처음 와보는 곳이었다.

"아니, 이런 데에 헬기 이착륙장이 있어?"

"네, 백 교수님. 일단 사람이 잘 안 다니는 곳이면서 동시에 일정 너비 이상의 편평한 곳을 찾다보니……. 조금 거리가 있습니다."

"거리보다는 길이 굉장히 험한데? 환자 이송하기에는…… 아주 적합하지는 않겠어."

아닌 게 아니라 완력으로 버틸 수 있는 강혁 말고는 모두 몸이 들썩이고 있었다.

"아……. 그렇군요."

한스는 강혁의 말이라면 그게 뭐든지 간에 진지하게 받아들이는 경향이 있지 않은가. 이건 심지어 누구라도 납득이 갈 만한 말이기도 했다. 확실히 이 길로 환자를 이송하는 건 무리가 있어 보였다.

"좀 더 편평하게 닦을 수 없나?"

"그렇게 하겠습니다. 교수님 다녀오시는 날까지는 그렇게 만들죠."

"오, 정말이야? 그게 되겠어?"

"물론입니다. 제가 책임지고 하겠습니다."

해서 부하들이 들으면 우거지 죽상이 될 만한 말을 팡팡 내지르는 만행을 저지르고야 말았다.

"아, 다 왔습니다."

이착륙장에서 대기 중이던 기종은 회전익이 2개나 달린 기종이었다. 일반적인 헬기보다 더 멀리, 그리고 안정적으로 날아갈 수 있는 녀석이라고 보면 되었다.

"그럼 갈까?"

강혁은 차량에서 뛰어내리고서는 한유림과 마르크를 돌아보았다. 한유림은 개 같은 일이 걱정되어서, 마르크는 강혁과의 첫 출동이 설레서 상기된 얼굴을 하고 있었다. 그 모습을 보는 강혁은 강한 확신이 들었다. 이번 작전은 하루 이틀 내에 끝날 것 같지가 않았다.

타타타타. 모두 몸을 싣자마자 헬기가 날아올랐다. 애초에 기동성이니 뭐니 하는 것들은 어느 정도 포기한 기종이다보니 소음도 꽤 컸다.

"이거 뭐……. 주변에 있는 사람들은 여기 헬기 뜨고 내리는 거 다 알겠는데? 숨겨 놓은 보람이 있기는 한 거야?"

"뭐……. 이걸로 미군만 실어 나를 건 아니라서, 괜찮을 거예요. 한구 병원이 우리 떠나도 권역 응급센터처럼 일하게 될 거거든. 아예 그렇게 자리 잡으면 뭐 이착륙장을 더 근처로 옮길 작정이고. 이미 시장님 쪽이랑은 얘기 끝났어."

"그럼 저게 임시로 지은 거야? 한국대학교 병원에 있던 거랑 비슷해 보이는데?"

"원래 돈 썩어나잖아. 얘네는."

'그보다……. 대체 뭔 상황을 의심하고 있는 거야? 뭐기에 나까지 가지?'

"백 교수, 근데 왜 이렇게 호들갑이야? 뭔 놈의 속옷을 이렇게 많이 챙기냐고. 작전이 뭔데 그래."

"아. 어차피 뭐 다 갈 사람들이니 상관없겠지?"

강혁은 질문해온 한유림이 아니라 애매한 허공을 바라보며 물었다. 한유림이 이놈이 갑자기 정신이 나갔나 싶었는데, 의외로 상대방의 대답이 들려왔다.

"네, 공유해도 좋습니다. 어차피 기밀 작전은 아닙니다."

알고보니 회선이 공유되고 있는 모양이었다.

"오케이. 둘 다 잘 들어."

"네."

"응."

아무튼, 강혁은 허락이 떨어지자마자 입을 열었다. 일단 소말리아 모가디슈 인근 해역에서 민간 요트 하나가 나포되었다는 얘기부터 했다. 한유림이야 별생각이 없었으나, 마르크는 거기서부터 의문을 표했다.

"아니……. 왜 민간 요트가 모가디슈 근처에 갔을까요? 거긴 이제 피치 못할 사정이 있는 게 아니고서는 가는 곳이 아닌데.

대형 크루즈선도 아니고요…….”

“이유는 알 수 없지. 따로 호위함을 부른 것도 아니고 그냥 간 거야. 그건 아직 몰라. 파악 중이겠지.”

“그렇군요. 하긴 우리에게 중요한 일은 아니겠군요.”

“그렇지. 아무튼, 해적에 나포가 되었는데…… 그 배에 타고 있던 놈이 거물이었어.”

그냥 거물이 아니라 카메룬의 다이아몬드 광산 전역의 개발권을 소유한 사람의 아들이었다. 녀석은 완전히 지휘권이 넘어가기 전에 아버지에게 구조 요청을 보냈고 미 정부는 이에 응했다. 해서 특수부대까지 진입시켰는데 실패하고야 말았다. 심지어 사상자까지 발생했다. 거기까지 들은 마르크는 아연한 얼굴이 되었다.

“그럼…… 우리가 지금 민간인을 치료하러 가는 게 아니라 특수부대원을 치료하러 가는 겁니까?”

“그래. 민간인…… 민간인을 미군에서 그렇게까지 신경 써줄까? 자국민이라면 또 몰라.”

“아, 그렇긴 하겠네요. 근데…… 그럼 그 배는 어떻게 됐습니까?”

“몰라, 지휘권은 그대로 해적인지 테러범인지한테 있을걸. 또 다른 연합군 함대가 접근 중이라고 들었어. 아, 이럴 게 아니라 물어보면 되지.”

강혁은 헬기에 준비되어 있던 전화기를 집어 들었다. 일반 휴대폰 따위가 아니라 위성 전화였기에 어디서건 걸 수 있다는 장점이 있었다.

"음……."

강혁은 짤막한 통화를 끝내고 다시 나머지 둘을 바라보았다. 둘은 무슨 대화가 오갔는지 유추가 불가능했기에 몹시 궁금하다는 얼굴을 하고 있었다.

"일단 환자는 아직 살아 있어. 살아는 있는데……. 장이 터져 가지고…… 열어서 세척하고 있다는데……. 버틸 수 있을지는 미지수."

"아이고 이런."

"출혈은 얼마나 있을까요?"

"이미 10팩 들어갔어. 그래봐야 별 소용없지. 출혈을 못 잡고 있으니."

"음."

"으음."

환자 얘기를 하자 표정이 다들 어두워졌다. 희망찬 얘기가 아니었으니 당연한 일이었다. 어쩌면 이렇게 헬기 타고 가는 것이 헛짓거리가 될 수도 있는 마당 아닌가. 강혁 또한 비슷한 생각을 하고 있었기에 별다른 말을 더하진 않았다. 대신 화제를 돌렸다.

"아무튼, 배를 그냥 두고 있지는 않네."

"아, 다른 함대가 붙었나요?"

"어. 다른 연합군이 붙었어. 근데 공교롭네."

"공교롭다고?"

"한국군이 붙었어. 청해부대가 인계받았어."

"아……."

청해부대. 연합군의 일원으로 있는 명실상부한 대한민국군의 정예였다. 상대가 해적이라면 별다른 걱정이 들지 않았을 터였다. 애초에 미군이 특수부대와 일반병 사이에 레인저 부대를 창설한 이유가 바로 베트남전에서 본 한국군 때문에 자극받아서가 아니던가. 하지만 지금은 상대가 대체 뭔지 알 수도 없는 상황이었다.

"아, 하고 있지 말고. 전화해요. 외교부가 됐든 어디가 됐든 상황 알려야지. 거기 아무렇게나 막 보내지 말라고."

"인계받지 않았을까?"

"군인들끼리 인계하는 거랑 민간 차원에서 하는 거랑 같나. 보나 마나 윗선에서는 임전무퇴의 정신으로 쳐부수겠습니다, 하고 끊었을걸. 막상 나가서 싸우다 다치는 애들은 아랫사람들인데 말이지."

"아, 그렇구만. 그렇겠네."

사람 중엔 일정 이상 신분이 높아지고 나면 아랫사람들을 마치 장기말처럼 생각하는 인간들도 있는 법이었다. 문제가 있다면 그런 인간일수록 출세를 잘한다는 건데, 한유림 또한 공직에 있으면서 여러 차례 겪어본 바 있었다. 한유림은 부리나케 위성전화를 받아서 외교부 장관에게 전화를 걸었다.

"어, 그렇다니까요. 나? 나는 지금 헬기고요. 그래서 시끄러워요. 이거 왜 타고 있냐고……. 뭐 그렇게 됐어요. 별일 다 해요, 여기서. 하여간 꼭 좀 주의하라고 해줘요. 대통령께 안부도 좀 전해주시고. 어, 어? 백 교수. 여기 있지. 안부 전해 달라고요? 바꿔달라고 하지. 아……. 무서워? 아니 무슨 장관이……. 아, 욕 들은 적 있어요. 그럼 그럴 수 있지. 알았어요. 알았어. 아무튼, 부탁합시다. 네네."

외교부 장관으로서는 두서도 없거니와 꽤 황당한 전화이기도 했을 터였다. 하지만 정작 전화를 건 한유림은 아주 만족스럽다는 얼굴을 하고 있었다. 전달해야 할 말은 다 전달했다 뭐 이런 이유에서일 것이었다.

"이거 뭐……. 이렇게 얘기하면 되는 거야?"

"백 교수, 내가 이래 봬도 아직 끗발 날리는 사람이라고. 얼마 전에 지영이가 어? 청와대에서 새해 선물 왔다고 전화도 했어. 백 교수는 받아본 적 있어? 없지?"

강혁은 한유림의 말을 무시하며 밖을 내다보았다.

"아. 거의 다 온 거 같아서."

다행히 핑곗거리는 있었다. 고개를 돌려 보니, 과연 거대한 배가 정박해 있었다. 주변으로 호위함까지 거느리고 있었는데, 일종의 항공모함이라고 볼 수 있을 정도였다.

"자, 이제 슬슬 준비하자고. 바로 수술방으로 가야 될 수도 있으니까……."

"오케이."

"어……."

"마르크는 감이 잘 안 올 텐데. 그래도 괜찮아. 오늘은 보조니까. 그냥 잘 보고 배워."

"아, 네. 오케이."

"착륙합니다. 흔들릴 수 있으니, 꽉 잡으세요."

기장이 말을 마치기가 무섭게 기체가 하강하기 시작했다. 헬기는 무사히 배 위에 내려앉았다. 헬기가 육중한 배에 내려앉는 소리와 함께 날개 돌아가는 소리가 빠르게 줄어들었다. 고개를 돌려 보니, 강혁은 이미 출입구 앞에 서 있었다. 밖에서 대기 중이던 의료진을 응시하면서였다. 그중 하나는 수술실에 있다가 나온 것인지, 피 칠갑을 하고 있었다.

'일부러 바른 게 아니라면……. 피가 엄청 나온 모양인데.'

강혁은 배 위로 뛰어내리면서 피 칠갑을 한 사람을 응시했다. 머리 쪽, 그러니까 상체가 젖었다면 동맥이 터졌다는 것을 암시할 터였다. 하지만 지금 저 사람은 허리 밑이 온팡 젖어 있었다. 그 말은 곧 고여 있던 피가 흘러넘쳤단 얘기였다.

'복강 내에 있던 피겠지.'

대체 얼마나 많은 피가 고여 있었고, 또 한꺼번에 얼마나 흘러나왔을지 상상조차 잘 가지 않을 지경이었다. 제아무리 강혁이라 해도 그랬다. 저만큼 젖어버린 수술복을 보는 건 오랜만이었다.

"어어, 같이 가!"

걱정되는 마음에 뛰어가고 있으려니, 바로 뒤쪽으로 한유림이 따라붙었다.

"환자는?"

"아, 네."

상부에서 강혁이 오면 무조건 협조하라는 명령이 하달된 마당이었다. 게다가 최근 강혁에 대한 소문이 일부 군의관들 사이에서 돌고 있기도 했다. 그에 따르면 강혁은 거의 무슨 인간이 아니라 신이었다. 과장된 얘기가 태반이겠지만, 얘기가 이렇게 과장되려면 뭔가 뼈대는 있어야 하지 않겠는가.

피 칠갑을 하고 있던 군의관이 강혁과 함께 배 안쪽에 마련된 수술실로 향하며 빠르게 입을 열었다.

"우선 총상이 총 6개입니다."

"6개? 예상 피격 거리는?"

"근거리입니다. 적어도…… 5m 이내."

"설마 권총으로 쏘지는 않았을 테고……. 관통상이 대부분인가?"

강혁의 질문에 군의관은 조금 더 안심한 얼굴이 되었다. 사실 미군처럼 작전 활동이 많은 군대의 군의관이 아니고서야 총상에 익숙하기는 좀 힘든 일 아니겠는가.

'어중이떠중이를 보낸 건 역시 아니라 이거지.'

지도부가 아무리 삽질을 많이 하고 있다고 해도, 적어도 사람 목숨이, 그것도 미군 장병의 목숨이 달린 일에는 최선을 다하는 편 아닌가.

"네, 하나 말고는 모두 관통했습니다."

"박힌 건 배겠지?"

"네? 아, 네."

"대동맥을 건드렸나? 아니면 그걸 모르는 건가?"

그렇게 생각하고 있었음에도 불구하고 대화를 이어나가다보니 조금 황당하다는 느낌이 들었다.

'나 말고 다른 사람한테 이미 들었나?'

대체 어떻게 지금 온 사람이 환자 상태에 대해 이렇게 속속들이 알 수 있단 말인가. 부끄러운 말이지만, 아직 시야를 확보하지도 못 하고 있었다. 피가 미친 듯이 나오고 있는 데다가, 하필 총알이 관통하고 지나간 위치에 장들이 있어서 이물이 너무 많았다. 하지만 흘러나오는 피의 양과 혈압 변화 상태를 볼 때 아무래도 대동맥이 다친 거 아닌가 하는 생각은 하고 있었다. 반쯤 포기하고 있다고 해도 과언이 아니란 얘기였다.

"다시 묻지. 대동맥이 찢어진 걸 봤어, 아니면 안 보이는데 그런 생각이 들어."

잠시 얼빠진 얼굴을 하고 있으려니, 강혁이 군의관의 어깨를 잡았다. 옆에서 보기에는 그저 예사 손놀림으로만 보이겠지만, 당하는 입장에서는 그게 아니었다.

"으엇."

어깨가 떨어져 나가는 느낌이었다. 동시에 이 사람이 묻는 말에는 재깍재깍 답을 해주어야 한다는 생각이 들었다.

"빨리 말해. 안 그러면 죽어."

이 말까지 듣고 나니 더더욱 그런 생각이 들었다.

"네, 확인은 못 했지만 강력히 의심됩니다."

"관통상은 모두 어디에 있지? 정면에서 맞았나?"

"네. 모두 정면에서……. 하나는 우측 어깨……. 나머지 넷은 모두 복부입니다."

"장을 찢었나?"

"네."

"간이나 비장, 췌장은?"

"췌장이 일부……."

"거긴 틀어막았겠지?"

"네. 일단……. 하지만 이송되는 데까지 시간이 좀 걸려서 주변이 망가져 있습니다. 아마 거기에 총알이 있을 거라고 생각은 되는데……. 도저히 접근이 안 됩니다."

"그럴 수 있지."

췌장은 소화효소 창고이지 않은가. 소화효소란 여러 영양소를 분해하는 물질을 얘기하는데, 췌장은 주로 단백질을 분해하는 효소를 품고 있었다. 그게 그냥 장 안에만 있을 땐 우리가 먹은 음식을 분해하겠지만, 밖으로 흘러나오면 우리 몸도 분해할 수 있었다.

'어렵겠는데.'

장이 터지고, 췌장까지 터졌다는 건 그만큼 시야가 좋지 못하다는 것을 의미했다. 그런 상황에서 벌써 사고 발생 후 3시간 이상이 흘렀으면, 보통은 죽었어야 정상. 그 말은 곧 지금 이렇게라도 붙잡고 있는 의료진의 실력이 대단하다는 것을 의미했다. 또한 실력이 대단한 의료진들이 달라붙어 최선을 다하고 있음에도 불구하고 손을 쓰지 못하고 있다는 것을 뜻했다.

'아주 개 같은 케이스라 이 말인데.'

어쩐지 이전에 봤던 이현종 대위가 생각나는 순간이었다. 주변 여건은 지금이 나았지만, 상처 자체는 그쪽이 나았더랬다. 거긴 그래도 해적이 쏴서 그런가 탄약군이 모여 있진 않았으니까.

"근데 방탄조끼를 입지 않았나? 왜……, 왜 관통이 됐지?"

거기까지 생각이 미친 강혁은 새삼스럽다는 표정을 지으며 군의관을 바라보았다. 여전히 강혁에게 압도되어 있던 군의관은 역시나 빠르게 답을 해주었다.

"요트 갑판에 내려앉는 동시에……. 갑판에 뿌려둔 기름에 불을 붙였다고 합니다. 사상자 대다수가 거기서 나왔습니다. 그나마 지금 이 환자는 바로 방탄조끼를 벗어버려서 화상은 심하지 않았고요."

"아……. 그리고 쐈군."

"네."

"배에 소화 시설이 잘되어 있나보지? 불을 지를 정도면."

"아마…… 방화 코팅이 되어 있을 겁니다. 배는 전소되기는커녕 해당 수역을 빠르게 벗어났다고 들었습니다."

갑판에 불을 질렀다는 말만 들었지만 강혁은 아주 여러 가지를 유추할 수 있었다. 일단, 역시 해적 따위가 아니라 훈련을 받은 놈들이 상대라는 것. 또 특수부대는 배 안에 들어가보지도 못하고 당했을 거라는 것. 마지막으로 제일 중요한 건데, 바로 환자의 몸에 화상도 일부 있을 거라는 것 등이었다.

수술실로 통하는 문이 열렸다. 배다보니 아무래도 공간을 효율적으로 써야 하지 않겠는가. 아무리 미군이라고 해도 이건 어쩔 수 없는 모양이었다. 정말이지 딱 환자 침대 하나 들어갈 만한 공간이 펼쳐졌다. 그 옆으로는 옹색하게 자리한 손 닦는 설비가 보였다.

“이 안에 있나?”

“네.”

“다른 환자들은?”

“5함대 배들이 나눠서 받았습니다. 저희가 둘 받았는데 나머지 하나는 이미 끝나서 회복 중입니다.”

“아하.”

하긴 배가 많은데 굳이 한 배에서 다 받을 필요는 없었을 터였다. 그 말은 곧 지금 당장 치료해야 할 환자는 뭐가 되었건 하나라는 뜻이기도 했다. 대강 계획이 선 강혁은 뒤를 돌아보았다. 말없이 따라오기만 하던 한유림과 마르크가 보였다. 입을 닫고 있었을 뿐, 들을 건 다 들은 상황이라 그런지 표정이 밝지 못했다.

“자, 후딱 손 씻고 들어가자. 교대해야지.”

“아, 응.”

“네.”

강혁은 둘을 손 닦는 곳으로 내몰았다. 그러곤 군의관을 바라보았다.

“그쪽은 가서 우리 왔다고 알리고.”

“네.”

“표정 좀 펴. 넌 할 일 다 한 거야.”

“네?”

“내가 올 때까지 숨 붙여놨잖아. 그럼 됐어. 이젠 다 내 책임이야.”

모두가 손을 씻고 난 후, 수술실 문이 열렸다. 안쪽 분위기는 그야말로 개판이라고 할 수 있었다. 우선 피비린내가 너무 역하게 풍겨왔다.

'누가 보면 환자 난도질이라도 한 줄 알겠네.'

강혁은 발밑이 찰박거릴 정도로 차오른 핏물을 보면서 고개를 절레절레 저었다. 한유림 또한 그랬다. 딱히 표정이 어두워지거나 하진 않았다. 정도의 차이가 있을 뿐, 외상 외과의 수술은 언제나 피 칠갑을 하기 마련이었다.

"음."

다들 피바다에 익숙했다. 깊이 생각하면 조금 서글퍼지는 일이었지만, 지금 이 상황만 놓고 보면 다행이라 할 수 있었다.

"수고들 했어. 이제 우리에게 맡겨."

"아, 네."

강혁의 말에 원래 있던 군의관들이 각자 서 있던 위치에서 빠져나왔다. 이미 여러 차례 지시가 내려온 바 있기도 하거니와, 방금 다시 들어온 군의관의 말도 있었기에 망설이는 사람은 없었다.

"마취과는…… 활력징후 좀 더 신경 써주고. 변화가 있을 거야."

"네."

"지금 혈액은 얼마나 들어갔지?"

"14팩입니다."

"14팩이라."

대강 계산해보니, 실려 와서 지금까지 피 들어가는 속도에 딱히 차이가 없었다. 그 말은 곧 지금까지 수술에 참여한 군의관들이 지혈에 성공하지 못했단 얘기였다. 만약 이 자리에 있는 게 리처드나 재원이었다면 불호령이 떨어졌을 일이었다. 할 수 있는 일인데 못한 거니까.

'하지만…… 얘들은 나한테 배운 적이 없지.'

강혁은 애써 화를 억눌렀다.

"어디 볼까."

강혁은 찰박 소리를 내며 간호 장교에게로 걸어가 가우닝을 마쳤다. 그러곤 방금 낀 하얀 장갑을 환자의 붉은 배 안에 조심스럽게 집어넣었다. 예의 그 날카로운 눈으로 배 속을 들여다보면서였다.

"읏차."

한유림은 정확히 강혁 반대편에 선 채 한 손으로는 배를 당기고, 다른 한 손으로는 강혁이 안을 더 잘 들여다볼 수 있도록 장을 비롯한 내부 장기를 조심스럽게 당겨주었다.

"음."

할 일이 없어진 것은 마르크였다. 그는 잠시 엉망진창이라는 말로밖에는 표현이 안 되는 수술 부위를 바라보았다.

'이거, 살릴 수 있을까?'

다들 말은 안 하고 있지만 이미 죽었다고 합의를 본다고 해도 이상하지 않을 상황이었다. 적어도 마르크는 이 비슷한 상황에서 생환하는 사람을 본 적이 없었다.

조금만 생각해보면 이상한 일이었다. 아무리 상부에서 강력하게 말을 했다 해도 이렇게 순순히 자기가 수술하던 환자를 내어주는 건 흔한 일이 아니지 않은가. 계급이 위인 사람이 온 것도 아닌데.

'이 사람들도 어느 정도……. 포기하고 있던 거야.'

하지만 이미 죽었다고 생각하고 있었다면 납득이 되었다.

"어이."

강혁은 반쯤 넋이 나간 마르크에게 기구 하나를 건네곤, 턱으로 당겨야 할 위치를 가리켰다. 명치 쪽이었는데 위로 가서 당기라는 뜻이었다.

"네."

마르크 또한 아까의 대화를 통해 제일 급한 곳이 아무래도 췌장 쪽, 그러니까 상복부라는 것 정도는 유추한 바 있었다. 그렇게 옮긴 자리에서 아래를 내려다봤을 땐, 놀랄 수밖에 없었다.

'뭐지?'

뭔가 달라져 있었다. 강혁이 수술복을 입고 수술 부위에 손을 대기 시작한 지 이제 겨우 1분여가 지났을 뿐인데 달라져 있었다.

"이건 이따 정리해?"

"응? 아, 그거. 응. 급한 건 아니니까. 이 환자가 그거 때문에 지금 당장 죽을 거 같진 않은데."

"하긴, 그건 그래. 그럼 일단 이쪽으로 몰고……. 어휴. 여기 근데…… 이거 어떻게 들어가?"

"어떻게 들어가긴, 잘 들어가야지."

"음. 그래, 그렇지. 잘 들어가야지."

"모스키토. 저기 한 교수님한테는 클램프에 거즈 볼 물어다주시고. 마르크는 이제 거기랑 한 교수님 당기고 있던 거 같이 당겨."

"아, 네."

마르크는 원래 두 사람 정도가 해야 할 일을 한 사람이 맡게 된 거라 딴생각할 여유도 없었다. 다행이라면, 마르크의 팔 힘이 보통은 넘어선다는 점이었다. 덕분에 강혁이나 한유림은 별다른 흔들림 없이 수술 부위 시야를 확보할 수 있었다.

한유림은 거즈 볼로 췌장에서 흘러나온 소화액에 의해 녹아버린 조직을 아주 살짝 끌어당겼다. 그러자 밑에서 피가 조금 배어나왔다. 동시에 주변으로는 꽤 많은 피가 뿜어져 나왔다. 여태 이 방에 있던 의료진들이 찾고 있던 대동맥의 상처가 바로 이 밑에 있는 모양이었다.

"아니……."

"뭐지, 어떻게……."

방에서 나가는 대신 받침대를 밟고 서 있던 군의관 둘이 저마다 놀라움을 표했다. 설렁설렁 수술 부위를 정리하고 있나 싶었는데, 어느새 핵심이 되는 부위에 도달했기 때문이었다. 심지어 도달하는 과정에서 필연적으로 예상되는 대규모 출혈도 아직 없었다. 하지만 놀라려면 아직 먼 상황이었다. 강혁은 모스키토로 한유림이 당겨준 조직 틈새를 더욱 벌려나갔다. 그와 동시에 주변으로 뿜어져 나가던 피 일부가 위로 솟구치기 시작했다.

"역시……. 이게 혈관을 찢어버렸네. 박힌 건 어디 후복막쯤이야. 어떻게 살았지?"

그 말은 곧 혈관의 상처가 옆에서부터 앞으로 쭉 나 있다는 뜻이었다. 스쳐 지나가면서 죄 찢어버린 모양이었다.

"마취과, 좀만 더 애써봐요."

"아, 네."

"그리고 베슬 클램프 줘봐."

"네."

결심이 선 강혁은 심호흡을 하고는 왼손으로 베슬 클램프를 쥐었다. 그러곤 오른손으로 들고 있던 모스키토를 다시 한번 뭉개진 조직 틈새에 박아 넣었다. 이미 강혁이 어떻게 움직일지 알고 있던 한유림 또한 한숨과 함께 거즈 볼을 좀 더 외측으로 당겼다. 강혁이 모스키토를 벌리기도 했고, 거즈 볼까지 외측으로 당기는 바람에 뭉개진 조직이 찢겨나갔다. 그와 동시에 그나마 눌려 있던 대동맥의 상처가 완전히 정면으로 오게 되면서 피가 튀었다. 기세만 보면 천장에 닿을 것 같았다. 이 방에 있는 사람들은 오히려 피가 예상보다 많이 튀지 않은 것에 놀랐다.

"뭐지?"

자세히 보니 강혁이 왼손으로 쥐고 있던 베슬 클램프로 찢어진 혈관을 물고 있었다. 그것도 혈액의 흐름을 방해하지 않도록, 딱 찢어진 부위만 물고 있었다. 어찌나 귀신같이 물었는지, 총알이 어떻게 지나갔는지 한눈에 알아볼 수 있을 지경이었다.

"다행히…… 앞뒤로 쭉 찢긴 거지, 위아래로 진행하진 않았네.

이대로 닫으면 되겠어."

피가 뿜어져 나올 땐 정말이지 크기는커녕 위치도 가늠하기 어려운 상처였지만, 이렇게 물고보니 생각보다는 별거 아닌 듯해 보였다.

'수혈을 많이 했으니까……. 뭐 파종성 혈관 내 응고 장애가 올 수는 있겠지. 하지만 그건…….'

아까 피 칠갑을 한 군의관과 함께 있던 군의관들이 해결해줄 터였다. 미군 군의관이라고 하면 어느 정도 수준 이상은 되었다. 실제로 지금 마취과도 괜찮은 편이었다. 바이털을 아주 잘 잡아주고 있었다. 지금까지 환자가 살 수 있었던 건, 어쩌면 마취과 덕이라고 봐야 할는지도 몰랐다.

"봉합하지. 실 줘봐."

"아……. 어떤…… 어떤 걸로 드릴까요?"

"마이크로로 줘. 응고 생기면 골 때리니까. 가능성을 최소화해야겠지."

"아, 네. 잠시만 기다려주십시오."

"음."

마이크로 실이 기구대에 나와 있지는 않았다. 다행히 수술실 내에는 있어서 기다리면 나오긴 할 터였다. 시간이 뜬 강혁에게 한유림이 물었다.

"근데……, 그냥 봉합만 해도 될까? 다시 터지진 않을까?"

"응? 아……. 이거? 깨끗하게 찢겨서 괜찮을 거 같은데? 당연히 위로 덮어주긴 할 거야."

"그렇지? 나는 또 그대로 끝나나 해서."

"그럴 수는 없지. 나 이거 봉합하는 동안 나머지 상처나 좀 보고 있어요. 아까도 말했지만 이게 제일 급했던 거지, 다른 상처도 만만치 않아."

"그렇지. 놔두면 다 치명상이지."

"그럼 움직여요. 농땡이 피우지 말고."

"이런 미친."

좀 전에 그렇게 대단한 수술을 보여줘놓고, 강혁은 지금도 엄청난 봉합을 보여주고 있었다. 덕분에 혈관이 아주 빠르게 닫혀가고 있었다. 심지어 혈관 벽 안쪽으로는 실을 거의 통과시키지 않으면서였다.

"홀리 쉿."

미군들 입에서 다양한 감탄사가 터져 나왔다.

강혁은 한유림과의 대화로 에너지를 충전할 수 있었던 모양이었다. 아까보다 확연히 빨리진, 그리고 정확해지기까지 한 손놀림으로 혈관을 닫고 있었다.

'나는 내 할 일을 하라고 했지?'

한유림은 아까 강혁이 말했던 대로 환자의 다른 상처들을 살피기 시작했다. 강혁의 술기에 방해가 되지는 않았다. 애초에 한 손은 여전히 강혁을 보조하는 데 할애하고 있어서이기도 했다.

"흠."

그러니까 한유림은 지금 딱 한 손으로 엉망이 된 배 안을 헤집고 있다는 뜻이었다. 강혁에게 워낙에 오랜 기간 단련되어온 덕에 어렵지 않게 총알이 관통해 나간 곳을 찾아낼 수 있었다.

"음……. 대강 위치를 파악해보자면……."

만약 복부가 아니라 다른 곳이었다면 그냥 상처를 보자마자 봉합하거나 주변부를 정리할 수 있었을 텐데, 하필 배여서 문제였다. 우선 상처가 눈에 보인다고 해도, 이곳이 어딘지 바로 알기가 어려웠다. 장에는 라벨이 달려 있지 않기 때문이었다.

"옳거니. 회장이네. 완전히 뚫렸어."

마르크도 배의 해부라면 자신 있는 편이었지만 아직 한유림이 찾아낸 상처가 정확히 어디에 있는지 파악이 안 될 지경이었다. 마르크는 한유림의 말에 감히 다른 의견을 내지 못한 채 고개만 갸웃거리고 있었다.

"컷."

"아, 네."

게다가 지금 당장은 한유림에게 신경 쓸 겨를도 없었다. 강혁을 보조하는 것만도 벅찰 지경이었다. 분명 이쪽은 매듭까지 다 잡힌 실만 자르면 되고, 강혁은 아예 봉합을 하고 있는데도 그랬다.

"일단 세척하게 이리게이션할 것 좀 줘요."

"아, 네."

다행인 것은 수술실을 지키고 있던 군 의료진들의 수준이 꽤 높다는 점이었다. 수술이 사실상 둘로 갈리기 시작했다는 걸 인지하자마자 곧장 기구 테이블도 2개가 된 마당이었다. 다시 말하면 한유림에게도 간호 장교 하나가 붙었단 뜻이었다. 덕분에 한유림은 곧장 생리식염수를 뿌려가며 상처 주변을 닦을 수 있었다.

“이건 할 수 있으면 장루로 뽑아야겠는데. 음. 뭐 여길 장루로 뽑는 것도 운이 좋아야 가능하겠지만…….”

강혁이 보기에 한유림은 지금 제법 잘하고 있었다. 우선 판단력이 좋았다.

‘저거 그대로 쓰겠답시고 봉합하는 건 미친 짓이지.’

소장을 뚫고 지나간 총알은, 그저 얌전히 지나가기만 한 게 아니었다. 현대전에 쓰이는 모든 개인 화기가 그러하듯 이 총알도 회전하면서 지나간 참이었다. 구멍이 났다고 하는 건 꽤 점잖은 표현이고, 그냥 박살이 나 있다고 하는 것이 옳아 보였다.

“위치는 이쪽으로 할게요. 지금 있는 절개선으로는 무리야. 안 그래도 상처가 안 좋아서……. 또 절개하는 게 부담이긴 한데……. 어쩔 수 없지.”

그사이 한유림은 이미 기구로 물어놨던 부위를 메스로 깔끔하게 자른 채, 그 부위를 밖으로 빼놓고 있었다. 그러곤 또 다른 상처를 찾는 중이었다. 만약 다른 상처가 회장보다 상부에서 발생했다면 지금 이 상처에서부터 상부의 상처 사이의 장은 제거될 참이었다. 그 말은 곧 다른 상처의 위치가 어디냐에 따라 환자의 이후 생존의 질이 크게 달라질 거란 얘기였다. 소장이 아주 기다란 조직이고, 또 동시에 여유분이 좀 있는 조직이긴 하지만, 그래도 너무 많이 자르게 되면 빈 장 증후군이 생길 수 있었다. 제대로 소화가 안 되는 병인데, 그렇게 되면 수명이 줄게 되었다.

"오케이, 여기 있네. 음……."

한유림은 그런 생각을 하는 중에도 계속 배 속을 헤집었다.

"어디……. 뭐 한 50cm는 잘라야겠는데. 그래도 이만하면 괜찮지."

안타깝게도 상처는 지금 상처보다 상부에 있었다. 한유림은 그 부위를 닦아내고 또 다른 기구로 물면서 강혁의 눈치를 슬쩍 살폈다. 한유림이 보기에도 예술에 가까운 봉합이 이어지고 있는 참이었다.

'관통상이 3개입니다.'

그 말은 곧 아직 못 찾아낸 상처가 하나 더 있을 거란 얘기 아닌가. 한유림은 부리나케 기구로 문 부위의 하단을 가위로 잘라내고는, 기구를 배 밖으로 살짝 빼냈다. 한유림은 잘린 장만 건네주고는 다시 배 안을 휘적거리기 시작했다.

"오. 이 근방에 있네. 한 곳만 패, 뭐 이런 건가."

다른 상처 또한 근처에 있었다. 한유림은 안도의 한숨을 내쉰 후, 방금 찾아낸 상처의 위치를 정확히 파악해냈다. 이것도 역시나 회장에 있었다. 근처에 있을 거면 아까 잘려나간 부위에 있었으면 더 좋았을 텐데, 아쉽게도 50cm가량 상부에 위치하고 있었다. 그 말은 곧 대략 장의 1m가량이 잘려나가게 되었다는 뜻이었다.

'뭐……. 빈 장 증후군이 일어날 정도는 아니지.'

상당한 길이가 잘려나가게 된 마당이지만 소화 능력에 심대한 장애를 초래할 정도는 아니란 뜻이었다. 한유림은 다시 한번 안도의 한숨을 내쉰 후, 지금까지 했던 작업을 반복했다.

"음."

기구로 상처 윗부분을 딱 물려는 찰나, 강혁이 수술 부위에 처박고 있던 고개를 들었다. 밑으로는 어느새 깔끔하게 봉합된, 심지어 위로는 단단한 근막까지 덮여 씌워진 복부 대동맥이 모습을 드러냈다. 저만하면 어지간한 충격이 아니고서는 터질 일이 없어 보였다. 군 의료진들도 봉합된 것을 보고는 감탄한 듯 서로 눈을 마주친 후 고개를 끄덕였다.

"다 됐어요?"

담담한 것은 역시나 강혁뿐이었다. 그는 방금 봉합한 부위에서 눈을 떼자마자 한유림의 진행 상황을 물었다.

"어……. 응."

"장루만 뽑으면 되겠네?"

"응."

"다른 상처는 괜찮네. 어깨는……. 그냥 근육만 다쳤지, 뭐 혈관이나 신경은 괜찮아. 실 줘봐."

강혁은 이제 배 안을 모조리 훑어보고는 어깨를 봉합하고 있었다. 놀라운 것은 이 환자가 살아날 확률이 0에서 80% 이상까지 치고 올라왔다는 점이었다.

"자, 배도 닫자고."

"어, 이거 한 땀만 하고."

"마취과, 중환자실이 선내에 있나?"

"아, 네. 준비되어 있습니다. 지금 일부 의료진들이 세팅 중에 있습니다."

확실히 미군이 좋긴 좋았다. 세상에 배 안에 수술실이 2개나 있는 것도 어이가 없는데, 중환자실까지 있을 줄이야.

"준비됐다고 합니다. 함선에서도 움직임 최소한으로 유지하고 있습니다. 이동하셔도 됩니다."

강혁이 배의 시설에 잠시 놀라고 있는 동안 마취과 의사는 여기저기 연락을 돌린 참이었다. 그 얘기를 전해 들은 강혁은 서둘러 고개를 끄덕였다.

"오케이. 갑시다. 내과 의사 있죠?"

"네, 둘 있습니다. 모두 베테랑입니다. 돌아가면서 환자 둘만 볼 예정입니다."

"잘됐네. 간호 장교는?"

"간호 장교는 모두 여섯입니다."

"여섯이라. 중환자실 근무 경험은?"

"전원 있습니다."

"와우."

강혁은 한유림과 다른 의료진들과 함께 환자를 중환자실 침대로 옮겼다. 그러곤 좁은 선내 복도를 따라 침대를 옮겼다. 중환자실은 당연하게도 수술실 바로 옆에 자리하고 있었다. 문을 열고 들어가자, 역시나 비좁은 공간이 강혁을 맞이해주었다. 동시에 '공간에 비해'라기에는 지나치게 좋은 것 아닌가 싶은 기구들 또한 강혁을 맞이했다.

'미친……. 벤틸레이터 때깔 좀 봐라?'

환자 상태에 예민하게 반응해서 모드 변경을 권유한다는, 이번에 새로 나온 모델임에 틀림없었다.

들어서자마자 마취과 의사가 내과 의사에게 환자 상태에 대해 인계하기 시작했다.

"대동맥은 완전히 닫았고……. 새로 출혈이 있을 가능성은 적은데, 그래도 헤모박(피 주머니)으로 나오는 양이 늘면 재수술 가능성이 있어."

"혈액은 얼마나 들어갔다고?"

"10팩 넘게 들어갔지."

"음……."

"파종성 혈관 내 응고가 제일 걱정이긴 해. 다행히 신장은 잘 버틴 거 같아. 수술하는 내내 소변 잘 나오더라고. 그래도……."

"혹시 모르니까 잘 봐야지. 일단 랩 긁고, 엑스레이 찍어봐야겠네."

잠깐 들어도 뭔가 아는 놈들끼리의 대화였다. 걱정할 필요는 없을 거 같았다.

"그럼 좀 쉴까?"

강혁은 한유림을 불렀다.

"응? 어디서?"

"갑판이나 나가보지. 언제 또 미군 배를 타보겠어. 그것도 이만한 배를."

"아……. 하긴."

갑판에 나가자마자 한유림의 입에서 감탄이 터져 나왔다. 강혁이라고 해서 별반 다르지는 못했다. 아라비아해 위의 배에서 바라보는 광경은 그야말로 눈이 부셨다.

"아니, 이거 정말로 눈이 좀 부신데. 선글라스 없어요?"

"진료하러 오는데 무슨 놈의 선글라스를 가져와."

"나이도 있는 양반이 조심해야지. 그러다 백내장 걸려요."

아라비아해. 이름만 딱 들어도 뭔가 낭만적이지 않은가.

"그러는 너는 왜 안 챙겼어! 눈이 생명인 사람 아냐?"

"눈이 안 중요한 사람이 어딨어."

"말꼬리 잡지 말고, 왜 안 챙겼냐고?"

"안 챙겼단 말은 한 적 없는데?"

"어? 와……. 이 새끼 저 혼자 쓰는 거 봐, 이거."

"백 교수님, 여기 계셨군요."

한참 투닥거리고 있으려니 마르크가 갑판 위로 올라왔다.

"아……. 마르크. 환자는 괜찮지?"

"네. 안정적입니다. 앞으로가 고비라고는 하는데……. 일단 지켜봐야겠죠."

"아무튼, 첫 수술 해본 소감은 어때?"

"아……. 정말 대단했습니다. 저는 그런 식으로 중증외상환자…… 특히 화기에 의해 부상당한 환자 처치하는 것은 보지 못했습니다."

"뭘 이 정도 가지고. 군에 있으면 이 정도는 약과 아닌가?"

"아, 아뇨. 그렇긴 하지만……. 아무리 큰 부상을 봤다고 해도, 작은 부상 입은 환자를 제대로 살리지는 못하지 않았습니까? 5함대 군의관들도 엘리트라고 알고 있습니다만……. 그들은 대응하지 못했습니다."

"뭐……. 운이 좋았지. 운이 좋았어. 거기서 총이 아니라 다른 화기에 당했으면 살지 못했을 거야."

정작 그 어마어마한 일을 해낸 강혁은 벌써 아까 행한 자신의 술기를 다 잊은 것 같아 보였다. 덤덤하기 짝이 없는 얼굴을 하고 있었다.

"근데 계속 여기서 보나?"

환자 상태가 괜찮다고 무작정 안심할 수 있는 상황은 아니었다. 한시라도 빨리 제대로 된 후방 지원 병원으로 보내야만 했다.

"아뇨. 바그다드에서 이송 준비 중입니다. 우선 거기로 이송해서 보다가……. 환자 상태가 좀 더 안정화되면 본토로 이송할 것 같습니다."

"아, 교수님."

또 다른 누군가가 강혁을 불렀다. 뒤를 돌아보니, 처음 강혁을 안내했던 군의관이었다.

"응, 무슨 일?"

원래대로라면 지금쯤 쉬고 있어야 할 사람이었다.

"그……. 전화가 왔습니다. 백 교수님을 찾는데요."

전화기를 내밀면서 말했다.

"전화 바꿨습니다. 백강혁입니다."

머릿속엔 여러 사람이 지나갔다. 닥터 제인부터 해서 한국에 있는 재원과 장미 그리고 경원까지. 대체 이곳까지 전화를 할 정도면 무슨 일이 벌어진 것일까.

"아, 네. 백 교수님. 외교부 박계훈입니다."

"외교부?"

"네. 교수님."

반면 강혁은 상대의 입에서 외교부란 얘기가 나오자마자 빠르게 안정을 되찾았다. 적어도 아는 사람이 뭐가 어떻게 된 것은 아니란 뜻 아니겠는가.

"무슨 일입니까? 그보다, 내가 여기 있는 건 어떻게 알았습니까?"

"한구 병원으로 수소문했습니다. 처음에는 알려주지 않다가……. 사정을 듣고 나서는 알려주셨습니다."

"대강은 짐작하시겠지만 기밀입니다."

"네, 네. 물론입니다. 이미 한미동맹 간 핫라인을 통해 확인받았습니다."

핫라인이라. 그 말은 곧 이 통화가 이루어지게 된 경위가 저 위에까지 닿아 있다는 말이었다. 대한민국에서 한미동맹 간 핫라인이란 말을 들을 수 있는 건 딱 두 가지 루트밖에 없기 때문이었다. 하나는 청와대와 미 대통령 집무실, 또 하나는 청와대와 주한미군 사령관 집무실이었다.

'또 무슨 개 같은 일이 벌어졌길래 이 지랄이지?'

보통 중요한 일이 아니라면 절대 쓰지 않을 만한 라인이었다.

'지금 대통령이 박성민이라……. 조금 예상을 뛰어넘을 수도 있기는 한데.'

물론 현직 대통령인 박성민은 예외이기는 했다. 그 인간은 정말로 국민을 위하는 대통령이지 않은가. 말뿐이 아니라는 건 지금까지 보여준 행보로 이미 증명한 바 있었다.

"청해부대에서 부상자가 다수 발생했습니다."

"청해부대?"

"네. 청해부대에 대한 설명이 필요할까요?"

"아뇨, 괜찮습니다."

강혁은 해당 부대가 바로 이 해역에 주둔하고 있다는 사실을 떠올렸다. 거기서 뜬금없이 부상자가 발생할 이유가 있을까? 그것도 다수?

'작전 인계받은 게 우리나라였나.'

무조건 이곳의 병사들을 다치게 한 놈들이 범인일 거란 생각이 들었다. 그 말은 곧 교전이 있었다는 뜻이었고, 목숨이 경각에 달린 이들이 있을 거란 얘기이기도 했다. 해서 강혁은 가타부타 부연 설명을 요구하는 대신, 해야 할 일에 관해 물었다.

"내가 어디로 가면 됩니까? 쓸데없는 소리는 그만두고 그거나 얘기하시죠."

"아."

산 너머 산

박계훈은 강혁의 담백한 질문에 잠시 당황했으나, 무려 대통령께서 직접 전한 말을 떠올렸다.

'백 교수, 그 사람 좀 특이해. 그래도 애국심도 있고……. 무엇보다 사람 생명 살리는 데 미친 인간이니까 협조할 거야. 그 과정에서 자네가 상처받을 수도 있는데, 그건 내가 위로해줌세.'

우리 괴짜 대통령이 또 뭔 소리를 하시나 했는데, 지금 당장 강혁이 하는 말을 듣고보니 바로 알아먹을 수 있었다.

"아, 아뇨. 어디 가실 필요는 없으십니다. 다행히 5함대에 협조를 구할 수 있었습니다. 원래 연합군이기에 어렵지는 않았습니다."

"환자가 이쪽으로 온다는 뜻?"

"네."

"모두 몇 명이지?"

"경상자를 제외하면 4명인데……. 그중 중증도를 따져서 2명만 보낼 예정입니다."

"나머지 둘은?"

"저희 함대에서 응급처치 후 이송합니다."

"음."

함대에서 처치를 한다라. 어지간한 상황이라면 가능은 할 텐데, 문제는 어지간한 상황이 아닐 거라는 데에 있었다. 게다가 대한민국 단기 군의관들은 총상을 낯설어할 터였다. 따로 국가에서 키우는 인재들이 아니라, 그저 민간에서 잠시 빌려다 쓰는 인력이기에 그랬다.

"음."

고민이 길어지는 것은 어쩔 수 없는 일이었다.

'4명을 다 받아? 아냐, 그건…….'

단기 군의관에게만 맡겨두는 것이 못 미더운 것은 사실이었다. 하지만 면밀히 생각해보면, 그들 또한 제대로 된 대학 병원에서 무려 4년을 수련받은 외과 의사들 아닌가. 당당한 전문의라는 뜻이었다.

'완전한 치료는 어려울 수 있어. 하지만…….'

어느 정도 초기 처치는 가능할 거란 뜻이었다. 게다가 이쪽에서 무턱대고 받을 수도 없는 상황이었다. 애초에 수술실이 딱 2개밖에 없는 데다가, 다른 처치실도 별도로 마련되어 있지 않았다. 그 말은 곧 치료에 들어가는 2명 말고 나머지는 거의 방치될 거란 뜻이었다. 그것보다는 청해부대에서 자체적으로 어떤 처치라도 하는 게 백번 나을 듯했다.

"저, 교수님?"

고민이 조금 길어지자, 박계훈이 조심스럽게 강혁을 불렀다.

"아, 미안합니다. 알겠습니다. 준비하고 있겠습니다."

"그럼 보내면 되는 겁니까?"

"네."

"감사합니다."

"감사는 무슨. 내가 감사할 일이지."

강혁은 진심으로 상대에게 감사를 표했다.

'이제 나만 애쓰는 게 아니구나.'

"아니, 아닙니다. 흔쾌히 수락해주셔서 감사합니다. 현장에 그렇게 전달하도록 하겠습니다."

"알겠습니다."

강혁은 미소를 머금은 채 전화를 끊었다. 그러곤 바로 옆에 서 있던 마르크와 군의관을 돌아보았다.

"마르크, 그리고 아까 이름이 뭐라고 했더라."

"니콜라스입니다."

"아, 그래 니콜라스. 둘 중에……, 음."

강혁은 둘을 바라보며 턱을 짚었다. 생각해보니 마르크나 니콜라스 둘 다 실력을 제대로 본 적이 없지 않은가. 누굴 한유림에게 보내고, 누굴 자신의 보조로 쓸 것인지 근거를 찾기가 어렵다는 말이었다.

'아까 수술해놓은 건……. 니콜라스였지.'

수술장에서 처음 마주한 환자는 그야말로 개판이었다. 피 칠갑을 한 채, 여전히 피를 흘리고 있었으니 그렇게 평을 해도 억울할 것은 없으리라. 하지만 엉망진창이었냐고 한다면 그것은 또 아니었다.

'나름 기본에 충실한 외과의야. 그럼 얘를 한 교수님에게 보내

야겠네.'

생각해보니 이곳은 배이지 않은가. 아무래도 마르크보다는 해군인 니콜라스가 더 나을 것 같았다. 게다가 강혁은 마르크를 가르쳐야 할 의무가 있는 몸이었다. 그렇다면 역시 마르크를 데리고 가야 하지 않을까?

'왜 소름이 돋지?'

영문도 모른 채 팔뚝을 쓰다듬기 시작한 마르크를 강혁이 물끄러미 바라보았다.

"너로 정했다, 마르크."

"아, 네."

"그럼 한 교수님, 니콜라스 이렇게 한 팀 짜주시고."

"어어."

"수술방에도 연락 줄 수 있나? 준비하라고."

"네, 그렇게 하겠습니다."

"병실은 여유가 있나?"

"수술 끝나기 전에는 이송이 될 겁니다. 최대한 빨리 이송할 수 있도록 조치를 취하고 있습니다."

"아하."

강혁은 만족스럽다는 표정을 지으면서 고개를 끄덕였다.

"아……. 무선 들어옵니다."

잠시 그러고 있으려니 니콜라스가 치직 거리는 무전기를 집어 들었다. 버튼을 몇 번 누르자, 치직 거리던 소음이 곧 의미 있는 언어로 바뀌었다.

"한국군입니다. 소형 강습함으로 이송 중이라고 하는데요?"

"헬기가 아니라?"

"거리가 애매한 데다가, 날씨가 험해지고 있어서 배로 이동하고 있다고 합니다."

어느새 바다는 거칠어지고 있었다.

"이렇게 흔들리는 상황에서 수술해본 적 있나?"

"맹장 정도밖에는 해본 적이 없습니다. 사실 전투로 인한 손상은…… 흔하지 않아요. 해적들 대부분은 군함을 상대로 전투를 벌이진 않거든요."

"아, 당연히 그렇긴 하겠네."

소말리아 해적들이 암만 정신이 나갔다고 하더라도 함포로 무장한 군함을 상대로 싸우겠는가? 대개는 위협만으로도 물러났을 터였다. 가장 효과적인 전투를 해온 셈인데, 오늘은 아니라는 게 비극의 시작이었다.

"그럼 일단…… 천천히 하는 걸로 해. 흔들리는 상황에서는 쉬운 것도 어려워지니까."

"교수님은 해본 경험이 있으신가요?"

"나?"

강혁은 자신을 바라보고 있는 니콜라스의 어깨를 툭 하고 쳤다. 여유로운 미소를 지어가면서였다.

"정 못하겠으면 도와달라고 해. 일단 내려가자고. 강습함으로 온다며?"

철제 계단을 따라 내려가는 길은 좁고 길었다.

"조심해, 조심. 치료하러 와서 다치면 그게 무슨 꼴이야."

"배가 흔들리니까 그렇지. 이렇게 큰 배가 왜 이렇게 흔들려, 이거."

"마중 나간다잖아요. 이동하고 있으니까 당연히 흔들리지."

수술하기 위해 멈춰 있던 때와는 달리 지금은 배가 달리고 있었다. 고속 기동까지는 아니라고 했으나, 그럼에도 불구하고 배는 사정없이 흔들렸다. 애초에 날씨가 험악해지고 있기에 그랬다.

"어우. 이따 수술할 때는 배 멈추겠지?"

강혁과는 달리 한유림은 걱정이 태산이었다. 이렇게 흔들리는 상황이라면 간단한 절개 배농도 난이도가 급상승할 거 같았다.

"당연히 멈추겠지. 미친놈들도 아니고 칼질하는데 달리겠어요?"

"혹시 모르니까 단단히 말해주라고."

일행이 도크에 다다르자 저 멀리서 물살 가르는 소리가 들려왔다. 아주 거칠었기에 모두들 고개를 그쪽으로 돌릴 수밖에 없었다. 작은 배 하나가 빠르게 이쪽으로 다가오고 있었다. 객관적으로 보면 어지간한 유람선만 한 크기였으나, 지금 타고 있는 배가 워낙에 거대했기에 밤톨만 하게 보였다.

"뭐야, 저기에 환자가 있나? 뭔 배야 저건."

육군, 그것도 국군 수도 병원에서만 군 생활을 했던 한유림은 무슨 배인지 알아보지도 못했다. 군사 훈련이야 다 같이 받지만, 수도 병원은 군 부대라기보다는 그야말로 후방 병원의 성격이 강한 곳이기에 더더욱 그랬다.

"참수리. 나 저거 타본 적 있어요. 강습함급으로 온다길래 좀 이상했는데, 고속정으로 갈아탔나보네."

"저게 참수리인지는 어떻게 알았어?"

"타봤으니까 알지."

"언제?"

"그때 백령도에 환자 생겼을 때……. 그때 기조실장 놈이 어찌나 지랄을 했던지."

"아……. 맞네. 나도 티비에서 봤다. TV고려였나?"

"사고 많이 쳤지, 걔네도. 지금은 개과천선해서 적극 협조하고 있지만."

"어, 뭐……. 그렇지."

협박 때문에 굴종하는 걸 개과천선이라고 하던가. 한유림은 잠시 고개를 갸웃거리다가 이내 웃고 말았다. 뭐가 되었건 간에 지금 잘하고 있으면 된 것 아니겠는가. 중증외상센터는 너무 취약한 분야라서, 현재 어떻게 하고 있느냐만 봐도 모자랄 지경이었다. 그사이 참수리호는 도크로 들어섰다. 누가 고속정 아니라고 할까봐 속도가 무척 빨랐다.

"가지."

"아, 응."

강혁은 배가 완전히 서기 전부터 배를 향해 달렸다. 다행히 참수리호의 선원들뿐 아니라 이쪽 배 선원들 또한 숙련된 사람들이라 정박이 그리 오래 걸리진 않았다. 끼익. 그렇게 배가 멈춰

서자마자 안에 있던 군의관과 의무병이 환자가 실린 들것을 들고 빠져나왔다. 애초에 참수리호가 대한민국 해역에서 하는 일 중 환자 이송도 있었기에 이에 대한 훈련도 이루어지는 모양이었다. 배 위임에도 불구하고 흔들림 없이 달리는 것이 그냥 가능할 리는 없었다.

"아……. 이런 망할. 폭탄이라도 터졌나."

강혁은 그 모습을 잠시 바라보다가 침음을 흘렸다. 멀리서 봐도 환자의 상태가 어떠한지 딱 알 수 있었기에 그랬다. 방탄복을 입은 부위 외의 부위, 그러니까 팔다리가 모두 손상을 입은 상황이었다. 얼굴 쪽도 그랬는데, 무의식적으로 고개를 돌렸는지 얼굴 자체는 그렇게 심한 손상이 있지는 않았다. 하지만 눈에 보이는 것이 전부는 아닌 법이었다.

"폭탄?"

"이따가 설명할게요. 이 환자는 내가 봐야겠어."

"어……. 어어. 알았어. 다른 환자는…… 아, 뒤이어 오네."

강혁은 한유림에게 이렇다 저렇다 설명을 하는 대신 즉시 환자에게로 달려갔다. 한유림은 뒤이어 나온 다른 환자에게로 달려갔다. 이쪽은 총상이었다.

'폭발……. 그래, 폭발 같아 보이긴 한다.'

한유림은 스쳐 지나가면서 본 환자를 떠올리며 고개를 가로저었다. 양측 다리가 정강이 아래로 없어져 있었다. 그 위는 차마 더 자세히 볼 용기가 나지 않았다.

'나는…… 나는 내 환자에 집중하자.'

게다가 지금 한유림에게는 따로 할 일이 있지 않은가. 강혁이 준 환자를 봐야만 했다. 해서 한유림은 계속 달렸다. 잠시 그의 뒷모습을 바라보던 강혁은 다시 환자를 내려다보았다. 손 하나로 들것을 받친 채였다.

"폭발에 휘말린 건가?"

그의 말에 군의관이 사색이 된 얼굴로 고개를 끄덕였다.

"네, 네. 그렇게 들었습니다."

목소리도 사정없이 떨려왔다.

"그럼 지금 취한 조치는?"

"항생제……, 세프트리악손, 레보플로사신 숫 했고 주, 중심 정맥관 통해서 수액 및 수혈 시행하고 있습니다. 아, 환자 혈액형은 B, B형입니다."

사시나무 떨듯 떨고 있는 것에 비하면 나름대로 침착하게 처치를 해온 편이었다. 강혁은 일단 환자가 살아 있다는 것 때문에라도 그렇다는 사실을 짐작할 수 있었다.

"지혈은?"

"일단 지혈대로…… 무릎 아래서 묶었습니다."

"의식은 원래 없었나?"

"네. 처음 이송되어 왔을 때부터 없었습니다."

"그렇군. 음."

강혁은 사라진 두 발을 안타깝다는 눈으로 바라보다가 이내 머리 쪽으로 시선을 옮겼다. 의외로 얼굴은 화상도 별로 없고 상처도 거의 없었지만 강혁의 눈빛엔 아까보다 더한 안타까움이 깃들었다.

'폭발 폭풍(Blast wave)에 의한 손상…….'

수류탄은 정말이지 강력한 무기였다. 보통 우리가 알고 있는 세열 수류탄도 그랬다. 비단 파편에 맞아야만 죽는 것도 아니었다. 그저 폭발에 의해 발생한 폭풍에 휩쓸리기만 해도 사람 몸 정도는 쉽게 망가졌다. 그나마 방탄복으로 가리고 있는 배와 가슴은 보호되었기에 목숨까지 잃을 것 같지는 않았지만, 머리가 문제였다.

'앞뒤로 엄청난 강도로 흔들렸겠지. 그러면서 의식을 잃었을 거야.'

강혁은 슬쩍 환자의 눈꺼풀을 뒤집어 보았다. 아직은 동공이 다른 사람도 알 수 있을 만큼 확장되어 있지는 않았으나, 강혁은 알아차릴 수 있었다.

'뇌압이 올라가고 있어.'

그래봐야 지금 당장 뭘 할 수는 없었다. 마음만 급해졌을 뿐이었다.

"빨리, 최대한 빨리 수술실로 가지. 마르크, 너는 수술실에 전화해서 B형 혈액형 잔뜩 준비하라고 하고. 아, Rh+야."

"네. 교수님."

"그쪽은?"

"아, 아. 최, 최일경 대위입니다, 교수님."

"그래, 최 대위. 같이 달리자고."

"네."

최일경 대위는 정말 용하다는 생각이 들 정도로 빠르게, 또 제대로 뛰었다. 강혁은 곧 수술실 문을 열고 안으로 들어설 수 있었다. 만반의 준비를 갖추고 기다리고 있던 수술실 인원들은 그와 동시에 같이 들어온 환자를 바라보았다.

"아."

그리고 약속이라도 한 듯 모두 탄식을 내뱉었다. 아무래도 대한민국 군의관보다는 실제 전투 손상을 많이 보는 미군 의료진 들답게 딱 보자마자 폭발 손상이라는 것을 알아차렸기 때문이었다. 이 경우 예후는 극악이었다. 우선 사지 손상이 극심하기 일쑤였고, 더 나아가 머리가 다치는 경우가 많았기에 그랬다.

"뭘 그러고 있어! 빨리 마취 걸어!"

하지만 강혁은 희망을 놓지 않았다. 그마저 놓으면 환자가 정말로 죽을 거 같아서였다.

'대통령까지 최선을 다하고 있는데……. 내가 포기할 수는 없지.'

게다가 지금은 혼자가 아니지 않은가. 보이진 않아도, 수많은 사람들이 강혁의 등을 받쳐주고 있었다.

"바로 걸겠습니다!"

강혁의 외침에 마취과 의사가 즉시 움직였다. 이미 환자에 대한 초기 처치는 되어 있던 상황 아니던가. 환자의 목에는 절개창이 나 있고, 플라스틱 튜브가 들어가 있었다. 마취과 의사는 그 튜브에 연결되어 있던 앰부를 제거한 후, 마취 기기를 연결했다.

"오케이. 좋아. 가위 줘봐. 마르크, 넌 일단 다리 닦아."

"아……. 네. 알겠습니다."

그러곤 환자의 일부를 가리고 있던 천을 들추어냈다. 폭발은 그저 바람만 날려 보내지 않았다. 바람과 함께 어마어마한 고열을 같이 보냈는데, 그 결과 손상이 가장 심했던 다리 쪽은 옷이 녹아 상처 부위 근처에 눌어붙어 있었다. 언젠간 제거해야 할 것들이기는 했다.

'일단은 머리……. 머리부터 가자.'

모든 치료가 의미가 있으려면 환자가 살아 있어야 하지 않겠는가. 그렇다면 지금 당면한 과제 중 가장 시급한 것은 역시나 머리였다. 눈으로 보기에 끔찍한 것은 하지였지만, 오히려 생명을 앗아가는 건 머리였다. 우리 뇌라는 게 두개골에 딱 붙어 있는 게 아니지 않은가. 약간의 공간을 두고 뇌척수액에 두둥실 떠 있는 구조였는데, 그걸 충격을 줘서 마구 뒤흔들어버리면 뇌가 두개골에 마구잡이로 부딪치게 되었다.

"오케이, 다 깎았고……. 이쪽에도 닦을 거 줘."

"아, 아. 네."

강혁은 환자의 뇌에 발생했을 부상 기전을 떠올리면서 동시에 빠르게 머리를 깎았다. 간호 장교는 잠시 놀란 표정을 짓다가 급히 베타딘 액에 거즈를 적셔 건네주었다. 어찌나 서둘렀는지 기구로 집어주지도 못한 상황이었다.

"괜찮아. 괜찮아. 어차피 이게 더 빨라."

"네, 네."

"그래도 서둘러. 바로바로 다음 스텝으로 나간다고 생각하라고. 아까보다 더 급해 지금."

"아, 네. 죄송합니다."

강혁은 그렇게 건네받은 거즈를 그냥 손으로 쥐고는 환자의 머리를 문댔다.

"됐고. 손 닦을 테니까, 가운 준비해."

"네."

"마르크, 그쪽도 일단 두고 손 닦아. 이미 지혈됐고……. 절단된 상황이야. 감염만 아니면 그것 때문에 죽을 일은 없어. 저쪽에서 세척하고 소독해놨으니 그럴 가능성은 적겠지."

"아……. 네!"

강혁은 손을 닦으면서 동시에 마르크를 불렀다. 시선은 환자의 다리에 가 있었다. 더 정확히 말하자면 절단 면이었다. 누군가 완력으로 잡아 뜯은 것처럼 불규칙한 상처. 본래 붉게 물들어 있었을 상처는 연한 분홍색을 띠고 있었다. 국군 군의관 그리고 의료진들이 얼마나 열과 성을 다해 세척했는지 짐작이 가능한 부분이었다.

"좋아. 메스."

다시 말하면 지금 이 환자를 살리기 위해 정말 많은 사람들이 애를 썼고, 또 쓰고 있다는 얘기였다. 그 노력이 결실을 맺으려면 어찌 되었건 환자가 다시 눈을 떠야만 했다. 강혁은 절박한 심정으로 메스를 받아 쥐었다. 그와 동시에 미세한 떨림이 찾아들었다. 다른 사람들은 눈치채지 못했지만, 강혁의 바로 옆에 서서 환자를 내려다보고 있던 마르크는 알 수 있었다.

'지금까지도 엄했는데……. 지금 또 바뀌었어.'

수술 준비를 하는 동안에도 숨을 제대로 쉬기 어려울 정도로 무서운 분위기였거늘. 메스를 쥐자마자 그 분위기에 가시가 돋아난 듯한 기분이었다.

"잘 봐둬. 폭발 폭풍 손상에서는……. 그것도 이렇게 근거리에서 일어났을 땐 좀 과감해야 해."

"네."

대답하는 것조차 어려울 지경이었다. 보통 뇌압이 올라갔다고 생각이 될 때 하는 술기는 결국 머리에 구멍을 내는, 일종의 천두술이었다. 지금 강혁이 긋는 절개선은 보통의 경우보다 훨씬 더 길었다.

"이건……."

"폭발 폭풍에 휘말리면 머리는 주로 앞뒤로 흔들려. 그냥 그런 상황이면 구멍만 내도 되겠지. 하지만 이 환자 가슴을 봐."

"가슴?"

가슴은 방탄복에 싸여 있던 곳이었다. 가슴 쪽에는 눈에 띄는 손상이 없었다. 하지만 강혁의 반응이 심상치 않아 자세히 보니 아니었다.

"흉강도 따지고 보면 폐로 꽉 차 있는 게 아니지……. 그렇지?"

"네."

의학 지식이라기보다는 상식에 가까운 얘기였다.

"보면 약간의 멍이 지고 있어. 폐가 앞뒤로 부딪혀서 생긴 결과지."

"어……. 그럼……."

그 말을 듣자마자 마르크의 얼굴이 사색이 되었다. 폐는 상당히 부드러운 조직이었다. 그에 반해 흉곽을 이루고 있는 곳은 일단 뼈로 둘러싸여 있었고, 나머지는 근육을 포함한 살가죽이었다. 둘이 부딪쳤는데 살가죽에 멍이 들었다면 폐는 어떻게 되었겠는가. 내부까지는 어떨지 몰라도 표면은 손상을 받았을 것이 뻔했다. 그 상황에서 계속 공기를 주입한다면 더 많은 폐포가 터지게 될 것이었다. 결국 기흉으로 발전하게 되는 것이다.

"걱정 마."

그런데도 강혁의 태도가 여유로워 다시 보니, 이미 가슴 양쪽에 주삿바늘이 박혀 있었다. 그것도 상당히 굵은 바늘로.

"어……. 언제……."

"아까 소독하자마자 박았지. 저걸로 버텨봐야 15분이야."

"15분."

마르크는 침음과 함께 머리를 내려다보았다. 강혁이 그은 절개선은 거의 우측 옆머리 전체를 아우르고 있었다. 이 말은 곧 이만큼의 두개골을 제거하겠다는 것인데, 그게 15분 만에 될까?

"어디 봐. 15분 안에 여기 끝내고 가야 해."

"네?"

"네? 뭔 대답이 그래? 보조나 해. 의견 제시하지 마."

어찌나 단호한지 뭔가 다른 말을 했다간 죽을 거 같았다.

어느새 절개된 두피 밑으로 두개골이 모습을 드러냈다. 강혁은 그 모습을 보자마자 간호 장교 쪽으로 손을 내밀었다. 아직 한참 남았을 거라 생각하고 있던 간호 장교는 허둥댈 뿐이었다.

"뭐, 뭘 드릴까요."

"드릴."

"드릴……. 버는요?"

"제일 가는 거."

"가는…… 네, 알겠습니다."

그래도 숙련된 간호 장교답게 허둥대는 것은 잠시였다. 곧 드릴을 건네줄 수 있었다.

강혁은 심호흡을 한 채, 드릴 발판을 밟았다. 곧 드릴 돌아가는 소리가 수술실 안에 울려 퍼졌고, 뒤이어 뼈가 갈려나가기 시작했다.

25,000rpm으로 돌아가는 드릴 버. 강혁은 너무 빠르단 말밖에는 표현이 안 되는 속도로 뼈를 잘라내고 있었다. 처음엔 뇌경막을 깔 수는 없으니, 대충 선만 긋고 있겠거니 싶었으나 이제 보니 그것도 아니었다. 뼈 절개가 절반을 넘어 완성에 가까워지게 되니 비로소 알 수 있었다.

'경막만 딱 남겨놨어……. 뼈만 잘랐어……. 어떻게…… 어떻게 이런 게 가능하지?'

"오케이……. 거의 다 왔어. 물 뿌리면서 따라와."

"네."

바로 그때 강혁의 손이 멈추었다. 동시에 드릴 발판에서도 발을 뗐는지 요란하게 울려 퍼지던 드릴 소리도 멎었다. 시끄럽다가 갑자기 조용해져서 그런가, 수술실에 있던 모두는 정적 속에 잠시 움직이지 못했다. 오직 하나, 강혁만이 기구대 위에 있던 기구 하나를 집어 들었다. 끝이 넓적하면서 잘하면 무언가를 벨 수도 있을 만큼 얇은 기구였다.

"읏차."

강혁은 그것을 두개골과 경막 사이에 밀어 넣었다. 원래 뇌경막이라는 건 뼈의 막과 달라붙어 있다시피 해서 이렇게 쉽게 분리될 만한 구조물이 아니었으나, 지금은 예외였다. 너무도 자연스럽게 두개골과 뇌경막 사이가 벌어졌다. 그러면서 동시에 벌어진 틈으로 뇌가 경막에 둘러싸인 채로 불룩 튀어나오기 시작했다. 뇌압이 엄청나게 높다는 증거였다.

"누르지 않도록 주의해."

"네."

"네가 지금 들어 올린 부위 있지? 여기 잡아. 클램프가 됐건 뭐가 됐건. 손에 익은 걸로."

"네, 교수님!"

마르크는 집게 형태의 기구를 이용해 두개골을 집었다. 강혁은 한 손으로 마르크의 손을 잡아 적당히 들어 올리면서, 다른 한 손으로는 계속 두개골과 뇌경막 사이를 박리해나갔다. 뇌라는 조직이 딱딱한 조직도 아니거니와 지금은 압력 때문에 비어져 나오고 있는 와중이라는 걸 생각하면 이것 또한 불가능한 술기라 할 수 있었다.

'이런 게 되는구나…….'

마취과 군의관은 그런 강혁과 완벽 그 자체라 할 수 있는 수술 부위를 내려다보며 고개를 가로저었다.

그사이 뼈가 떨어져 나왔다. 거의 두개골의 절반에 가까운 크기였는데, 당연히 드러난 틈도 거대했다. 올라간 뇌압 때문에 뇌가 비죽 튀어나와버렸다.

"으."

박동에 따라 보옹보옹 올라오는 부어오른 뇌를 바라보는 건 그리 유쾌한 일은 아니었다. 누구라도 잠시 시선을 빼앗길 만한 일이기도 했다. 하지만 강혁은 그 자체보다는 뇌의 손상부터 살폈다. 혹시 출혈은 없는지 확인하는 게 최우선 과제였다.

'부딪치면 붓기만 하는 게 아니지.'

작은 출혈 정도는 괜찮았다. 하지만 혈관이 터져버렸다면 그건 아예 다른 차원의 얘기가 되었다.

"좋아. 유의미한 출혈은 없어. 닫자."

"아……. 닫아요?"

"그래, 시간 없어. 서둘러."

"시간……, 아."

마르크는 강혁의 말을 듣고 나서야 보옹거리는 뇌에서 눈을 뗀 채, 출혈이라는 단어를 떠올릴 수 있었다. 생각해보니 지금 그가 했어야 할 일은 부어오른 뇌를 구경하는 게 아니라 뇌의 손상 부위 및 정도를 평가하는 것이었다. 죄책감과 자괴감에 잠시 망설이고 있으려니, 강혁이 든 봉합 기구가 손등에 부딪쳐왔다.

"정신 차려. 시간 없다니까?"

"아, 네."

반성도 시간이 있을 때나 할 수 있는 것 아니겠는가. 초 단위를 다투는 상황에서는 그것조차 사치였다.

'아……. 8분밖에 안 지났구나.'

마르크는 강혁의 입에서 시간이라는 단어가 두 번 나왔을 때야 비로소 시계를 바라보았다. 그사이에 두개골을 이만큼이나 열다니. 이 사람은 대체 뭘까.

"야! 봉합하는 거 보조하라고!"

"아, 네. 죄송합니다."

한동안 수술실 안에는 봉합하는 소리만 들려왔다. 강혁이 뇌경막 위로 두피를 봉합하는 소리였는데, 두개골이 없는 상태에서 이루어지는 봉합이다 보니 아무래도 좀 기괴할 수밖에 없었다.

"오케이. 다 닫았고."

강혁은 봉합 기구를 내려놓는 즉시 환자의 가슴께로 내려갔다. 그러곤 아까 아무도 모르게 박아둔 주삿바늘을 바라보았다. 16게이지, 그러니까 헌혈 시에나 쓸 만큼 굵은 바늘인지라 아직은 그 기능을 다 하고 있었다. 모니터상으로도 괜찮았다. 마르크는 환자의 산소 포화도가 잘 유지되고 있으면서 동시에 압력 또한 괜찮다는 걸 확인한 후 안도의 한숨을 쉬었다. 하지만 강혁은 눈살을 찌푸렸다. 모니터보다도 예민한 그의 감각 덕이었다.

'소리……. 아까보다 빠져나가는 공기의 양이 늘어났어.'

바늘이 그새 더 넓어졌을 리는 없지 않은가. 구멍 크기는 같은데 더 많은 공기가 빠져나간다는 건, 그만큼 흉강 내 압력이 올라갔다는 뜻이었다. 서둘러야 했다. 여유를 부리고 있다간 환자를 어이없게 잃을 수 있었다.

"흉관 양측에 다 꼽을 거야. 칼."

"아, 네."

간호 장교는 강혁의 말을 듣자마자 즉시 메스를 건네주었다.

"좋아. 빠릿빠릿하네."

강혁은 그런 간호 장교에게 무심히 칭찬을 건넨 후, 칼로 갈비뼈 사이를 찢었다.

'시크하네……. 개멋있네.'

간호 장교가 잠시 감탄하는 사이, 흉관이 들어갔다.

"좋아. 이거 세팅하고. 나는 바로 반대로 간다."

"아, 네."

처음 흉관이 그랬던 것처럼 두 번째 흉관도 순식간이었다. 강혁은 흉관이 꽂히는 순간에 맞춰 아까 자신이 꼽아두었던 바늘을 뽑아냈다.

"환자 바이털 수치 아주 좋습니다."

마취과 의사가 우선 모니터링을 통해 확인해주었다. 강혁은 그 말을 듣기 전에 눈으로 알았다.

'혈압, 심장박동 수, 포화도 다 좋아.'

"이제 다리로 가지. 음."

흉관을 삽입했으니 이제 남은 것은 다리였다.

"이게 다 눌어붙었습니다."

마르크는 아까 자신이 생리식염수를 들이부으면서 살폈던 곳을 가리켰다. 피부 상태를 보면 대한민국 군에서도 엄청나게 들이부은 것 같은데, 그럼에도 옷은 피부 안쪽으로 파고 들어가 있었다. 이 부위는 어떻게 해도 살릴 수 없을 터였다. 잘라내야만 했다.

'어떻게 해야 최소한으로 자를 수 있을까.'

그렇다면 중요한 것은 조직을 얼마나 살릴 수 있을까가 될 터였다.

"어떻게 할까요?"

"잘라야지."

옷은 피부 밖에 있어야만 하는 물질이었다. 그게 피부 안에 들어와 있으면 이물질이다. 이물질이란 것은 결국, 감염원이었다.

'뭐……. 그 새끼들이 멸균 소독하고 공격했을 리는 없겠지.'

얼마나 많은 균이 저기 있을까. 제대로 된 조직이라 해도 버틸 수 없을 텐데. 저곳은 심지어 가장 심각한 손상을 입은 곳이었다. 손상은 무릎 아래에서 끝난 것으로 보이지만, 자세히 살펴보면 무릎 위까지 올라갈 수도 있었다.

'그건 안 되는데.'

재활에 있어 무릎의 존재 유무는 절대적이라 할 수 있었다. 하지 절단 환자 가운데 무릎이 있는 사람과 무릎이 없는 사람은 아예 삶의 질이 달라질 정도였다. 특히 이 환자처럼 양측 하지가 다 잘린 경우에는 더더욱 그랬다.

"옆에 수술은 어찌 되고 있지?"

강혁은 이 하지 수술에 남은 심력을 쏟아붓기로 결정했다. 하지만 그게 가능하려면 한유림이 잘하고 있어야만 했다. 만약 거기서 생명이 위급한 이유로 도움을 청한다면, 이 환자의 삶의 질은 조금 뒤로 밀어두어야만 했다. 아무리 힘든 삶도 죽음보다는 낫다는 것이 강혁의 오랜 믿음이었다.

"아, 알아보겠습니다."

뒤에서 대기 중이던 국군 군의관 최일경 대위가 튀어 나갔다.

*

'살았어……. 살았다……!'

대학 병원에서 오래 일하다보면 어떤 감이라는 게 생기기 마련 아니겠는가. 특히 내과나 외과와 같이 늘 죽음과 맞닿아 있는 분야의 의사들은 더더욱 그랬다. 이 환자는 죽을 것 같다, 살 것 같다, 그런 느낌.

'어떤 형태가 될지는 몰라도……. 살 거 같아.'

말 그대로 목숨만 붙여놓은 형태가 될는지도 모르겠지만, 평생 누군가의 도움이 필요한 상태로 살게 될 수도 있겠지만, 허망하게 이승을 떠나려는 한 젊은 군인을 여기 붙들어놓은 마당이었다.

"야, 지져! 거기! 아니, 미쳤나, 여기! 신경 죽일래? 너네 나라 사람 아니라고 이러는 거야?"

최일경 대위는 옆 수술실 문을 열고 들어가자마자 한유림의 성난 목소리를 들을 수 있었다. 아까 봤을 땐 인상 좋은 동네 할 아버지 같았는데, 지금은 호랑이 저리가라였다. 실제로 체격이 꽤 좋은 편이라, 바로 앞에 있는 미군 측 군의관 니콜라스는 잔뜩 움츠러들어 있었다. 보아하니 뭔가 좀 안 풀리거나 방금 실수를 한 모양이었다. 최일경 대위는 질문을 던지는 대신 발판 하나를 얻어다 바짝 뒤에 붙어 상처를 내려다보았다.

'응?'

보나 마나 개판이겠거니 하고 있었는데, 눈에 보이는 건 나름 깨끗하게 정리된 배였다. 아직 봉합이 되진 않았지만, 딱 보기만 해도 출혈은 멈추었다는 걸 알 수 있었다.

'아……. 목…… 목에 총알이 스쳤구나.'

이렇게 괜찮은데 왜 난리지 하는 생각과 함께 고개를 돌려 보니 환자의 목이 보였다. 그제야 최일경 대위는 첫 출동 당시 받았던 보고를 기억할 수 있었다. 지금 강혁의 수술실에 들어간 하사는 폭발에 휘말렸던 반면에 여기 중사는 전투 중 측면에서 피격을 받았더랬다.

최일경 대위가 빠르게 사태 파악에 돌입한 동안에도 한유림은 쉬지 않고 니콜라스를 갈궈댔다. 적어도 지금의 한유림에게는 그럴 만한 자격이 있었다. 개복한 뒤 순식간에 옆구리에 틀어박힌 총알을 제거했을 뿐만 아니라, 그 총알이 건드리고 있던 혈관까지 복구해낸 참이었다. 이제 목에 난 상처를 빠르게 처치하는 중이었다.

'한 장관님도 확실히…… 백 교수님의 동료구나.'

확실히 한유림은 대단한 사람이었다.

"저, 한 장관님?"

최일경 대위는 험악한 분위기에 비해 환자 상태 자체는 지극히 안정화되었다는 것을 확인했다. 그 말은 곧 비로소 말을 걸 준비가 되었다는 뜻이었다.

"응?"

한유림은 갑자기 들려온 한국어에 고개를 돌렸다.

"아……. 최 대위?"

"네, 한 장관님."

"장관은 무슨. 관둔 지가 언젠데. 아무튼, 웬일이지? 옆방 상황 때문에 왔겠지?"

한유림은 강혁이 있는 방 쪽을 바라본 후, 다시 입을 열었다. 안 봐도 뻔했다. 강혁이 보내서 왔을 터였다.

'이쯤 되면 나를 좀 믿어야 하는 거 아니냐?'

아니, 어떻게 수년을 데리고 지냈으면서 아직도 자기 실력에 의문을 품고 있단 말인가.

"거기 무슨 일 생겼나?"

한유림은 애써 속마음을 감춘 채, 최일경 대위를 향해 최대한 점잖은 목소리로 물었다.

"아……. 아뇨, 저쪽도 정리 중인데……. 백 교수님이 이쪽 상황 알아보라고 하셔서요."

강혁이 대체 어떤 놈인가. 밤새 수술하고 아침 수술 또 들어가도 멀쩡한 인간이었다. 일반적인 수술에서는 정말로 그랬다. 하지만 예외가 있었다.

‘엄청 집중해야 하는 수술인가보네?’

“여긴 괜찮으니까, 하고 싶은 술기 다하라고 전해줘요.”

무슨 일이 벌어지고 있는지 이해한 한유림은 앞뒤 다 자르고 이렇게 말해주었다.

“네? 그게 무슨 말인지……?”

“그냥 가서 전해요. 여러 소리 하게 만들지 말고. 여기도 수술 중이잖아?”

“아, 네. 죄송합니다.”

아마 옛날 같았으면 그래도 좀 친절하게 설명해주었을 텐데, 애석하게도 한유림은 이미 백강혁화가 많이 진행되어버린 뒤였다.

“그, 수술은 잘되고 있으니까 하고 싶은 술기 다 하라고 하십니다.”

최일경 대위는 강혁이 있는 수술실로 돌아와 한유림의 말을 전했다. 그동안 강혁은 잠시 의자에 앉아 쉬고 있던 참이었다. 생각해보면 이미 수술 하나를 완전히 끝내고, 나머지 하나도 꽤 많이 진행하지 않았던가. 쌩쌩하면 그게 더 이상한 일이었다.

“아, 그래? 노인네 자신 있네?”

“네? 아……. 근데 진짜 잘되어가고 있습니다. 적어도 죽을 고비는 넘겼습니다.”

“잘됐네. 그럼……. 다리 시작할까.”

조금이라도 쉰 덕에 기운이 나기 시작하는데, 좋은 소식까지 들리니 힘이 더 났다.

“마르크, 이번엔 잘해. 이게 진짜 어려운 거야. 알았어?”

"아, 네."

강혁은 간호 장교에게 손을 내밀었다.

"여기 있습니다."

그러곤 간호 장교에게 작은 가위를 건네받았다. 아이리스라고 불리는 물건인데, 보통은 코나 귀와 같이 작은 부위를 수술할 때 주로 쓰는 기구였다. 그걸 무려 다리처럼 커다란 부위를 수술하는데 집어 들었다는 건 숨이 턱 막히는 일이었다. 이걸로는 절제하는 데 엄청난 시간과 노력이 들 게 뻔하기 때문이었다.

'하아……. 산 넘어 산이라더니…….'

마르크가 속으로라도 한숨을 쉰 것도 어찌 보면 당연한 일이었다.

강혁은 의자를 끌어다 환자 다리 앞에 앉고는 잠시 한숨을 내쉬었다. 아니, 한숨이라기보다는 심호흡이었다.

'나이는 이제 기껏해야 스물넷 정도…….'

강혁의 시선이 잠시 환자의 다리 밑에 머물렀다. 원래대로라면 종아리부터 발목 그리고 발이 있어야 할 부위인데, 지금은 그저 핏물만 있을 뿐이었다. 이렇게 들여다보는 것만으로도 끔찍한데 다리가 없이 살아가야 할 앞으로의 인생은 어떠할까.

'무릎 아래로……, 끝낸다.'

일반적인 사람이라면 여기서 마음 아파하고 끝이었을 터였다. 하지만 강혁은 그러한 감정을 술기에 대한 집착으로 끌어낼 수 있는 인간이었다. 그것이 비록 자신의 심력을 소모하는 일일지라도 그랬다.

"후."

강혁은 숨을 내쉬면서 작은 핀셋, 에디슨과 함께 아이리스를 움직이기 시작했다. 한동안 침묵이 이어졌다. 그동안 수술실을 채운 건 가위질 소리뿐이었다. 어느 정도 진행되기까지 마르크는 강혁이 뭘 하는지 당최 알 수가 없었다.

'대체 뭘 하는……. 어?'

그리고 그 의문은 곧 해결되기 시작했다.

"좋아, 여기 제거했고. 실."

강혁은 정말로 딱 섬유조직만 제거하고 있었다. 도저히 그게 안 되는 경우에만 섬유조직에 연한 인체 조직을 잘라내었다. 그렇게 제거하고 난 다음에는 봉합이었다.

'지금 이 전체 부위를 저렇게 하려면……. 아무리 이 속도로 간다고 해도 2, 3시간은 걸려……. 2, 3시간이면 환자에게 무리가 갈 만한 시간이지. 하지만……'

가치가 있는 고생이었다. 이런 방식으로 술기를 진행하면 잘려나갈 인체 조직을 최소화할 수 있을 터였다. 그렇게 절반쯤 진행되었을 무렵, 아직 피에 젖은 장갑을 채 벗지도 않은 한유림이 수술실 안으로 들어왔다. 최일경 대위는 설마 그사이에 뭔 사고라도 터졌나 싶어 그를 바라보았다.

'괜찮아.'

한유림은 부산스럽게 만드는 대신 손가락으로 오케이 사인을 보내곤 조용히 강혁 뒤로 따라붙었다. 옆에 있던 받침대를 가져와 밟고 올라서면서였다.

"좋아. 우측은 끝. 그냥 이대로 마무리해도 되겠어. 따로 봉합하거나 피부 당겨올 필요는 없겠어."

마침 강혁은 우측 다리, 그러니까 양측 절단 면 중에서도 특히 심각했던 부위를 정리한 참이었다.

'뭔 짓을 한 거여. 미친놈이……. 설마 저 섬유 눌어붙은 거 일일이 다 제거하고 기운 건가…….'

말 그대로 강혁의 사람을 살리겠다는 일념, 그리고 그 사람을 이왕 살리는 거 제대로 살게 해주겠다는 일종의 집념이 만들어 낸 결과물이라 할 수 있었다.

강혁은 또다시 침묵 속에 절제와 봉합에 돌입했다. 침묵이 깨진 것은 그로부터 대략 20분여가 더 지나서였다. 누군가 다급한 표정으로 들어왔는데, 그가 찾은 건 최일경 대위였다. 최일경 대위는 뭔가 하는 얼굴로 그를 돌아보았고, 수술에 방해가 되지 않도록 아주 작게 속삭였다.

"VIP가 찾으십니다."

"네?"

그러곤 금세 뜨악한 표정을 지으며 밖으로 향했다.

"무, 무슨 일이죠?"

"자세한 연유는 밝히지 않았습니다만 급해 보였습니다. 어서 이쪽으로."

"아, 네."

미군 병사는 그런 최일경 대위를 데리고 통신실로 향했다.

"전…… 전화 받았습니다. 최일경 대위입니다."

"수고가 많습니다. 저는 박성민입니다."

박성민. 대통령의 이름이었다.

"그…… 필승!"

"하하, 필승. 상황 급할 텐데……. 인사치레는 됐습니다. 혹시 환자들은 좀 어떻습니까? 다른 병사들은 우리 배에서 치료가 되어서 다 확인이 됐는데……. 그쪽…… 음. 박한 하사랑 고진성 중사 두 분은 확인이 안 되어서요."

"아, 네. 말씀드리겠습니다."

최일경은 바짝 얼은 상황에서도 차분히 환자 상태에 관해 설명을 이어나갔다.

"그럼 백강혁 교수님하고……. 한 전 장관님하고는 언제쯤 통화가 가능할까요?"

"아……. 아직 1시간 내지 2시간은 더 걸릴 거 같습니다."

"그래요?"

최일경은 그렇게 말한 후에야 지금 한국 시각이 떠올랐다. 이제 막 새벽 2시를 지나고 있을 터였다.

"알겠습니다. 기다리죠. 지금은 이쪽에서 도울 일이 없을 테니……. 기도나 하고 있죠."

최일경 대위가 전화를 받으러 간 사이에도 강혁의 수술은 계속되었다. 손이 한 번 움직일 때마다 엉망이 되어 있던 살에 작은 절개가 지나갔고, 그 틈에 끼어 있던 섬유가 빠져나왔다. 이것만 해도 대단한 일인데, 그렇게 만들어진 상처를 봉합하는 과정이 더더욱 인상적이었다.

강혁의 봉합이 거의 막바지에 다다랐을 때쯤 밖에서 수술실 내에 cctv를 통해 상태를 파악하고 있던 최일경 대위가 들어왔다.

'그래, 아무리 그래도 대통령인데……. 더 기다리게 하기는 좀 어렵지.'

최일경 대위는 그런 생각을 하면서 강혁에게로 다가갔다.

"저……."

최 대위는 일단 수술이 완전히 마무리되었음을 확인한 다음에야 입을 열었다.

"어, 왜."

"아……. 전화가 왔습니다. 이 환자 관련해서."

"아, 난 또 뭐라고. 부대야? 지금 갈게."

"부대는 아니고요."

"그럼 가족이야?"

"아뇨."

"뭐야, 그럼."

"대통령께서 전화하셨었습니다. 지금 기다리고 계시고요."

"대통령? 아, 박성민?"

"네?"

박성민 이름 석 자를 어떤 존칭도 없이 부르자 굉장히 낯설게만 느껴졌다. 그러나 강혁은 아랑곳하지 않았다. 그에게 중요한 것은 상대의 신분이 아니었기 때문이었다.

"오케이. 그럼 이 환자 정리만 좀 부탁할게. 그 정도는 할 수 있겠지."

'이 양반도 참 변하질 않네. 좋은 일이지.'

강혁은 그저 박성민이라고 하는, 멀리 사는 친구에게 전화 온 것이 좋았다. 그리고 그 친구가 처음 취임했을 당시의 순수함을 가지고 있단 사실이 기꺼웠다.

"걸어야 되나?"

강혁은 통신실에 도착한 후 최일경 대위를 돌아보았다.

"아, 네. 아마 이렇게 하면 될 겁니다."

"오……. 잘하네?"

"저희도 정박하면 집에 통화할 수 있는 시간을 주거든요. 소중한 시간이죠."

"아, 맞네. 뜨면 통신 두절이지?"

"네."

강혁은 씁쓸한 얼굴로 고개를 끄덕이고 있는 최일경을 잠시 바라보았다.

"네, 청와대 비서실 조재근입니다. 혹시 백 교수님이십니까?"

누군가 전화를 받았다. 계속 기다리고 있었던 모양이다. 국제 회선에서 청와대로 전화가 들어가자마자 받은 느낌이었다.

"아, 네. 전화 달라고 하셔서요."

"바로 바꿔드리겠습니다. 옆에서 기다리고 계십니다."

"네."

대통령쯤 되었으면 사실 관저에 가서 좀 쉬고 있어도 되었을 터였다. 지금이 집무 시간도 아니지 않은가.

"아, 백 교수님!"

수화기 너머로 들리는 박성민의 목소리엔 그야말로 긴장감이 가득 담겨 있었다. 환자가 어떻게 되었을까에 대한 걱정과 동시에 강혁이 갔으니 살지 않았을까 하는 기대감이 뒤섞였다고 해야 할까? 덕분에 강혁도 껄껄 웃을 수 있었다.

"네. 오랜만입니다."

반가운 마음도 들었다. 뭐가 되었건 이 사람이 아니었다면 대한민국 중증외상센터 시스템은 여전히 현실과 동떨어진 어딘가에서 표류하고 있었을 테니까.

"네, 네. 오랜만입니다. 근데…… 그……. 환자는……. 우리 장병들은 어떻게 됐습니까?"

"아."

박성민은 인사치레 따위는 집어치우고 일단 환자 상태에 대해 물었다.

"괜찮습니다. 둘 다 생명에 지장은 없어요."

"오……. 그…… 다리 심하게 다친 하사도 괜찮습니까? 듣기론……."

"다리……. 무릎 밑으로는 절단이 된 채로 와서 도저히 살릴 수는 없었어요."

"아……."

수화기 너머 탄식 소리가 사방으로 울려 퍼졌다. 옆에 있던 최일경 대위에게까지 들릴 지경이었다.

"하지만 제대로 재활 치료받고 보장구 착용하면 어찌어찌 일상생활은 가능할 겁니다."

"그건……, 그건 다행이네요."

"아마 규정상으로 얼마 이상은 보장이 안 될 텐데……. 그건 좀 부탁드려도 될까요?"

"아유, 당연하죠. 제 사비를 털어서라도 치료하도록 하겠습니다. 이거야 원……. 백 교수님 아니었으면 어떻게 될지 몰랐던 거 아닙니까. 정말 우연히……. 천운으로 살아난 케이스인데 어떻게든 의미 있게 만들어야죠."

다른 사람이 이런 말을 했다면 그저 인사치레로만 여기고 넘어갔을 테지만 박성민만큼은 예외로 둬야만 했다. 이 사람은 벌써 전례가 있었다. 사상 최초로 대통령을 하면서 재산이 줄어들고 있는 사람이기도 했다.

"그건 그렇고……. 파키스탄에 계신다는 건 제가 알았거든요?"

환자 얘기가 끝나고도 전화가 끊기진 않았다. 아니, 끊기는커녕 대화가 더더욱 활기차게 진행되기 시작했다. 강혁 혼자만 박성민을 친우로 여기는 것은 아니었기에 그랬다.

"근데 미군이랑 일하는 줄은 몰랐네요?"

"아……. 어쩌다보니 뭐 그렇게 됐습니다."

"대사관 측이랑도 일하시고……. 이번에 파키스탄 경협도 톡톡히 도움을 받았다고 들었어요."

"뭐……. 그것도 어쩌다보니. 아무래도 사람 살리는 게 주 업무다보니까 본의 아니게 은혜 갚을 만한 일을 만들고 있죠."

"그렇군요. 아무튼……. 파키스탄이 인구가 2억이나 되는 데다가, 인건비가 아주 싸지 않습니까. 그래서 이번에 본격적으로 좀 논의를 나누게 되었어요. 칠성 측이 솔선수범해서 공장 하나를 그쪽으로 짓는데, 법인세 감면에 도로망 건설도 다 우리 쪽 기업에 맡기기로 해서.”

“아……. 그래요? 칠성이 옵니까?”

“네. 칠성. 솔선수범하는 기업이죠.”

“음.”

솔선수범이라. 기업 경영하는 사람들이 설마하니 그렇게 하겠는가. 그만큼 파키스탄의 조건이 괜찮다는 뜻일 터였다.

“그걸 필두로 해서 중앙아시아 측에 보다 좀 적극적으로 진출을 해보려고 해요. 아선 쪽은 자동차인데……. 일단 중고차 시장을 먼저 공략해보라고 했습니다. 일본이 그렇게 동남아를 먹은 전력이 있지 않습니까.”

“아……. 네, 뭐. 저는 자세히는 모르는데……. 순식간에 점유율을 끌어올렸다고 듣기는 했습니다.”

“네. 지금이야 중앙아시아 쪽이 아직 그렇게 소득 수준이 높진 않은데, 일단 인구가 많고 땅도 넓고 지하자원도 많은 곳이라 관심이 많아요.”

“음. 네.”

“그래서 이번에 순방을 좀 돌려고 합니다. 그쪽에서도 대한민국이라고 하면 다들 쌍수를 들고 환영이거든요. 우리 기업들이 요새 세계를 선도하고 있지 않습니까.”

“아, 순방이요?”

"네. 파키스탄도 갈 텐데. 그때 얼굴 뵐 수 있으면 좋겠어요. 아니, 봅시다."

"대통령이 오시면 만나야죠."

"어디서 볼까요. 대사관?"

"아뇨, 아뇨. 거기보다 훨씬 상징적인 건물이 있죠. 지금 경협을 있게 해준 건물이 있어요."

"어디죠, 그게?"

"한구 병원이요."

"한구……병원? 그거……. 느낌이 수도에 있는 거 같지가 않은데요?"

박성민 대통령은 뭔가 쎄한 느낌에 되물었다. 그리고 자신이 지금 너무 무방비로 통화를 진행해왔다는 생각도 들었다.

'아, 맞네……. 이 인간 백강혁이지…….'

야당 원내 대표일 때도 얼마나 벗겨먹었던가. 대통령이 되었다고 달라질 거라 생각했다면 오산이었다. 오히려 더 크게 벗겨먹을 위인이었다.

"그래요, 한구 병원은 한구에 있죠."

"음."

"한구가 어딘지 잘 모르죠?"

"사실 잘 모릅니다. 파키스탄에 대해서는 여기 집무실에서 보고 들은 게 전부라."

"파키스탄이 뭐……. 여러 가지로 우리나라에 유리한 점이 있기는 하지만 그래도 절대적이진 않죠? 그렇게 보고 받지 않았으면 비서들 잘라버려요. 다 간신배들이니까."

"아니……. 지금 이거 스피커 폰입니다, 백 교수님."

"무슨 상관이죠."

"하긴."

상대가 보통 사람이라면야 남들 듣고 있다고 말했을 때 조심하는 척이라도 하겠지만, 강혁은 그런 사람이 아니었다.

강혁은 고개를 가로젓다가 인기척이 인 곳을 돌아보았다. 아까 수술방에 같이 있던 간호 장교였는데, 보아하니 환자 정리가 끝난 모양이었다. 수술을 집도한 의사된 도리로 가봐야 할 터였다.

"그럼 그렇게 알고 있겠습니다. 일정 정해지면 연락 주세요. 전 환자 때문에 가볼게요."

"아, 네. 감사합니다. 그럼 끝까지 잘 부탁드립니다."

"걱정 마세요."

*

며칠 동안 수술 받은 환자들의 예후를 관찰하며 치료하던 강혁과 한유림은 한구로 돌아갈 준비를 마쳤다. 갑판에 서 있으려니 헬기가 다가오는 것이 보였다. 한유림은 약간은 먼눈을 한 채 배를 돌아보았다. 한눈에 다 안 들어올 만큼이나 커다란 배였다.

'환자들은 다 살았어…….'

심지어 강혁이 수술했던 하사도 고비를 완전히 넘긴 참이었다. 다행히 미군 측에서 감사의 뜻으로 마련해준 에어 앰뷸런스를 타고 고국으로 돌아간 것이 어제였는데, 도착하고도 안정적이라는 소식을 전해왔다. 다른 사람도 아니고 박성민 대통령이 직접 나서서 재활까지 책임지겠다고 했으니 걱정할 만한 일은 없을 터였다.

아까까지만 해도 저 멀리 보이던 헬기가 내려앉고 있었다.

“백 교수님! 그동안 정말 감사했습니다!”

니콜라스 대위를 비롯한 군 의료진들이 강혁을 향해 경례를 붙였다. 저 사람들이 볼 때는 강혁이 그야말로 성인군자이긴 할 터였다. 돈도 안 받고 날아와서 사람 살려주고 떠나고 있지 않은가.

“감사는 무슨! 해야 할 일을 했을 뿐인데!”

거기에 더해 강혁은 정말이지 사람 좋아 보이는 미소로 화답하고 있었다. 얼굴이 워낙에 잘생겨서 그런지 보자마자 덩달아 미소가 지어졌다.

“잘 있어요!”

한유림도 최대한 잘생겨 보일 만한 미소를 지으며 인사를 했다.

“자, 그럼 빨리 자리에 앉으시고……. 안전벨트 매십시오!”

기장은 단호한 말투로 외치곤 본격적인 비행에 들어갔다. 강혁과 한유림이 올 때보다 배의 위치가 좀 더 남하한 상황이었다. 작전 때문에 이동해서인데, 덕분에 헬기는 한참 동안 바다 위를 날았다. 배에 있을 때도 지겹게 본 풍경이었지만, 하늘에서 내려다보니 또 느낌이 달랐다. 낮게 기동하는 헬기에서 바라보는 아라비아해라니. 어디 영화에서나 나올 법한 풍광이었다.

강혁은 바깥을 보고 있었다. 정확히 말하자면 육지가 있는 쪽이었다.

"뭐 해?"

"별일 없었나 해서요. 리처드한테 맡겨두긴 했는데……. 거기도 요새 환자 많잖아."

"그거 잠시 비워두면서 그렇게 걱정이 될 거면 애초에 왜 떠난다고 한 거야?"

"뭐……. 떠날 수 있다는 거 자체가 많이 좋아졌다는 거니까. 기억 안 나요? 나 한국대학교 병원 처음 갔을 때……. 거기서 거의 2년 동안 이현종 대위 구하러 갈 때랑 학회 갈 때 말고는 병원에서 살았잖아. 재원이 쓸 만해진 다음에야 자리를 비웠지."

"아……. 그랬지. 하긴…… 그럴 때도 있었네, 그러고보니."

강혁의 말에 한유림의 머릿속은 잠시 몇 년 전으로 돌아갔다. 생각해보면 참 황당하기까지 했다. 기껏해야 몇 년인데, 이렇게 달라질 줄이야. 비단 병원이나 나라의 시스템만 그런 건 아니었다. 사실 무엇보다 많이 변한 건 한유림 자신이었다.

'그땐……. 그땐 기조실장 되는 게 일생일대의 목표이자 꿈이었는데.'

그런 사람이 평생 잘하던 항문외과를 때려치우고 외상 외과의 길을 걷는가 싶더니, 보건복지부 장관이 되고 지금은 제2의 인생을 파키스탄에서 보내고 있었다.

'이게…… 다 이놈 덕이라고 해야 할까…….'

더럽게 고생스러운 길이긴 했다. 하지만 그때로 돌아가면 다른 선택을 할 수 있을까? 아닐 것 같았다. 그 어떤 일을 해도 이만한 보람과 의미를 찾긴 어려울 터였다. 아마도 같은 이유로, 이 잘난 강혁도 오지를 전전하는 삶을 살고 있는 거겠지.

“이 양반은 자면서 웃네. 다 늙어서 배냇짓을 하나?”

“응?”

“다 왔어요. 기면증이 있나……. 말하다가 말고 그냥 자던데?”

“내가 잤어?”

“얼씨구. 이거 진짜 검사를 해봐야 하나.”

정신을 차려보니 한구였다. 해가 졌는데도 익숙한 실루엣이 눈에 들어왔다.

“어유.”

한유림은 고개를 털며 몸을 일으켰다. 헬기에서 내려보니, 웬일로 제인이 와 있었다. 이제는 거의 병원 몸종처럼 되어버린 데니스를 대동하고서였다.

“잉, 웬일이지?”

강혁으로서도 뜻밖의 일이었다. 한구에 온 후 이런저런 일로 출장 다녀온 일이 많았지만, 이 바쁜 제인이 마중 나온 일은 처음이었기에 그랬다. 심지어 제인의 안색이 그리 좋지 않았다.

‘대체 무슨 일이지?’

강혁은 서둘러 헬기에서 뛰어내린 후, 제인을 향해 달렸다. 한유림, 마르크도 그의 뒤를 따랐다.

“뭐야, 왜 왔어?”

“왜 왔냐고? 지금 그런 태평한 말이 나와요?”

"뭔 소리야. 내가 뭔 짓을 했다고."

"이거……. 이것 좀 봐요."

다가가서 본 제인의 얼굴은 그야말로 말이 아니었다. 옆을 지키고 선 데니스라고 해서 딱히 더 나은 모습은 아니었다. 엉망이라고 해야 할까?

"이게 뭔데?"

마지막 쇼

제인이 내민 것을 받아보니, 재생지 비슷한 종이에 프린트한 사진이었다. 박성민 대통령의 얼굴이 떡하니 박혀 있었고, 그 밑으로는 압둘 시장의 얼굴이 박혀 있었다. 우르두어로 뭐라 적혀 있었는데 딱히 읽어보지 않아도 무슨 의미인지 알 수 있을 정도였다.

축, 대한민국 대통령 박성민 한구 방문 기념!

시장 놈이 이때다 싶어서 여기저기 알린 모양이었다.

"내가 이거 때문에……. 지금 병원을……. 병원을 저게……. 저 꼴이 대통령 보기에 좋겠습니까? 그렇지 않아도 미리 후원금까지 보냈던데……. 보도자료를 전 세계에 낸다고 했어요. CNN도 온다고요……."

"우리 병원 꼴이 어디가 어때서?"

"개판이죠! 대한민국 정부 차원에서 지원했다고 할 텐데, 저 꼴인 걸 보이면 대통령이나 백 교수님 체면이 뭐가 됩니까?"

"아……. 오, 거기까지 생각해줄 줄은……."

"일단 따라와요. 와서 청소해요. 윤이 나게 닦으라고."

"어, 언제 오는데."

"일주일도 안 남았어요."

"일주일?"

강혁은 한스가 모는 차량 뒤에 탄 뒤 중얼거렸다.

"아니 그럼 나한테 연락을 했어야 하지 않나……?"

"번호도 말 안 해주셨다면서요. 매번 배랑 핫라인을 연결할 수도 없는 노릇이고. 작전 중 아니었어요, 그 배?"

"아……. 맞네. 위성 전화번호 알려줬어야 되는데. 미안. 내가 근데 원래 번호를 잘 안 줘. 수상쩍은 전화 오면 짜증 나니까."

수상쩍은 전화라. 제인은 한숨을 푹 쉬며 애써 분노를 억눌렀다. 인격 수양이 된 사람이긴 했지만, 그저 노력만으로는 부족한 상황이었다.

"하여간 그래서 그쪽도 당황했나봐요. 대사관 측 연결해서 병원으로 직접 연락이 왔어요."

"아……. 고생했네."

어째 남 얘기하는 듯한 느낌이었다. 이게 다 누구 때문이었는데 이러고 있을까. 제인은 왜 한유림이나 리처드가 강혁에게 그렇게 많은 것을 배우면서도 이따금 강혁을 두들겨 패고 싶어 하는지 알 것 같았다.

"고생……했죠. 엄청 했다고요. 청소야 우리가 해도 돼요. 그것도 좀 억울하긴 하지만 해도 된다고. 근데……."

'이게 다 너네 나라 대통령 체면 때문이라고!'

상대는 백강혁과 한유림을 배출한 나라의 대통령이었다. 제인으로서는, 또 한구 지역으로서는 절대 갚을 수 없을 거라 단언해도 좋을 만큼이나 큰 은혜를 베풀어준 사람들의 나라란 얘기였다.

“그래, 백 교수. 듣다보니까……. 닥터 제인 말 중에 틀린 말이 하나도 없네. 이렇게 생각해주는 게 얼마나 고마운 일이야.”

다행히 한유림이 같이 있었다. 이 노회한 정치인 출신 의사는, 타고나기도 강혁과는 좀 다르기도 했거니와 경험을 통해 배운 것이 차원이 달랐다.

“이게 경협에 도움이 될 거라고 백 교수 입으로 그랬다며. 근데 이걸 개판 쳐놓으면 사람들이 뭐라고 생각하겠어?”

“제 말이 그 말입니다.”

“음…….”

“음이 아니라 이럴 때는 알겠다고 해야지.”

“어휴.”

“알겠어. 알겠어. 거참……. 아무튼, 가서 그럼 청소만 하면 되나?”

자기가 초대한 대통령이 온다는데 청소만 해도 되냐니. 제인 입장에서는 이따위 질문을 듣는다는 게 정말이지 분통 터지는 일이었지만, 분명한 것은 아까보다는 대화에 진전이 있었다는 점이었다. 그게 중요했다. 강혁과의 대화에서는 뭐가 어찌 되었건 이쪽이 의도하는 쪽으로 아주 조금이라도 끌려왔다면 그걸로 성공이었다.

“아니, 아니. 청소는 우리 한 교수님이 할 거예요.”

"응? 그럼 백 교수는 뭐하고? 특별 대우야?"

"아뇨……."

제인은 강혁에 대해서는 유독 피해 의식에 시달리는 한유림을 돌아보고는 한숨을 쉬었다.

"백 교수님은 더 중요한 일이 있어요."

"중요한 일?"

"난 모르겠는데."

"보안이요, 보안. 여기가 엄청 안전하다고 했다면서요."

"안전……. 안전하지 않나?"

차량은 이제 덜컹거리는, 그러니까 헬기 때문에 새로 만들어 놓은 도로를 빠져나와 한구로 향하고 있었다. 오래된 건물들이 드문드문 보였는데, 하필이면 총알 자국이 선명하게 남아 있었다. 아마 예전에 있던 테러 또는 분쟁 때문일 터였다. 제인 또한 그 자국을 보면서 말을 이었다.

"안전이라뇨……. 지금이야 협정 때문에 테러가 없지만, 원래는 이렇지 않았다고요. 특히 한구 조금 외곽에서는 심심하면 터지던 게 폭탄인데……. 오죽하면 한구 병원에 폭발에 대한 매뉴얼이 있겠어요."

"음, 아무튼, 그래서?"

"대한민국 대통령이 여기까지 와서 만약 테러당해봐요. 어떻게 되겠어요?"

"아."

박성민은 대한민국 역사상 가장 사랑받는 대통령이라 할 수 있는 인물이었다. 좌우를 아우르는 그의 정치적 이념은 대다수 국민의 공감을 이끌어낸 지 오래였다. 그런 사람이 만리타향에서 테러라는, 세상에서 가장 비겁한 수단에 쓰러진다? 대한민국 사람들이 가만히 있을 것 같지 않았다.

"그건 막아야지."

"그래요. 그 뭐 연락하는 사람들 있잖아요. 다 소집해서 동선 짜고 하세요."

"구체적으로 어떻게?"

"그건……. 그건 교수님이 해야죠. 내가 이런 걸 뭘 알아요. 환자 치료나 하지."

"나도 의산데."

"그렇게 뻔뻔스럽게 말하기엔 지난 행적이 지나치게 수상하지 않나요?"

강혁은 자신을 빤히 바라보는 제인의 눈동자를 들여다보았다. 빛바랜 파란 눈에서 진심이 느껴졌다.

'뭐 그렇게 생각해도 내가 딱히 할 말이 있는 건 아니지.'

그렇지 않은가. 여기 와서 행한 일들 태반은 의료인으로서가 아니라, 난폭한 천사 백강혁으로서 행한 일들이었다. 시리아에서의 PMC 경험이 여기서 도움이 될 줄이야.

'이번에도 다르진 않겠지.'

해서 강혁은 긍정의 의미로 고개를 끄덕여주었다. 그사이 차량은 한구 병원 안으로 미끄러지듯 들어갔다. 그와 동시에 강혁과 한유림은 감탄을 내뱉었다. 건조한 날씨 탓에 먼지색이 되었던 한구 병원 건물이 하얗게 변해 있었다.

"오……?"

"와, 이렇게 칠해놓으니까 이쁜데?"

제인은 숨김없이 놀라는 둘을 보며 뿌듯함을 느꼈다. 이렇게 칠하고 보니 제인의 마음 또한 좋았기 때문이었다.

"살수차 빌려서 닦고, 새로 칠했어요. 마침 한구 지방에 건설이 붐이라……. 자재 구하는 게 어렵진 않았어요. 여기 데니스가 엄청 도와줬어요."

"그거라도 해야지."

물론 강혁의 입에서는 좋은 말이 계속 나오지 않았다. 강혁은 거기까지 말하곤 도망치듯 차에서 내렸다. 아까 제인에게 듣고 보니, 보안이 아주 중요하다는 것을 깨달았기 때문이었다.

'그래도 조심은 해야지…….'

방심해서는 안 되었다. 세상에는 나쁜 놈도 많고, 미친놈도 많았으니까. 대한민국 대통령을 암살하게 되면 세상의 이목이 여기에 쏠리게 되지 않겠는가. 그런 꿈을 꾸고 있을 놈이 단 한 명도 없다고는 말하기 어려웠다. 강혁은 전화를 꺼내들었다.

"어, 너 좀 와야겠다."

"아, 왜……."

"오라면 좀 와. 이유는 말 못 해."

"중요한 일이야?"

"중요한 일 아니면 부르겠냐?"

"알겠다……."

그래서 일단 탈레반 지도자 오마르를 불렀다.

"자경단 일은 잘돼가나?"

"요새는 일이 없죠. 한구는 안전해져서."

"할 일 생겼으니까 좀 와."

"무슨 일로요?"

"이유는 말 못 해."

"알겠습니다."

자경단 지도자도 불렀다.

"스미스."

"안 그래도 언제 연락하려나 했네."

"올 거지?"

"가고 있어. 헬기 시간에 맞추려고 했는데……. 약간 늦어졌네."

CIA 스미스는 알아서 오고 있었다. 강혁은 그렇게 지도자 셋을 부르곤 벽을 바라보다가, 이내 문을 열고 소리쳤다.

"야! 하마드! 튀어와!"

생각해보니까 한 명이 더 있었다. 지금이야 한구 병원에서 허드렛일이나 거들고 있었지만, 알고 보면 어엿한 요원이었다. 심지어 파키스탄에서는 그 위명이 어마어마한 ISI의 요원이었다.

"네, 네."

강혁 앞에서야 요원이 아니라 그냥 하인처럼 보였지만.

"여기서 좀 대기해. 사람들 다 모이면 얘기 좀 하자."

"어……."

"뭐, 할 일 있어?"

"화장실 청소 감독……."

"아, 너 그런 거 하고 있었구나. 일단 오늘은 열외."

"감사……. 감사합니다."

강혁의 명에 의해 2층 후미진 방에 앉게 된 하마드는 옅은 한숨을 내쉬었다. 하도 화장실에 오래 있다 와서 그런지 숨에도 냄새가 묻어나는 느낌이었다.

"음. 여긴가?"

휘유 하고 한숨을 몇 번 더 쉬고 있으려니, 누군가 안으로 들어왔다.

"뭐야, 누가 있네?"

"어……!"

"나 알아?"

"아뇨, 모릅니다."

하마드는 모른다고 하고는 티 나지 않게 고개를 돌렸다.

"어, 제일 일찍 왔네?"

"마침 가까이 있어서."

어차피 강혁과 대화를 하기 시작한 덕에 하마드는 상당히 수월하게 생각을 이어나갈 수 있었다.

'맞지? 시발, 맞지?'

아무리 봐도 자신이 알고 있는 그 얼굴이었다. 이렇게 직접 보는 거야 처음이지만, 사진상으로는 숱하게 본 얼굴이지 않은가. 정보 관리 교육까지 받은 마당인데 잘못 봤을 리는 없었다.

'오마르……. 탈레반 지도자 중 하나이자…….'

게다가 오마르는 현 파키스탄 탈레반 지도자 가문의 후계 중 하나였다. 그야말로 거물이라는 얘긴데, 이렇게 갑자기 한구 병원에서 마주치게 될 줄이야. 하마드는 어떻게든 본부에 연락해야겠다는 생각만 들었다. 위에서 어떤 명령이 내려올지는 알 수 없었지만, 어찌 되었건 알려두기는 해야 할 터였다.

"아, 여긴가?"

그때, 누군가 비슷한 어조로 중얼거리며 방 안으로 들어왔다. 자경단의 단장이었다. 탈레반에 대항하기 위해 만들어진 수니파 계열 무장 단체로, 이 또한 ISI에는 요주의 단체라 할 수 있었다. 탈레반 잡겠답시고 민간인들까지 공격했던 전력이 있었으니 당연한 일이었다.

'이런 미친. 이 둘을 한 방에서 보게 된다고?'

당장 총이라도 빼 들지 않으면 다행이었다. 세상에 이 두 단체만큼이나 앙숙인 단체도 드물 것이기 때문이었다. 어떻게든 밖으로 도망간 후, 본부에 알려야겠다는 생각을 하며 슬금슬금 밖을 향해 이동하고 있는데 강혁이 어깨에 손을 툭 하고 올렸다.

"아, 둘은 서로 알고. 여긴 처음 보지? 알아두면 좋을 애야. 인사해. ISI의 하마드. 지금 여기 뭐야, 한구 지구 지부장격으로 있어. 뭐 하는 일은 거의 없는데……. 그래도 뭐, 직함은 그래."

"아……."

"죽이라고? 선물인가?"

자경단은 가만있었지만, 오마르는 허리춤을 급히 뒤졌다. 칼이 있으면 그걸로 냅다 목이라도 자를 것 같은 표정을 하고서였다.

"아니, 쌍으로 미쳤나. 죽이길 왜 죽여. 다 협조하라고 온 사람들인데. 협정 잊었냐? 너희들 여기서는 다 협조하는 사이야. 밖에서는 모르겠지만."

"아……. 다 알고 있는 사이야?"

"그래. 내가 다 조율해서 넘어가도 되는 정보는 넘기고, 아닌 건 거르고 있어. 근데 나도 떠나야 되잖아."

"그렇지."

"얘가 그 역할 도맡아 해야지."

"우리가 얘를 어떻게 믿고?"

"가족 관계 증명서가 있어. 써먹을 일이 없어야겠지만, 필요하면 내가 보내줄게. 팩스 번호는 아니까."

"아하."

하마드는 이게 실화인가 싶었다. 탈레반과 이런 식으로 거래를 하는 '의사'가 있다니.

"인마 눈 깔아. 이렇게라도 해야 여기가 발전하는 거야. 오마르 얘는 뭐 거저먹는 줄 아냐. 탈레반 내에 불만거리가 얼마나 많은데. 그거 다 내가 준 돈으로 틀어막고 있는 거야."

"여……. 다 모였네."

하마드가 의문 가득한 얼굴로 두리번거리기 시작했을 때쯤, 이 모든 일의 해답이라 할 수 있는 사람이 들어왔다. CIA의 스미스였다. 그간 수염을 길러서 그런가 중후한 인상을 풍겼다.

"탈레반에 자경단, 그리고 ISI라."

들어오자마자 각각의 출신을 슥 하고 읊었는데, 그와 동시에 하마드는 눈앞의 중년 아저씨가 자신보다 훨씬 윗줄이라는 것을 깨달았다.

'나는 이 사람이 누군지 전혀 모르는데…….'

정보기관 측 사람들에게 있어 정보의 격차는 곧 신분의 격차를 의미하지 않던가. 내가 접근 가능하지 않거나, 아예 모르는 사안을 아는 사람은 나보다 높다고 보는 것이 옳았다. 즉시 태도를 달리한 하마드를 보며 스미스가 웃었다. 마음에 들었다는 뜻이었다.

"훈련 좀 받았나보네."

"그…… 누구신지 여쭤봐도 되겠습니까?"

"안 될 거 있나. 어차피 요새 그쪽이랑 우리 같이 작전도 좀 하고 있는데."

"감사합니다."

"CIA 스미스야."

"스미스……. 그 스미스?"

"뭔 얘기하는지 모르겠지만 내가 맞을걸."

"아……."

하마드는 더욱더 겸손한 태도를 취했다. 중동아시아 일대에서 활동하고 있는 스미스라면 거의 전설로 취급되는 사람 아니던가.

"자, 이제 잡담은 그만하고……. 얘기하자고."

이 대단한 사람을 앞에 두고도 강혁은 전혀 주눅 드는 모양새가 아니었다. 아니, 오히려 더 윗사람처럼 보였다.

'애초에……. 이 인간이 불러서 온 거야? 진짜야?'

말이 되나 싶었지만. 뭐 어쩌겠는가. 일이 이렇게 진행되고 있는데.

"첫 번째 안건은 일단 우리나라 대통령께서 오셔. 그러니 만전을 기해야겠지. 일단 CIA에서 동선 체크랑 다 해서 넘겨줬는데……. 그거 잘 지켜주고. 니들은 그냥 오질 마. 아무도. 수상한 애들 있으면 다 쏠 거야."

"아……. 이해했습니다."

"좀 억울한데."

"억울해도 어쩔 수가 없어. 집안 단속 백 퍼센트 된다고 확답할 수 있어?"

"안 되지."

"그럼 까라면 까."

"알았다……."

강혁은 거기까지 말하고는 하마드를 돌아보았다. 하마드는 여전히 어이없다는 얼굴을 하고 있었다.

'탈레반은 아예 아랫사람이네. 까라면 까라니.'

ISI 국장이라고 해도 저 앞에서 저럴 수는 없을 터였다. 뭐가 어찌 되었건 이슬람 원리주의자인 탈레반은 대중의 지지를 받는 집단이지 않은가. 모든 대중이 그렇다고 볼 수는 없겠지만, 적지 않은 대중의 지지를 받는 사람을 함부로 대하는 것은 정치적인 부담이었다. 누가 됐든 지금 강혁처럼 함부로 했다가는 쥐도 새도 모르게 쓱싹 당할 위험조차 있었다.

"뭐 하냐. 집중 안 해?"

"네? 아, 아뇨. 집중합니다."

"그래. 너도 할 일이 있어."

"아……. 어떤……."

"어떤 일은 무슨. CIA 애들이 대놓고 활동할 수 있겠냐? 국정원에서 오기야 올 텐데 너희도 도와야 할 거 아냐. 시장이랑 짝짜꿍해서 신원 확실한 사람들만 환영 인파에 속하도록 해."

"그건……. 그건 쇼 아닙니까?"

"몰랐구나? 이거 다 쇼야. 뉴스에 보기 좋은 그림이 나가야 될 거 아냐. 다 좋은 일 하자고 하는 건데 조작 좀 하면 안 돼?"

"그……."

그래도 안 되지 않나? 하는 생각이 들었지만. 지금 그런 말 했다가는 죽을 거 같았다. 탈레반도 모자라 CIA까지 휘두르는 사람 말에 반기라니. 미친 짓이었다.

"알겠습니다. 네. 그렇게 하겠습니다."

"좋아, 다음 안건. 사실 이게 더 중요해."

더 중요한 안건이라는 말에 다들 자세를 바로 했다. 이곳 한구에서 대한민국 대통령의 방문보다 중요한 일이 뭐가 있을까. 강혁은 긴장감에 딱딱하게 굳은 면면을 돌아보았다.

"다들 알다시피 내가 이제 여길 뜰 거야. 영영 뜨는 건지 아닐지는 모르겠는데, 하여간 뜰 거야."

"이거야 원……."

"후임자가 저놈이라니."

그와 동시에 오마르와 자경단장 모두 고개를 가로저었다. 처음 강혁이 협정 운운할 때만 해도 말도 안 된단 생각이 들었지만, 그렇게 지내다보니 확실히 장점이 있었던 탓이었다. 그저 죽어나가는 동료나 부하의 수가 줄어든 정도가 아니었다. 이 지역 전체가 변하고 있었다. 거리엔 활력이 넘치고, 사람들은 웃었다. 협정 전까지만 해도 상상할 수 없었던 모습이었다.

"내가 단단히 당부하고 가니까 걱정 마. 그리고 내가 저놈 비밀 다 쥐고 있다니까? 수틀리면 넘길 거야."

"정보국 사람이잖아. 아무도 모르게 빼돌리면 어쩌지."

"이슬라마바드에서 일어나는 일 중에 내 이목을 벗어나는 일은 없다고 봐도 돼."

"하."

광오하기 짝이 없는 말이었다. 하지만 그 말을 내뱉은 것이 다름 아닌 백강혁 아닌가. 이 자리에 있는 사람 중 누구도 강혁을 일개 의사로 여기지 못했다.

"그럼 믿을 만하구만."

"너네도 마찬가지야. 뒷구녕으로 이상한 일 벌일 생각은 하지 말라고. 만약 여기서 폭탄이 터진다? 그럼 너네 본거지도 다 날아가."

"아니……. 본거지를 어떻게 알고?"

"내가 새로 배운 취미가 드론이야."

"헐."

"CIA에 넘기진 않았으니까 걱정 말고. 근데 이상한 짓 하면 넘길 거야."

"허……."

어찌나 태도가 당당한지 오마르는 살의도 품지 못했다. 어차피 여기서 덤벼봐야 강혁에게 제압될 것이 뻔하지 않은가. 게다가 이곳 한구 병원은 강혁의 본거지였다. 이미 이 지역에 주둔 중인 미군들마저 손아귀에 넣은 사람이었다. 무슨 일이 벌어진다면 즉시 행동에 나설 것이 뻔했다.

"그리고 스미스. 너도 한구 병원에 적극 협조해. 뭐 돈 뜯거나 그러겠다는 게 아니라……. 그냥 약속한 거만 지키라고."

"물론이지. 어차피 우리는 계속 같이 작전에 나설 건데……. 약속은 잘 지키는 편이야."

"그래, 그래야지."

강혁은 마지막으로 다시 스미스를 바라보며 대화를 일단락 지었다.

'한구 병원은 지금 이대로만 돌아가도 성공이지.'

자신이 키웠다고 해도 과언이 아닌 병원 전경을 떠올리면서였다. 사실 떠나기로 마음먹기까지 갈등이 없었던 것은 아니었다. 국경없는의사회의 유구한 역사를 통틀어서도 유래를 찾아보기 어려울 만큼이나 성공적인 프로젝트 아니었던가. 병원이 완전히 자리를 잡고, 이를 통해 지역 사회가 변화되고 있었다. 진정한 구제가 일어났다는 뜻이었다.

'누와라엘리야에서도 이렇게 일이 잘 풀릴까?'

제아무리 강혁이라고 해도 어떻게 매번 성공만 할 수 있겠는가. 만만한 현장으로 떠나는 것도 아니고, 거의 불모지라 할 수 있는 곳으로 떠나는 마당에 마냥 자신하고만 있을 수는 없는 노릇이었다. 그런데 이런 사례를 두고 떠나는 게 어찌 쉬웠을까.

'어찌 되었건……. 가야 해. 가고 싶어졌어.'

하지만 봉사라는 건 본래 합리적인 게 아니었다. 만약 이 세상의 봉사 단체들이 합리적인 사람들에 의해서 만들어졌다면, 지금과는 많이 다른 형태를 하고 있었겠지.

'그래도 여긴 스미스가 책임진다고 했으니까, 걱정은 덜 수 있어.'

하마드에게 후임을 맡기겠다고 하기는 했지만, 강혁이 볼 때 저 친구는 아직 애송이에 불과했다. 제아무리 국장을 통해 압박을 준다고 해도 백 퍼센트 믿을 수는 없었다. 그러나 스미스라면 얘기가 달랐다. 이 인간은 강혁이라고 해도 감히 얕잡을 수 없을 만한 위업을 달성한 사람이었다. 지금이야 필요에 의해 강혁에게 숙이고 있지만, 상하 관계로 두기는 어렵단 얘기였다. 그런 인간이 명예를 걸고 약속을 해주었다면 믿을 수 있었다.

"좋아. 그럼 너희는 일단 애들 단속하러 가보고. 스미스랑 하마드는 시장 불러다 구체적인 안을 짜보라고."

거기까지 생각이 미친 강혁은 돌연 축객령을 내렸다. 황당했지만 따르지 않을 수도 없었다. 오마르와 자경단장은 왔을 때처럼 갑자기 떠났다. 그리고 시장이 찾아왔다. 하마드로서는 정말이지 혼란스러울 수밖에 없는 상황이었다.

'아니 오란다고 오고 가란다고 가는 사람이 하나둘 있는 것도 대단한 일인데, 그게 탈레반이고 시장이야? 미친 건가.'

여기서 지내는 동안 강혁의 능력을 보기는 봤더랬다. 의학에 관해서야 문외한이었지만, 그런 하마드가 보기에도 이게 사람인가 싶을 정도의 실력자이기는 했다. 꼼짝없이 죽을 거라고 생각했던 사람이 살아나고, 또 저 사람은 평생 장애를 안고 살겠구나 했던 사람이 멀쩡히 걸어서 나가는 것을 한두 번 본 것이 아니었다.

'그것뿐만이 아닐 거라고 생각하긴 했는데……. 이건…… 이건 진짜 내 예상을 너무 빗나가는데.'

하지만 지금 강혁이 보여주는 힘은 단지 뛰어난 의사가 보여줄 수 있는 범위를 아득히 넘어가 있었다. 경외감이 들 지경이었다. 정보국 요원으로서 닿고 싶은 끝의 모습이 여기 있었으니까. 자신이 가진 힘과 정보 그리고 능력을 적재적소에 활용해서 자신이 원하는 대로 상황을 이끌어가는 사람이지 않은가.

'사인이라도 받아둘까.'

뭐 이런 생각을 하는 동안 강혁의 안내에 따라 시장이 자리에 앉았다.

"아, 오셨어?"

정작 강혁은 자신의 능력에 별다른 감흥이 느껴지지 않는 모양이었다. 그저 여느 때와 같은 표정과 말투로 시장을 대하고 있었다. 다시 말하면, 정말이지 싸가지가 없는 모습이었다. 시장은 감내하고 있는 듯 보였다.

'이 인간은 간다…….'

일단 강혁이 여기 계속 있지는 않을 거란 것을 되뇌고 있었다.

"중요한 일이라는데 와야지."

"그래, 시장님이 참 적극적이어서 좋네. 야, 너도 와서 앉아. 네가 사람들 선별해야 해."

"아, 네."

강혁은 그런 시장이 기꺼웠는지 미소를 지어 보이고는 턱으로 하마드를 불렀다. 그러곤 아까 나눴던 얘기를 더욱 구체적으로 꺼냈다.

"일단 사고 칠 가능성이 개미 눈곱만큼이라도 있으면 배제해. 그건 할 수 있겠지?"

"네? 아, 네. 물론이죠. 가능합니다."

"뭐……. 수도에서도 사람들이 좀 올 거야."

"네?"

"아까 말했잖아, 이거 쇼라고. 무명 배우들 좀 쓰려고 해. 버스 대절해서 올 거야. 걔네들 막 울고 그럴 거거든? 눈에 잘 띌 만한 곳에 둬."

"아……."

쇼라는 게 진심이었구나. 배우까지 쓸 거라니. 하마드는 아득한 기분에 저도 모르게 고개를 끄덕였다.

"그래, 뭐……. 일단 환영 인파는 그렇게 하고. 저격수 배치는 우리가 해야겠지?"

"하마드랑 잘 조정해봐요. 대면 경비는 ISI 쪽이 좀 하고, 아닌 경우는 CIA가 하고."

"그래, 우리 쪽에서도 힘을 써봐야겠네. 다른 사람도 아니고……."

대한민국은 미국에서도 무시할 만한 국가는 아니었다. 우선 동북아에 위치한 강국이지 않은가. 북한, 중국, 러시아가 모여 있는 지역에서 만약 대한민국이 저쪽으로 돌아서거나 유보적인 태도를 취하게 된다면 다음은 일본이었다. 그 말은 곧 태평양의 패권이 훅 하고 넘어갈 수 있다는 얘기였다. 꼭 강혁의 말이 없더라도 최선을 다할 수밖에 없었다.

"그래, 박성민 대통령이 잘하고 있잖아? 나름 국제사회에서도 위상이 높던데?"

"지금 한국 경제가 좋으니까 그럴 수밖에 없지. 기업들 투자받으려는 나라에서는 눈치를 봐야지."

"하여간 그러니까 잘해달라고."

"사고 나면 나부터가 잘려. 신경 쓰는 정도가 아니라……. 수도로 돌아갈 때까지는 나도 있을 거야."

"오?"

"어차피 ISI 쪽도 뭐……. 지지부진해서, 할 일이 많지도 않아."

"좋네, 좋아. 그럼 다들 최선을 다해서 한구 홍보에 힘써보자고."

"오케이."

스미스는 마음이 급한지 얘기가 끝나기가 무섭게 몸을 일으켰다. 강혁은 그를 만류하는 대신, 하마드와 시장만 따로 남겨놓은 채 뒤를 따랐다. 그와 동시에 방 밖에서 대기 중이던 데니스가 모습을 드러냈다.

"음?"

"이왕 대통령 오는 거 활용할 수 있는 건 다 활용해야지."

"무슨……."

스미스는 이놈이 대체 여기 왜 왔나 하는 얼굴이었다. 지금 아주 잘하고 있는 놈이긴 했다. 기대 이상으로 사업을 잘 꾸리고 있지 않은가. 벌써 거미줄처럼 확장해서 파키스탄 서북부 지역에 낸 지사만 여럿이었다. 그 말은 곧 이 지역 근방의 정보 수집이 엄청나게 수월해졌다는 뜻이었다. 하지만 지금은 좀 뜬금없었다.

"뭔 말이야."

"사업은 영 꽝이네. 박성민 대통령이 여기서 재배한 커피 한잔 마셔봐. 박창수 사장이 여기까지 와서 내린 착한 커피라고 하면서. 몰라? 지금 대한민국에서 인기 어떤지? 지지율이 70%가 넘어."

"아……. 그럼 동선에 커피 농장을 넣어라?"

"가능하면. 위험할 거 같으면 그냥 여기서 마시고."

"알아봐야겠네. 알았어. 내 참고하지."

*

"대한민국 박성민 대통령께서 칠성 그룹의 공장 부지를 시찰

하고 이제 한구 지역으로 이동하십니다!"

TV에서는 연신 박성민 대통령의 방파키스탄 일정을 생중계하고 있었다. 예전 같았으면 동북아의 작은 나라란 생각에 별 관심이 없었겠지만 이젠 아니었다. 문화로 먼저 중앙아시아 전역을 맹폭한 대한민국의 위상은 어마어마했다. 게다가 이미 칠성을 필두로 한 세계 최고의 기업들의 제품이 파키스탄 상류층 대상으로 영업을 하고 있었다.

"음. 이제 곧 오겠네. 이건 뭐……. 따로 연락할 필요가 없네?"

강혁은 TV를 바라보다가 뒤를 돌아보았다. 전에 말했던 대로 내내 한구에서 지내고 있는 스미스가 보였다.

"걱정 마. 이 지역은 완벽하게 통제되고 있으니까."

"탈레반이랑 자경단 쪽은 어때? 말 잘 들어?"

"백 교수 취미가 드론이라는 거에 꽂혀서 그런가 엄청 잘 들어."

"좋구만."

"백 교수, 일단 외래 정리해서 잡아놓은 건 볼 거지?"

그때 내내 침묵을 지키고 있던 한유림이 입을 열었다. 마당에 설치된 천막 밑에 자리하고 있는 환자들을 바라보면서였다. 진짜 아픈 사람도 몇 있기는 했지만 대부분은 아니었다. 예전에 강혁이나 한유림 또는 리처드, 제인, 미유키 등에게 수술받았던 환자들이었다. 그들 중에서도 특히 경과가 좋고 또 감사함을 표현할 줄 아는 사람들이 선정되었다.

"어? 당연히 그래야지. 우리 대통령이 오는데 그림 만들어야지. 기자들은 언제 온다고?"

"지금 한구 도시 입구에서 검문 중이야. 한스 소령 통제하에 한꺼번에 들어올 거야."

"그전에 그럼 내려가 있어야겠네. 이왕 찍는 거 이쁘게 나가야지."

강혁의 말에 한유림이 조금은 내키지 않는단 얼굴로 대꾸했다.

"자꾸 그렇게 말하니까 꼭 음모라도 꾸미는 거 같잖아. 그냥 있는 그대로 보여주면 안 되나? 우리 병원은 그렇게 나가도 충분할 텐데."

그렇지 않은가. 한구 병원은 아는 사람은 다 아는 병원이 된 지 오래였다. 기적이 실제로 일어나는 곳이라는 둥, NGO 단체들이 진정으로 지향해야 할 모습이 바로 저기 있다는 둥 별의별 얘기들이 다 돌았다. 근데 왜 이렇게까지 조작을 해야 한단 말인가.

"성민이 그 양반이 여기 며칠이라도 있을 거면 안 그래도 되지."

"대통령 이름 막 부르지 말고……. 성민 대통령이라고는 해줘."

"그래, 성민 대통령. 그 사람이 지금 너무 바쁘잖아. 꼴랑 두어 시간 있다 갈 건데 그때 압축해서 보여주려면 이 방법밖에 없어."

"그러다 걸리면? 나쁜 일도 아닌데 조작하다가 걸리면 괜히 구설수에 오른다고."

한유림은 깝죽대다가 골로 가버린 수많은 사람들을 떠올렸다.

없는 사실로도 매장이 되는 사회 아닌가. 자그마한 실책도 아주 커다란 대가로 돌아올 수 있었다. 한유림은 만약 이 병원이 그런 식으로 망가지게 된다면 견딜 수 없을 것 같았다.

"그럴 일은 없어. 사람들이 뭐 여기까지 오겠어? 뒤를 캐고 싶어도 오질 못해요. 오다 뒤질 거 같으니까."

"뒤질 거라고 예언하는 느낌인데."

"틀린 얘기는 아니지. 이 근방에 무장 단체들이 몇인데. 예의 없이 굴면서 카메라 들이대다간 쥐도 새도 모르게 사라지지."

생각 없이 듣기엔 조심하라는 경고 같았지만, 강혁을 쓸데없이 잘 알게 된 한유림에게는 그런 무장 단체들을 적극적으로 활용할 거란 얘기로만 들렸다.

"사라지게 할 거구나."

"좋은 일 하려는데 훼방 놓는 놈들은 그래도 돼. 자기들이 대신 일할 거야? 그럴 것도 아니면서 무슨."

"그래도 의사가 사람을……."

"만에 하나 일을 그르치게 되면 그렇게 하겠다 이거지. 지금 그러겠다고 한 게 아니잖아. 하여간 내려갑시다. 우리 떠나고 나서도 여기 잘 돌아가게 하려면 오늘 포장 잘해야 해. 그래야 사람들이 돈 보내지."

"하아."

왜 봉사라는, 사실상 사람이 할 수 있는 일 중 가장 숭고한 일을 하는 놈이 저런 얼굴로 저런 말을 하는 걸까. 한유림은 잠시 회의감에 빠졌다가 이내 자신도 강혁에 협력하는 사람 중 하나란 생각에 정신을 차렸다. 그러고 보니 제일 큰 부역자가 바로 자신 아닌가.

'하이고.'

어쩌다 이렇게 됐을까. 뭐 이런 생각을 하면서 1층으로 내려갔다. 그와 동시에 줄 서서 기다리고 있는 환자들을 확인할 수 있었다. 몇몇은 기억에 남는 얼굴이었다. 정말이지 죽을 고생을 해가면서 살린 사람들. 아마도 한유림이 아니었다면, 제대로 된 처치는커녕 길바닥에서 그대로 죽었어야 할 사람들.

'이 사람들…… 때문에 이렇게 된 거군.'

그 모습을 보고 있자니 마음이 한결 나아졌다. 내가 아니면 죽을 사람들을 살리고 있는 일 아닌가. 그걸 위해서라면 쇼보다 더한 것도 할 수 있었다. 비록 그 과정에서 곡해하는 사람들이 나오고, 또 억울하게 욕먹는 일이 생길 수도 있었다. 심지어 동료 의사들 중에서도 한유림을 나쁘게 말하는 사람들이 지금도 있었다. 혼자 좋은 일 하는 것처럼 호도한다는 둥, 진정한 쇼닥이라는 둥 해가면서.

'그치들도 현장에 와보면 이해하겠지.'

아예 상처가 되지 않는다고 하면 거짓이었다. 하지만 굳이 그 상처를 자꾸 되새길 필요는 없었다. 한유림에게는 그만을 애타게 기다리고 있는 환자가 있었고, 그 환자를 치료하면서 동시에 자신도 치유받고 있었으니까.

"뭘 얼빠진 얼굴을 하고 있어요. 웃어, 웃으라고. 힘들면 이거라도 마셔."

"커피야?"
"커핀데, 뭐 좀 탔어요."
"미친놈이, 약 탔어?"
"마약 같은 거 아냐. 그냥 기분 좀 좋아진대."
"그게 마약 아냐? 필요 없어!"
무엇보다 강혁이 있었다. 그 어떤 환경에서도 변함없이, 거대한 나무처럼 자리를 지키고 있는 사람이었다. 방식이 좀 과격하긴 했지만, 그가 있는 곳은 어떻게든 좋은 방향으로 변했다. 한유림은 그저 뒤를 따르면 되었다.
"남의 호의를 이런 식으로 내팽개치네."
"기분 좋아지는 약을 내가 왜 먹어!"
"하여간 필요 없다 이거지? 이따 쇼할 때 문제 생기면 가만 안 둬."
"쇼라는 말만 그만하면 잘할 수 있어."
"오, 무대 체질이라 이건가."
"그만하라고……."
"알았어요, 알았어. 헬기로 오는 거라 금방이래. 준비해요."
"알았다."
둘은 각자 진료실로 향했다. 국정원 직원 및 대한민국 특수 부대가 대통령보다 먼저 도착해서 이것저것을 점검하기 시작했다. 어차피 ISI에 CIA가 내내 주둔하고 있었기에 문제가 있을 가능성은 0에 수렴했지만, 그럼에도 다들 최선을 다했다. 평소라면 강혁이 유난이라며 뭐라 했겠으나 이번만큼은 예외였다.

'뭐……. 오래 사셔야 할 양반이지.'

원래도 잘하고 있다는 것 정도는 전해 듣고 있었다. 그런데 이번에 방문을 준비하면서 더 자세히 들어보니 단순히 잘하는 정도가 아니었다. 박성민 본인만 훌륭할 뿐 아니라, 용인술도 뛰어난 모양이었다. 각 정부 부처 사람들 또한 엄청난 위력을 발휘하고 있었다.

"헬기 착륙했습니다. 차량 통해 들어올 예정입니다. 예상 도착 시각은 15분 후입니다."

그런 생각을 하고 있으려니 저 멀리서부터 헬기 소리가 들려왔다. 덕분에 미리 예상하고 있던 강혁은 국정원 요원의 말에 놀라지 않은 채 고개를 끄덕였다.

"네, 준비하죠."

"평소보다 진료에 시간이 좀 걸릴 겁니다. 이미 다 검문이 된 사람들이지만……. 이게 또 매뉴얼이라."

"괜찮습니다. 하던 대로 하세요."

"네, 감사합니다. 백 교수님. 그럼 신호 드리면 나오시죠."

요원은 시원스레 고개를 끄덕여준 강혁을 향해 감사를 표하곤 밖으로 향했다. 태도를 보아하니 원래도 강혁을 알고, 또 좋아하던 모양이었다.

연기를 해야 할 시점이었다. 최대한 진정성 있는 얼굴과 자애로운 미소 그리고 더 많은 것을 주지 못해 아쉽다는 제스처까지.

'좋아……. 준비 끝.'

강혁은 한 번씩 싹 시뮬레이션을 돌린 후, 요원의 신호를 기다렸다.

“지금입니다.”

딱 예상한 시점에 신호가 떨어졌고, 강혁은 분연히 몸을 일으켜 병원 마당으로 나갔다. 한유림과 리처드, 장규선에 카심을 포함한 의료진들이 별 염병을 다 떨어가며 하얗게 칠한 건물들이 눈에 들어왔다. 확실히 닦고 칠하니까 때깔부터가 달랐다.

“뒤지는 줄 알았다, 진짜.”

바로 옆에 선 한유림이 그간의 노고를 떠올리며 고개를 가로저었다.

“에헤이. 자세 바로. 대통령 오시는데.”

“이름으로 부르는 놈이 갑자기?”

“카메라 앞에서는 안 그래요. 어떻게 하는지 잘 봐요.”

“허…….”

강혁은 그런 한유림을 나무란 후 자세를 바로 했다. 어찌나 각이 잡혔는지 군인인가 싶을 지경이었다. 강혁은 그렇게 방탄으로 설계된 차량이 멈추어 설 때까지 자세를 유지했다가, 박성민 대통령이 내리자마자 허리를 90도로 숙였다.

“어서 오십시오, 대통령 각하. 덕분에 정말 많은……, 많은 사람을 살릴 수 있었습니다.”

진정성 있으면서도 예의 바르고 또 안타까움이 묻어나는 얼굴을 하고서였다.

‘이런 시발.’

덕분에 한유림은 지금 떠올랐을, 경멸에 가득 찬 얼굴을 숨기기 위해서라도 고개를 푹 숙여야만 했다. 백강혁은 이제 세계적인 명성을 지닌 의사이지 않은가. UN 사무총장의 생명을 살린 이후 유명해진 강혁이 그동안 대한민국 중증외상센터 시스템을 살리기 위해 해왔던 영웅적인 행보가 여러 나라에 알려졌고, 여러 언론인의 가슴을 울렸더랬다. 그런 사람의 소식이 뚝 끊겨 의아해했는데 이곳 파키스탄의 오지에서 봉사를 하고 있었을 줄이야.

"어떻게 세상에 저런 사람이 다 있을까."

"그러니까……. 정말……."

당연하게도 강혁이 모습을 드러내는 순간부터 기자들의 카메라 셔터 소리가 멈추질 않았다. 고개까지 숙이니 더했다. 백강혁과 박성민 대통령의 관계도 다들 알고 있어서였다.

"거의 대선 떠다 먹여준 사이 아닌가."

"하얀 가운의 킹 메이커라는 별명도 있던데……."

언론인들이라는 게 워낙에 말 만들기 좋아하는 족속 아닌가. 강혁조차 잘 모르는 별명을 붙이고 좋아들 했다. 박 대통령에 외신 기자들이 왜 관심이 있나 하는 생각이 들었다면, 그것은 세상 물정 몰라서 하는 얘기였다. 아시아의 네 마리 용이라 칭함 받던 대한민국은 이제 다른 국가들을 압도적 격차로 따돌리고 동북아의 일본, 중국 그리고 러시아와 어깨를 나란히 하고 있었다.

"아이고, 백 교수님. 일어나세요. 이러면 제가 곤란합니다."

당혹감은 기자들만의 몫이 아니었다. 그 누구보다 강혁을 마주하고 있는 박성민이 제일 심했다.

'이 양반……. 통화할 때는 뭐 밥상 차려놨으니까 당장 오라고

큰소리 탕탕 치더니…….'

막상 오니까 이렇게 과장되게 고개를 숙이고 있었다.

"너무 큰 도움을 주셔서요."

강혁 또한 이러한 사정을 모르는 바는 아니었다. 애초에 설계를 자신이 했는데 그걸 몰라서 되겠는가. 해서 강혁은 적당히 셔터가 울렸다 싶을 때쯤 몸을 일으켰다. 겸양의 말을 하면서였는데, 그와 동시에 병원 전경을 박성민이 볼 수 있도록 몸을 살짝 틀었다. 둘 사이가 보통은 넘는 데다가, 박성민 또한 한 나라의 대통령으로 있으면서 눈치가 더 빤해졌기에 즉각 강혁의 의도를 읽어냈다.

"아니……. 거참. 허허. 아무튼, 병원이 참 좋네요. 하얀 색이라 눈에도 띄고. 멀리서도 병원인 줄 알고 오겠어요."

"이것도 다 대통령 각하 덕입니다."

"거, 각하라는 말까지는 좀……. 대통령이라는 말이 이미 존칭입니다."

"알고는 있지만 마음에서 우러나오는 말이라서요."

"허허."

박성민은 어이가 없어서 웃었다. 마음에서 우러나온다니. 지금까지 강혁과 통화하면서 단 한 번도 이런 존칭은 들어본 적이 없었다. 아니, 심지어 아직 강혁이 한국에 있을 땐 눈앞에서 이름을 탕탕 불러대지 않았던가. 본래 백강혁 앞에서 권위 같은 것을 따질 생각도 없었지만, 그래도 기억에 선연히 남아 있었다.

'근데 얼굴만 보면 진짜 우러나오는 거 같네.'

귀신이 곡할 노릇이었다. 국민 배우들 데려다놔도 이만한 연기는 어렵지 않을까.

"아무튼, 들어가시죠. 대통령 각하 덕에 환자도 정말 많이 보고 있어요."

"아, 그럴까요. 그런데 한 전 장관님은 안 가십니까?"

강혁은 의도적으로 한유림을 노출시키지 않고 있었다. 어차피 마음 약한, 또 한유림을 존경하는 박성민이 한 번쯤은 따로 언급할 거란 것을 알고 있었기에 그랬다.

"아, 맞아. 제가 이거 너무 경황이 없어서. 한 전 장관님, 인사 나누시죠."

대통령의 언급에 자연스레 한유림에게 스포트라이트가 쏠렸다. 거기에 더해 대통령과 강혁 둘이 언급한 한 '전 장관'이라는 호칭까지 붙었으니 셔터가 터질 듯이 울렸다.

"네. 박 대통령. 오랜만입니다."

"한유림…… 뭐라고 해야 합니까?"

"그냥 선생이라고 하시죠. 습관처럼 부르는 사람도 있지만 이젠 장관도 아니고 교수도 아닙니다."

"그래요, 한유림 선생님. 잘 지내시죠?"

"네, 덕분에 잘 지내고 있습니다. 대통령께서는……. 그새 좀 나이가 드셨네요."

강혁이 준비한 쇼이긴 하지만, 실제로 한유림은 박성민을 정말 오랜만에 대면하고 있었다. 정작 오지에서 고생한 한유림은 세월이 비껴간 듯, 심지어 회춘이라도 한 것처럼 까만 머리에 머리숱마저 늘어 있었는데, 박성민은 머리가 하얗게 세 있었다. 아직 50대라는 것을 감안하면 폭삭 늙었다 해도 과언이 아니었다.

"아, 네. 국민들 대신 제가 더 늙고 있다고 생각하면 그리 손해도 아니죠."

"하……."

확실히 박성민은 쇼맨십이 있는 사람이었다. 임기응변에 능하다고 해야 할까? 실제 일도 잘하지만 보이기는 그보다도 더 잘하는 것처럼 보였다. 이렇게 말을 예쁘게 잘하니 그럴 수밖에 없었다. 한유림은 잠시 감탄하다가, 이내 뒤에 서 있던 제인을 가리켰다.

"이쪽은 닥터 제인입니다. 이곳 한구 병원의 팀장입니다. 저와 백 교수가 모시고 있죠."

"아……. 닥터 제인. 반갑습니다. 정말 얘기 많이 들었습니다."

박성민은 한유림의 소개에 손을 내밀었다. 피부가 거칠거칠한 푸른 눈의 미국인을 향해서였다.

'백 교수가 이 사람을 도와주려고 이런 쇼를 벌인 거라 이건데.'

공교롭게도 팀장이 여자란 얘기를 들었을 땐, 혼자 재미난 상상을 했더랬다. 혹 백강혁이 뒤늦게 연애라도 시작한 것이 아닐까? 그래서 이렇게까지 신경 쓰는 건 아닐까? 하지만 실제로 보고 나니 그런 것 같진 않았다. 둘의 관계는 사무적이었고, 무엇보다 닥터 제인은 한구와 사랑에 빠진 것처럼 보였다.

"안녕하세요, 박성민 대통령. 닥터 제인입니다. 덕분에…… 정말 많은 일을 할 수 있었습니다. 앞으로도 제가 계획하고 있는 일들에 도움을 주시면 좋겠습니다. 그렇게만 되면 한구는 더더욱 발전할 겁니다."

말하는 내용과 표정만 들어도 알 수 있었다. 만에 하나 강혁과 같은 연기력을 탑재하고 있다면 또 모를 일이긴 했지만……. 박성민은 세상에 강혁 같은 사람이 둘이나 있을 거라곤 생각하고 싶지 않았다.

"네. 진심을 다해 돕겠습니다. 대한민국도 어렵던 시절 각국의 도움을 받았습니다. 이젠 우리도 베풀 차례가 왔다고 생각합니다."

그러곤 딱히 준비하지 않아도 절로 튀어나오는 명언을 쏟아냈다.

"감사합니다."

대강의 소개가 끝나고, 강혁은 자연스레 박성민을 데리고 병원 안으로 향했다. 이곳부터는 기자들 중에서도 미리 허가를 받은 사람만 출입이 가능했다. 세계 유수의 프레스, 대한민국의 기자 그리고 파키스탄 기자들만이 따라 들어올 수 있었다.

"어우, 환자가 진짜 많네요?"

복도는 미리 섭외한 환자들로 가득했다. 그럼에도 혼잡하다는 느낌을 주진 않았는데, 다들 질서를 지키며 대기하고 있었기에 그랬다. 평범한 환자들이었으면 어림도 없었을 일이다. 하나부터 열까지 다 조작이다 이건데, 다행히 박성민은 눈치채지 못하고 그저 놀라고만 있었다.

“네, 한구뿐 아니라 이 근방 도시들에서도 오거든요. 심지어 40, 50km 밖에서도 차 타고 옵니다. 도로 사정을 생각하면 어마어마한 일이죠.”

“그렇군요. 이 근방에는 병원이 없나요?”

“있기는 한데 아직까지는 열악합니다. 그나마 최근 들어 도입한 한구 병원의 펠로우십 시스템 덕에 근처 의료진들과 수도 이슬라마바드의 의료진들이 이곳에서 배우고 있습니다.”

얼핏 들으면 대단한 일처럼 보이겠지만 사실 의료 시스템에 조금이라도 조예가 있는 사람이라면 허점을 바로 간파할 수 있을 터였다. 현대 의학은 정말이지 수없이 많은 자원을 필요로 하는 산업이었다. 그중에서도 우수한 인적 자원은 필수적이었다. 대한민국처럼 제대로 된 수련 시스템, 즉 대학 병원을 갖춘 의과대학 및 간호대학이 없이는 절대로 한 나라의 의료 시스템을 드라마틱하게 변화시킬 수 없었다. 일례로 실습 시 중환자를 본 적이 없거나 그 수가 지나치게 적은 경우, 해당 의료진은 남은 평생 동안 그렇지 않았던 의료진에 비해 실력이 크게 떨어진다는 보고도 있었다. 애초에 의학 지식 및 술기에 대한 필요성을 실감하기 어렵기 때문일 터였다.

“아……. 그렇게 되면 중장기적으로 봤을 때 선진 의료 시스템이 각지에 자리 잡을 수 있겠군요.”

“그렇습니다.”

그러나 박성민과 강혁은 굳이 그러한 점을 지적하지 않았다. 이곳은 대한민국과 같은 선진국이 아니라, 개발도상국이지 않은

가. 좋은 것이라고 무작정 따라 하려다간 체하기 마련이었다. 다 지금 수준에 맞게 천천히 가야만 했다.

"여기 백 교수님이 아니었으면 저는 죽었을 겁니다."

"한 선생님이 제 아내를 살려주셨어요."

"닥터 제인 덕에 두 아이의 엄마가 될 수 있었습니다……."

"새벽에도 짜증 한 번 내지 않고 아이를 받아주신 닥터 미유키께 감사드립니다."

"장 선생님 덕에 요새는 어깨가 하나도 안 아프다니까요?"

"원래는 눈이 멀 수도 있었다는데……. 요다 선생님이 당뇨라는 걸 알려주셔서 다행히 예방하고 있습니다."

다음은 진료 스케치였다. 진료라기보다는 환자들의 간증 타임이라고 봐야 했다. 이건 좀 누가 봐도 쇼였기 때문에 박성민도 대번에 환자가 그냥 몰려온 것이 아님을 알아차렸다. 하지만 그렇다고 해서 기분이 언짢거나 하진 않았다. 환자 구성은 조작되었을지 몰라도, 그들의 사연은 진실이었으니까.

'이 사람은……. 정말 그때나 지금이나 달라진 것이 없구나.'

더구나 강혁이 자신의 공명을 위해서 벌이는 일도 아니지 않은가. 다 이 병원과 이 지역을 위해서 하는 일이었다. 심지어 강혁은 이제 곧 여길 뜰 거라는 것도 알고 있었다. 즉 지금 하는 일의 순수성을 의심할 이유가 전혀 없다는 뜻이었다.

'이런 사람이 지금 내 곁에 있다면 더없이 든든할 텐데…….'

국정 운영을 하면서 제일 힘든 것은 의외로 사람 쓰는 일이었다. 생각보다 박성민 자신처럼 나라만 생각하는 사람이 적었다.

물론 나름 나라를 생각하는 사람들로 채워져 있기는 했다. 하지만 한 꺼풀만 벗겨보면 뒤로는 자기 이득이 최우선이었다.

'이 사람의 관심사는 나랑은 달라. 어쩔 수 없는 일이지.'

만약 강혁처럼 만사 제쳐두고 순수하게 하나만 생각하는 사람이 도와준다면 정말 좋을 터였다. 그러나 그것은 욕심이었다. 강혁은 언제나 다른 것을 바라보고 있었다. 지금도 그랬다.

"시설을 보시죠."

"아, 네. 그러죠."

강혁은 대통령이 아니라 따라 들어온 기자들의 시야를, 보다 정확히 말하면 카메라를 가리지 않기 위해 최선을 다하고 있었다. 그가 생각하기에 이 한구 병원을 봐야 할 사람은 박성민이 아닌 온 세상 사람들이었다. 그들의 작은 선의가 얼마나 커다란 도움이 되는지 알려주고 싶었다. 강혁이나 한유림이 속한 국경없는의사회처럼 직접 돕는 건 어려운 일이지만 다행히도 지금 세상엔 간접적인 방법이 얼마든지 널려 있었다.

"흐으음……."

제일 먼저 보여준 곳은 역시나 강혁이 가장 많은 활약을 해온 수술실이었다. 이 안에서 죽다 살아난 사람 수를 세어본다면 과연 얼마일까. 강혁이 이곳에 온 이후 거의 매일 하나 이상은 있었을 테니, 수백에 다다른다고 할 수 있었다.

"으으음……."

하지만 그 대단한 위업을 이룩한, 이른바 생명의 산실이라고 할 수 있는 곳을 둘러보고 있으면서도 박성민 대통령은 좀처럼 웃지 못했다. 생각했던 것보다 훨씬 더 열악한 환경 탓이었다.

'넓기는 한데…….'

수술실이 물색없이 크기는 했다. 이 정도면 아마 한국대학교 병원에서도 새로 지어지는 이식 외과 수술실 또는 중증외상센터 내의 외상 처치 수술실 정도 규모이거나, 더 클 수도 있었다. 하지만 크면 뭐 하겠는가. 안이 거의 텅텅 비어 있는데.

'그래, 한심하지? 대한민국에서는 진짜 상상도 못 할 시설이지.'

그리고 강혁은 박성민의 감정을 고스란히 알아차리고 있었다. 아마 박성민이 애를 써서 숨기려 했다고 해도 마찬가지였을 터였다. 그런데 지금은 아예 드러내고 있으니, 백강혁처럼 필요할 때만큼은 눈치가 비상한 사람이 모를 리가 없었다.

"으음. 수술방은 여기가 다인가요?"

"네, 메인입니다."

"수술대 이거…… 자세는 바뀝니까?"

"바뀌긴 하는데 조립입니다. 수동이고."

"아……. 그런 게 있습니까? 난 자동인 줄 알았는데."

"자동은 비싸서요. 아, 지원이 부족했다는 말은 아닙니다. 저희는 저희 의료진의 노력으로 극복 가능한 부분에는 돈을 아끼고, 최대한 환자들을 살리는 데에만 쓰고 있습니다."

"아."

강혁은 박성민 앞에서 굽신거리며 그야말로 세상에서 제일 착한 사람의 얼굴을 하고 있었다. 거기에 그치는 것이 아니라 천사의 말을 입에 올리고 있었다. 한유림만큼은 아니어도, 어느 정도 강혁의 실체를 아는 박성민으로서는 그야말로 가소로웠다.

‘와……. 나 고개를 못 들겠네.’

한유림은 가증스러웠다. 세상에 방금까지 자기 앞에서 거들먹거리던 놈이 정말 이놈 맞나 싶을 지경이었다. 어떻게 사람이 이렇게까지 싹 태도를 바꿀 수 있는 걸까?

“역시……. 백 교수님은 대단하군.”

“저거 매일 꼈다 뺐다 하는 것도 고생일 텐데…….”

“그거 바꾸는 돈을 환자를 위해 썼다……. 이거로군.”

“아까 환자들이 괜히 감동하고 있는 게 아니네.”

그 의심 많은 기자들까지 싹 속아넘어갈 지경이었다. 이러니 일반인들은 어떻겠는가.

‘와……. 슈퍼챗 미쳤다……. 이게 다 얼마냐.’

기자들 사이에 섞여 한구 병원 채널 유튜브 생중계를 하고 있던 츠요시의 비서는 정말이지 눈이 휘둥그레지고 있었다. 10달러는 예사로 올라오고 있고, 100달러도 꽤 많이 보였다. 심지어 1,000달러짜리 슈퍼챗도 날아들었다. 여기서 수수료 뗄 생각을 하면 가슴이 답답해지겠지만, 구글에서도 이번만큼은 예외를 둔 참이었다. 나름 독과점 기업이라는 비난을 피하기 위해 노력 중인 기업 아니던가. 작은 나라를 상대로 할 때는 콧대를 높여도, 국제사회의 눈치는 보고 있었다.

“허……. 이거 의료진들이 너무 고생하겠는데요?”

“아유, 사람 살리는 보람이 있어 괜찮습니다. 그리고 설비가 마냥 그런 것만은 아닙니다. 자 여기 보시죠."

"이건……."

강혁이 괜찮다는 말을 하며 가리킨 것은 마취 기기였다. 솔직히 박성민이 보기에는, 아니 누가 보더라도 오래된 티가 팍팍 나는 물건이었다. 대체 뭐가 괜찮다는 걸까. 박성민은 이것 또한 수작일 거란 생각을 하며, 하지만 기왕 여기까지 와서 얼굴을 팔아주기로 한 마당이니 장단을 맞춰주며 강혁의 손가락 끝을 바라보았다.

"원래 저희가 쓰던 물건은……. 30년 된 마취 기기였습니다. 여러 번 고장이 났는데, 그걸 고쳐 가면서 썼습니다."

듣고 있던 제인과 댄의 얼굴이 묘해졌다. 실제로 강혁은 그 기기를 써 본 적이 없었기 때문이었다.

'전 세계 기자들 앞에서 거짓말을 해?'

둘 중에서도 특히 더욱 정직한 편에 속하는 제인의 얼굴은 심지어 붉게 물들기까지 했다.

"상기된 모습 좋네."

"진짜 힘들었나본데."

누구라도 의심을 하고 있었다면 들통이 났을 터였다. 하지만 이미 강혁에게 다들 넘어간 마당이었다. 게다가 그럴 분위기도 아니지 않은가. 어떤 미친놈이 감히 전 세계 앞에서, 또 자기네 나라 대통령 앞에서 거짓부렁을 늘어놓을까.

"평상시에는 괜찮은데……. 이게 수술 도중 고장 나는 것이 참 문제였습니다."

"그건 정말 곤란했겠는데요. 기기는 바뀐 겁니까?"

"네? 그럼요. 이건 20년밖에 안 된 물건입니다. 원래 다른 지부에서 쓰던 것인데……. 여러 후원자들의 도움으로 부품을 새 것으로 바꾸고 또 여기까지 무사히 옮겨 올 수 있었죠."

"으음……."

박성민은 이게 이제 20년이 됐으니 지금이라도 바꿔달라는 것인지 아닌지 헷갈릴 지경이었다. 하나 확실한 건 이번에 도와준 금액 2억이 마지막이 되어선 안 되겠다는 생각이었다.

'하긴……. 어차피 파키스탄하고는 좀 오래 보긴 해야 해.'

인구 2억의 대국 아닌가. 게다가 실업자가 엄청나게 많은 나라이기도 했다. 그 말은 곧 수많은 저임금 노동자를 고용할 수 있다는 뜻이기도 했다.

"제가 한번 더 알아보죠. 도울 방법이 있으면 돕겠습니다. 수술실만 해도 개선하고 싶은 곳이 한두 곳이 아닙니다."

"아……. 대한민국 의료 정상화를 이끈 주역께서 그런 말씀을 해주시니 정말 든든합니다."

"백 교수님도 그 주역 아니었습니까?"

"저요? 저는 그저 대통령 각하께서 하는 일을 도왔을 뿐이죠. 큰 그림은 대통령 각하께서 그리신 거 아닙니까."

'이 사람이 정말 연기를 잘하네.'

박성민은 수술실을 나와 처치실, 응급실, 병실, 진료실 등을 거치면서 강혁의 아주 다양한 연기를 볼 수 있었다. 특히 병실에서 우연히 마주친 환자 앞에서 보여준 눈물은 아직도 진짜가 헷갈릴 지경이었다.

'그 타이밍에 환자가 나오는 건 말이 안 되는 일이긴 한데…….'

너무 공교롭지 않은가. 하지만 강혁의 연기가 너무 자연스러운 데다가 또 울컥하게 만드는 면이 있어 아무도 이상하게 생각하지 않았다. 기자들 중에서는 심지어 따라 우는 사람까지 있을 지경이었다. 애초에 스미스가 외신 기자들을 모집할 때부터 외주를 주더라도 강혁에게 호의적인 사람으로 골라서이기도 했다.

"어엇."

그 연기를 조금 망친 것이 바로 박창수, 그러니까 데니스였다.

'대한민국 대통령이 모델이 돼서 커피 광고를 한다…….'

다른 사람도 아니고 현직 대통령이었다. 그것도 벌써부터 대한민국 역사에 길이 남을 거란 평을 받고 있는 박성민 대통령.

"음, 누구신지?"

그런 사람이 모델을 해준다고 해서 긴장한 탓일까? 데니스는 그야말로 이상한 표정을 지은 채, 우연히 박성민을 마주친 척을 하며 뒷걸음질을 쳤다. 박성민이 어찌 되었던 데니스에게 호감이 있다는 것이 다행이었다.

'대한민국 청년이 여기까지 와서 커피 사업을 하고 그것을 또 성공시키다니……. 대견하지 않은가.'

아무리 박성민이 잘 이끌어나가고 있다고 해도, 국내 경쟁이 날이 갈수록 치열해지고 있는 것이 사실이었다. 박성민 입장에서는 이렇게 다른 나라에 가서 성공하는 케이스가 많이 나오길 바라고 있었고, 또 돕고 있었다. 찾아보면 성공 사례를 얼마든지 찾을 수 있을 터였다. 다만 데니스는 박성민이 오해하고 있다는 것이 문제였다. 아니, 더 큰 문제는 데니스 스스로가 좀 떳떳하지 못하다는 것이었다.

"아, 아!"

해서 말을 잇지 못하고 있으려니 강혁이 나섰다. 슬며시 카메라가 닿지 않는 부위에 고통을 가하면서였다.

"읍."

"아……. 대통령 각하. 박창수라는 친구인데, 원래 이슬라마바드에서 커피 바리스타로 진출했다가 잘 안 되었던 것을 제가 설득해서 여기로 데려왔습니다. 지금은 아주 잘되고 있습니다. 대사관에서 아직 한구까지는 그렇게 큰 도움을 주진 못하지만 계획하고 있다는 얘기는 들었습니다."

그러곤 데니스도 대사관도 처음 듣는 얘기를 꺼냈다.

"네?"

"넌 닥치고 있어."

내가 이슬라마바드에서 망한 적이 있다고? 그런 얘기까지는 전해 들은 적이 없던 데니스가 끼어들었다. 당연히 소리를 죽여서였는데, 강혁 또한 마찬가지의 방식으로 그의 말을 뭉갰다.

"오……. 그건 좀 더 자세히 듣고 싶은데……."

거짓이건 사실이건 간에 관계없이, 박성민 대통령은 관심을 보였다. 원래 승승장구만 해온 사람의 이야기보다는 한번 실패하고 다시 일어나서 마침내 성공하는 사람의 이야기가 더 매력적인 법 아니겠는가. 특히 박성민은 청년들에게 신경 쓰는 사람이었다. 나라의 미래는 결국, 이 사람들에게 달려 있으니까.

"그럼 여기서 이럴 게 아니라……. 이 사람 카페에라도 갈까요?"

"카페가 있어요? 그냥 원두만 사업하는 게 아니고?"

"한번 먹어 봤는데 너무 맛있어서, 여기서 직접 좀 해보라고 했습니다."

"하하, 이거……. 기대되는데요?"

그런 사람이 직접 내린 커피를 마실 수 있다니. 박성민은 강혁에게 은혜 갚아주는 것 외에도 한구에 온 보람이 있단 생각이 들었다. 강혁이야 애초부터 일이 이렇게 될 거라고 생각하고 있었고, 데니스도 그걸 전해 들은 참이었다.

'떨린다. 개떨린다.'

하지만 그냥 마음의 준비를 하는 것과 실제로 그 일을 하는 것과는 상당한 차이가 있었다. 원래 커피를 전문으로 내리는 사람도 아니지 않은가. 솔직히 말하면 옆에 선 채 지금도 박성민과 담소를 나누고 있는 백강혁을 대하는게 훨씬 나았다.

'침착하자……. 나 사람도 죽여봤잖아. 아니지, 대통령 앞에 두고 이게 무슨 미친 생각이야, 시발.'

해서 애써 마음을 가라앉히고 있었다. 요원 때 배워둔 강제로 심장박동 느리게 하는 호흡법 및 리처드에게 배워 요긴하게 쓰고 있는 한국 욕을 적절히 섞어가면서였다. 다행히 효과는 있었다.

'어떻게 된 게 호흡법보다 욕이 더 효과가 나은 거 같아?'

랭리로 돌아가게 되면, 혹 은퇴 후 교관이라도 되게 된다면 꼭 후배들에게 이걸 가르쳐야겠다는 생각이 들었다. 한편으로는 이 욕을 나면서부터 배우고 쓰는 대한민국 국정원 요원들은 얼마나 마음이 강할까 싶기도 했다. 새삼 주위를 지키고 있는 사람들이 대단해 보일 지경이었다.

"이 안입니다."

"아……. 병원이랑 완전히 이어져 있네요?"

강혁은 데니스가 임대해서 쓰고 있는, 헐값에 넘겼지만 실은 관리비와 인테리어 비용까지 다 떠안아야만 했던 악성 매물을 가리켰다. 그와 동시에 박성민은 전화 통화에서 들었던 얘기를 떠올렸다.

'제가 뭔 건물 가리키면요. 솔직히 안 이어졌어요, 건물이. 그냥 옆에 있는 거지. 그래도 그냥 병원이랑 이어졌네요? 뭐 이러면서 대화를 진행해주세요. 물어봤을 때 꺼내야 멋진 얘기야, 이게.'

사리사욕을 채우기 위한 부탁이라면 절대 안 들어주었을 터였다. 하지만 이 질문만큼은 박성민에게 더 도움이 되는 질문이었다.

"아……. 네. 저희 병원이 정말 지역 사회에서 많은 사람을 살리고 있거든요. 그날도 그냥 열심히 일하고 있는데……. 아이고, 우리 칸 총리님의 아우……. 모하메드 의원님이 폭탄 테러에 휘말린 겁니다."

"아……. 들었죠. 그때 위로의 말씀도 전해드렸는데……. 그게 이 병원입니까?"

사실 한바탕 보도가 되었던 적이 있기는 했다. 적어도 파키스탄 내에서는 꽤 화제가 되었던 사고였기에 그랬다. 하지만 사람은 망각의 동물 아닌가. 지금쯤이면 다 잊었을 것이 뻔했다. 대한민국이 파키스탄과 본격적인 경협에 나서기 전에 한 번쯤 상기시켜줄 필요가 있었다. 게다가 외신에 이런 얘기를 전하는 것은 처음이었다. 그렇기에 두 사람 모두 최선을 다해, 마치 둘 사이에서는 처음 하는 얘기인 양 떠들어댔다. 알고 보면 그때부터 이미 경협에 써먹으라는 얘기를 했음에도 불구하고서였다.

"네, 근데 그 사고 지점 근처에 치료가 가능한 병원이 없는 겁니다. 이리저리 수소문하다가 여기 한구에도 연락이 왔죠."

파키스탄이라고 해서 왜 처음부터 파키스탄 의료진을 찾지 않았겠는가. 정말 북한 정도되는 나라 아니면 누가 되었건 간에 국가 요직에 있는 사람이 아플 때 외국 의료진을 찾지는 않았다. 하지만 어쩌겠는가. 아직은 실력이 부족한데. 아니, 강혁을 제외한 그 누구도 살릴 수 있을 것 같지 않은 정도의 상처였더랬다.

"오……. 그래서 어찌했습니까?"

박성민은 건물 안으로 들어서면서도 대화를 이어나갔다. 상당히 흥미진진한 내용이었기에 기자들은 건물 안과 밖을 카메라에 담으면서도, 대화를 놓치지 않게 온 신경을 기울였다.

"뭘 어찌합니까. 의사는 생명만을 생각하는 게 본분입니다, 대통령 각하……."

"이제 각하라는 말은 제발 그만 하십쇼. 그게…… 좀 이상해요, 듣기가."

"알겠습니다. 대통령께서도 나라만을 생각하는 게 본분이지 않습니까? 저희도 그렇습니다. 당연히 모셔와달라고 했죠. 최선을 다하겠다고."

"모하메드 의원이 얼마 전에 연설도 했으니, 살았군요."

"네. 실려 왔을 당시에는 정말 장난 아니었습니다. 코앞에서 폭탄이 터졌다고 하더니 진짜……. 저도 죽는 줄 알았어요."

"하지만 백 교수님의 실력은 최고 아닙니까? 이현종 대위…… 이제는 장관인데. 아무튼, 그때부터 저는 백 교수님이 하겠다고 하면 무조건 믿습니다."

이 순간만큼은 둘 다 이현종을 떠올렸다. 죽음에서 돌아온 진짜 군인이자 영웅 이현종. 아무리 당시에는 의연하고 멋진 사람이었다 해도, 유명세를 타고 권력을 갖게 되면 변하기도 하는 법인데 이현종은 달랐다. 특히 국방부 장관으로서의 이현종의 행보는 남다른 면이 있었다. 그는 군장병, 특히 징병을 통해 입대한 보통 병사들에 대한 안전 보장과 복지가 전투력 증진에 가장 큰 영향을 미친다고 보고 대대적인 개혁을 추진 중에 있었다.

"뭐, 그렇죠, 그 점에 대해서는 저도 겸양을 떨지 않겠습니다."

"아무도 자만한다고 하지는 못할 겁니다. 백 교수님 실력이 세계 최고라는 것을 보여준 너무도 유명한 일이죠. 그런 분이 계시니……. 한구 병원의 복입니다. 정말요."

박 대통령은 이런 인재를 파키스탄에 보내줬다는 뉘앙스를 풍기기 위해 노력했다. 그의 화술도 화술이지만, 지금까지 쌓아온 스토리 덕에 설득력이 있었다. 한구 병원 채널 채팅창은 각국의 언어로 폭발하고 있었다.

'뭐라는지는 모르겠지만……. 하트가 붙어 있네.'

츠요시의 비서는 비록 강제로 끌려와 노예처럼 봉사하고 있는 몸이었지만, 기분이 좋았다. 뭐가 되었건 여기 와서 자기가 모시는 츠요시도 많이 변하지 않았던가. 지금의 인품을 유지할 수만 있다면 일본으로 돌아가서도 별 구설수 없이, 아니 그 정도가 아니라 꽤 훌륭한 정치 생활을 할 수 있을 것 같았다.

"저…… 대통령께서는 어떤 커피를 즐기시는지요?"

둘의 대화에서 중요한 얘기가 다 나올 때까지 기다리고 있던 데니스가 조심스럽게 질문을 던졌다. 박성민은 그 말에 잠시 고개를 갸웃거렸다. 사실 기호랄 게 없는 사람이라서 그랬다.

'커피가 사실 무슨 맛이 있나. 그냥 잠 깨려고 먹지.'

대부분의 국민들은 박 대통령 하면 커피를 좋아하는 사람으로 기억하고 있었다. 노상 손에 커피를 들고 사니 그랬다. 하지만 정작 박성민에게 커피는 부족한 잠을 극복하기 위한 방편일 뿐이었다. 퇴임만 하고 나면 아예 마시지 말아야지 하고 결심한 적도 여러 번이었다. 특히 하루 다섯 잔을 넘겼다가 주치의에게 한 소리 듣고 나서는 더했다.

'그래도…… 이 사람은 도와야지.'

하지만 여기서 또 눈치 없이 나는 커피 맛을 모르는 사람이네 어쩌네 하지는 않았다. 박성민은 늘 자신의 위치를 기억하는 사람이었다. 다른 사람의 말보다 자신의 말이 훨씬 무겁다는 것을 인지하고 있다는 뜻이었다. 그 때문에 스트레스도 엄청나게 받고 있기는 하지만, 확실히 실수가 적었다.

"고소한 원두를 좋아합니다. 산미가 있는 것도 좋은데……. 제 취향은 고소한 쪽이더군요."

"오, 대통령께서 백 교수님과 취향이 비슷하네요. 뛰어난 분들은 서로 닮는가봅니다."

데니스는 그런 박성민을 향해 립 서비스를 해댔다. 처음 한구에 올 때만 해도 한국어가 조금 어색한 부분이 있었는데, 지금은 아니었다. 강혁과 한유림에게 구박받아가며 배운 한국어는 이제 모국어라 해도 모자람이 없을 지경이었다. 덕분에 카메라 앞에서도 어색하지 않게 떠들어댈 수 있었다.

"자, 그럼……. 제가 준비하는 동안 더 말씀 나누시죠. 원래 카페는 얘기하는 곳이니까요."

그리고 강혁이 주문했던 대사 또한 자연스럽게 쳤다. 덕분에 강혁은 또다시 박성민과 한동안 대화를 할 수 있었다.

"그런데…… 대통령께서 흰머리가 좀 늘었습니다?"

대본에는 없는 대사였다. 기자들이야 가만히 있었지만 뒤따르던 보좌관들은 흠칫했다. 원래 대통령의 일거수일투족은, 그중에서도 특히 남들에게 보여지는 일정은 모두 예정된 무언가를 따르기 때문이었다. 하지만 박성민은 오히려 기꺼웠다. 강혁의 얼굴과 말투에서 걱정이 엿보였기 때문이다.

"아……. 저도 나이가 들었으니까요. 그런데 백 교수님은 그냥 그대로네요."

"아무래도 나랏일이 더 힘든가보네요, 그것도 봉사라서 그런가."

"봉사라……. 처음 제가 대통령 취임사에 그렇게 말했죠. 임기 동안 최선을 다해 국민을 섬기고 봉사하는 마음으로 살겠다고. 가끔 잊는 거 같아 걱정입니다."

"아뇨, 잘하고 계십니다. 한국에 있는 제자들이랑 연락할 때늘 물어보거든요. 혹시…… 잘못하는 거 같으면 대통령께 뭐라고 좀 해보려고."

"그런 적은 없지 않아요?"

"잘못한다고 얘기 들었으면 그랬을 겁니다."

강혁의 말에 기자들이 와 하고 웃었다. 보좌관들은 그 웃음소리에 웃었다. 속으로는 이런 생각을 하면서였다.

'농담 아닐 텐데.'

백강혁이 뭐 사람 봐가면서 지랄하는 사람이란 말인가. 자신이 보기에 올바르지 못한 사람이라고 판단이 서면 바로 들이받았다. 실제로 이현종 대위 구출 작전 당시 외교부 장관은 쌍욕도 들어먹은 바 있었다.

"나왔습니다. 부디 맛있게 드시길 바랍니다."

"오, 나왔네."

둘은 그 후에도 이런저런 개인적인 얘기를 나누었다. 커피가 나온 것은 막 박 대통령이 강혁에게 연애는 안 하냐고 물었을 시점인데, 강혁은 답하기가 곤란한 건지 뭔지 급히 커피를 입에 가져갔다.

'죽을 때까지 혼자 살려나. 그것도 뭐 어울리는 선택이지.'

박성민은 그런 강혁을 한번 유심히 바라본 후, 커피를 입에 가져갔다. 마지막 부탁을 들어줄 순간이었다.

"오……."

"어떻습니까?"

"이게 원두가 좋아서 그런가……. 아니면 우리 박 사장님 솜씨가 좋아서 그런가……. 정말 맛있는데요? 이거 혹시 한국에서는 먹을 수 없습니까? 사갈 수 있으면 청와대로 좀 사가면 좋겠는데."

"그 정도입니까?"

"네, 아주 좋아요. 아주 좋습니다."

"한국에서도 당연히 구매가 가능합니다. 하하."

데니스는 진심을 다해 웃었다. 이만하면 CIA의 주문을 초과 달성한 셈 아닌가. 요원으로서 얼굴이 노출되었다는 단점이 있기는 하지만, 오히려 박창수라는 아이덴티티가 생겼으니 전 세계 어딜 가도 커피 팔러 왔다고 하면 될 거 같았다.

'정 안 될 거 같으면 화이트 요원으로 바꿔달라고 해도 되고.'

하지만 데니스는 박 대통령이 떠나자마자 진실을 전해 들을 수 있었다. 그는 이제 곧 떠나야 했다. 이름도 생소한 스리랑카의 누와라엘리야로. 그나마 다행인 것은 혼자가 아니란 점이었다. 동료들을 만나볼 기회도 주어졌다. 4개월 뒤, 인천 공항 근처에서였다.

또다시 바닥으로

"하아."

재원은 익숙한 천장을 올려다보며 한숨을 쉬었다. 얼마 전 큰 마음 먹고 구매한 쿨링 베개의 감촉이 너무 좋아 아쉬웠다. 이불은 또 어떻고. 집먼지진드기 따위 발도 못 붙이는 섬유에 안쪽엔 부드러운 거위털이 잔뜩이었다. 푹신하면서도 무겁지 않은 이 느낌.

"흐아……."

매트리스도 거의 사치품이라 분류될 법한 물건이지 않은가. 집에 들어와봐야 잠만 자는 입장에서는 수면과 관련한 제품에 돈을 아끼려야 아낄 수가 없었다.

'선생님, 9시에 로비에서 봐요. 밴 대절해놨으니까 늦으면 안 돼요.'

하지만 이것도 다 끝이었다. 가져갈 수 있는 건 이중에서 오직 베개뿐이었다. 나머지는 다 두고 가야만 했다.

"가기 싫다."

재원은 조용히 속마음을 털어놓아봤다. 그래봐야 듣는 사람도 없겠지만, 이렇게 말하니 한결 마음이 나아지는 것 같았다.

"음."

물론 어떻게 말하나 어차피 가긴 가야 하는 몸이라 근본적인 기분이 바뀌는 일은 없었다. 해서 재원은 끊임없이 구시렁거리면서 장미에게서 온 문자를 확인하고, 가만히 휴대폰을 만지작거리기 시작했다. 생각해보니 이렇게 침대에 누운 채 노닥거리는 것도 오랜만이었다. 강혁이 떠맡기듯 넘겨준 중증외상센터 센터장 자리는 정말이지 만만치 않았던 탓이었다.

'하아.'

그 생각을 하니 또다시 한숨이 터져 나왔다. 하지만 마냥 괴롭기만 했었냐 하면 그것은 또 아니었다. 어느새 재원은 갤러리에 가득 담긴, 재원이 치료해준 환자들과 찍은 사진들을 들여다보고 있었다. 눈코 뜰 새 없는 일정이기에 누구 하나 잊었어도 이상하지 않을 것 같은데, 신기하게도 얼굴만 보면 딱 환자가 실려 왔던 상황이 생생히 그려졌다.

'그래……. 이 환자는 진짜 죽는 줄 알았는데.'

모두 위급했지만, 그중에서도 특히 급박했던 사람들이 있었다. 가령 지금 재원이 바라보고 있는 사진 속 사람이 그랬다. 건설 현장에서 떨어진 환자였는데, 처음엔 즉사 아닌가 했을 만큼 크게 다쳤더랬다. 그 환자를 주요 부위부터 빠르게 처치한 끝에 살렸을 때, 그때의 느낌을 대체 뭐라고 설명해야 할까.

'음.'

지금도 소름이 오소소 돋아날 지경이었다. 전율이라 평하기에 부족함이 없었다. 위이잉. 그렇게 잠시 추억에 빠져 있으려는데 부엌 쪽에서 소음이 들려왔다.

'뭐지, 시발?'

아까와는 다른 의미의 소름이 돋아났다. 어차피 갈 거 빨리 나갈 걸 그랬나 하는 생각마저 들었다. 그랬다면 집에서 자다가 죽는다거나 다치는 일은 없었을 것 아닌가. 세상에 오피스텔에 강도가 드는 세상이라니. 대체 어떻게 들어왔을까. 이제 죽나. 뭐 이런 생각이 반복되고 있었다.

"일어나, 새꺄."

특히 시커먼 그림자가 다가오는 것이 보일 때쯤엔 두려움이 배가 되었다. 평상시 볼 수 있는 체격이 아니었기에 그랬다.

"어?"

진짜 이상하게도 목소리가 익숙했다.

"뭔 어야."

강혁이었다. 먼저 들어와 있을 거란 얘기를 하기는 했더랬다. 하지만 워낙에 정리할 재산이 많고 또 분산 투자까지 해놔야 하는 데다가, 이번 누와라엘리야에 박아야 하는 돈도 많아서 따로 볼 시간은 없을 거란 얘기도 들었다. 해서 아예 공항에서나 보겠구나 하고 있었는데 여기 있다니.

"일어나, 인마. 9시까지 로비 가야 되는데 7시가 넘도록 처자고 있네?"

"아니……."

"아니는 뭐야. 커피나 처마셔."

"어……."

너무 황당하고도 어리둥절한 기분이 들어 머리만 긁적이고 있으려니, 부엌에서 또 기계 돌아가는 소리가 들렸다. 집에 있는 기기일 테니 익숙해야 할 텐데 그렇지가 못했다.

'뭐가 돌아가는 거지…….'

강혁은 한순간에 멍한 재원의 눈이 무엇을 의미하는지 알아보았다.

"설마설마 했더니 이 새끼 이거 한 번도 안 써봤구나?"

"네? 아, 이거……."

"이거 내가 너 선물로 준 거잖아. 인마 이거 비싼 건데. 커피도 맨날 먹는 놈이 이걸 안 써?"

"아니……. 제가 시간이 어딨어요. 그냥 병원에서 사 먹지……."

"텀블러는 써?"

"네?"

"와 환경오염의 주범이 여깄네."

"아니……."

재원은 강혁이 자꾸 인성 문제 비슷한 걸로 갈구니 기분이 상했다. 위이잉. 그러다 이 기계라는 게 사람이 있어야 돌아간다는 것을 깨달았다. 아까의 소름이 다시 한번 후다닥 돋아났다.

"근데 지금 저 기계는 누가 돌려요?"

"아, 데니스라고. 이번에 우리랑 같이 가는 애."

"네? 아니, 그 사람이 왜 제 집에 왔어요?"

"커피 갈러 왔지. 원두 사업했었어."

"그런 얘기가 아니……."

재원은 왜 내가 모르는 인간이 내 집에 나도 모르는 새에 들어와 있냐는 말을 하려다가 입을 다물었다. 생각해보니 이런 말을 해봐야 강혁이 제대로 된 답을 줄 턱이 없어서였다. 또 말도 안 되지만 납득은 되는 이상한 논리로 공격에 나설 것이 뻔했기 때문이다. 게다가 지금 궁금한 것은 그런 게 아니었다.

"근데 여긴 어떻게 들어온 거예요?"

재원이 지내는 오피스텔이 최고급 오피스텔까지는 아니지만, 그래도 엄연히 경비 시설 정도는 갖추어진 곳이었다. 박성민 대통령 취임 이후 필수 의료 의료진에 대한 대우가 좋아지면서 월급은 올랐는데, 재원은 일이 줄지 않아 쓸 일이 없었다. 그 덕에 집만큼은 좋은 곳으로 골랐다. 당연히 비밀번호를 모르면 절대로 들어올 수 없었다.

"응? 비밀번호 치고 왔지."

"아."

그 말은 곧 강혁이 비밀번호를 알고 있다는 뜻이 되었다. 그게 아니라면 힘으로 뚫고 왔거나. 재원은 그나마 강제로 온 건 아니란 사실에 안도하면서도 이 인간이 왜 비밀번호를 알고 있나 하는 생각에 고개를 내저었다.

"그건 어떻게 알았어요?"

"너 단순한 놈이잖아. 1116이지 뭐."

"어떻게……."

"네 생일이잖아. 여친도 없는 놈이 비밀번호 해봐야 뻔하지."

"아."

비밀번호 얘기하면서 이렇게까지 사람을 휘둘러 패도 되는 걸까. 뼈를 맞은 기분에 삭신이 쑤셨다.

“이상한 소리 그만하고 일어나서 커피 때리고 빨랑 씻어. 어른들 기다리게 하지 마.”

“데니스라는 분이 나이가 많나? 아닌데? 그때 파키스탄에서 본 그 사람 아닌가?”

“누가 데니스만 있다고 했어? 한 교수님 계셔. 지영이랑.”

“네?”

“그러니까 팬티만 입은 너의 그 앙상한 몸을 어딘가에 치우라고. 정돈을 하든가.”

“이런 미친.”

민폐도 이런 민폐가 있을까. 상식이 있는 사람이라면 이런 짓은 하면 안 되는 거 아닐까. 강혁 혼자라면야 무슨 짓을 해도 이제는 이해할 수 있었다. 하지만 한유림은 아니지 않은가. 저 양반은 공직에 있던 사람인데 이렇게 될 줄이야.

‘난 그러지 말아야지…….’

아무래도 강혁과 있으면서 많이 망가진 모양이었다. 재원은 고작해야 1년 남짓한 시간이니 괜찮겠지 하면서 화장실로 향했다. 집주인이 급하게 씻는 동안 한유림은 식탁에 앉은 채 밖을 내다보았다. 아직도 오피스텔에 산다고 해서 돈 아끼나 했는데, 무려 방 딸린 오피스텔이었다.

“이야, 뷰도 좋네. 양 선생이 나보다 좋은 집에 사는 거 같은데?”

“건물주 아들인데 그럼 아무 데에 사나. 다 부모님이 도와주셨겠죠.”

“아, 그렇네. 그래도 나름 깔끔하게 하고 사는데? 엄청 더러울 줄 알았는데. 당직실은 더럽게 썼잖아?”

“별로 안 들어와서 그런 거 같기는 한데……. 그래도 깨끗하네요. 야, 데니스. 다 내렸으면 너도 일로 와.”

“네.”

강혁의 말에 데니스는 급히 강혁에게로 달려왔다. 어째 상하 관계가 더 확실하게 자리 잡힌 것 같다는 느낌이 들었다면 맞게 본 것이었다. 강혁은 이제 CIA의 정식 고문이자, 누와라엘리야 현장 책임자였다. 스미스야 강혁을 믿었지만 위에서도 그러리란 보장은 없지 않은가. 뭔가 직함이라도 주고 일을 맡기는 편이 마음이 편해서였는지, 일이 이렇게 되었다. 피를 본 것은 데니스였다.

“빠릿빠릿하네. 역시 요원이야.”

“그…… 그런 말씀은 공개적으로…….”

“어차피 너 화이트 요원이잖아. 러시아에서도 아는 얼굴인데 뭐.”

“아무리 그래도…….”

“에이, 어차피 외교관 신분으로 가는 거잖아. 괜찮아, 괜찮아.”

“아…….”

“출세 보장됐잖아. 내가 딱 봐도 너는 막 어? 피 튀기는 현장은……. 수술실 말고는 어울리는 사람이 아냐. 그냥 이런 일 하면서 대사 쪽으로 풀리는 게 짱이지.”

“뭐…….”

강혁의 말이 맞기는 했다. 동기들 중에 지금 데니스가 처한 상황을 부러워하지 않는 이가 드물었으니까. 랭리 안에서조차 믿을 사람 하나 없이, 벽과 벽 사이에서 살아가야 하는 요원들보다는 객관적으로 볼 때 외교관으로서의 삶이 훨씬 나았다. 실적 문제가 있어서 좀 에러였지만, 데니스는 그것도 해결된 참이었다. 강혁과 붙어 있으면서, 파키스탄 내의 CIA 영향력 강화를 그 누구보다 잘 해낸 덕이었다. 이번 스리랑카행에서도 다들 그러리라 기대하고 있었다.

"아무튼, 지영이는 괜찮아? 인턴 안 힘드냐?"

강혁은 데니스 따위는 아무래도 좋다는 얼굴로 고개를 돌려 지영을 보았다. 심장 파열됐던 사람치고는 안색이 아주 좋았다. 그 힘들다는 인턴을 하고 있음에도 그랬다.

"아, 네. 저번 달 응급실이라 좀 힘들긴 했는데, 그래도 괜찮아요."

"아직도 외상 외과 할 생각이야?"

"네."

"외상 외과 힘든데. 저 사람 봐봐, 저거. 날 보지 말고, 저 인간을 봐야 해. 일반적인 외상 외과에서 제일 잘 풀린 케이스가 저렇게 살어."

지영은 여전히 외상 외과를 꿈꾸고 있었다. 강혁은 한유림에게 떡 먹듯이 들은 말이 있었기에 설득에 나섰다. 재원을 가리키면서였다. 마침 재원은 자르지 못해 아무렇게나 자란 머리를 산발한 채 나오고 있었다. 방금 씻은 게 분명한데, 어째 추레한 모습이었다.

"멋진데요?"

"멋지다고?"

"저 뒤에 걸어놓은 사진요. 백 교수님이랑 같잖아요. 다른 점을 모르겠는데."

"아……."

지영의 말에 강혁을 화를 내야 하나 말아야 하나 고민했다. 분명 재원은 자신이 아끼고 사랑하는 수제자인 건 맞지만 닮았단 얘기를 넘어 똑같다는 말까지 용납해줄 수 있는 정도는 아니었다.

'근데 저건 뭐……. 보기 좋기는 하네.'

하지만 한쪽 벽면에 가득히 붙어 있는 환자와 찍은 사진들은, 그 누가 보더라도 미소가 지어지는 광경이기는 했다. 멀쩡한 환자가 하나도 없었다. 그러나 살아남았다. 남은 생을 살아갈 수 있게 해준 사람이 재원임은 의심할 여지조차 없었고.

"그래서 저는 외상 외과 해보려고요."

"음."

강혁은 설득에 실패했다는 뜻으로 어깨를 으쓱해 보이며 한유림을 바라보았다. 한유림 또한 사진이 보기 좋다는 것은 인정하고 있던 참이었다. 또 개인적으로도 외상 외과의 삶에 만족하고 있었다. 하지만 아비 된 마음은 또 다른 법이었다.

"지영아……."

"아빠도 지금 외국 가잖아요. 제가 뭐라고 한 적 있어요?"

"아니, 없지."

"저도 그렇게 해줘요. 정 힘들면 꼭 말씀드릴게요."

한유림은 지영의 눈에서 자신을 보았다. 아직 20대인데, 어째 안에는 고집 센 노인네가 하나 들어앉아 있었다.

'그래. 이래야 한 씨지…….'

자신도 백강혁에게 홀려서 홱 돌아버린 후로는 만류하는 동기들 말 다 씹고 외상 외과 의사로 살고 있지 않은가. 일단은 포기하기로 했다. 그의 얼굴을 읽어낸 강혁이 어깨를 툭 쳤다.

"자, 그럼 재원이도 준비됐으니까 나갑시다. 비행기 놓치면 안 돼."

"알았다."

"지영아, 잘 지내고 있어."

"네."

*

"하아."

장미는 버스 창 쪽에 대고 한숨을 쉬었다. 오랜만에 고향에 다녀오는 길이었다. 못 본 사이 많이 늙은 부모님은 또 어딜 가겠다고 하는 장미를 향해 그저 힘내라는 말만 전해줄 따름이었다. 그나마 마음이 좋았던 것은 두 내외가 장미가 새로 지어줄 집을 보면서 너무 행복해하고 있다는 점이었다.

'백 교수님이 돈 빌려주셨지.'

아무리 장미가 수간호사로 월급이 팍 뛰었다고는 하지만 번 시간이 문제였다. 아직 집을 짓기엔 무리였다. 서울로 모셔와 산다면 얘기가 달라지겠지만, 그랬다가 혼삿길 막을 일 있냐며 펄쩍 뛰는 부모에게는 고향집이 최고였다.

'진짜 감사한 사람이긴 하단 말이지.'

어쩌나 하고 있는데, 그걸 또 어떻게 알았는지 먼저 연락이 왔더랬다.

'넌 신용 좋으니까, 1년 무이자, 이후 2%로 5억 콜?'

딱 모자란 금액만큼의 돈이었던지라 소름이 살짝 돋았지만 장미는 재원과는 달리 강혁의 능력이 어느 정도인지 대강 짐작하고 있던 참이었다. 해서 더 놀라는 대신 제안을 받아들였다. 그 소식을 전해주고 오는 참이라, 1년이나 해외로 가야 하는 와중임에도 불구하고 마음이 썩 좋았다. 우우웅. 물끄러미 창밖을 보고 있으려니, 전화가 왔다. 박경원이었다.

"어, 선생님. 왜요?"

"아, 아니. 아무도 없어서요."

"네? 당연히 아무도 없죠. 지금 8시도 안 됐는데."

"8시 아니었나?"

"9시요, 선생님."

"아……."

강혁은 경원을 그나마 제일 높게 쳐주고 있지만, 사실 가까이서 보면 경원이 제일 허당이었다.

'이러니까 맨날 차이지.'

재원과는 달리 꽤 연애를 해보기는 했었다. 외모야 재원이나 경원이나 나쁜 편이 아니지 않은가. 거기에 더해 경원은 옷도 잘 입고, 첫 만남에서만큼은 그럴싸하게 보였다. 게다가 센터장보다는 아무래도 시간이 훨씬 많았다.

“아, 그럼 어쩌지. 카페도 안 열었던데.”

“당직방 가서 좀 쉬고 있어요.”

“요새는 거기 가기가 좀 눈치 보여서요. 애들이 저만 가면 이상하게 긴장해.”

“개국 공신이니까 그렇죠. 그렇다고 거기 계속 있기는 뭐 하잖아요.”

“일단……. 알았어요. 아……. 난 왜 8시인 줄 알았지.”

하지만 오래 지속되는 관계는 거의 없었다. 경원이 병원에서 모든 주의력을 소모한 듯, 다른 일에 대해서는 상당히 모자란 모습만을 보여서였다. 장미에게는 그 또한 동료로서의 의리로 나쁘게만 보이진 않았지만 다른 이에게도 그럴 거라 기대하는 것은 조금 무리였다.

“하아.”

전화를 끊은 경원은 거대한 트렁크를 돌아보고는 한숨을 쉬었다. 이거 다 싸서 나오느라 개고생을 했는데, 이렇게 1시간을 더 허비해야만 하다니. 이럴 줄 알았으면 1시간 더 자는 건데, 하는 후회가 온몸을 감쌌다. 어디 놀러 가는 길이었다면 기분이 좀 더 나았을 터였다. 하지만 그게 아니지 않은가. 봉사를 앞두고 있는 마당이었다.

'겁나 빡세다던데……. 아니, 빡셌어.'

파키스탄에서의 기억을 더듬어보면 만만할 리가 없었다. 강혁은 그 지역이 안정화되면 다른 지역까지 품을 사람 아닌가. 애초에 이번 봉사의 의의 자체가 거기 있다는 말도 들었다. 봉사 기관이자 교육 기관이 될 거라고 했던가.

'그게 어떻게 가능하지?'

이해가 잘 가지 않았다. 앉아서 차분히 생각하면 조금 다를 것도 같았지만 지금은 그럴 수 있는 곳도 없었다. 주말이라 그런지 로비는 적막하기만 했다. 에스컬레이터 틈 사이로 슬쩍 아래를 내려다보니, 카페도 역시나 닫혀 있었다.

'망할.'

이러지도 저러지도 못하고 있으려니 누군가 경원에게 다가왔다.

"선배!"

"어?"

지금 국군수도병원에 있는 강행이었다. 촉탁의 신분이긴 하지만, 그래도 머리가 짧았다. 같이 일하는 사람들이 군 의료진이기에 위화감을 주기 싫었단 얘기를 들었던 기억이 있었다.

"웬일이야?"

"도살장 끌려간다는데, 구경 왔죠."

"인마……."

"그래도 선배는 백 교수님이 좀 열외로 두잖아요. 양 선배가 뒤졌지, 이제."

"너 그러다가 너도 끌려간다."

"백 교수님 오시면 바로 갈 거예요."

이강행은 자기 준비성을 무시하지 말라는 얼굴로 뒤편을 가리켰다. 사대진이 차에서 이제 막 내리고 있었다.

"너도 왔어? 넌 지방이잖아."

"이런 진귀한 구경거리를 놓칠 수는 없죠."

"하……. 이놈들도 다 잤어야 됐는데."

"군 의료랑 지방 의료를 내팽개치고 갈 수는 없잖아요."

"그 말 하니까 더 열 받네."

아마 재원이었으면 그 가냘픈 팔로 공격이라도 시도했을 터였다. 하지만 경원은 아무래도 재원보다는 좀 더 안정적인 사람 아닌가. 아니, 그것보다는 냉정하다는 표현이 옳았다.

'내가 공격해봐야……. 씨도 안 먹힐걸.'

사대진이야 또 모르겠지만. 이강행은 누가 군 의료시설에 있는 놈 아니랄까봐 나름 운동을 하고 있었다. 때려봐야 이쪽이 더 아플 공산이 크다, 이 말이었다. 망할 놈이란 생각이 들어도 소용없었다.

'백 교수님이 때리면 아프겠지.'

하지만 방법은 다 있는 법이었다. 경원은 자신이 달려들 거란 생각에 대비하고 있는 둘을 지나쳐, 시동이 걸려 있는 차로 달렸다.

"어?"

"어!"

만약 강행이 강혁이었다면 어렵지 않게 제지에 성공했을 터였다. 강혁은 힘만 센 게 아니라 순발력도 탈인간급이었으니까. 하지만 강행은 그렇지가 못했다. 그냥 인간이었다.

"새끼들. 너네는 여기서 오늘 죽는다."

해서 경원은 어렵지 않게 차 시동을 끄고, 열쇠를 손에 쥘 수 있었다.

"안 돼."

"야, 잡아!"

"야, 선배한테 덤벼?"

"이건 선후배가 중요한 문제가 아니잖아요!"

"뒤져!"

"뭐 인마?"

그러곤 로비 안으로 뛰었다. 순간 짐이 좀 마음에 걸렸지만, 상식적으로 저만한 짐을 도둑맞을 거 같지는 않았다. 누가 옮기려 해도 쉽지 않을 무게이기에 그랬다. 해서 거리낌 없이 로비를 빙글빙글 돌 수 있었다.

"안 돼."

"안 돼, 안 돼!"

강행과 대진이 아무리 소리를 쳐봐야 별 소용은 없었다. 경원이 제아무리 운동 부족이라지만 작정하고 열쇠 하나 숨기는 것 정도는 할 수 있었다. 끼이익. 곧 차 하나가 로비 앞에 멈추어 섰다. SUV 차량이었는데, 꽤 많은 인원이 내렸다. 그중 하나가 강혁이었다.

"재들은 왜 여기서 술래잡기하냐."

그는 잠시 주인 없어 보이는 짐에 눈길을 주다가 로비를 바라보았다. 나이 먹을 대로 먹은 애들이 정신없이 뛰고 있었고, 보안 요원 둘이 그 광경을 뭐라 설명하기 어려운 표정을 한 채 지켜보고 있었다. 몇 번인가 여기서 이러시면 안 됩니다 한 것 같은데, 셋 다 아는 얼굴인 데다가 그중 하나는 이 병원 교수라 물리적으로 나서지는 못하고 있는 듯했다.

"놀, 놀리러 온 거 같은데요?"

강혁과는 달리 재원은 단박에 강행과 사대진의 방문 목적을 유추했다. 강혁으로서는 도저히 이해가 가지 않는 이유였다.

"놀려? 뭘로?"

"우리 봉사 간다고요."

"그게 놀릴거리가 되나……?"

재원에게 이유를 듣고 보니 더더욱 그랬다. 의사가 의사 없는 곳에 가서 봉사한다는데 그게 놀릴 일이란 말인가. 이곳에서의 진료도 물론 보람찬 일이겠지만, 아무래도 그쪽에서의 진료만큼은 아닐 터였다. 그곳에서는 태반이 나 아니었으면 죽을 사람들이기 때문이었다. 게다가 의사가 없는 곳이 의미하는 것이 꼭 진료의 부재만을 의미하지도 않았다. 의학에 대한 기본 상식도 없었고, 그 상식 부족은 우리 기준으로는 어이없지만 죽음으로 곧잘 이어졌다.

"저놈들이 그렇다니까요? 남들 놀러 가는 안식년에 봉사 간다고 놀리러 온 거예요, 저거."

"허."

안식년이 그 뜻만 봐도 쉬기 위한 해인 것은 맞았다. 하지만 절대다수의 의사는, 아니 그냥 의대 교수 전부는 그 안식년 동안 해외 연수를 가지 않는가. 물론 병원에서 일하는 것보다는 거기서 뭘 좀 배우는 것이 더 편한 시간이라고는 하던데. 그럼에도 불구하고 놀러 가는 건 아니었다. 게다가 강혁이 어이없어 하는 데에는 또 다른 이유도 있었다.

'어차피 쟤들도 안식년 오면 부를 건데.'

순서 차이 아닌가. 어쩌면 먼저 가는 놈들이 훨씬 나을 수도 있었다. 다른 사업은 어떨지 모르겠는데, 병원은 커지면 커질수록 구성원들은 바빠지고 힘들어질 뿐이었다. 오는 환자의 숫자도 늘어날뿐더러 그 중증도도 올라가기 때문이었다. 한 치 앞을 못 보는 하루살이 같은 놈들이라 할 수 있었다.

"혼내줘요."

속으로 병신들인가 하고 있으려니 재원이 애절한 눈으로 말했다.

"혼내주면 열심히 할 수 있을 거 같아?"

재원이 어떤 마음인지는 딱히 중요하지 않았다. 하지만 이걸 함으로써 봉사가 제대로 돌아갈 수 있다면, 그건 좀 중요했다.

"네. 최선을 다하겠습니다."

"접수."

해서 강혁은 분연한 얼굴로 로비에 들어섰다. 끼이익. 분명 들어서는 소리 자체가 그리 색다르지는 않았을 터였다. 하지만 안에 있던 셋은, 그중에서도 강행과 대진은 고개를 돌리지 않을 수가 없었다. 아까까지만 해도 다른 방향이던 해가 이쪽을 비추고 있어서였다. 쏟아지는 햇살을 후광 삼아 달려드는 강혁의 모습은 흡사 천사를 연상케 했다.

"아, 안 돼."

"튀, 튀어!"

하지만 얼굴은 악마 그 자체였다. 능력도 그랬다.

"억."

"읏."

강혁은 양쪽으로 튀는 둘을 각각 한 손만으로 끌어당겼다. 그래도 강행은 꽤 체격이 좋아진 편이었는데도 그대로 질질 끌려왔다.

"변명해봐."

"저, 저는 배웅하러 온 거예요."

"진짭니다, 교수님. 지방에서 오느라……. 진짜 고생했어요."

"넌 진술해봐. 왜 술래잡기하고 있었어?"

강혁은 일단 둘의 얘기부터 들어주고는 얼굴이 시뻘게질 때까지 뛰어다닌, 오늘따라 많이 모자라 보이는 경원을 바라보았다. 경원은 죽도록 뛴 보람이 느껴져서 그런지 잠시 아득한 표정을 짓고 있다가 급히 입을 털었다. 성질 급한 강혁이 단죄를 포기할 거 같아서였다.

"이놈들이 우리 놀리고 튀려고……. 차에 시동까지 걸어놨더라고요. 그래서 그거…… 그거 차 키 들고 뛰었습니다."

"놀린다라. 봉사하러 가는 사람을 놀린다라……."

강혁의 말에 둘의 얼굴이 하얘졌다. 억울한 마음도 있었다. 정확히 말하면 봉사하러 가는 사람을 놀리는 게 아니라, 강혁과 함께 봉사 가는 사람을 놀리는 것이었으니까.

"으억."

"억."

하지만 더 변명할 시간은 주어지지 않았다. 강혁이 조르기에 들어간 까닭이었다.

"이게 다 뭔 일이래요."

뒤늦게 도착한 장미는 덕분에 이상한 광경을 볼 수 있었다. 문 열린 차량과 옆에 덜렁 놓인 거대한 짐 그리고 강혁에게 조르기를 당하고 있는 두 사내와 그 모습을 위태로운 표정으로 지켜보며 어쩔 줄 몰라하는 보안 요원들. 이게 과연 봉사 가기 전에 한국에서 마지막으로 눈에 담아도 좋은 모습일까. 장미는 알 수 없었다. 그저 한 가지 확실한 것은, 역시나 이번 봉사는 만만치 않을 거라는 것뿐이었다.

"하아."

한숨이 절로 나왔다.

"공항까지 오라고요? 저 가서 환자……, 환자 봐야 될 거 같은데."

"네, 전 지방이라……. 아시잖아요. 제가 우리나라 지방 의료를 책임지고 있습니다."

인천까지 따라오라는 말에 이강행과 사대진 모두 난색을 표했다. 얼핏 들으면 되게 그럴싸한 이유란 생각도 들었다. 그렇지 않은가. 환자를 생각하는 의사. 딱 한국대학교 병원 중증외상센터의 모토였고, 또한 강혁의 가르침이기도 했다.

"개소리하지 마, 인마."

하지만 강혁은 콧방귀도 뀌지 않았다.

"네?"

"아니, 개…… 개소리라뇨."

당연하게도 둘은 당황했다. 나름 합리적인 이유를 댔다고 생각했는데 반응이 영 틀려먹었으니, 그럴 수밖에 없었다.

"내가 니들을 모르냐? 아무리 개념이 없어도……. 근무 날 자리 비우고 사람 놀리러 왔겠어?"

"어……."

"아……."

물론 강혁은 아무 이유도 없이 강짜를 부리는 것이 아니었다. 강혁이 비록 제자들에게 함부로 대하는 때가 많지만 그럼에도 불구하고 좋은 스승 아니던가. 다른 사람들도 그렇게 인정하는 바인데, 그 누구보다 강혁 자신이 그리 믿고 있었다.

'내가 가르친 놈들이 완전 무개념일 수는 없지.'

적당히 가르친 적이 없었다. 특히 여기 한국대학교 병원에서 가르친 놈들은 그랬다. 말을 안 들으면 두들겨 패서라도 환자를 보게 했다. 죽을 환자를 살릴 수 있는 실력과 마음가짐을 갖추게 하기 위해서.

"맞지?"

"그…… 그렇긴 해요. 비번입니다."

"저도……. 그렇긴 하죠. 사실 바로 내려가도 오늘은 꽝인데."

예상은 빗나가지 않았다. 그 말은 곧 강혁의 기분이 좋아졌다는 것을 의미했다. 보통 이렇게 되면 상대도 기분이 좋아져야 정상이겠지만, 아쉽게도 강혁을 마주하고 있는 사람만큼은 예외였다.

"따라와. 선배들 배웅해야지."

"아……."

"귀찮냐? 어차피 너네 여기 와서 만날 사람도 없잖아."

"외상센터 힘들잖아요……. 쉬어야죠……."

"너네 근무 요건 그래도 많이 개선된 걸로 알고 있는데? 아냐? 내가 한유림 전 장관을 갈궈야 되나?"

"아, 아뇨. 아닙니다. 많이 좋아졌습니다. 내일도 쉽니다, 네네."

네가 안 따라오면 까마득한 선배를 조지겠다, 뭐 이런 얘기 아니던가. 아무리 한국대학교 중증외상외과팀 족보가 개족보라 해도 이건 아니었다. 이강행이나 사대진이 대놓고 개기거나 놀릴 수 있는 건 박경원이나 양재원 정도이지, 그 한참 위에 있는 한유림은 아니란 뜻이었다.

"그럼 가자. 가면서 해줄 얘기도 있어. 안 그래도 밴 빌렸다고 해봐야 저기는 좁을 거 같았는데, 잘됐네. 한 교수님, 데니스. 우리는 여기 타자. 새끼, 누구 거야? 나름 외제 차네?"

해서 고개를 끄덕이고 있으려니, 어느새 강혁이 경원의 손에서 빼앗은 열쇠를 이용해 차 안으로 들어서고 있었다. 차 주인인 사대진의 얼굴이 사색이 되었다.

'백 교수님 차가 뭐더라.'

혹 백강혁이 자기보다 좋은 차 탄다고 시비 걸기 시작하면 어쩐단 말인가. 차를 사는 과정에서 하늘을 우러러 한 점 부끄럼이 없었다고 해봐야 별 소용이 없을 거 같았다. 원래 강혁은 사람 혼낼 때, 자신의 감정을 우선시하는 사람이었으니까.

"네 거야?"

"어, 네, 네. 할부로…… 할부로 샀습니다. 아직 한참 남았어요."

"뭘 그리 안절부절해? 죄졌냐? 돈 잘 벌면 좋은 차 살 수도 있지."

"그……."

듣다보니 돈 잘 버는 것도 잘못인가 하는 생각도 들었다. 아무리 생각해봐도 강혁이 뭔 차를 탔는지 떠오르지 않는 것으로 미루어볼 때, 그리 인상적이지 않은 차를 몰았거나 아니면 아예 차가 없을 것 같았다. 세계 최고의 실력을 가지고도 검소하기 이를 데 없는 의사라니. 어디 전설 속에 나오는 사람 같지 않은가. 근데 그 사람의 제자는 센터장 맡자마자 기다렸다는 듯 외제 차를 뽑다니. 사회적으로 손가락질을 받아도 할 말이 없을 것 같았다. 해서 고개를 숙이고 있으려니, 강혁이 손을 슥 하고 내밀었다.

'이 나이에 또 맞나.'

예상되는 결말에 두 눈을 질끈 감고 있으려는데, 강혁이 의외로 부드럽게 대진의 어깨를 쓰다듬어줬다.

"잘 샀어. 외상 외과 의사들이 이렇게…… 요새 뭐라고 하더라. 그래, 플렉스 하는 모습도 보여주고 그래야 후배들이 안심하고 지원하지."

"잘못…… 네?"

"저기 양재원처럼 살면 안 돼. 저 새끼 저번에 다큐도 나왔더라? 연애도 포기하고 환자에게만 매달리는 훈남 의사 느낌으로 나왔던데……. 저러면 안 돼. 후배들이 지원하겠냐?"

"아……."

"선배들이 누가 봐도 부족함 없이 잘사는 모습 보여줘야지. 어차피 개고생하는 걸 누가 몰라? 그냥 옆에서 구경만 해도 다 알지. 근데 그 고생하면서 보상도 없다고 생각하면 누가 지원을 하냐고. 물론 옛날엔 진짜 어렵긴 했어. 옛날엔."

강혁이 처음 한국대학교 병원에 왔을 때만 해도 외제 차가 다 뭐란 말인가. 병원에서 맨날 적자 과라고 구박받고, 심심하면 삭감에 감봉인데 대체 어떻게 비싼 차를 탈 수 있었겠는가. 있던 차도 팔아야 할 판이었다. 하지만 이젠 아니었다. 한유림 전 장관과 박성민 대통령의 전폭적인 지원 덕에 예산이 확충되었고, 감봉은커녕 외상 외과 의료진들에게는 특별 인센티브까지 주어지고 있었다. 적어도 대학 병원 내에서는 이들보다 더 많은 연봉을 받기 어려워졌다, 이 말이었다.

"여기 이 양반이 진짜 애썼잖아. 툭 하면 기재부하고 싸우고, 국감 때 봤지?"

"봤죠. 아, 저는 한유림 교수님이 그렇게 화내는 건 처음 봤어요."

제아무리 여당이 밀고 대통령이 지지한다고 해도 바로바로 문제가 해결되진 않았다. 돈 때문이었다. 나라 재정은 한도가 있었고, 그 안에서 각 부서가, 각 지자체가 합의를 통해 파이를 쪼개 가져야 하는 시스템 아닌가. 여태 별로 요구하는 게 없던 보건복지부에서 갑자기 막대한 예산 확충을 들이밀고 나섰으니 곱게 보일 턱이 없었다. 일각에서는 의사 출신 장관이 자기 식구 챙기려고 하는 거 아니냐고 하는 비난마저 있었다.

"그렇게 따온 예산이야. 이젠 다행히 성과가 있어서 정착되고 있고."

하지만 막상 저지르고 보니, 중증외상센터 환자들의 생환율 증가가 두 눈으로 확인할 수 있을 만큼 명확하게 올랐다. 그 말은 곧 국민적인 지지를 받을 수 있게 되었다는 말이었다. 태생적으로 여론의 눈치를 볼 수밖에 없고, 또 표를 의식할 수밖에 없는 정치인들로서는 반대할 수 있는 동력을 잃어버린 셈이었다.

"그러니까 티 좀 내라. 강행아, 넌 차 뭐 타냐?"

"전 아직 안 바꿨는데요."

"뭐? 군의관 때부터 타던 거 계속 탄다고?"

"네."

"그거 창문 안 내려가지 않아?"

"그거 빼고는 탈 만해요, 그냥."

"아니……."

어렵게 따낸 예산을 퍼주고 있는데 이렇게 지지리 궁상을 떨고 있다니. 강혁은 어이가 없다는 얼굴로 주변을 돌아보았다. 다 자기 따라서 이놈을 비난하자, 뭐 이런 뜻으로였다. 하지만 사대진을 제외한 모두는 그게 뭔 잘못인지 모르겠다는 얼굴을 하고 있었다. 그제야 강혁은 이게 다 자기 업보라는 것을 깨달았다.

'아, 맞네. 내가 애초에 이런 놈들로 뽑았지…….'

2세대, 그러니까 이 녀석들 이후로는 좀 달랐지만 한국에서의 1세대 제자들은 그야말로 환자만 아는 바보들로 구성되어 있지 않은가. 다른 일에 관심을 보이는 것이 이상한 일이었다. 아마 사대진도 차만 그럴싸할 뿐, 나머지는 안 봐도 뻔할 터였다. 당장 지금 입고 있는 옷만 해도 어디서 주워 입은 것 같은 모습이지 않은가.

'플렉스는 2세대 제자들에게 맡겨야겠구만.'

그때는 그나마 조건이 좋아진 이후에 들어온 녀석들이 대거 포진해 있을 테니 마음가짐이 조금은 다를 터였다.

"야, 일단 가자. 늦겠다. 어차피 승객도 얼마 없고……. 항공사 측에서도 우리 다 알고 있어서 별 상관은 없겠지만, 그래도 늦으면 민폐지."

해서 강혁은 더 이상 이놈들과 왈가왈부할 생각을 버린 채 의자에 털석 앉았다.

"데니스, 네가 제일 어리니까 가운데 앉아라."

"아……. 네……."

데니스를 중앙에 끼워넣으면서였다.

"자, 그럼 저 밴 따라가."

"네."

곧 다들 차에 올랐고, 즉시 밴을 따라 공항을 향해 달리기 시작했다. 상당히 이른 시간이었지만 그 누구도 눈을 감거나 하진 않았다. 떠나야 하는 사람들은 생각이 많았고, 떠나보내야 할 사람들은 떠날 사람들이 뭔 생각을 하고 있는지가 너무도 궁금했다. 특히 이 자리에서 제일 나이가 많은 한유림의 생각이 알고 싶었다.

"아, 근데 한 교수님."

"응?"

"사실 제가 얼마 전에 흉부외과 강일구 교수님 정년 퇴임식 갔다 왔거든요."

"아아. 그 양반. 그래, 그때 전화했지. 어……. 근데 요새 뭐 하신대?"

"원래는 한 교수님처럼 나가려고 하시다가……. 고향에서 요청이 와서요. 거기 내려가 계셔요."

"아, 그것도 훌륭한 봉사지. 좋은 일이야."

정년 퇴임 기준이라는 게 만들어진 것도 오래전 일 아닌가. 요새 65세면 딱히 노인이라고 보기도 어려웠다. 물론 전성기 때만큼 수술을 잘하진 않겠지만, 강일구 정도의 경험과 노하우라면 그 지역의 흉부외과 환자들의 생존율이 팍 뛸 터였다.

"그래서 말인데요, 교수님은 은퇴 생각 아직 없으신 거죠?"

"응? 그렇지, 뭐."

"안 힘드세요? 백 교수님이야 아직 젊지만……. 교수님은…… 다른 뜻이 있어서가 아니라 진짜 궁금해서요."

"아, 뭐. 오해할 일은 없으니까 걱정 말고."

다른 팀도 아니고 중증외상팀 아닌가. 지위고하를 막론하고 다 같이 사선을 넘어온 전우들이었다. 아무래도 그 끈끈함이 차원이 다를 수밖에 없었다. 해서 한유림은 바로 강행의 뜻을 알아먹었다.

'결국, 이놈도 나중에……. 어떻게든 봉사 다닐 생각하는구나.'

애초에 그런 놈들로 이루어진 팀 아니던가. 놀랄 일도 아니긴 했다. 그렇다고 해서 대견한 마음이 들지 않는 것도 아니었지만……. 한유림은 흠 하고 헛기침을 한 후에 말을 이었다.

"나 혼자였으면 아무래도 좀 힘들었겠지. 근데, 백 교수가 있잖아. 운동도 시켜주고……. 하기 싫을 때도 억지로 하게 하고 하니까 지금까지 하고 있는 거지."

"보람이 더 있거나 하진 않죠? 사실 여기서도……."

"어……. 뭐, 사람 살리는 일 자체에서는 그렇진 않아. 생명의 무게야 어디서든 같으니까. 하지만 여긴 이제 나 아니더라도 기회가 있잖아? 시스템이 자리 잡았고……. 이 교수같이 훌륭한 사람들이 더 있으니까. 그런데 거긴 아냐. 나 아니면 아예 없어. 처음 백 교수 왔을 때 한국보다도 더해. 시늉이라도 낼 수 있는 사람이 없거든."

"아……. 의사가 없군요, 아예."

"그렇지. 지금 가는 곳도 의사가 없어."

"음."

강행은 복잡해진 얼굴로 다시 앞을 보았다. 대진 또한 비슷한 표정을 하고 있었다. 단지 운전에 집중하고 있어 별다른 대꾸를 하지 못할 뿐이었다. 그런 둘을 보며 강혁이 웃었다.

"야, 그렇지 않아도 할 얘기 있었는데, 마침 말 나왔으니 잘됐네. 이거 어떻게 얘기해야 했는데 니들도 그런 생각하고 있을 줄은 몰랐다."

듣는 사람으로 하여금 소름 돋게 하는 말을 꺼내면서였다.

"네?"

운전대를 잡고 있던 대진이 놀란 마음에 브레이크를 밟았다. 공항 대로를 타고 있던 와중이었으니 아마 뒷차도 엄청 놀랐을 터였다. 하지만 단언하건대 대진이나 강행만큼은 아니었으리라.

"뭐라고요?"

"뭐라고…… 하셨어요?"

잠깐 사이에 차는 아예 갓길로 빠지고 있었다. 도저히 그냥 넘길 수 없는 얘기가 나오지 않았는가. 나중엔 앞의 둘도 가게 될 거라고 한 거 같은데, 둘이 동시에 정신이 빠졌을 리는 없을 테니, 맞게 들었을 가능성이 컸다. 실제로 강혁은 그런 둘을 이해하기 어렵다는 눈으로 바라보고 있었다.

"뭐래긴. 봉사 가는 거 얼마나 부러웠으면 놀린다는 말도 안 되는 핑계까지 대면서 왔겠어. 내가 너희 마음 다 알지."

"아니……."

"알기는 뭘 알……. 억. 목, 목."

강혁은 사소한 반항을 감행하던 강행의 목을 틀어쥐었다. 옛날에 비하면 그래도 나이가 좀 든 강혁이지만, 완력은 어떻게 된 게 더 강해진 마당 아니던가. 단단한 손아귀 힘이 느껴지나 싶더니만 목소리가 아예 나오질 않았다.

"건방진 말은 하지 말고. 애제자들이 스승 마음 아프게 그런 말은 하면 안 되지."

"전 아닙니다. 저는 그러지 않았습니다."

"알지. 그래서 입이 뚫려 있는 거야."

"네네."

대진은 눈앞의 참상에서 시선을 떼지 못한 채 연신 고개를 끄덕였다. 어찌나 열정적으로 끄덕이고 있는지, 번화가에 있는 흔들 인형을 연상케 할 지경이었다. 이것만 보면 웃음이 터져 나와야 정상이었지만 차 안에 타고 있는 이들은 안타깝게도 재원이나 장미가 아니라 한유림과 데니스였다. 지금껏 잠시의 휴식 시간도 없이 신나게 강혁에게 시달려온 몸들이란 얘기였다. 고소함보다는 안쓰러움만 느껴졌다.

"거기 인마, 스리랑카에 누와라엘리야라고 있어. 거기가 얼마나 열악한지 내가 또 읊어야 하나, 이거야 원."

강혁은 이 자식들이 뭘 몰라서 그런다는 얼굴로 고개를 털었다. 한유림은 이때쯤 한번 동의를 해주어야 불똥이 튀지 않을 거란 계산이 섰다. 옆을 돌아보니, 데니스 또한 같은 생각을 하고 있는 모양이었다. 재원이야 인정하지 않겠지만, 이젠 세상에서 강혁의 심기를 가장 잘 안다고 자부할 수 있는 둘 아니겠는가.

여기에 끼어들려면 리처드 정도의 경력이 있어야만 했다. 솔직히 한국에서, 그러니까 선진국에서 꿀 빨던 시절에 강혁을 모셨던 이력으로는 명함조차 내밀기 어려웠다.

"어어, 그래. 백 교수 말이 맞아. 거기가 정말 어려운 지역이라고."

"옳지. 여기 한 교수님도 그렇게 말씀하시네. 다들 뭐 내가 강요해서 가는 거 같냐? 아냐. 뼛속 깊이 거기 사정에 공감해서 가는 거야. 한 교수님, 내 말 틀려요?"

"틀…… 아니, 맞지. 내가 말이 헷갈렸어. 노려보지 마. 나이가 드니까 말이 좀 길어지면 헷갈려."

"흐음. 일단 넘어가고. 지금 너네 이메일로 거기 자료 보냈으니까……. 대진이 안식년이 이제 한 3년 남았나? 강행이는 2년 남았고? 그때 가자고."

강혁의 말에 강행은 소름이 오소소 돋았다. 어떻게 이 인간이 자기 스케줄을 다 알고 있단 말인가. 대강 7년쯤 일하다 가겠거니 계산한 것은 아닌 거 같았다. 3년 뒤라고 해봐야 센터장으로 일하게 된 지 4년 남짓할 시점이었기에 그랬다.

'회의를 전해 들었나?'

강혁은 대진의 생각을 고스란히 읽어냈다. 그러곤 그 생각이 틀리지 않았음을 확인시켜주었다. 연락처 목록에 지금 대진이 있는 병원 원장 번호를 보여주면서였다.

"이상하게 원장들이 다 나한테 잘 보이려고 하더라고. 내가 박성민 의원…… 아니지, 성민 대통령이랑 연줄이 있다고 생각해서 그러나……. 아니면 한유림 교수님 장관 만들어준 게 실은 나라는 소문이 돌아서 그러나…….”

“어…….”

“시키지도 않은 짓을 막 한다니까? 하하.”

“아…….”

대진은 일이 이렇게 된 이상 별다른 수가 없을 거란 생각이 들었다. 하지만 그 또한 강혁의 제자 아닌가. 밑에서 배운 게 수술뿐인 것만은 아니었다. 끝까지 포기하지 않는 열정 또한 배운 바 있었다. 해서 입술을 달싹이고 있으려니, 강혁이 선수를 쳤다.

“뭐 연수 어쩌고 얘기하려고?”

“어, 어떻게 아셨어요?”

“거기 안 가면 뒤처진다, 뭐 이딴 소리 하려고 그러지?”

“어……. 네.”

“새끼들, 어디서 역적모의라도 했나. 왜 말들이 다 같아?”

역적 운운하는 말에 여태 멱살을 틀어잡힌 채, 연수 얘기를 떠올리고 있던 강행의 눈동자가 도르르 굴렀다. 말을 꺼낸 장본인인 대진이야 말할 것도 없었다.

‘재원 선배가 먼저 털었구나. 하긴……. 그 양반이 한두 번쯤 안 개겼을 리가 없지.’

솔직히 별로 실력 없을 때조차 강혁에게 개기던 양반 아니던가. 이젠 나름 국내 최고를 넘어 강혁 바로 밑이란 평가까지 받게 되었으니, 좀 더 개겨봤을 터였다. 하지만 재원은 지금 앞서 가고 있는 밴에 타고 있었다. 이따만 한 짐을 짊어진 채였다. 씨

알도 안 먹혔다는 뜻이다.

"너네 미국이나 이런 데 가봐야 내 밑에 있는 것보다 더 배울 수 있을 거 같냐?"

"아."

"그게 걱정되면 안심해. 내가 진짜 어떻게든 굴려서 실력 늘려줄 테니까."

"아, 아뇨. 아닙니다. 연수라뇨……. 교수님 밑으로 가면 그게 연수죠. 사랑합니다, 교수님."

"그래, 잘하자?"

"네."

대진은 하릴없이 고개를 끄덕였다. 그 수밖에 없지 않은가. 지금은 정말로 그랬다.

'결혼해서 애를 낳자. 그러면 설마…… 애 딸린 유부남을 잡아가진 않겠지.'

그렇다고 아주 포기한 것은 아니었다. 머리를 굴려보니 제아무리 강혁이라고 해도 마수를 뻗치지 못할 만한 사유가 있기는 있어서였다. 물론 그것도 강혁은 읽어냈다. 그러곤 코웃음을 쳤다.

"너도 어차피 계획 딱히 없을 거 아냐. 그사이에 뭐 연애라도 시작해보려고?"

"네? 아니, 뭐……. 그럴 수도 있죠."

"차도 그래서 산 거지? 솔직히 어? 주변에서 외제 차 사면 연애에 도움된다고 하니까."

"어……."

대진은 아니라고 자신 있게 답할 수 없는 현실이 원망스러웠다. 뭐 이게 더 안전하고, 주행이 안정적이고 드라이브가 재밌고 하는 이유들을 대려면 댈 수 있을 터였다. 하지만 스스로도 말도 안 되는 이유라는 걸 알고 있었다. 한국 차라고 위험하고 주행이 개판이라던가? 그냥 멋져서 산 거였다.

"야, 말이 되니? 타고 다니는 차가 지금 너랑 뭔 상관이 있어. 나는 인마 걸어 다녀도 인기 많았어. 동기 중에 벤츠 타던 놈은 인기 없었고."

"으."

이미 뜨끔해 있던 대진을 강혁은 말로 휘둘러 까기 시작했다. 원래 제일 아픈 것이 팩트로 패는 거 아니던가. 대진은 신음만 흘리고 있었다.

"너 이 차 사고 뭐 연애 전선에 긍정적인 변화라도 있었냐?"

"으."

"그냥 강행이처럼 포기해. 걸어 다녀 인마."

"아니, 왜 절, 컥."

광역 공격이었기에 가만히 있던 강행도 손상을 입었다. 강혁이 입을 다문 것은 그로부터 대략 5분이 흐른 다음이었다. 딱히 할 말이 떨어져서는 아니었다. 다른 건 몰라도, 강혁은 남 놀리거나 갈구는 거라면 밤을 새워서라도 할 수 있는 인간이니까.

"아무튼, 밟아. 공항 늦으면 안 되지. 그리고 너는 3년, 너는 2년 뒤에 가는 거야. 어디 가서 돈 줘도 배울 수 없는 걸 가르쳐 놨는데 갚아야 될 거 아냐. 내가 뭐 내 병원에 와서 헐값에 일하래? 평생 가도 의사 만날 일 없는 사람들, 명의 좀 만나게 해주라는 거 아냐. 뭐가 그리 불만이야."

시간이 없어서였다. 비행기는 버스와는 달라서 한번 가면 다시 타기가 참 어렵지 않은가. 제아무리 강혁이 외교부에 협조를 구해놨다고 하지만, 다른 이들에게도 일정이 있었다.

"네. 교수님……."

"알겠습니다. 일단 목이나 좀……."

"그래, 잘해라."

"네네."

대진은 고개를 끄덕이며, 액셀을 밟았다. 열 받게시리 확실히 이전에 몰던 차보다 훨씬 잘 나가는 느낌이었다.

'아까 운전이 편해서라고 한마디라도 할걸…….'

후회해봐야 뭔 소용이 있겠는가. 게다가 지금 강혁은 창밖을 내다보고 있었다. 먼눈을 하고서였다. 무슨 생각을 하고 있는지 모르겠지만, 일단 저렇게 두는 게 좋았다. 괜히 말 걸었다가 겨우 찾아온 평화가 박살 날 수도 있었다.

'스리랑카라…….'

한편 강혁은 이제 곧 가게 될, 남들에게는 낯설기만 할 나라를 떠올리고 있었다. 아직 얘기는 하지 않았지만 그는 그 나라에 한 가지 추억이 있었다. 쓰나미 당시 아직 레지던트였던 강혁의 스승이 그곳으로 향했던 까닭이었다. 아예 병원 차원에서 이루어진 봉사였고, 당시 과장이 승인한 봉사였기에 강혁도 따라갔더랬다. 그곳에서 마주한 참상은 한국에서는 상상하기 어려운 종류의 것들이었다.

'간단한 약이 없어서 죽어가던 아이들이 많았어.'

애초에 개발도상국에 머물러 있던 나라가 아닌가. 심지어 내전 중이기도 했다. 그 와중에 쓰나미라고 하는 전대미문의 재앙이 덮쳤으니 나라 꼴이 어떻게 되었겠는가. 그나마 다행인 것은 각국의 원조가 이어졌다는 점이었다. 많은 NGO 단체와 스리랑카와는 아무 관련 없는 나라들이 놀랍도록 따뜻한 온정을 보여줬던 것을, 강혁은 여전히 잊지 못했다.

'다시…… 만날 수 있을까?'

그곳에서 강혁은 평생 잊지 못할 연을 맺기도 했더랬다. 불과 열흘 남짓한 시간 동안 함께했을 뿐이지만, 어떤 인연은 기간에 관계없이 심장에 자리한다는 것을 그때 배웠다. 이젠 당시의 감정은 다 사라지고 닳아 없어진 지 오래였지만, 그렇다고 해서 궁금하지 않은 것은 아니었다.

"야, 지금 백 교수……. 혼자 웃는 거야?"

그리움에 젖어 있다보니 표정이 오묘해질 수밖에 없었다. 바로 옆자리에 앉아 있던 한유림은 처음 보는 강혁의 얼굴에 놀랐다.

"그런…… 그런 거 같은데요? 눈시울은 붉어졌고요."

데니스 또한 마찬가지였다. 그래도 한구에서 꽤나 오랜 시간 함께했던 몸 아니던가. 심지어 데니스는 강혁과 단둘이 오지 탐험에 나선 적도 있었다. 데니스에게만 고난이었고, 강혁에게는 산보였을 수도 있겠지만. 하여간 이런 얼굴은 처음이었다. 강혁 같은 사람이 이런 우수에 찬 표정을 지을 수가 있다니. 사진 찍을 수 있는 상황이라면 지금 당장 셔터라도 누르고 싶은 심정이었다.

"이 와중에 멋지네, 이 자식은."

"그러니까요. CF 찍는 줄 알겠어요."

"이 그림으로 나가면 입고 있는 옷이나……. 아니면 이 차도 불티나게 팔리겠다. 외제 차가 이제 보니까 대진이한테 어울리는 게 아니라……. 백 교수한테 어울리네."

"너무 그러지 마십쇼. 저는 처음 보는 사람인데 자꾸 그렇게 말씀하시니까 색안경 끼고 보게 되지 않습니까."

"색안경? 한국어 많이 늘었네?"

"백 교수님이 한국에서 영어 쓸 때마다 때렸어요."

"아."

그러면 늘 수밖에 없지. 한유림은 고개를 끄덕이다가, 재차 입을 열었다. 이번엔 속삭임이 아니었다.

"아, 그런데 리처드는 어떻게 온대?"

대상은 강혁이었다. 덕분에 상념에서 깬 강혁은 휴대폰을 내려다보며 대꾸했다.

"어떻게 오긴, 걘 이미 가 있어요."

"이미……?"

"병원 공사하는 거 마무리 감독 맡겨놨어요. 잘하겠지, 설마. 일부러 여유 있게 해줬는데……. 안 됐으면 뒤졌다, 진짜."

"아……. 그래, 뭐 일 못 하는 애는 아니니까."

강혁의 말에 만리타향에서 개고생하고 있던 리처드는 때아닌

오한에 몸을 떨어야만 했다.

'뭐지? 불안한데……. 이거 설마…….'

어쩐지 곧 오기로 한 강혁과 연관이 있을 거 같았다. 그렇다면 큰일이었다.

'아니, 여기 왜 이렇게 산이냐고…….'

백 교수 말로는 실로 드물게 어벤져스 같은 팀이라고 하던데, 글쎄. 지금 이 상태의 병원에서도 그런 활약을 할 수 있을까? 알 수 없었다. 한 가지 확실한 건, 이제 자신은 죽은 목숨이라는 것이었다.

'이걸 어떻게 기일 안에 끝내…….'

2부 끝.

중증외상센터
골든 아워 X

초판 1쇄 인쇄 2021년 8월 17일
초판 1쇄 발행 2021년 8월 27일

지은이 한산이가(이낙준)
펴낸이 김선식

경영총괄 김은영
책임편집 한나래 **디자인** 박수연 **책임마케터** 박태준
콘텐츠사업6팀장 이호빈 **콘텐츠사업6팀** 임경섭, 박수연, 한나래, 정다움
마케팅본부장 이주화 **마케팅3팀** 이미진, 박태준, 유영은
미디어홍보본부장 정명찬 **홍보팀** 안지혜, 김재선, 이소영, 김은지, 박재연, 오수미, 이예주
뉴미디어팀 김선욱, 허지호, 염아라, 김혜원, 이수인, 임유나, 배한진, 석찬미
저작권팀 한승빈, 김재원
경영관리본부 허대우, 하미선, 박상민, 권송이, 김민아, 윤이경, 이소희, 이우철, 김재경, 최완규, 이지우, 김혜진
웹 콘텐츠 작가컴퍼니

펴낸곳 다산북스 **출판등록** 2005년 12월 23일 제313-2005-00277호
주소 경기도 파주시 회동길 490
전화 02-704-1724 **팩스** 02-703-2219
이메일 dasanbooks@dasanbooks.com
홈페이지 www.dasan.group **블로그** blog.naver.com/dasan_books
용지 IPP **인쇄 및 제본** 갑우문화사 **코팅 및 후가공** 평창피앤지

ISBN 979-11-306-4057-0 (04810)
979-11-306-4052-5 (세트)